# 向阳而生

易逐非 ◎著

孩子：十年的光阴，
我唯一能做的就是蹈火，借生命涅槃的光芒，
照亮你无忧无惧的安好。
——父亲与孩子的十年书

山西出版传媒集团
山西人民出版社

图书在版编目（CIP）数据

向阳而生/ 易逐非著. -- 太原: 山西人民出版社,
2025. 5. -- ISBN 978-7-203-13875-4

Ⅰ. I267

中国国家版本馆CIP数据核字第20252B9S29号

向阳而生

著　　者：易逐非
责任编辑：傅晓红
复　　审：崔人杰
终　　审：梁晋华
装帧设计：成都现当代文化传播有限公司

出 版 者：山西出版传媒集团·山西人民出版社
地　　址：太原市建设南路21号
邮　　编：030012
发行营销：0351 - 4922220　4955996　4956039　4922127（传真）
天猫官网：https://sxrmcbs.tmall.com　电话：0351 - 4922159
E - mail：sxskcb@163.com 发行部
　　　　　sxskcb@126.com 总编室
网　　址：www.sxskcb.com

经 销 者：山西出版传媒集团·山西人民出版社
承 印 厂：雅艺云印（成都）科技有限公司

开　　本：880mm×1230mm　　1/32
印　　张：12
字　　数：289千字
版　　次：2025年5月第1版
印　　次：2025年5月第1次印刷
书　　号：ISBN 978-7-203-13875-4
定　　价：67.00元

如有印装质量问题请与本社联系调换

# 孩子，唯愿你一生，心有沉香（序一）

## ——黎落

去认识一个人吧，去看他的书法，写意的笔触和永州八法中的筋骨。去见他，喝酒，摆龙门阵。马尔康是高原的一部分，也会是一个男人少年时代的全部。或许它单薄、素简，但是他梦想出发的地方。

我喜欢风尘布衣，这名字有侠骨和柔肠，有勘破和勘不破的烟火与出离。但其实是双面，就像他，一个生长于马尔康，生活于成都的侠士。骨头里面有山高，有长水，有白云悠悠且坦荡，崖石嶙峋且妥帖。

认识风尘布衣太久了。如果生命可以分成几个阶段，我感觉我们生命的三分之二都是相识的、相知的。感谢时间，让我遇见这个一身诗意的男人。有勇气，有担当。但这不是情书，也不是情书式的表达，是布衣要我为他的新散文集子写一个序。

给大家写序在我是困难的，不可思议的，何其有幸又何其有愧，我没有他的"五马车"才华，也没有他的洒脱和率真。只能说一说心里话，说一说我认识的风尘布衣和他笔下的万马千军。

现在，这万马千军是一个叫小布丁的女孩，她出生于 2015 年 2 月 3 日 17 时 33 分。时间这样精确，因为生育是一件如此美妙之事，绽放的一刹那就注定恒久。这小小的姑娘应该笑靥如花吧，应该像苹果、像光线、像朝阳，像所有温暖的、幸福的、洁净的美。亲爱

的阅读者，凡我在这部集子里能获得的一切美誉，也是你能获得的。

是的。布衣只是如实记录了他的女儿，用他写诗的手，用他看世界的眼睛，更用揽尽世事归来后依旧清透之心灵。你小小的女儿啊，那么幸运，那么美好，因为有一个凝视你的人，跨越千山只为你，他收集全世界的爱、恩宠、天真和亲情，全部给你。

布衣是一位诗人，有高原血性，有一个四川男人对妻子、家庭、父母、朋友的深厚责任，所以他的字里行间充满了野花的芬芳，溪流的绵长。"诗是内心的外化，是探索生命与大美"，我在读风尘布衣的诗作《天堂倒影》时，时常有幻觉：一匹奔马卷起一片草浪。

布衣真是妙人，书法，诗歌，散文，唱功，均有声有色。他丰沛的精神力和向度，令我佩服，并深深喜欢。所以布衣笔下，生命必然高亢地发出她自己的回声，必然有撞击悬崖的力和真诚。他用诗歌去描述他的女儿，"易刘修竹"，如此灵性的名字，只有经历了苦厄和生活的灼伤又巍巍然直立的诗人才能随手捏来。"佛祖拈花一笑"，易逐非做诗人的唱诵和父亲的祝福。

文人更爱竹，窗下、舍前、庭院、高坡置竹而生沉香。竹之韧、之忍、之清绝、之高扬，如同一个旷世的音符被赠予一个女孩，一个天使。我懂布衣对女儿深沉的寄托，也懂一位文人像呵护一杆修竹一样呵护自己的所爱，这里面一定有天地般的辽阔和柴火般的踏实。

而事实上，布衣并没有用高蹈的语言、超然物外的大道，他只是如常地记录，像老朋友，老战友，说"来了，坐，让我们说说话，说说这个人间的女孩"。她多真实啊，活色生香、顽皮淘气。小小的心脏在她的胸腔也在她父母、爷爷奶奶、姥姥姥爷的胸腔里跳跃，梅花鹿一样。她的成长是一棵修竹的成长，她的天真是一枚小布丁的天真。

阅读令我热泪盈眶，我想我哭了吧。布衣只是全天下热爱孩子、妻子、父母、生活、生命的父亲中的一个，也是万千丈夫中的一个，千万儿子中的一个。因为爱而承担，因为承担而勇敢。他为女儿和家人一往无前，为朋友、为文字一往无前。字里行间，布衣也有过焦灼、悲戚、愤懑，有对社会和人性的反思哀叹。但更多的是他作为父亲、男人、诗人的爱，是包容、自我的释放和看见。

"看见"，突然觉得这个词真好。万物在看见里行走、成长，孩子在看见里受教、学飞、明智。成人在看见里遇见、内省，找和自己相契的人与语言。

现在，这看见，包容，释放，精神之力，像竹子。或者说，像一种传承被小布丁继承了下来。还有她母亲的良善，爷爷奶奶的宽厚，小小的女儿呐，你承受了布衣多少精华，就承受了他多少祝愿。书中，布衣也讲未来，讲人性，讲未来生活中的可能遭遇的伤害、苦难。他用经验的语言和成年人的平静去描述，用对等的、平行的视角谈论生活和社会中那些不完满，甚至是尖锐的东西，去告诉布丁，"未来无限"。这无限中有幸，也有不幸。

所以，布衣才是真实的布衣，负责的布衣，爱着的布衣。在布衣这里，小布丁是一位能倾诉内心的承听者，是可以与之相解相救的同道老友。他娓娓道来的语言里，是在社会摸爬滚打了多年的男人，掏心掏肺的泣血之声，是一位师长授业解惑般的教诲之声，更是老父对爱女的殷殷之盼。

散文集子里，他讲马尔康的山与鹰隼，讲和妻子去越南岘港的旅行，阳光、沙滩、海水的褶皱和所见所闻。他也讲父母的牵挂孱弱，生活的不易，内心的纠葛，艺术的美。更多还是小布丁的成长，点滴，始末，温暖。布衣的文字是有温度的，像厨房里升腾的饭菜之香，带着与生活和生命休戚相关的人间烟火气，不隔，不逆。所

以，这部来自他灵魂的写给女儿的书，才动人而温馨。里面那细节，那思想，那情感，闪动大海的波光：粼粼，不灭，永远。

人注定要离去的。布衣正是理解并坦然接受了这一点，才把内心滂沱的爱意转化为文字，把无法言说的叮咛祝福转化为文字。亲爱的读者，在这本书里，布衣不是书法家，不是诗人，不是管理者，也不是歌手，他只是一个平平常常的父亲，一个血肉做的男儿，他爱孩子、妻子、父母、朋友和生活。

去认识一个人吧，去马尔康，去成都，去找一个叫易逐非的父亲，一个叫风尘布衣的诗人，和他蓬勃如植物的女儿。

采摘一些布衣的句子，提供读者赏析——

那梨花的金顶， 便是鹰的领地

内心有风景， 又能以手中笔墨表达出来， 这样的幸福， 旷达而悠远， 持久而弥香

这些文字可以传递给你生命的另一种温暖

风骨之于男人， 如火之有焰， 灯之有光， 慈佛如山， 坚韧如刚， 温润如玉， 醇香如酒， 无骨不去其身

艺术的身价到底多高呢？ 眼前的一纸烟盒而已。

比之追空， 我更喜欢归来的淡宁与浅暖。 我们与尘同行， 不为遇见， 不问抵达。

这个单薄、 贫瘠、 清凉、 透明的高原小城， 至今映射在父亲心里挥不去、 抹不掉， 爱恨纠缠， 苦乐交织的情感， 像极了都市人恋雪的情结

孩子， 别去相信时间追不上白发的浪漫感吟， 更别以为拥有韶光就可以任性地拽住时间。 学会怀抱困惑和迷惘， 与时光耳鬓厮磨地相守吧， 直到属于你的生命味道， 浸透时光。

与修竹分享在岘港， 父亲感悟的一种让人锥心疼痛的艺术——沙画。 魔幻般呈现在手指间的海市蜃楼， 顷刻被看似随意的一抹颠覆和毁灭。 心灵还痛在上一秒大美的陨逝， 目光中另一场幻境已然涅 重生。

你在， 签名如约。准备好了吗？ 女儿， 父母相陪， 与你共赴生命的美丽， 一场， 又一场。

# 世间珍贵的礼物（序二）

## ——读易逐非《向阳而生》

### 刘小芳

栖居在诗与远方中的诗人，在烟熏火燎的现实中如何自度到诗意的彼岸？

身处二十一世纪二十年代高速发展的中国，一位诗人秉持什么样的育儿观？

面对成长、病老、疼痛、苦难、幸福……这些生命本质，诗人有着怎样的思考？

一位诗人，如何成功地在诗性的生命底色上，将儿子、丈夫、父亲等角色涂抹为一体？

太多的生命黑匣子，我们期待开启；太多精神风景，我们期望抵达。散文集《向阳而生》为我们递交了钥匙，或提供了路径。作者易逐非，笔名风尘布衣，号瞿上公子，当代作家、诗人、书法家、文艺评论家，他"坚持诗歌是诗人内心不断生长的骨刺，有血的温度骨的质地的诗观，把诗歌创作当作是在内心风暴与蒙难文字间修行的美妙岐途"。这部集子萃取了易逐非从 2015 年 2 月其女儿布丁出生到 2023 年的散文随笔，历时近十年。有日记，有文艺评论，有旅游随笔，并自然嵌入了十几首（组）诗，皆精魂凝成，总一百多篇，每篇作品都以父亲对女儿进行生命对话的方式推进，文体丰富，又浑然一体。这是小布丁的成长史，更是诗人易逐非的精神史。

个人的历史，便是时代的画像。这是送给布丁的成长礼物，也是送给我们或未来时代的礼物，见者有福。

缱绻的深情，深沉的父爱，炽热的智慧，跌宕的情怀，深邃的思想……都融在这近二十万字的诗性表达中。这一部心灵智语，是一位父亲对女儿点滴成长的深情倾注，是一位诗人对烟火人生的诗性提取，是一位画家对精神与灵魂的画像，是一位哲人对细碎人生的哲学思考。

这部集子需要空灵的心境、悠慢的时光来匹配，或者说进入这集子，便可以进入慢时光，见内心的空性。2014 年 1 月 14 日收到这部待出的文稿，我便沉浸其间，在潮涌的现实洪流中，安处这一方静修之岛。闭门即深山，阅读见净土，在这集子里且走且停，且酌且品中，深感其灵魂风景醇厚味远，怡情启智。

融文艺学、哲学、生命学等为一体的这部集子，是一位父亲为女儿精心构建的精神子宫。生命之身，始于母亲子宫的生命之旅；生命之魂，续于父亲精神子宫的再造之程。易逐非是小布丁的肉身之父，也是其精神教父。让女儿安康于身、藏富于心，这是一位父亲最朴素、最深沉的爱。

曾经的易公子在文字里钻木取火，是为了照亮漫长的孤单，小布丁的诞生催生了一位父亲的新生。他擦净锈迹斑驳的笔头，用心搭建精神家园，是为了一家人都居住其间，是为了给小布丁构建一个营养丰富的精神子宫，以浇灌女儿的灵魂之花。

这构建隐藏在名字的寄寓中，小名"布丁"，学名"易刘修竹"，名字里的意象，一半是烟火，一半是诗意，名字便是父爱的地址。这构建体现在对音乐的引悟中，作为歌手的易公子对音乐有着别样的情怀，他认为音乐是上界的语言，希望成为女儿灵魂的根脉。"无论顺境逆境，无论风雨晴天，请记住，唯有音乐，可以带着你的

008

心灵飞翔在回归的路上；唯有音乐，可以让你在坚硬红尘的栖居充满柔软诗意的浸润；唯有音乐，才能让你的灵魂不坠世途迷离的幻象和苦难的渊薮，而永远保持生存海拔以上的高洁与轻灵"，这是为女儿精心打造了一件心灵盔甲啊！

这构建展示在对纯净笑容的热烈赞美中，在《笑容的纯度》《第一次回家与梦境的启示》《修悟与福报》等多篇作品里，易公子不惜笔墨描述、赞叹笑容，他认为心灵纯净的笑容比春天更值得期待，"笑容其实是有温度的，也是有能量的，可以用来抵御和融化人性的冷漠、坚硬、羁傲甚至狰狞"，是的，自己绽放，就是春天，带给自己也带给他们以生命力。

爱生活的人很多，但懂得怎么去爱的人却很少。易公子为我们解答了这个难题，身外风景皆烟云，修炼内心的风景，以诗文、绘画、舞蹈等艺术的语言表达出来，才是旷达而悠远的幸福，历久弥香。

对于苦难，易公子给予女儿诗性的启悟，"既然生活免不了磨砺和挫折，那就学会让伤痛和苦难尽早在灵魂里结痂吧，无须铭记，更不必镌刻"。对于幸福，用六祖的话作最简单最接地气的回答，"该吃就吃、该睡就睡、该入厕就入厕"，这是幸福的全部，幸福容不得漠视，也由不得凭空放大。对于众生，要心怀感恩，月有盈亏，人无贵贱，易公子引导女儿在月嫂等众多平凡人身上看到光亮。

当然，这部集子也是易公子自我生命的完成。对女儿的柔情，对妻子的深情，对父母的至孝之情，对朋友的炽热熨帖，对艺术的纯粹笃守……他以诗性的方式淬炼生活，将儿子、丈夫、父亲、朋友、诗人、作家等身份筑炉锤炼为一体，完成自我生命的立体塑造。他这个人，一如著名诗歌编辑苏世杰对他诗作的评价：具有的"稀有金属"的品质，注定经得起时间烈焰的淬火和锻铸。

2015 年 2 月 3 日 17 时 33 分，在包家巷七十七号这个地址里，种下小布丁第一声哭声，种下易公子对小布丁初生乍到人间的那份悸动与战栗。瞬息骤停的心跳以及喷涌而出的热泪，诠释着初为人父内心翻腾着的十二级激动与喜悦，这是生命对接生命的虔诚与神圣。此刻小布丁诞生了，作为父亲的易公子也诞生了，对小布丁爱得小心翼翼又赤诚热烈，爱得深沉细腻又荡气回肠。

当爱情幻化为笑容俘获的易公子的心，便注定一世良缘的诞生。我想，这也是隐藏在书名"向阳而生"里的一层甜蜜的含义吧。整部集子里，"笑容"一词出现 42 次，"笑"出现 109 次，"阳光"出现 66 次。易公子内心敞开，灵魂敞开，所见便是笑容，是阳光地带。这太阳，是心性澄澈、心地良善的小布丁的妈妈；这太阳，是新生的小布丁；这太阳，是淳朴的月嫂，是慈祥的老江，是机场的服务员。易公子内心布满阳光，眼里见到的是阳光。向阳而生，便是向美向善而生，这是生命的朝向，也是光阴的朝向。这是易公子的生命姿态，也是对小布丁生命姿态的期待。

易公子习练书法二十余载，坚持写作逾二十个春秋，在各种媒体发表作品超过五百万字，可谓真正实现了诗意栖居的艺术人生。

这部集子是对自我的剖析，对女儿的牵引，对社会的思考，这些理性的骨头，以智性灵动的诗语来呈现，魅力无限。易公子时而智者般深邃，时而少年般率性，时而顽童般调皮，活色生香。文笔自由，灵魂飞翔，自有一番浩然之气！

言说了这么多，但所有言说都是冒险，所有言说都是遮蔽。面对这份珍贵的礼物，正确的打开方式，便是以一种空灵的状态，走进每一道心景，自会获得不同的开示。

序
二

# 目　录
## CONTENTS

## 第三辑 走出寓言

第一辑

包家巷　情缘

# 包家巷 七十七号

2015 年 2 月 3 日 17 时 33 分，以颤栗栗，以虔敬，以感恩，从产科医生手中接过上苍厚赐的珍贵的礼物，6.8 斤的小布丁，我的女儿。

"恭喜你，生了个大眼睛美女"。这一刻，护士阿姨职业惯性的平静与一个四十四岁老男人瞬息骤停的心跳以及喷涌而出的热泪形成的巨大反差，在成都包家巷 77 号新世纪妇儿医院，将一幕生命血脉接续承传的温暖定格。隔着厚厚的玻璃墙，你眼睛里明亮而又熟悉的光芒顷刻照亮了我，女儿，你可相信，这感应来自轮回。

17 时 33 分，是我一直默默念叨并期待的时刻，你如约而至。

在你之后，以就义般勇气和决心仍躺在手术台上，你的母亲，我的妻子，因你的降生，由此完成了女人一生最伟大的蜕变。要知道，你还在她肚子里的时候，哪怕一点小小的动静，一个美餐后的饱嗝，一次蜷缩后的伸张，都会让她冷汗涔涔、神经高度紧张的女人，临上手术台的从容和镇定，让主刀的医生也不得不惊叹母性的伟大！这是值得父亲一生珍视和感恩的女人。

2015 年 2 月 3 日 17 时 33 分，小布丁向这个世界问好。这是父亲以手机短信和微信给亲友们的幸福宣告与分享。在你还不能说话之前，清澈而明亮的哭声便是你的语言，这大净的生命之露，注定会濡湿父亲的后半生。

止息住悸动与颤栗，以父亲的名义，欢迎你，我的女儿。

包家巷 77 号，也便成为我生命中的不解之缘。这也是路痴半生，从不记忆道路的父亲，在这个繁华大都市里，闭着眼睛都不会迷路的一个地址。

# 包家巷 七十七号 （组诗）

## 一

包家巷 七十七号
一对银杏老夫妻 静静地
站在尘世之外 掉落的果实
在巷子里溅起婴儿的啼哭
一声又一声

而我要等候的消息
来自一片翅羽的响亮与欢悦

## 二

这些年 总有一只鹰
为我打扫灵魂上空的雪
消弭那些晶莹的罪孽
并坐实 度我而来的佛
其实是十月怀胎的女人

我双手合十 腾出余生的空
以及所有适合打坐的夜

三

公元 2015 年 2 月 3 日
包家巷 七十七号
一朵花的绽放走漏春的行藏
以及穿越梦境的竹马
抵达前世的消息

在诗歌里还俗的男人
干净的身份 让世界荡漾

四

有些毒 很轻 却深入骨髓
譬如煮字疗饥的成瘾 譬如
隐身中年的幻想 譬如
总是忍不住猜测奶瓶里的度数
和在一张尿不湿里迷路的可能性

中年人父的热望就戮冷兵器的冷
我终与自己决裂 成为宿仇

五

枯叶般卷曲的老人伸出的手
只为一餐果腹的食物
风掠而过却又折身而返

正好撞见树下的老人
把手中的纸币和身体一起折叠

是日 阿弥陀佛本尊圣诞
是日 卿安问世第五天

# 小小布丁与易刘修竹

小布丁，这个小名儿，或许会伴随你整个童年和孩提时代，请记住它。

风尘布衣，是父亲使用多年的笔名，喜欢在生命寂静时独语的父亲，这个名字是另一个时空维度的自己。以布衣的身份和姿态面世，是半生俯仰无愧的自我认知和生存定位。要知道，这世间，供养肉身，还有什么比民间更温暖静好的居所；安放灵魂，还有什么比书香与烟火更令人向往的归处。所以，请与父亲一样，安然且享受地做活在民间烟火里的一介布衣吧，纯净而安详，清澈而明亮。也唯愿父亲一生心之所向、情之所系、魂之所依、身之所归的书香及民间烟火，成为你一生的福祉。

只是你还太小太小，那就从小小布丁做起吧。

嘘，小布丁又尿了，换尿不湿这活儿，远比父亲写一首诗歌更劳神费力，看见父亲额头上密布的汗珠儿了么？在父亲看来，一张用过的尿不湿打开的诗意和远方，实在比文字更活色生香啊。

易刘修竹，你会喜欢这个名字吗？请原谅，孩子，现在，我无法征询你的意见。

以四个字为你命名，并非只为强调辩识度，更无关标新立异。取我和你母亲两人的姓氏作为你名字的一部分，是为表达父亲对母亲的爱意与感恩。我想，这一生，你也会点点滴滴、时时刻刻沐享和感受这个女人对你无怨无悔、无休无止的温暖爱意。在父亲的眼里，她是一个好妻子；而在你以后成长的岁月里，她更会是一个好母亲。

　　一生爱竹的父亲，没有什么冠冕堂皇的理由，或许仅仅是天性使然，也可能与父亲儿时与竹比邻而居，开窗见竹的高原生活经历有关。在咱们民间的传统习俗里，老百姓有竹报平安一说，这也是作为父亲，对你最大的寄望，一生平安；这是你名字的第一层含义；在父亲的眼里，竹，单薄而内韧，挺拔而向上，不卑不亢而又有品有节，不妖不媚而有持有度。沉静含蓄而又极富生命张力，无论是阡陌纵横的竹篱茅舍、鸡犬相闻的村庄田园，还是亭台楼阁、水榭掩映的殿堂别院。无处不可以向阳而生，无时不可以临风而长。希望你也有竹子一样的品节和风骨，这是你名字含义的第二层含义；至于第三层含义，和所有的父亲一样，我亦希望你未来的人生不惧风雨、不畏寒暑、不欺光阴，不负流年的向上生长，离阳光近一点，再近一点。正所谓：修竹有骨，节在逸尘。

　　修竹，希望你能喜欢这个名字。

# 生命有痛与娘心若佛

　　不曾料想，新生儿体质体能综合测试满分的你，仅过了一个晚上，便被医生无情宣布患了新生儿肺炎。这突如其来的噩耗彻底打懵了你的母亲。要知道，正处在术后剧烈疼痛中的她，还来不及体味做妈妈的幸福和喜悦，甚至没能亲手抱抱刚从她身体分离出来的你，躺在病床上，除了夺眶的眼泪，她已浑然无措。但她终以一个母亲的本能和坚韧，苦苦忍住内心的悲伤和忧急，为你留住了珍贵无比的母乳。孩子，这便是毋庸置疑的母爱。

　　隔离治疗的七天，对我们来说，漫长得恍若隔世。

　　小小的你，被放置在一个透明的玻璃罩里，身上插满了各种管子。此刻，我是如此憎恶那些强加附着在你幼小身体上冰冷的仪器，不愿意知道它们的名字。在我眼里，他们是冷酷无情的恶魔，是狰狞凶残的怪兽，把你和我们生生分隔在两个世界。

　　每天短暂地探访对我们来说是怎样一种折磨和煎熬。坚韧如父，每次探望你，都会在隔离病房外徘徊良久，才能鼓起勇气敲门，虽然只相隔数米，但靠近你的每一步，父亲都在巨大的心力和意志耗损中体验着咫尺天涯的遥远。我只能屏住呼吸，凝聚心神，关注你的每一个动作，每一个表情，每一点细微的变化。与你相距不到五十米的另一病房，你的母亲还在泪眼婆娑，眼巴巴地等我带回所有关于你的讯息。

　　每次我都出色地完成了"出使"任务，经过父亲"加工"的消息，让你母亲轻松而释然。这其中的奥妙，你懂的。

生命有痛，尽管这是一次不在你记忆中的经历，却让父亲痛彻心扉，终身不忘。

还寄居娘胎的时候，你母亲每天都会花一个多小时，虔诚地为你诵读《心经》和胎教英语，从未间断，支撑这份执着的，唯有母爱。

你母亲心地善良且纯净。按照佛家的说法，你母亲是深具善根和佛缘的。但我更愿意相信，这是今生度我的佛。

我想说的是，女儿，请与妈妈一样，在自己的内心和精神深处，敬奉一尊属于自己的佛吧。尽管俗世生存，要求我们必须保持清晰的价值观和独立的生活追求，但佛所倡导的所有关于宽忍、平等、向善、容纳的智性光芒都值得我们用心潜修和研习。以后你会知道，很多我们可见不可见的物质和精神的客观存在，所谓无所不能，尊崇至高的科学，并没有给出我们想要的答案，一如生命本身在这个世间的来去过往。而佛学，至少给了我们搁置悬疑的空间以及精神引领的方向，尽管虚无，却让我们没着没落的灵魂多少有点依附。

今生，做一个有佛性光芒、但无须遗世独立的智者吧。

如此，我相信，你母亲每天辛苦诵经，是能带给你福报和庇佑的。在你被隔离治疗的七天，也即是你降生伊始就开始的人生历练与修行。不过，这么早就让你体味和感悟星月有泪，生命有痛。作为父亲，我毕竟难以释怀、从容笑对。

孩子，记住你出院的那一天，阳光格外明媚祥和，想来，这是上苍给予勇敢渡劫的你最慈悯的抚慰和慷慨的爱赠。

# 上界的语言

女儿，始于母亲子宫的生命之旅，想来是愉悦而轻快的吧，一路上，自有父亲精心为你挑选的音乐伴随。其实，我更希望，一生都有音乐与你相伴。以后的成长岁月，无论顺境逆境，无论风雨晴天，请记住，唯有音乐，可以带着你的心灵飞翔在回归的路上；唯有音乐，可以让你在坚硬红尘的栖居充满柔软诗意的浸润；唯有音乐，才能让你的灵魂不坠世途迷离的幻象和苦难的渊薮，而永远保持生存海拔以上的高洁与轻灵。

因为音乐，是上界的语言。

音乐就是这样的神奇，可以抵达生命和生命之外，抵达我和你母

亲爱你的无止境。

我们给了你生命的根，而音乐，或许就是你灵魂的根。孩子，终有一天，当我和你母亲都远行去了天边的时候，请你也化身一株单纯的牧草，在月色中聆听吧，听爸爸妈妈对你永无休止的祝祷和祈福。

所以，请像热爱生命一样热爱音乐吧，一首同名诗歌《天边》送给我的孩子。

三两声驼铃 升起宁谧的草原

这时候 月光俯下身来

听马头琴诉说

霞光太艳 轻薄这人间沉香
以暮霭为枕吧 躺下
我就是一颗牧草
长着单纯的耳朵

琴声所达 是一粒漾动在草尖
露珠的幸福 是穿越沧海
涉过忘川蝴蝶的自由 是草原
所有生灵感恩的静美与豁亮

草原随奔跑的马头琴漂泊
蹄声淌出火焰 照亮的生活
引诱我骨子里的流浪

今夜 天边的草原
我灵魂的鹰穿越天空
拧出湿漉漉的日头 只为看护
弥散在马头琴里遥远的心事

今夜 天边的草原
我准许一匹噙着热泪的狼
坐进我内心 心意温软地聆听
并怀念一只洁白的羊
它前世的爱人

# 时间罅隙中的人伦

年轻时草帽掀翻云朵，扛着日头上山，而今岁至迟暮满头覆雪，你的爷爷，不知何时爱上了都市里穿街过巷的行走，并以此寻找生命的平衡。爷爷不太会用手机，也不喜欢用，曾经攥握斧头挥舞钢钎的手，手机分量太轻，太不称手，所以爷爷经常会因为走得兴起，处于失联状态，让家人担忧，有时还会错过了饭点儿。为此，爸爸妈妈把共同生活的家，迁居在湿地公园旁，好让喜欢走路的爷爷和行动不便的奶奶，相互搀扶着穿过对面的马路，就能在风景优美的公园里细数生命里的落叶，踱一段余温犹存的缱绻慢时光。

然生活总是事与愿违。

当你还住在妈妈肚子里的小别墅仅一周多，年近耄耋的爷爷却不小心摔成了股骨粉碎性骨折。

这一摔，也摔坏了父亲的生活节奏和整个家的生活常态。要忙工作，要照顾妈妈和妈妈肚子里的你，当然，还得照料医院里饱受伤痛和手术折磨的爷爷。四十多年来，一直坚守男人不说苦累的父亲，却深深地陷入了生存理想与生活际遇、人伦孝道与现时负累、血脉传承与生存忧患错综复杂、交织缠绕的巨大矛盾煎熬中。这一段这食不甘味、寝不安枕，恍如生命沥血般的阴冷时光，你是父亲心中唯一明亮温暖的念想和盼头。谢谢你，我的孩子，陪我挨过人生阴霾如织、疼痛叠加的日子。因为有你，父亲没有垮掉；因为有你，父亲在整个家面临风雨飘摇之际，再一次挺立如山。至于鬓角平添的白发，留作你以后记数练习的生动教具吧。

　　相距不到五米，当父亲从爷爷的房间再回到自己的卧室，神态情绪，必须从悲苦肃杀的深秋回到温暖和煦的春天。这短短的距离对于率性不善掩饰的父亲来说，恍如一次轮回的穿越。女儿，作为父亲，本不该在你面前怨妇般诉说辛酸与苦楚，而其实，这也几乎是每个生命个体在人生道路上必须经历和承受的境遇。只是你当记取，如果没有坚韧豁达的内心，没有内蕴持久的精神力量，人生有些路，走起来，真的会很苦很难。这是你需要尽早做好心理准备和能量储蓄的。也因此，这样的文字才有了真正的意义。当然，也不用似父亲这般一生都在做着秋凉的准备，因为春天，从不曾迟滞抵达的脚步，更不曾吝惜她的明媚和温暖。

# 致敬月嫂

女儿，你当记住另一个与你没有任何血缘，但却在你最脆弱最无助的新生儿期，给了你最精心细致呵护和陪伴的陈姓月嫂阿姨。

她是你出生时医院指定的护理阿姨。父亲决定把她请回家，是因为在照顾你和你产后母亲的过程中，她的专业技能、专业精神和良好的护理意识、观念深深感染、打动了父亲。关于这个人，我更想告诉你的是，在当今之中国的世俗意识形态里，月嫂并不是一个被礼遇、被尊重的群体，但父亲对她充满敬意。在我眼里，这世上的行当本没有什么高低贵贱之分，却被人为生生地划出个三六九等来，盖因世人扭曲的道德和价值观作祟。

一个优秀的月嫂，仅是具备过硬的资质、娴熟的技能是远远不够的，与护理对象之间和谐有效地沟通才是最重要的。会沟通，能有效沟通，这应该是经验和智慧的集成。孩子，你是幸运的，护理你的陈阿姨正好是这个业界的佼佼者，你享受的五星级护理，正是陈阿姨历时十多年，成功照料四十多个孩子经验和智慧的积累以及相关知识、技能不断更新的结果。当然，她也教会了我们很多。所以，孩子，职业无尊卑，术业有专攻。多年前，父亲在日本学习，就被一群清洁工和餐厅服务员的职业精神和状态深深折服而满怀敬意!? 给我印象最深的是羽田机场自营的一个西式快餐厅里不知名的服务员。由于培训时间安排紧，我们连续三天午餐都在这里，可以容纳二三十人同时用餐的餐厅里，厅堂服务员只有她一个。

一身宽松素洁的浅灰色工装，一头乌黑干净的汉式绾发，清爽有形。

　　整个厅堂里都弥散着她对每一位客人亲切的问候、微笑和随时关注的眼神，仿佛在她温婉柔和的表情里永远没有疲态和倦意。所以，当我第三天到餐厅看见还是她一个人服务时，忍不住用中文问她：连上三天班，不累吗？她微微愣怔的神情告诉我，没有听明白我的问话。当她热情礼貌地把我迎到座位上，我从她清秀白皙的脸上看见了一抹羞赧的红晕。那一瞬间，我蓦然发现，在职业状态中的职业女性原来也可以美丽若此。想来，志摩先生短诗《沙扬娜拉》里描写的"最是那一低头的温柔，像一朵水莲花不胜凉风的娇羞"的情态也不过如此吧。

　　每每有客人用完餐，她都会第一时间为客人清理餐具并打扫干净桌面。感念及此由是想，我们常说微笑是最美丽的语言，但这种微笑是有生动内涵和丰厚质感的。

　　佛说，众生平等。而我想说，微笑的佛祖，众生才得以平等。

**016**

# 笑容的纯度

在父亲的眼里，这世间最纯净的东西莫过于两样：婴儿的眼泪和笑容。知道吗，孩子，当父亲带着一身疲惫，内心装世俗尘埃以及生存积淀的精神块垒和心灵垃圾回到你身边，无论你哭或者你笑，都能瞬间将父亲完全融化，犹如再造新生一般，整个人都充盈了勃勃生机和满满的正能量。

孩子，目前的你，眼泪或是笑容，都是你最生动、最质感、最美丽的语言。为此，父亲遗憾当初没能好好学习、钻研摄影技术，没能捕捉你的每一滴眼泪、每一次笑容，并将他们精彩呈现和定格。好在父亲一直在文字里钻木取火，此刻，就把这些笑容收纳寄放在这些文字里，多年以后，或许你能从这些文字里读到你自己眼泪和笑容的温度，并以此浇灌你的灵魂之花。

我和你母亲，将与你一起守望，属于你的，不一定绚烂夺目，但一定充满生机，独立而别有韵致的春天。

这是多年前写过的一首叫作《笑得像个孩子》的诗歌片段，留证于此，让你看看父亲能否始终像个孩子，守一世初心。

> 天地有大美而不言 人生有大悲喜不可言
> 所以我笑 笑得像个孩子
> 孩提最幸福的笑容是端坐木门
> 等父亲从大山深处把炊烟背回家

三十五年的光阴 母亲的白发
是我读懂的唯一经书 经书里的笑容
花朵一样擦亮我的心灵
我看见自己怎样善良地活着

长者如镜 呈现生活的本真
幼者如镜 呈现心灵的原初
而我孩子般的笑容反射后的呈现
只是一种同龄人讳莫如深的恐惧

我们都是敲木鱼的人
如果袈裟里的笑容 慰藉木鱼之痛
是落地成珠 孩子般的笑
为我们脱去袈裟 让生活的镜子
澄明如初

不被生活面具俯视
我就能用孩子般笑容
自心捻出一对翅膀
我并不飞出生活以外
而是提着自己的灯笼
做一只 在大地上赶路
小小的萤火虫

# 第一次回家与梦境的启示

怀着你的母亲，做着与别的孕期女人同样的梦境。而临睡前的你，也和别的孩子一样，常会在梦中肆意淋漓地绽放笑容。于是，我大胆猜想：是不是所有的孩子在昏昏欲睡的时候，会看见一个隐秘而又奇幻的世界，这个世界里充满了祥和、静美、童趣与欢乐，这是蒙尘太深的成人们无法抵达甚至无法企及的纯真世界，一如我们眼见不得，却心生向往，一直存在于我们意念和想象之外的净土或圣地。也或许与你妈妈怀孕时的梦境一样，因为生命孕育本身的美好和圣洁，在朝圣般迎你降生的美妙旅途中，你的母亲也回归生命初始的本真状态——大多孕期女人共同织造的同一个梦境。置身其中的孕妈妈们，没有了时间和数字概念，也没了逻辑能力。老百姓有言，一孕傻三年。我不知道从科学的角度是怎样一种解释，我更愿意相信，在你和你母亲处于同样的充满祥和、平安、喜悦和宁静的世界里，可以没有时间逼人窒息地催促，也可以没有功利驱使下数字的压榨，更可以没有患得患失、把有血有肉的人锻制成机器零件的生存逻辑。

孩子，什么时候可以告诉我，那是怎样的美妙世界？让你的母亲义无反顾，也让你那么慷慨尽情地展露生命最本真的纯色。

这个世界离我又有多远呢？

就在你出生后的第 48 天，2015 年 3 月 22 日，你终于回到了自己的家，父亲和母亲的居所。

按照不知何时衍生于民间老百姓的约定俗成和你妈妈的指示，父亲一路上用"修竹回家咯"的吆喝声为你开路。一进家门，你就甜甜地笑了。知道吗，这一笑，乐得羸弱多病、腿脚不便的奶奶幸福颤栗了很长时间。女儿，难道是你认得自己的家，认得爷爷奶奶吗？要知道，在这儿的 281 天，你还独自待在你母亲的肚子里。孩子，对于因为年纪和身体，时常遗憾不能亲自陪伴照顾你，甚至为之垂泪的两位老人来说，你的笑，对他们是多大的慰藉！为此，父亲感谢你！尽管你患糖尿病多年的爷爷，视力已经衰退得看不清你的笑容，在他模糊有限的意识里，知道孙女出生后第一次回家了，我能读懂他内心的喜悦和满足。

　　等你太久了，你的爷爷奶奶已经老得快走不动了。而你终于来了，成全了父亲的人伦之孝。对于老人，父亲有愧，对于这个家，你母亲有恩，而所有圆满，因你而生。

　　欢乐幸福终究短暂，短短的七小时后，你已经回到另一个家，母亲的娘家。你可知道，女儿，送别后转身的一刻，父亲内心的怅然和酸楚，濡湿了暮色……

# 火苗旺盛的地方

此刻，看你睡去，我仿佛又听见花朵在梦里赶路的声音。

多好啊，女儿，守护你蚕一样洁白的梦乡，抖落尘埃，屏住呼吸的父亲，也能接近一粒初心的晶莹。

或许此刻，你醒在梦中的灵觉更能与父亲相通。

一直以来，始终有一只鹰盘旋在我的精神高地，也始终有一匹狼分享着我内心的狂野与孤独。孩子，鹰和狼无疑都是孤独的，这仿佛是与生俱来的宿命。尽管这样的孤独，能够让内心的风暴找到突围的方向，但这样的孤独，终究也带着几分狰狞与戾气，甚至是决绝与冷酷。女儿，是你的到来，回暖我半世苍凉，赐予我现时的柔和温软。所以我感恩你的母亲，感恩你的到来，自然也感恩那些曾经因我蒙难的文字。

当有一天，在你户籍信息里看见马尔康这个陌生的名字，请别诧异。这个川西北南端的高原小城，是父亲生命足迹的始发地，也将是你以后的身份印记。那梨花的金顶，便是鹰的领地。只是早已变节给生存的父亲，不再是抓起山头飞翔的鹰。而那匹啸月的独狼，也早已远远逃逸在我的精神世界之外。

但又何妨。女儿，你来了，也便是完成了父亲一生最完美的生命之作，再无遗憾。想必来的路上，你已然听见了鹰鸣狼啸，那是父亲对你深切的呼唤与诉说，无可抗拒，也必将回荡在你的血脉里。

马尔康，藏语里火苗旺盛的地方。而你，孩子，是父亲来自前世的温暖。将这一首同题诗歌，送给我的女儿。

# 火苗温暖

## 一

冬天最后一朵雪扫净的大地上
鹰的翅膀 将天空拉得高远
高原的孩子 始终坚信
是一些宿命里醒来的花朵
照亮了日头 并又一次
赋予它伟大使命

## 二

承载了太多人世过往
山里的路一天比一天瘦
从寂寞的山路经过
我仿佛离人世越来越远
远得来生鼻息灼人

## 三

牛粪火塘里的火苗温暖起来
比高原的阳光更干净

日子饱满以后 帐篷外的牛羊
开始密谋关于山的另一边
新鲜欲滴的青草和爱情
是时候把吊锅煮沸的烟火
彻底还给主人

四

那些被信仰堆起来的石头
最终都成了思想的头颅
风回到虚拟 每一次幡动
都有经文在传递佛的旨意
以及匍匐的肉体和灵魂
叩击在路上的回响

五

茶堡河 隐忍地淌过时空
流进我身体里的高山峡谷
流进华丽的暗礁或阴影
只在雁鸣洞穿心肠的日子
我仰首向西 垒字成墓
一张洁白的纸的初潮
是这一生最后的流经

六

终于开始怀念了

也一直在怀念
从胸口扯出的天空 最后一点蓝
是家门屋后山梁上熟悉的鹰
写下的绝笔
死在怀念里的鹰
无法重生

## 七

用尽一生背熟枝丫上的路
鸟雀们在内心最干净的一刻
找到属于自己的天堂
三十年过去 一条河别了另一条河
一道山梁别了另一道山梁
我别了自己 让一根骨头
远走高飞

## 八

火苗温暖的地方 是母性的
蹈火般淌过山海峰涛的男人
最后都回到母亲的怀抱
只有天空还那么年轻
怎会在意一只老去的鹰
卸甲之后 落满白羽
不忍卒读的乡愁

# 九

以一粒卵石的姿态

落草似水流年

一任所有肆意的经过是至刚

从不揭秘宿命残酷真相是至柔

三十年太短 三千年 三万年后

再邀你们触摸

我内心的滚烫

# 镜头里的呼吸

阳光还在路上，尘世已然明朗。

今天来拜访父亲，探望你的叔叔带着非常珍贵的礼物。一本厚重的《羌寨——汶川羌区地震前的最后镜像》的摄影画册。这本凝聚着他十数年心血、足迹的画册里，有父亲以散文诗的文本格式和语言写下的背景文字。

与徐叔叔结缘，与这本书的主题有关。书中涉及的汶川、羌族，是两个听起来就让人感觉疼痛的词根。七年前五月的一个黑暗日子，八级大地震，让汶川这个地名与呼号、血泪、死亡、伤痛连在了一起，无法分割。也让古老羌族，这源自冉駹的血脉更加疮孔斑驳，伤痕累累，几近枯损、消逝在历史长河中。是徐叔叔的镜头，还原和再现了这个古老民族震前清晰的背影。当你凝视这只镜头以及镜头呈现的黑白照片，你就能听见这个古老民族流淌在历史长河曾经雄健有力的脉息和律动。

女儿，对你来说，这无疑是个沉重的话题。但作为蜀地儿女，你当记忆 2008 年 5 月 12 日这个日子。多年后，你也当看看徐叔叔的这本摄影画册，了解一个民族，了解一段历史，也了解两个努力用精神行走的男人。以下是父亲写给这本画册和里面的镜像一样疼痛的文字。

# 远尘的遗响

——行者（徐献）羌文化主题摄影背景解说

**题记：**这是一个摄影者以灵觉以良知，对一片古老土地朝觐般地探询和叩访。

## 第一篇：血脉

最早的祖先和太阳神鸟一起返归未卜的光阴，声声羌笛，在我们魂灵深处的回音如凤凰涅槃。

血脉隐忍地淌过时空。一千多年前的牛羊仍在吃一千多年后的草，惟羌寨的守望，让杂谷脑的流水数着清冽、单薄的日子，追溯在曾经辉煌的图腾与日益受损、萧索、斑驳的豪气中。

而摄影者这神奇的镜头，让光阴复活，让历史再现，让我们的目光更加宁静而深邃。

也许这就是艺术生命的美丽，我们可以再次聆听一个古老民族遗尘的绝唱……

黑白，生命的底色，而一切后来的涂抹与着色，都将被时光的手风化。

黑白间的劳作，这才是真正的生命经营。浮华隐遁，繁嚣远匿。在这样的画面里，你听见了什么？看见了什么？嗅到了什么？感悟到什么？

嘘，一个伪善的表情，一次轻浮的动念，都将在这样的画面中引发灾难性的天崩地裂。

所以，请保持最朴素的心神与最澄净的眼光，重新审视这黑白间的劳作。你当感知，压弯脊梁的其实只是一滴汗珠。画面上所有移动的风景，无一不在诉控我们精神堕落沦陷后的虚空与荒芜。

视角独到而敏锐地记录真实而生动的生活细节以及生命过程，就是艺术最高境界！

行者无疆！这黑白中的透视与呈现足以洗净我们身心！

## 第二篇：家园

精神的行走可以是多种方向的，一如行者这样的行走，在固定的物理时间里，把精神和心理时间扩充得如此丰盈深刻！倒溯的镜头让我们温暖地饱满起来……

如此，我们的目光沿镜头的指引深入。

深入锅庄，追溯远古的日子，探求一个民族文化发展的幽微。

深入锅庄，你就深入一个民族特有的秉性、气质与风骨，你就会看见，炽烈的生命仍在火焰之上炽烈，沸腾的生活仍在火焰之上沸腾，烟火中的守望，马背上的爱情，炊烟里的沐享，都一一悬挂在岁月的额角。

口弦，似画眉的婉转，如相思鸟的缠绵。声声口弦，从羌家姑娘桃花瓣一样的嘴唇中飘出来，就是羌家人积攒千年最淳朴的民情。

举过头顶敲响的羊皮鼓，落在岁月的回声嘹亮而清晰。那是羌人敲打着太阳和月亮前行，追赶着幸福。

羌家绣女的巧手裁剪云朵织就了云纹鞋，天堂便不再遥远。穿上这蕴涵古老神谕与殷殷冀望的云纹鞋，天堂人间便是天涯咫尺。

## 第三篇：羌魂

老死的花朵飘成再世的雪，融化的雪捧出重生的花；是这生命之外的轮回，耗尽了光阴的血么。

羌碉上高悬的福祉，羊皮鼓里里升起的图腾，这源自冉駹的血脉呵，流淌至今，被上苍的冷眉，回旋在零度以下。

依然伫立的邛笼，还在幻听那一场初雪的衷情么；摇摇欲坠的高处，悬筒和溜索，还在醉忆渐逝在家园上空，烟火的馥香么。如果感恩，如果开口，羌寨，你一旦开口，呛住的是千年的光阴。

一生都在背诵枝丫上的路，小松鼠遗落许多活命的果实；天堂拒绝路标，苍鹰知道：扫净天路的云朵有多锋利。所有息养的生灵，谁不是在忠实而悲怆地偿还宿命，大山呵，你数千年大慈不偏沉默的守望，咋就没能守住一个轻狂的喷嚏。

草地丢失了牧童，牧童丢失了羊群；一夜白头的草地上抱头痛哭的羊群，躺着不动的鞭鞘还在等待它的小主人，这不是童话，是灾难写下的绝笔。

顶帕子的男人走了，脚下穿着云纹鞋；包帕子的女人走了，手中绣着云纹鞋。失巢的倦鸟，咯血的哀歌，把天空拉得很低，阴霾似铁。云纹鞋，你如何抵达信仰之上的地址。

羌笛已嘶，弥留废墟中的守望；羊皮鼓暗哑，低回亡灵的余温，那些篝火中幸福颤栗的爱情，那些捣衣棒抖落饱满的日子，汶水呵，自此，你一径苦水的蜿蜒，是唱给生者断肠的离歌。

## 第四篇：衍息

口衔凛冽山风的苍鹰呵，用你熟悉的目光带我回到远方。最高的山峦和雪峰，我的故乡。但愿这不羁的经过，别吵醒，山崖上，那些沉默的岩石，那些在岁月里凝固的火。

沿岷江溯源而上，一直走，阳光和雨露渐次从颂词的高度降低，直抵草木以及所有生灵的内心。

一个曾经的游牧民族，掩埋刀弓和先祖遗骨的栖地。林立的羌寨掮起的高度，无论怎样虔诚的步履，再无法，叩响古老文明遥远的逸响。

杂谷脑河，银色的闪电，轻柔地劈开沙俄达厚实的胸膛。任我们自一道古寨门，自由穿行历史的瞬间或永恒。

剑刃般矗立千年的碉堡，从遥远的天际引来祥光，庇佑羌寨儿女和传说的神羊。

熄燃的狼烟，遥杳的马蹄，一个民族在沉寂中流失的血，让鹰驮上不可仰望的高度。

今夜，龙溪乡温暖的火塘边，羌族民歌洞开的时空里，远来的游人，左手红尘，右手天涯。

# 在世修行

今天，我们来认识一个非常有意思的警察蜀黍。喜欢养狗，家里最多养过六条体重超百斤的獒犬和其他大型犬类；喜欢摆弄花草，在自己居住的屋顶，硬生生造出一片田园，遍种植物和蔬菜；车技一流且酷爱驴行，曾独自开车穿越川藏、青藏线，问鼎珠峰，穿越格尔木的寂寥，抵达柴达木的苍凉；也曾驾车闯入沙漠腹地和无人区，在黑阴山下捧回一大堆玛瑙原石；弹古琴，师傅是享誉界内的古琴泰斗俞伯荪，老先生今已抱琴仙去；喜欢篮球、足球等体育运动，不算主力，也绝对不是板凳队员；捉笔挥毫，师从川内山水名家霍嘉顺，历时八年，已小有成就。这八年，父亲见证了他在绘画道路上的勤勉、坚持以及修悟，可谓每年一个台阶，父亲时常称他一声袁大师，有戏谑，但也真诚。这样一些片段和情节的组合，女儿，这个人，是不是浑然有趣了呢？

在父亲看来，这其实是一个挚爱生活的人。要知道，爱生活的人很多，但懂得怎么去爱的人却很少。因为在爱的抽象与生活具象的矛盾中，不是每个人都能找到锲入和平衡的。生活中养狗、栽花、种菜的很多，但把这些柔弱生命移植成内心风景，并转化为生命呓语和精神独白的不多；喜欢世人趋之若鹜的风景名胜，也喜欢人迹罕至的险山恶水，其实目的地不重要，重要的是在路上的感觉。再美的风景，终究成为过眼云烟，而内心有风景，又能以手中笔墨表达出来，这样的幸福，旷达而悠远，持久而弥香。

世人常说，不念过往，不畏将来，而这样的超然、独立，遗尘之境，非思想深邃而又内心丰盈旷达之人，不能至。

就在昨天，这个可爱而有趣的警察蜀黍成了别人的绘画师父，递帖拜师的是一位职场精英，国企的部门老总，这位老总也是父亲多年前的旧识。我想，父亲应该祝贺初为人师的警察蜀黍，"师父"这个身份，在度人的同时更可以自励；当然，更要祝贺这位觉悟还不算晚，终于"从良"的老总。女儿，你当懂得，任何职场的修炼，不论修炼如何，终究修的只是身外；而只有修心的智者、觉者，才能于坚硬红尘行走出大道若水，不飘坠、不沉沦、不迷途、不彷徨。

人这一生，走多远，不在脚步而在心。

# 大道若水

父亲从小生活的高原，远水。而水又无处不在，只是它们选择了更灵动跳脱、野性不羁的存在方式，或悬于枝叶间摇曳欲坠的净露，或弥散峰峦层林上若隐若现的轻雾，或轻盈灵动如鹅毛般飘洒而下的雪花，或珠玉溅盘似瓢泼倾泻的骤雨，不论哪般情态，都福泽恩赐给众生万物。就连交错纵横，起伏绵延的千峰万壑，也像极了凝固在岁月中的海。人们常说，每一座山，都是一尊大慈不偏的佛，养育无数的生灵，却原来是有了水一般柔软的心。

蜿蜒曲折穿行在大山里的每一条河流，大都瘦骨伶仃，这是因了它们承载了太多生命的背负，这其中自然也包括人类。整个人类历史，无论哪个朝代，哪个民族，又何尝不是逐水而居，遇水而驻，靠水而活才得以繁衍生息呢？当然，这样的解释对于你来说，显得过于广义宏大。让我们回到作为生命个体的本身，我们呼吸的空气里有水，我们每天需要喝下大量的水，生命才能得以维系，以至水占据了我们身体百分之七十的重量，对于不到两个月的你来说，更是占据了体重的百分之八十。孩子，水就在你身体里，水就在你生命里，从某种意义上说，你就是水。

由是，父亲再与你分享"上善若水"这个成语。其语出《老子》："上善若水，水善利万物而不争，处众人之所恶，故几于道。"水，无色无味，在方而法方，在圆而法圆，无所滞，以百态存于自然界，于自然无所违也。在道家学说里，水为至善至柔；水性绵绵密密，微则无声，巨则汹涌；与人无争却又容纳万物。水有滋养万物的德行，它使万物得到它的利益，而不与万物发生矛盾、冲突，人生之道，莫过于此。女儿，你看，水的精神和内涵，其实是多么值得你亲近、效法和学习的。如此，还怕水吗？

　　聊到这里，父亲不得不羞愧地承认，因一次溺水经历，至今父亲仍是怕水且不会游泳的"旱鸭子"。相信比我聪慧坚强的女儿，一定能战胜对水的恐惧，一生沐浴享受水的泽被、昭示与牵引。行若水大道，达上善人生。作为女儿身，父亲更希望水的品德能浸润你整个灵魂，使你一生心性澄净如水、情怀清澈如水，操守高洁如水，人生际遇畅达融通如水。

# 风清景明物净的时节

此刻，2015年4月3日早晨9点18分，我开始动笔写下今天关于你的文字。作为父亲，我必须真诚回应你的默契，为你热情点赞！女儿，知道吗？一直怕水抗拒洗澡的你，昨天傍晚洗澡的表现带给我们多大的惊喜吗？父亲说过，这些文字可以传递给你生命的另一种温暖，而这样的传递需要我们之间灵觉的感应和互通。现在，用你的小手和父亲拉拉钩，共同确认这份默契。

因为有这样的幸福充盈在心，这个人间四月，父亲眼中的春光从未有过的净爽，鼻息间的春意更是从未有过的朗润，至于春色嘛，还有什么样的花能够在父亲心里开得如你一般静美呢？你是父母一生永远定格的春天，我们承诺，只要你盛开，我们就努力坚持，拒绝凋零。

今天，我们一起温故知新，了解一下关于清明的知识。

清明，传统历法中二十四节气中的第五个节气，《历书》："春分后十五日，斗指丁，为清明，时万物皆洁齐而清明，盖时当。因此得名。"中国古代从清明起的15天内每隔5天分出三候："一候桐始华；二候田鼠化鹌；三候虹始见。"意即在这个时节先是白桐花开，接着喜阴的田鼠消匿了踪影，全回到了地下洞中，然后是雨后天空终可见彩虹了。

洁齐而清明，虹始见。多美好的季节！女儿，这可是你生命中第一个美好且重要的节气。今天正好是你出生的第六十天，而明天就是传统的清明节。对于我和你母亲而言，你便是升起在我们心空里的虹。而此后，你清明的生命之旅，是我们无怨无悔的守候！

女儿，风清景明物净之时，我们也当慎终抚思追远。这时节，适合播种、植造和生长，当也适合追忆、缅怀和凭吊。而始于周朝清明祭祖的历史，至今已有 2500 年，从未衰竭。也正是这样对传统美德的坚守，才有了今天华夏儿女生生不息、生机勃勃的血脉延续。所以，孩子，请与父亲一道，擎心香一束，揖首以礼，敬祭杳然于时空却与我们根脉相系的先祖、先知、先贤；缅怀那些为民生大众舍身殉难和取义谋福祉的英烈先烈；追思隐身族谱、在天之灵的亲人们！

物清时明，是时，人性光辉毕现，人世福泽聚生，好一个清明时节。

修竹吾儿，清明安好！

# 感应疼痛

今天，妈妈和姥姥陪着小布丁打疫苗。女儿，被一枚小小的钢针扎疼了吧？父亲在十公里以外的办公室可是听见你的哭声了，呵呵。而其实，女儿，生命无处不伴随着疼痛，这疼痛可能来自肉体，可能来自精神和内心，也可能来自意念和感知。你降生的时候，带给你母亲身体巨大的疼痛；你住进新生儿病房的时候，带给我们心理巨大的疼痛，今天你打针，带给你母亲目光里的疼痛，带给父亲感知里的疼痛，以后你成长的每一步、每一天，也都会带给我们关心你、爱你、牵挂你的疼痛。所以，女儿，爱也是疼痛的。这几天，你母亲就一直在爱的疼痛中纠结：关于你打疫苗，有免费的糖果药粒；还有两种收费的针剂，一种是安全可靠，费用相对便宜；另一种是进口的，却价格不菲。如果让你帮助妈妈选择，你选哪一种呢？

要知道，人类在创造高度发达的物质文明的今天，反而因为太多的诱惑，太多的可选择性，而陷失于举棋不定、取舍两难的现实困局和敏感多疑、患得患失的人性迷途。作为父母，我们当然愿意给你的都是最好的，可什么是最好的呢？免费的就一定不好吗？阳光、空气、你母亲的爱都是免费的；当初你的母亲就是吃糖果疫苗长大的；价格昂贵就一定好吗？高物价、高房价、高学费、高医疗费，早已成为百姓苦不堪言、民怨沸腾的心中隐痛。所以，女儿，你母亲会因为如何爱你而困惑、纠结，而父亲要做的，则是和你母亲一道帮助并与你共同成长，让你有足够的智识和能力，在世事纷扰中不乱于心，在爱恨交织中不困于情，在名利诱惑中不迷于眼，在人生浮沉中不惑于行。

由此，也就牵扯出父亲要与你分享的另一个话题：关于幸福。

这个词，在这之前关于写给你的文字里，出现的频率已经很高，之后会更高。在国人的传统里，在亲情人伦之间，可能没有比"幸福"一词，更能承载情感传递祝福，更贴近我们内心柔软的表达了。

可幸福是什么呢？有人穷尽一生苦苦寻找答案无果，临了空自嗟叹；当然也有人一直厮守幸福，把幸福的模样和状态演绎得淋漓尽致。幸福何以厚此薄彼，待人不公呢？

现在说说，父亲理解的幸福吧。

作为山里孩子的父亲，童年很单薄，所以梦想也很瘦。对我来说，什么时候能走出口袋一样遮望眼的群山就是莫大幸福。儿时的我，时常独坐田埂地垄、溪边或是草垛旁、木屋顶，羡慕那些高处独语的鹰，他们拥有我想象无法抵达的辽阔世界，在父亲眼里，鹰是羁傲的，更是幸福的！

年少时，带着大山深刻的烙印，走进都市陌生的繁华。这仿佛通往幸福的路上，天空的高度却容不下一次温暖回望。四处碰壁的理想只剩下嶙峋瘦骨，蜷缩在高楼的阴影里，舔噬冷却的热望。我终于明白，一只流浪狗狗的理想，并不是带肉的骨头，而是那曾经熟悉、有温度的气息。所以，这时候父亲眼中的幸福，是一朵云的自由与高度。

泊在记忆里的最后一座山峰，彻底丢失梨花金顶的线索，灵魂因此覆雪。被内心风暴驱赶得走投无路，我最终沦陷在文字的迷途且病入膏肓。这些因我蒙难的文字救赎了我中毒的灵魂，却没能换取通往幸福的命运签证。这时候父亲对幸福的渴望，是冥冥中的一次神谕抑或混沌中自我的幡然顿悟。

这样的表述对你来说，无疑是抽象生涩的。且让我们回到温暖的生活场景：寒冷的冬夜，你寂寂独行的荒野中，柴门里一星如豆的温暖会怎样放大你对幸福的憧憬？干裂欲火的沙漠中，毒日就快点燃你脱水的身影，目光尽头一点绿洲的隐约，又会如何放大你对幸福的渴望？困倦至极时的一席薄枕，苦寒至极时的一件暖被，穷途绝境时的一根救命稻草，病入膏肓时的一剂良方。修竹，如果幸福真正的福祉，只在生命状态穷极之时方能彰显和体悟，你当由此得悟物质与幸福本没有必然因果。

我的女儿，既然生活免不了磨砺和挫折，那就学会让伤痛和苦难尽早在灵魂里结痂吧，无须铭记，更不必镌刻。幸福容不得漠视，幸福也由不得凭空放大。

来听听唐代有源禅师和慧海禅师一段公案对话关于幸福的演绎吧：他们对幸福的诠释只有简单几句话：该吃就吃、该睡就睡、该入厕就入厕。孩子，别怀疑自己的眼睛，这就是幸福的全部内涵！就是如此接地气的简单明了！

可是，当我们久违了饥饿的感觉，用早已被佳肴珍馐摧残麻木的味蕾敷衍着一日三餐，吃饭还是幸福的感受吗；当我们躺在舒适的席梦思上，拼命想进入梦乡，而工作的得失、情感的起落、事业的挫折、生存的忧患却以暴力的方式闪回、冲击、撕扯我们脆弱敏感的神经，让我们总是惊魂不定，忧心忡忡，睡眠还有什么幸福可言呢？而对于一个奔生计、前程，不小心奔成前列腺或是痔疮患者而言，又如何享受人体代谢循环之畅快淋漓呢？

这是一代高僧大德对幸福的理解和态度，我深以为然。修竹以为呢？

# 阳光敲窗

　　静下来，写有关你的文字，我便抛却现时的物累与功利的负赘，远离了身边这个物质世界。一个父亲，一个四十多岁的老男人，坐在办公室里，以净念，以独白，与他时岁两个多月的女儿对话，这样的自我安放，无疑是美妙的，也是奢侈的。

　　先与小修竹分享刚刚发生在这个办公室里的小故事：

　　半小时前，父亲的一个同事，一脸潮红（也可能是皮肤过敏）地闯进我办公室，告诉我某只高居庙堂，股掌翻覆间，就能布云施雨的"大老虎"确实被抓了，关押在了某个大都市的秘密监狱。激动的语气仿佛他就是那挥刀斩妖，审判裁决的法官；而另一位自命不凡却又命运多舛，一直被内心纠结折磨，临时身份的员工，咨询我该不该舍弃现在这个没有预期和未来的"漂亮"饭碗，另择橄榄枝；或者通过什么样的隐秘途径和渠道，做一次长线投资，用金钱换取一个正式可靠的身份；还有一个在别人眼里，仕途风生水起，踌躇满志的属下，因工作岗位变动而忐忑，揣度新岗位会带来什么样的命运变化，跟我诉说内心的忧虑不安。修竹，这些看似与你无关的话题，其间包含映射出的世态镜像与人生况味，不同的人生际遇，不同的生活诉求和价值取向，拼凑组合成这欲望困顿，纷扰迷乱的人世。当有一天，作为女儿身，置身其中，又该如何心怀良善，超然于名利物累的羁绊，身心俱净地独善与行走呢？

　　这又是一个深邃的话题。

　　而作为父亲，我现在只想知道，前天晚上兴奋不睡，用你的单音节语汇拽着姥姥聊到凌晨三点的你，都聊些什么呢？昨日整个白天拒绝阳光，恹恹昏睡，没有了平日里的活泼好动，饭量也不到平时一半的你，到底怎么了？你可知道，因为你一晚上任性地"折磨"，一直以来没睡过一个囫囵觉的姥姥可是快累病了，而面对你的"不在状态"和突兀的"非常态"，我们都焦虑不安。尤其是你妈妈，一直抱怨自己不该吃生冷的海鲜（那也是因为医生说你的脸色没有别的小朋友那么红润，建议妈妈多吃补血的食物，给妈妈准备的坐飞机过来的血蛤）。昨天晚上，你乖乖地睡了吗？睡得可香否？一夜好梦之后，神清气爽的你是不是该为因你而忧急，因你而忘我的姥姥和妈妈绽放带露笑颜，让她们放心释怀，颜展蹙眉呢？

　　从现在开始学着做一个感恩的孩子，好吗，我的孩子。

　　刚与妈妈通了电话，妈妈的语气有阳光的味道。而此刻，室外有阳光敲窗。你看，女儿，懂得感恩的人是不是会更接近幸福？

# 修悟与福报

　　无疑，你是个爱笑的小公举。你笑的样子像极了你的母亲。不能时刻陪伴在你身边的爷爷奶奶，一想起你的笑，脸上的沟壑间就会溢满迷路的阳光。女儿，你的笑容，竟是那么慷慨回馈给两个孱弱的老人一整天的精神营养，让他们的迟暮岁月多了些许余欢的润泽和光亮……

　　在我看来，比春天更值得期待的是源自心灵纯净的笑容。一如当初，父亲就是被你母亲的笑容俘获的。如果不是一个心性澄澈、心地良善的人，是不会有你母亲那样的笑容的。这笑容使人甘愿沦陷于弥散其中的温和、静柔、纯粹与透明。知道吗，女儿，笑容其实是有温度的，也是有能量的，可以用来抵御和融化人性的冷漠、坚硬、羁傲甚至狰狞。这笑容，来自你，来自你母亲，当然也来自父亲。只不过父亲的笑容是 52 度的。嘿嘿。

　　　　你眼睛里满是纯净的阳光
　　　　每当我静静与你对视
　　　　都会完成一次生命和生命之间的传递
　　　　把所有沧桑
　　　　定格成你宫殿外招展的旌旗
　　　　渲染你振翅的飞扬意气

鼻梁延续了家族从容的弧度和自信的高度

当白雪覆盖了我的鬓园

你用翅膀抖落的星辉

从一个自由的角度

落进我的酒杯

　　这是父亲十二年前写给你的《小布衣你坐在哪架姻缘的马车》诗歌里的第三、第四节。现在看来，有点一诗成谶。只是这印证的时间久长了些，以至等白了父亲的鬓发。女儿，可得赶紧声明，十二年前就让你给斟酒，可千万别以为父亲是酒鬼啊，乃是心之所盼，情之所至，父亲着急也，其心可鉴，其情可容。哈哈。

　　阳光、意气、从容、自信。修竹，这十二年前就以父亲名义为你贴下的气质标签，可愿意接纳呢？而这四种气质特征，哪一种不是你纯净笑容的不竭源泉呢？

　　毋庸置疑，你拥有了精致的五官和漂亮的外表。古人之说，相由心生；科学之说，基因遗传；虚妄之说，上天恩赐；但父亲想为你提供另一种情感之说，像母亲一样悲悯善良，像父亲一样正直纯粹，才是一生美丽的修竹。

　　还有佛说：性格决定面相，美貌也是一种福报。

# 蒙恩的时光

这季节的阳光，总是将日子拉伸得绵长而悠远，世界也因此辽阔起来。一粒嫩芽的理想，一滴春水的胸怀，一枚春蕾的悬念，打开，无一不是饱满的春天和关于春天完整的结局。就像你，我的女儿，把父亲的一生牵引得无穷深邃旷远……

这是物序里的春天，也是父亲心里的春天。

每当陪伴在侧，我都能听见环瑶叮当的时光抽穗拔节的声响，清脆欲滴。在你，时光的模样如你般俏皮活泼，你醒着，她安静如泓地萦绕泅润着你；你睡着，她便低声鸣唱流连在你梦境之外守望着你。修竹，你在时光里每一次拔节，每一点生长，都带给我莫大的幸福和喜悦，也由此将我拽入甜蜜的忧伤：以怎样的名义，请命时光，准我和妈妈优雅地老去，可以多一些生命的美好，陪你慢慢、细细地成长。

这多少有点矫情。但确是父亲，因为爱，因为责任，有一点自私还带点自怜，有一丝自惭还带点妄念的美妙癔想。因为时光残忍且公平，不会因为夏花灿烂而驻足，也不会因为秋叶静美而加快脚步；不会因为春蕾藏露多一分恩宠，也不会因为冬雪情深多一丝垂赐。对于人生，亦复如是。父亲和母亲终将老去，即使是以爱你的名义，也不能博取时光的怜惜。

女儿，爷爷的拐杖，奶奶的假牙，这便是时光的赐予；父亲的白发，母亲的皱纹，这也是时光的赐予；时光之赐予，有明亮也就

有暗淡，有绽放也就有凋零；一代人终将踩着一代人的光芒前进，每个生命的过往，都是时光翻覆的书页，命题为序，结局在封底。愚者还在空自喟叹，智者已在修行的路上。

"不许人间见白头"，这出自清人《莲坡诗话》里无根无由的绝美幻念。此刻在父亲心里映射出的，却是鲜活真实的暖意，一切皆为爱你。

蒙恩时光，岁月静好。孩子，这是属于你的世界。

# 轻轨圆轮的偏见

　　我想点支烟，被同事送来的咖啡中断；我想静下来写些文字，被排在三点的会议阻止；我想着明天周六可以多些时间陪陪你，被别人的婚礼改变。小布丁，生活就是这样，此刻的预谋总是因彼时的突如其来而困阻，今时的甜蜜总是被明日的忧患打扰。

　　从明天起做个幸福的人/喂马劈柴周游世界/从明天起关心粮食和蔬菜/我有一所房子/面朝大海春暖花开……这是一个叫海子的诗人，写在诗歌里的段落，就是这样烟火味十足，朴素直白的诗句，却唤醒激励很多丢失了生活热情和理想温度的人。作为生命存在的人，其实是无比脆弱的，而只有希望和理想才能给予我们强大的动能，让我们在世的行走有了力度和宽度。是怎样的绝望让一个写出如此温暖诗句的人，最终选择以卧轨的冰冷，结束了生命不能承受之重。在对海子铺天盖地、纷乱纠葛的评说中，我很喜欢一个叫花生苏的诗人写的一组关于海子的诗歌《男人有血》，也专门为这组诗歌写过一篇题为《轻轨或圆轮成就不了男人传奇》的评论文章。男人有血，而当梦想如铁的时候，这血只能选择悲壮极端的一溅吗？不如此，即使温暖如血，又如何融化铁的坚硬与冷酷呢？女儿，命运就是这样，常常以悖论的形式存在，让我们无以应对。从目前的状况看，我不知道诗歌还能不能活到你能读懂她的时候，但我想告诉你，作为人类语言的皇冠，作为人类心灵和情感回归的重要桥梁之一，请永远都保持一颗对真正诗歌和诗人的敬畏之心吧。如果真

有那么一天，你需要诗歌的营养或者需要邂逅诗歌的时候，就请走进父亲的《天堂倒影》吧。而其实，在命运的这条河里，无论波澜壮阔也好，死水微澜也罢，父亲只希望你能诗意地栖居这个人世。

女儿，请原谅说到诗歌，父亲有些打不住话题了。其实今天我想和你分享的是，人这一辈子，该怎样去经营和守护一份内心的豁达与宁静。

其实，关于这个话题，父亲给不了你答案，让我们一起向生活要一些启迪吧。

就在半小时前，奶奶打来电话，让我下班不要去接她和爷爷去你住的姥爷家了，因为爷爷又感冒生病了。女儿，电话那头奶奶语气里的无奈与落寞，一下子将父亲的心情与窗外的春天拉开了距离。要知道，对于自己腿脚不便、行动艰难，却还得照顾生活几乎无法自理的老伴的奶奶，每天晚上能有短暂的几个小时陪护在你身边，就是她最幸福、最快乐的天伦时光，也是她每天最大的记挂和念想。

所欲不可得，所得非所欲，与愿望背离的遗憾和怅茫无时无刻不在伴随我们。当有一天，你开始聆听白发、假牙、老花镜与拐杖之间的对话，以及对话里的沉重、艰涩、无奈与不甘，我相信，你的生命已经从历世的焦躁不安回归到成熟饱满后的宽忍与宁静，尽管这样的回归可能是疼痛的、苦涩的，甚至是悲怆的。一如仅仅数行文字的距离，生活就从风花雪月的诗歌走到衰老伤病的痛楚，而这大尺度的跨越可能只是生活一个小小的喷嚏或哈欠，女儿，你准备好了吗？

# 超速生长

母亲的奶，其实是血。供给你强大的生命能量，让你生长得如此之快。

你现在是逮什么啃什么，你的小餐巾、小袖口还有你的小手指头，当然爸爸的衣领，还有爸爸的"鸭脖子"也成了你的美味儿，你啃得如此专注和享受，难道你真的已经需要一块磨牙的骨头？这匪夷所思的速度是不是也忒快了点呢，都赶上近期热播的《速度与激情七》了。你妈说，我必须得每天洗澡换衣服才能满足你啃噬的需要了，可是女儿，父亲活了半辈子也没这么妖气过啊。还好，医生说，要鼓励你吃手指，我很想采访一下你，你的手指和父亲的脖子哪个更有味道呢？嘿嘿。

好像你现在的表达欲望也很强烈，遗憾的是，自认为把中国汉字玩得多少还算明白的父亲，竖起耳朵也没听懂你到底在说些什么，外语？外星语？难道你竟然也是"来自星星的你"？只要睡足了，吃饱了，心情一好你就不停地吱吱呀呀，叽里咕噜，一会儿单音节，一会儿多音节，也没个像样的组合。女儿，你这样搞得姥姥和妈妈很茫然，因为有时候她们搞不清是哄着你入睡，还是被你哄着走进了梦乡。而父亲的观点是，尽情享受你现在该享受的权益和福利，绝不提前进入某些未来设定的角色和情景，同意吗？

还有一点，爸爸要严肃地和你打个商量：你现在趁我们一不注意，就偷偷盯着电视看，这可是轻率的生命透支行为。要知道，你

现在的眼睛还处在器官功能发育健全阶段，脆弱得很，电视的强光感和强色彩可不适合现在的你，女儿，父母用一生来陪伴和等待你的成长，时间长长的，不着急，好吗？

尤是在这个毒患蔓延、基因变异的时代，事实告诉我们：尊重生命本质规律地慢慢成长，我们才能赢得去粗取精、去伪存真的时间和空间，也才能赢得趋利避害、扬长避短的主动权。尽管期盼早已长满青苔，但我们仍不希望看见你背离规律成长的速度与激情，兹事体大，慎之慎之……

当然，也可能你成长的速度符合科学规律，那就请女儿原谅一把年纪初为人父的爸爸杞人忧天了。这个时候，科学是值得借重和信赖的（此处省略若干偷笑表情）。

# 筑爱与心有沉香

你的妈妈一直希望父亲为她写一首诗。嘘，小点声，再悄悄告诉你个秘密，妈妈现在可是有点妒忌你，说你才两个多月，爸爸就为你写了这么多文字。可你妈妈不知道的是，对于夫妻来说，最美的诗歌不是文字，而是关于一个字的温暖意象，驻守在心，终身相随；不必出口，彼此意会；毋庸铭记，共同感知。女儿，这该是个什么字呢？

妈妈未出现以前，爸爸在文字里钻木取火是为了照亮漫长的孤单；有了妈妈的生活，在文字抽象的诗意与现时具象的诗境之间，爸爸选择搁笔安然享受尘埃落定后的宁静与闲适。而现在有了你这个重要成员的加盟，爸爸必须得擦净锈迹斑驳的笔头，用心搭建另一个精神家园，我们一家人都居住其间：可以推窗远望，以飘洒飞扬在想象深处，雪花的轻灵对抗都市生活的名赘与物累；也可以面朝大海，让钢筋丛林窄逼挤压得窒息的心灵重新找回飞翔的姿态。当然更可以围炉煮茶，迎亲聚友；还可以挑灯阅世，静以致远……

女儿，这是个虚拟的家园，但可以真实存在，以爱之名，构筑于心。

女儿，接下来，父亲要与你分享一次不一样的上班旅途，也让你认识一种今生你不能拒绝的神秘之物。

固定的时间，固定的线路，固定的沿路车窗景观，还有固定的出发点和目的地，对父亲而言，每天的上班路途，已成惯性，无所

谓别样心情和感受，但今天因为有了这神秘之物的陪伴，窗外的车流人流没有了拥挤和压迫的感觉，所有错身擦肩熙攘过往的陌生人也都面目亲和友善，喇叭的声音不再刺耳，红灯的色彩不再灼人，我的路怒症也好像没了踪影……何物神奇如此？且听父亲慢慢道出周详。

我们先来听一个关于大自然的故事。在大自然里，有一种树，叫沉香木。与其他树种一样，树木本身并没有什么神奇之处。神奇发生在这种树木受到外力的损伤和破坏之后，因为自我保护和修复，在受损部位分泌凝结出混合了油脂（树脂）和木质的固态凝聚物，这种凝聚物便是沉香。古人常以能否沉水或沉水的深度以及浮浅状态，将沉香分为沉水、栈香（弄水香）和黄熟香等层次和品级。而父亲则更看重，这种树的意志品格以及人格化的精神赋予。在残酷严峻的自然界，所有的生命要争得一席生存之地或是一个生存空间，无一不经过凄风苦雨的洗礼，雪刀霜剑的磨砺。在这个严酷的过程中，有的夭亡，有的凋零，有点枯萎，退出了生存的舞台；当然也有凤凰浴火，向死而生的勇者和化危为机，蝶变求生的智者。沉香树绝对算得上二者兼具的赢家。就是这样的勇者智者，以涅槃新生后的生命之香呈现于世，奉献于人，成为我们精神依附，心灵归依的神奇载体。这是大自然造化的杰作，也是自然界生灵演化的妙品。所以我们在享用沉香带给我们似无实有，若即若离，迷离幻化而又真实醇厚的濡养之前，必须凝神净念，心怀敬意。

"燃我一生之忧伤，换你一丝之感悟"。

仅仅是友人赠送一枚沉香车载香熏，带给父亲如此绝妙的精神享受和心灵感悟，沉香之妙，非观心不可得。众香之王也好，"识闻沉香，天下无香"也罢，父亲的理解：沉香即心香；香道即心道。

孩子，唯愿你一生，心有沉香。

# 特殊日子

　　"过了 12 点对于你来说就是个特殊的日子，对于我来说，我希望你和女儿能够永远开心、健康、幸福"。这是昨天晚上 11 点 12 时，妈妈发的短信，彼时父亲已经睡熟了。女儿，妈妈的祝福里，你是不是又看见"幸福"了呢？

　　一早，晨曦就开始铺垫这个特殊的日子。今天正好也是你出生的八十一天，这是个在中国传统文化里非常有意思的数字。九九八十一，"九"的数字含义是无私奉献、大爱、吉祥；"八十一"则为最极之数，还本归元，其数理与基数一相同，万宝朝宗，吉祥重叠，精力旺盛，庆幸万多，富贵名誉，繁荣长寿，实属富贵尊荣的大诱导数。呵呵，好词美意一大堆儿，咱不好贪婪地照单全收，尽可择善而取，图个好彩头，因这个特殊日子。

　　孩子，你当知道，宇宙天地演进之奇幻，自然万物变化之诡谲，仅仅是几个简单数字，其间也蕴藏着无穷玄妙。至于如何玄妙，不是父亲这点知识能够道得详尽的，修竹儿由此可知一生要学的太多。正好，昨天是世界读书日，爸爸没读书也没写字，辜负的可不只是大好节日，而是一种充满正能量，积极美好的生活态度。爸爸没带好头，在此诚恳反省、检讨。希望读书能成为修竹一贯始终的生活方式。就借这个特殊日子，如此寄语予你。

　　早上看见一篇朋友转发的微信文章《再好的教育也比不上孩子的内力觉醒》。父亲第一时间转发给了同事，这个同事也是一个乖巧

女儿的父亲，最近正在为小升初的女儿能就读一所好学校费尽心力，辛苦奔忙，还真是可怜天下父母心。当看完北京曲刚老师的这篇文章，中国大多家庭的教育模式，中国父母的教育意识和理念，其悲剧的色彩和悲怆的意义瞬间被凸显和放大，而这无私无悔却又无知无畏的父母心，也因此由可怜升格为可悲。以下是父亲摘录引用曲刚老师文章中的一些观点，与女儿一道分享学习。

曲刚老师观点一：很多天下的父母，在教育儿女上所做的一切牺牲和努力都是可歌可泣，感天动地，但遗憾的是，因为忽视了一个最该做到的大问题——唤醒孩子生命内力的觉醒，而成为不合格甚至是愚蠢的家长；在葬送自己的同时，也把孩子当作了高风险的赌注，甚至会残害了孩子。

曲刚老师观点二：每个人的身体里都有两种力量，一种是表面看得见的肢体力量——生命外力，一种是表面看不到的心理力量——生命内力。人的生命内力一旦被唤醒，则能量无限。人一生强大与否，成功与否，幸福与否，快乐与否，既不取决肢体力量，也不完全取决知识力量，而主要取决他的心理内力。

曲刚老师观点三：心理内力是上帝公平安插在每个人身体里的一股无比巨大的力量，就像一块无比巨大的核电磁一样存在我们每个人的身体中，但上帝和每个人都开了一个小小的玩笑，即没告诉人们这个巨大电池的存在，只让少数人通过受教育来激活和唤醒这个电池。

孩子，当父亲看完这篇文章，心情凝重而豁朗。凝重是因为在子女教育问题上，父亲的认知原也是如此浅陋苍白；凝重还因为，读罢文章，我突然觉得重如山岳的"父亲"一词距离我是那样遥远，远得我几乎没了勇气去靠近。所幸今日得读曲刚老师这篇文章，如醍醐灌顶，幡然惊悟：为父之路漫漫，唯穷尽一生心力修其远了。

也无从询问曲刚老师，这样的文字传递方式，是不是有助唤醒和激活孩子心理内力的觉醒，盼多年以后，小修竹可以给父亲这个答案。

这个特殊的日子，我们父女可不可以这样写下我们共同铭记的日历呢？公元 2015 年 4 月 24 日，农历三月初六，大吉之日。是日，天清气朗，祥瑞和煦。父辰女更（此处用做副词释义），有阳光、礼物、祝福、好运；宜分享、感恩、受教、闻道。

# 红边水仙与补丁诗人

女儿，今天是妈妈人生纪念日。为妈妈绽开几朵灿烂笑容吧。

爸爸笑容的褶皱太深，只能赶早，拍了几张自己精心养护的玫瑰，用不太娴熟的技术在手机里做了编辑，发给妈妈，你看见妈妈的笑容了吗?

这个世界，几乎所有的花开都在赶赴春天，独女人花不在其列。女人花开，唯爱孕育。这世间，又有哪个女人不在痴迷地等待守望属于自己盛放的花季呢?你妈妈用了二十五年等来这一天，所有关于成长隐秘的悬念，因你而打开，只为与你最美的遇见。所以，孩子，第一次来自你的呼唤，请先给妈妈。

刚才妈妈在电话里问她的身份证在没在我这里，单位给她准备的生日蛋糕，需要身份证才能领取，而现在却找不见了。你看，修竹，妈妈把所有的时间和精力都用来照顾你了，无暇打理自己，以至把身份都搞丢了。如果你能说话，请安慰妈妈：还好，不见下落的身份证里没有"妈妈"这个身份。

花语解说，四月二十七日出生的人是红边水仙。而红边水仙的英文含义是艺术的那喀索斯，寓意为艺术。呵呵，这也忒巧了。为此，爸爸得赶紧把诗人的外衣重新找回来。现在，请修竹与我一道，祝福我们家的红边水仙，像艺术家一样，在平凡琐碎的生活里攫取诗意和快乐的因子，健康且平安。

祝福了妈妈的生日，我们一起来送别带走一个时代的符号，选择在人间四月春末远行的补丁诗人。

不敢说他纯粹，但却是真诚的，至少他的文字曾是那样深入一个时代的内心。也不敢说他深邃，但却是质感的，至少他的文字让诗歌与民间烟火与百姓生活有了情感的温度和态度。

我们还能怎样去苛求一个写字的人呢？如今他走了，留下了思想和心灵的余温，值得我们一揖以礼。

不知怎的，诗人离开的消息让我想起了补丁。这也可能是即将或已经被眼前这个光鲜时代遗弃的一个词语了，而正是这样一个词语温暖了多少代人，多少贫瘠的光阴：补丁里的垂髫童真，补丁里的单薄年少，补丁里的懵懂青春，补丁里的清凉征程以及补丁里那些尘埃落定而又无奈揪心的结局，开始或结束在补丁里的岁月，本身就是一个民族情感里抹不掉的补丁。

打在衣服上的补丁，可以御寒暖身，尽管不那么美观。而打在心灵的补丁，可以救赎与唤醒，尽管也不那么美观。

诗人走了，这个尘世并不为所动；一个补丁消失了，这个时代也没露出任何破绽，春天仍在继续……

国真走好，天堂更适合诗意地行走。

修竹，请记住曾经有一个词语叫作补丁，曾经有一个补丁一样的诗人，叫汪国真。

# 夫子爷爷的苦衷

今天和修竹一起拜谒一个被国人供养在思想神坛和精神高地的老祖宗。这个老祖宗可了不得，因为这老祖宗的思想和精神会伴随你以后整个学习生涯乃至一生。当然，这个老祖宗也占据所有国人的精神和思想领地两千五百多年，一直被奉为精神领袖和思想圣人。他所创立的儒家学派，一直是中国传统文化的根基。这个厉害的老祖宗，准你亲昵地叫他夫子爷爷。

就是这样一个光芒逼人的老祖宗爷爷，却干了件愚蠢至极的事。得罪了天下所有的女人和孩子，当然也包括我们家宝贝修竹。

"惟女子与小人难养也……"这么逆天的话居然出自这么一位大智者的口中，是不是有点让人瞬间"凌乱"呢？听了这句话，修竹是否也是"醉了"呢？为了这句话，在特殊年代的一场特殊文化逆流中，这位爷爷被批斗得体无完肤，好在他早驾鹤远游未归，未能亲临批斗现场，不然后果很严重。

但是今天，爸爸想还老祖宗一个公道，听爸爸慢慢道来：

这句话其实是后人的断章取义，以讹传讹。因为老祖宗完整的表达和真实含义是：唯女子与小人难养也，近之则不逊，远之则怨。什么意思呢？爸爸用形象口语给修竹做一个意译吧：还真是女人和小孩子难伺候啊，亲近她们吧，他们会因为你的亲近而表现出不恭敬，不礼貌，有恃无恐；疏远她们吧，又难免心生怨隙和不满。近也不是，远亦不得，难煞人也。可是修竹，这样的关系情态其实无论放在生活还是职场，放在任何一种身份关系对象，都是能够讲得通的大道理啊。和修竹来做两个场景模拟吧：职场，唯上司和部下难养也，近之则不逊，远之则怨。和上司太亲近，时间长了，难免会模糊与之的层级和隶属关系，在言行上也就会慢慢失当失度。总以为是领导身边的人，领导不会在意不会怪罪，而实际上，领导也是人，可以原谅一次两次的言语不恭，行为不敬，但次数一多，发飙则是必然，发飙的后果当然也是不言而喻的严重了。纵观中国的整个历史演进过程，曾在天子和权贵身边因一时得宠而忘乎所以，最后因言获罪，失宠失信而致下场悲凉结局悲惨的人可谓多如牛毛，比比皆是。这是近的情景演绎，远的情景又如何呢？恃才傲物而目无领导，特立独行对领导敬而远之，个性乖张凌驾领导之上，性格刚直冒犯顶撞领导，凡此种种所列，又有几人逃脱物伤其类的惨剧而得以善终？所谓明君明帝，放眼几千年王朝更迭、权利更张的历史长河，又有几人呢？看来，这远领导也是万万不能的。亲近无拘，下场不妙，独善远离，结局更惨。难也，苦也。职场如此，那么放在生活中呢：亲人、兄弟、朋友……照理推演，无一不类其状，老祖宗的话其实是放之任何情景皆准的"真理"啊。写到这里，修竹当明白，不是老祖宗爷爷冒天下之大不违，胡乱放言，想要得罪全天下的女人和孩子。只是老祖宗所处王权至上，言论窒息的时代，不可能像父亲这般自由无状地拿官场、职场说事，在那样一个时代，这样的言论必遭大罪无疑。没有办法，也只能拿身边的女人和孩子作比了，这可能也是老祖宗爷爷当时的无奈吧。当然，这也是父亲的主观猜想，至于真实情状若何，待将来修竹自己寻找答案吧。

今天，与修竹谈论的话题，离修竹还很远，这个老祖宗爷爷离修竹也很远。但今天却被我们共同记忆了，只要还在记忆里的，其实就不算远，因为人生不过三天（昨天、今天、明天），老祖宗爷爷

属于昨天，修竹属于今天，而明天又能有多远呢？

二十多年，父亲混迹职场的一点小体会，能不能帮助修竹正确认知和看待这个老祖宗爷爷以及他的思想和观点呢？聪明如你，以后当比父亲更能举一反三，洞察明辨。

果如是，这一段文字也就有了它未来的意义。

第二辑

心有沉香

# 消逝的文明

一个民族，如果连自己的民族英雄都去诋毁和侮辱，这个民族还能走多远……

毋庸置疑，我们生活的这个国家是有着几千年文明历史的古国。但现在的我，每每听到或说起几千年文明古国这个词组，内心却总是被羞愧、汗颜甚至惊惧交织出无可名状的复杂情绪充斥，如鲠在喉，浑不自在。女儿，当你随处看见到达的电梯门刚打开，出电梯的人不曾挪步，电梯外的人已迫不及待蜂拥而入时，你真的相信你是置身这个几千年的文明国度吗？当你在节假日的高速路上，看见那些一路狂飙，无知无畏地去挤占应急生命通道的勇士时，你真的相信你是置身这个几千年的文明国度吗？当你看见公交车、医院、银行、电影院等公共场地再没有扶老携幼，礼让老弱的踪迹，却在排队抢座时以绝对的勇武把老弱挤在一边的盛况时，你真的相信你是置身这个几千年的文明国度吗？当你看见住进高楼大厦，高端别墅的人们，冷漠得相互不屑一顾，老死不相往来，防邻甚于防贼的炎凉世态，你真的相信你置身的是一个几千年的文明国度吗？当你在公路上，看见那些横冲直撞，肆意大声鸣笛，随意变道穿插，心安理得侵占别人车道，因一时斗气驾驶摇下车窗相互漫骂的"文明人"时，你真的相信你置身的是一个几千年的文明国度吗？而这样的情状，在我们的生活中无时无处不在上演。就在几天前，一对男女在公路上的精彩演出，让同样有着几千年的文明，我们栖身的这座城市，再次名动全国。事情其实很简单，一个"优秀"的女司机把公共交通的道路当作了自己家的后花园，而另一个同样"杰出"的男司机用一顿生猛的拳脚打掉了她的幻觉，让其狼狈倒地后才浑然惊觉现实的道路原是如此又冷又硬。一男一女，就这样把人性的顽劣、粗鄙甚至丑陋、暴戾发挥得淋漓尽致，吸引了万众眼球，举国沸议。这样的闹剧情节实在是父亲不愿过多谈论和言及的，但由此引发的延伸问题却容不得我们漠视：居然是这样一场闹剧给了人们该怎样相互礼让，各行其道的反面教育和警示，这多少有点讽刺的意味了，这是其一。其二：在一个文明国度里，动辄就随意启动"人肉搜索"，尽情地将别人的隐私大起底，大曝光，这是怎样一种文明合法的手段和途径呢？而又在这样一个法治文明的国度里，作为公民还有个人的隐私权吗？国家还有没有责任、义务和能力来保护这样的隐私权呢？关于文明社会，父亲非常赞同王朔先生的观点：所谓文明社会，应该是健全公正的法治环境，让弱者不恐惧，让强者不嚣张，让权力不傲慢，让社会更公平，让恶人怕作恶，让善人能平安，让人人互相尊重，风气祥和。

2015年4月24日，吴起县青年李某某，在吴起县胜利山红军长征胜利纪念园，攀爬在红军雕像上照相留念的图片被微博转发，引起不良社会反响。看见这寥寥数十字的新闻，修竹，我们又该怎样承受内心悲哀的大爆炸、大裂变呢？悲哀的不是死去的烈士，而是所有活在几千年文明国度里的生者！我实在无法想象是怎样的国民教育，怎样的社会价值观，怎样的国家文明才能造就出这样"反文明"的奇葩！这样的人不应该只是被列入游客黑名单，而应该划线为牢，就地囚禁。如果多了这样的人自由地四处行走，我们离文明就会越来越远！且终将被人类社会遗弃。

这不是危言耸听，我的孩子。

# 世航会上的演出

　　受命参加 2015 年世界城市机场大会的文艺演出，对于现时的父亲来说，实在是不情不愿的累赘之事。如果还在二十年前，这样难能可贵的自我展示和表现机会，父亲会十二分珍视并愿为之全力以赴。但是，现在，我只想多一些时间陪你。

　　然，既是小吏一枚，又"君命"不可违，也只好从命。谁让父亲手中捧着的这个华丽饭碗同样受制于人呢？好在是书法表演，几十年的功底只在几分钟的挥洒之间，倒也洒脱快意；但同时也"鸭梨"山大，因为这毕竟是世界性的大会，短短三分半钟，呈现在世界友人和无数长枪短炮、摄像机以及荧屏的面前。兹事体大，不容小觑。

　　这里是某机场集团职工俱乐部世界机场城市大会文艺演出排练现场。女儿，面对宽广得近乎辽阔的华丽舞台，炫目多彩的灯光，高科技呈现的唯美声光背景，五彩缤纷的各色服装以及那些充满青春活力，或健硕、充满线条张力，或柔美、曲线玲珑的年轻肉体，你不得不承认，作为生命，我们的行走，有时候是需要这样光影声色的映衬和铺垫，才显得更饱满更具活力和诱惑。当然，坐在台下候场的父亲，也不得不承认，这样的舞台这样的世界，属于眼前这些自信、雀跃的年轻人。而父亲，只能在相同情景，二十前的记忆里，暗自一声喟叹。那时候的父亲，一样的年轻，一样的青春逼人，活力四射，当然，那时的父亲也是这舞台受人瞩目的绝对主角。二十年的光阴就这样在一声叹息里摔成了碎片，弥散在记忆里了。

女儿，但凡喜欢舞蹈、音乐或是文艺表演的人，其内心大都是深情、丰富、细腻且敏感的。这样的气质特征曾一度被世人有意识地异化为多情、放浪、妖媚、不检。尤是在那一场文化浩劫之后更甚。当然，在中国的历史上，艺人的地位也一直都是卑微低下的。但父亲想告诉你，这样的人，往往是懂得如何去经营自己内心世界而又能从中找到自我寄存和安放的人，这样的人值得我们敬重。但对于那些披着文艺外衣，行径龌龊之辈，父亲一样是不齿的。你看，眼前的这一群年轻人，为了一个舞蹈、一次歌唱、一段表演，无数次地反复练习排演，那种认真，那种专注，那种敬业，流了多少汗水，付出了多少心血，牺牲了多少休息而无怨无悔，这样的青春、这样的韶华不值得人羡慕和尊重吗？

父亲相信，当有一天，修竹站在这个舞台上，肯定也是最靓丽、最耀眼，也是最值得敬慕的一道风景。期待着……

# 百日天下与世航盛典

公元 2015 年 5 月 13 日，对所有爱你的人来说，绝对是重要且值得纪念的日子。父亲决定，把以后每年的这一天，作为自己的斋戒日——食素一天。

因为参加城市机场大会表演，父亲没能整天陪你度过这重要的一天。这在父亲心里，多少落下了遗憾。但是女儿，在酒会的表演中，父亲稳定出色的发挥，赢得了掌声和尊重，在内心给父亲强大支撑的只有一个信念：以修竹的名义，尽最大的努力，争取完美表演，以此作为给你百日纪念的珍贵礼物，父亲做到了。

忙完演出，着急赶回家里，已经十点过了，平时早已恬然入睡的你竟然情绪良好，女儿，是因为等父亲吗？你这是要把父亲感动得泪崩的节奏啊！你展露给父亲的笑容，对站立、躬身书写一天，早已疲惫不堪的父亲，是多好的犒劳和慰藉；而你声情并茂的热情讲话，估计父亲要以一整晚的不眠不休才能深刻领会和消化了。

妈妈说，你今天笑的时候可以连续发声了。我明白，聪明的你知道今天是个特殊的日子，一直忍着到今天才给我们这个惊喜。

狡猾的小修竹，百日快乐！

作为弥补，给女儿分享让父亲无法分身世航会的盛况。

这次城市机场大会的规模、影响和意义，对于父亲供职的这个机场来说，当是史无前例的。几乎是举全场之力来保障的一次盛会。女儿，当你也身处其中，我相信，你也会被这种众志成城，无往不利的氛围所感染。

但真正让父亲动容的是那些来自各国的外宾面对中国传统文化的礼敬和虔诚。

　　5月13日下午4时许，按照会议安排，父亲准时到达指定位置，正在做着书写前的准备工作，一位面目慈祥、体态雍容、六十岁左右的外宾，伫立一旁，非常认真专注地观察着父亲的一举一动。当父亲试完笔，写完第一幅作品后，我从他脸上看到了惊讶和敬佩交织的表情。他让随行翻译征询地问：我能有幸收藏这幅作品吗？言语和神态间恭谨礼敬毕现。当然父亲慷慨应允了这样的请求，题赠、落款之后双手捧赠，而这位先生也躬身双手相迎，并主动要求与父亲合影留念。有趣的是，翌日大早，这位来自法国的克劳德（嘘，这是父亲为了方便题赠，根据他名字的读音，临时给他取的中国名字）先生比父亲还准时地出现在了表演现场。语气诚恳地请翻译告诉我，他十分喜欢中国的书法，他还想获取一份书法作品回到自己的国家，与亲友一道珍藏分享。在他眼里：一支带毛的软笔，一点墨汁，一张薄纸，通过书者短短几分钟泼墨挥毫后呈现的精神风采、人文内涵，是那样的不可思议，妙不可言。女儿，你知道，父亲再次慷慨，没有丝毫犹豫地满足了他的愿望，流露在他脸上的喜悦和满足让父亲动容。或许这样一位索赠者，他并不真正懂得中国传统书法外在表达的神妙和内在蕴涵的精深，但仅仅是这种对中国传统文化敬仰尊崇的态度，就值得父亲用心倾情为之书写，而父亲即兴为他写的第二幅作品的内容则是：以传统文化中国的方式欢迎世界。够响亮震撼、掷地有声吧，呵呵，这也是父亲作为一名执着并追随传统文化的中国人难得的骄傲时刻。与父亲同台表演的正是那位姓袁的警察叔叔，我们畅快淋漓地挥洒着性灵和激情，在不同肤色、不同语言、不同国籍的外宾面前，在世界面前，我们累并享受着。

　　修竹，这便是外国人眼里，中国传统文化的魅力。在修竹的眼中又如何呢？

# 情迷岘港

一

陪妈妈出去了几天，文字也就搁下了，现在补上，修竹勿怪。

自你孕生在腹，你母亲便开始了修女一般的生活：清淡饮食，舒缓行止，起居有序、心绪静笃。女儿，这便是修行，女人的修行，让所有男人敬服的修行。

所以在你满过百日之后，爸爸陪着妈妈去了一个有海的地方。就像一场如期履约的雪，治愈被门牌冷漠囚禁的都市人对轻灵和自由的柔软想象，海之于你的母亲，正好填补无数次梦境赶赴之后，留下的幻念空白。并不需要太多，或许只是目之所及，小小的关于海的片段，就足以泽润期盼已久的焦灼、安抚你母亲倦怠的身心。

终于心事重重地出发了，父亲知道，这种不安里全是关于你的不舍和牵挂。

北纬 16 度，东经 108 度，越南，岘港的黄昏，天青色的海边，一个初为人母的女人，终于面朝大海，站在古典如昔，暮色中的霞光里，沐身如织，似一袭婚纱的隐约。走向波光粼粼深处，你的母亲，走进织梦已久的画面，平静而安详，圣洁而美丽。浪从很远的地方赶来，温情而柔和地打着招呼。这是一次浪漫的情景写真，你母亲心里的潮水，在眼睛里泛起波光。在她身后，父亲默默地把自己钉在沙滩上，誓言一般。

这是你的母亲，一次心灵的放牧和远行。从此，她心里有了一片比眼前更宁静、更深邃的海，你若有心，当可听见回荡在这片海里，你母亲的倾诉、告白、祈祷……

声声海浪，是为旁白。

## 二

岘港，这个美丽的地方，比阳光、空气、沙滩、海浪更值得记忆的是一种带着残缺，落后的美：虽然只比北京晚了一个小时，但较之国内城市，岘港似乎刻意睡在至少十年以上的时差里不愿醒来：没有虚张的城市规模和喧嚣华丽的工业物语；也没有气势逼人、鳞次栉比的高楼大厦和所谓的地标建筑；小小的、弱弱的，瘦瘦的，带着沉静古旧色彩和烟火气息的城市、街道、民居以及满大街漂移的摩托车，让人觉得亲切、平和、容纳，走在倒溯的时光里，满眼尽是俯身可拾的温暖片段。

这个曾被法国殖民，也曾和中、美两国有过硝烟战火的国度，造成当前落后现状是否与被殖民和战争历史有关，不是我想深入去考究的。在父亲看来，这种"落后"的另一面，有更值得我们去解读的内涵：一个本没有太多历史的国家，生活在"落后"状态中的人们，没有了文明盛世中的浮躁、骄狂、冷漠和倨傲，甚至比我们更尊崇历史，更显历史的内涵和归属感。作为只需抬头三尺生存高度的黎民百姓，我们真的就那么离不开钢筋丛林的背景铺垫和华丽物语的太平粉饰吗？在我，更喜欢这种低海拔的生存氛围和感觉。

入住的酒店融合了法、越建筑的风格，主题鲜明、层次清晰、布局精巧的绿化所营造出的优雅与幽静，据说是老外们喜欢的。入住的数日，父亲想与修竹分享以下内容：

在父亲的印象里，这个世界，但凡风光优美，地理、人文资源

优良的地方，大都被不露声色的老外们温柔地"侵略"殆尽。眼前曾经被殖民的法属国更是如此。这些来自不同国家的老外们，那种仿佛没有生存负累的怡然自得，专注于身心修养放松的心无旁骛，让你感觉他们比当地土著更具主人范儿。这里面除了文化背景和生活理念不同导致生活情态的差异，还应该有精神和意识更深层次的东西值得我们思考：作为国人，我们打小就接受"先天下之忧而忧，后天下之乐而乐"思想的灌输和洗礼，而我们也总是拼命地证明：我们一直在忧着，在乐着。而作为普通的百姓，我们到底该忧患什么，乐呵什么呢？再来一个"先天下""后天下"，我的个天，天下又到底是谁的呢？如何先，又何以后？反正父亲是想不明白了。我只是本能地觉得：这样的高调，会不会让我们的灵魂与前行的步伐脱节，会不会让我们在舍本逐末的美妙歧途中，忽略了最本源的东西，对我们自身心灵的审视和关照。所以，当我们还在以冷漠和倨傲刻意与人拉开距离而获得安全感和存在感的时候，另一群人却早已用谦和礼让来证明一种内在的稳健与强大。一如此刻，挂在酒店服务员和维修工人脸上的微笑和他们礼貌的招呼，更让我觉得，有些"落后"的精神品质是值得我们去捍卫和保持的。

女儿，你看，这本是一次弥补遗憾的感恩之旅，父亲却又陷入惯性忧患了。呵呵，这多少有点杞人忧天的可笑和无趣了。

这里是岘港，一个小国家的滨海小城。一个来自大国的公民在这里陷入迷离和恍惚……

三

与修竹分享父亲在岘港感悟的一种让人锥心疼痛的艺术——沙画。魔幻般呈现在手指间的海市蜃楼，顷刻被看似随意的一抹颠覆和毁灭。心灵还痛在上一秒大美的陨逝，目光中另一场幻境已然涅槃重生。这目光和心灵毫秒间的巨大落差，反倒让我们刻骨铭心，过目不忘。从无到有，从残缺到完整，从美轮美奂到烟消云散，一切又都归于无形无迹。修竹，人之短短一生，像极了这沙画，实在容不得我们攫取和占有太多的美，而只有属于我们每个人内心真正的风景，才是独一无二、无以复制的。

所以，当我把你的名字刻写在沙滩上的时候，我其实已在安然等待内心的下一次潮涌，我知道，这潮水并没有带走什么，而是将我此刻内心的美丽永远定格。

这一场人生的沙画，父亲也完成了一次魔幻的表演。你在，签名如约。准备好了吗？女儿，父母相陪，与你共赴生命的美丽，一场，又一场。

修竹可相信阳光亦有性格。

曾是父亲降生的高原，阳光深情而悲悯。敞开怀抱，向阳而生，是所有高原生灵的姿态，即使投影，留下的也是荫荫。而现时我们栖身的都市，阳光虚拟且阴鸷，那是因为对金属羽衣心生畏惧，每一幢高楼，投射的巨大阴影只为证明自己傲视的绝对高度。而这海滨的阳光又当如何呢？当我和你妈妈兴致勃勃地乘车前往会安古镇，本想饱览、体味异国的古镇风情，可热情而略带暴力的阳光，不到半小时就让我们汗透重衣，铩羽而归，狼狈逃回了酒店。

曾几何时，本是自然最慷慨的馈赠，最无私恩赐的阳光，却被我们肆意享用后轻贱漠视，几成虚拟。我们一方面声嘶力竭地呼唤阳光的照耀，一方面却总是藏身阴影，对阳光避之不及，比道学更深刻，比叶公更伪善。

相较于当地人和滞留的老外们，面对阳光，对阳光真实接纳的纯粹和耐受的韧性，并让阳光参与生命的内循环，净洁心灵，康健肌体。父亲这个离天很近，阳光下长大的山里孩子，免不了心生愧

意。看来寄居都市，被冷气机豢养的这些年，我的灵魂已经适应了金属和阴霾的锈蚀，远离了阳光。是时候，来一次生活方式的自我革命了。

修竹，让阳光照进灵魂，是生命最好的净化。

# 断粮的感悟

今天，父亲"断粮"了。别紧张，修竹，这只是一种与身体饥饿无关，关乎精神需求的"粮食"。在现实生活中，如果仅仅是因为身体的饥饿，找个酒店饭馆，花点银子大快朵颐一顿便了，祭这肉体的五脏庙，实在是无足挂齿的小事一桩。很多时候，我们在等待和寻找饥饿感觉，以刺激和抚慰我们不再灵敏细腻的味蕾（只是修竹当知，如此太平盛世，仍有在贫苦中受尽煎熬，饥渴的眼神和饥饿的肚肠）。而一旦我们的精神饥荒了，可不是一张纸能够满足的。因为一张没有思想和情感温度的纸，往往会因为冷冰薄脆而变得锋利，父亲就曾经被一张纸划伤过手，呵呵，一张纸也是如此让人敬畏的，今后的小修竹当何以善待呢？

父亲用这断粮前的最后一张宣纸写成作品，用作偿还一笔允诺已久的人情债。修竹，如此，这一张纸是否就有了些许温暖质感呢。

下午赶着进城续粮。路上，同行阿姨闲聊中说的一段小插曲，父亲觉得很有意思，讲与修竹听：阿姨所住小区，有不少在这个城市工作的外国人。于是，两种不同文化演绎出别有情趣的对比：几乎每天在楼下玩耍的都是外国人家的小孩子们，荡秋千、堆沙、捉迷藏，玩得不亦乐乎，尽情忘我。而中国人家的孩子都隐居阁楼，不是看书、习字，就是练琴、学画。每到周末，外国人家的小孩会不约而同把家里的旧物从楼上搬下来，在小区空地上标价售卖，形成一个异国情调的小跳蚤市场；而中国人的孩子却大都集中在小区

培训中心里，接受各种各样的才艺和文化培训。如此一比，修竹，你看，这些外国人是不是太没有文化学习的意识和紧迫感呢？接下来的一个小情节或许会告诉你答案：某天，阿姨外出办事，在单元门遇到一三岁左右的外国小女孩儿，小女孩正好也要外出玩耍。当小女孩儿发现身后的阿姨时，礼貌地冲阿姨点头微笑，然后用两只小手吃力地扒开单元门，侧身留出空间，示意阿姨先行通过。等阿姨走出单元门后，再小心翼翼地用力关好单元门。就是这么个小小情节，修竹，你看到什么呢？在父亲心里，更愿意你就是那些不被大人意志强迫接受各种才艺学习、培训，喜欢玩耍，经营跳蚤市场，却懂得给阿姨让门，拥有完整童心和童趣和独立完整人格的一群外国人家的小孩儿。

所以，在你六岁以前，父亲一定顶住外在、内在的各种压力，除了玩耍，绝对不会让你去报名学习任何一门学前辅导班。父亲想着，如果因为父母的主观意志，强行挤占了人这一生唯一没有任何背负，不需要被计时打卡的六年时光完整给你，让你释放天性玩个够，一旦你入读小学，在当前的教育机制和环境下，你不想当一枚停不下来的陀螺都难。父亲不想当这样的"罪人"，更是不屑什么"不能让孩子输在起跑线"之类的商业忽悠和利欲熏心的欺诈。不一样的目的地，我们要什么相同的起跑线呢？

这是父亲的坚持与捍卫，六岁以前，你只有一个任务，一件事要做，那就是玩儿。当然，在这六年里，在快乐肆意玩儿的同时，我们可以培养一些让你一生受益的意识和行为习惯，譬如对音乐和运动的热爱，对大自然的关注，对未知事物的好奇……总之，咱不白玩儿，玩儿也要玩得有品、有位、有内涵。

# 溜达综合症与恋上手指

这两天，修竹患上了"溜达综合症"（这是爸爸根据你的症状，想当然取的一个名词，只针对修竹专利使用，入不得词典亦不便借鉴）。不到室外溜达，便无精打采，百无聊赖地吮吸手指，直至反胃呕吐，哭闹不止，但一听说抱着去室外溜达，立马眉飞色舞，心情大好，雀跃地咿呀不停。呵呵，看来小小居住空间，已经满足不了小修竹对新环境、新事物探索的兴致，你需要更大的世界了。如此，小修竹，世界那么大，你得去看看，那就开始你说走就走的旅程吧。

我能读懂你对新鲜事物好奇的眼神，所以，抱着你的时候会偶尔让你偷偷瞄那么两眼电视。嘘，低调低调，爷爷、奶奶、姥姥、姥爷，还有你妈妈，他们可是谁都不同意爸爸对你的这种放纵哈。毕竟你才四个多月，什么都看不明白，你咋就能笑得那么开心呢？即使是熊大、熊二、光头强，那也只能继续候场，候到你可以接见他们的时候。不过，之前，父亲一直在帮着你对他们进行演出资格的审查。

可是，孩子，属于你的世界很大很大，属于你的生活也很精彩。只是你得攒够了时间，我们再整装出发，迎新接纳。

除了溜达，你最近还疯狂恋上了自己的手指。父亲知道，恋上手指，是你智力发育、小牙牙快要破土的信号，也是你通过吮吸"小猪蹄"寻找快感，自我安抚的方式。只是你恋手指的时间比别的小宝宝提前了些，痴迷的程度重了些，最近好几次，你都因为啃自

己的"小猪蹄儿"把自己弄吐了。谁知口中奶，滴滴皆辛苦。妈妈的奶珍贵，不能轻易浪费哦。

而其实，这些年来，父亲也一直与自己的手指相恋。在父亲的生命轨迹里，这双手，除了忠诚履行了肢体功能，更是将父亲的才思和情感延伸得宽广、饱满。可以说，正是这一双手，与纸、与墨、与笔、与键盘的无间合作，让父亲在世的行走，有了修行的姿态和意义。父亲当感恩这双既属于身体，更属于灵魂的手。

写字，这不是父亲刻意要给自己贴上的气质标签。仿佛与生俱来的天性使然，也仿佛是阅世聆尘的另一种触觉。二十多年来的笔耕不辍，父亲在文字的世界里，于静谧时，听情感的潮涌，思想的浪奔；处喧嚣中，倾情于浓墨，付意于淡水，心神融汇畅达与自然之幽寂，山水之灵隽。进之可抵生活沸点，退则抽身浮世烟云。而至于书法修炼的翰墨灵气，更像是一袭灵魂的袈裟，得意忘形时的护持，阴霾笼罩时的庇佑，终得充和宁静，始达无明善境。善哉，善哉，此恋向好，受益尽此。这一阵酸，小修竹，瞬间"凌乱"了吧，是不是又特想狠狠地啃自己的"小猪蹄儿"压压胃里的翻江倒海了呢？哈哈。

关于书法关于写作，以后有的是时间与修竹慢道周详，今天且到此作罢。只是这恋手指向好的一面说了，还得和修竹说说不好的一面。如果说写作和书法，让父亲尽展生命风华，而伴随这些年，自指间抖落的一段段烟烬，也抖尽了父亲所有青葱的岁月。这也是父亲现在不敢轻易给你笑容，总担心你单纯的快乐在我沟壑中恒的笑容里迷了路。也因此，在动念为你写这些文字之前，就告诫你需要剔除字里行间缭绕的烟雾，寻找到为父也曾凝露的初心。想来，修竹一定有这样的智慧。

同样是恋手指，其方式和结果有好有坏，一如你现在啃自己的

"小猪蹄儿"，是生理和智力成长的正常反应和需要，可你总是把自己弄吐了，这可就不好了。请修竹拿出智慧和毅力，控制好节奏和尺度，可好？当然，爸爸也会多陪你玩耍，陪你去"溜溜"，和你一起寻找更大、更精彩的世界。

行文至此，也释疑了修竹溜达综合症的病源。如释重负，修竹儿，上烟。

# 家　园

　　修竹，人就是那么奇怪的动物，尤是在情感上。有些人名、地名，如果不在不经意间提及，连自己都以为已经在记忆里清空或者删除了。一旦被偶然或是意外触及，就会让你的情感翻江倒海，唏嘘感喟。

　　今天想与修竹说的，就是这样的两个名字。

　　且听风吟，这对修竹来说，感觉应该是怪怪的一个名字吧。是的，这是虚拟世界里的名字，也是父亲精神的家园。从结缘到现在，已经13个年头。13年来，从初次探访的一见倾心，到筑巢安家的数度倾情；从不遗余力地建家、乐家、爱家并安享其庇佑照拂，到情非得已离家别园后无数次地魂归梦回。13年的精神行走，父亲在这里留下了百万字的心灵和情感密码。修竹，在父亲的认知里，这也是一种身心俱净，虔诚执着地修行。这样的修行，不为转世轮回的赎罪与善果，也不为佛国彼岸的极乐净土，只为挣脱冥念臆幻的欲望枷锁，返归本我初心的宁静与纯粹，以此抵抗在世行走时光尘垢的侵蚀与名赘物累。不一定是一道耀眼的风景，但一直在行走风景的路上。最初让人铭记且听风吟这几个字的是一位叫村上春树的日本作家。而你如果记忆这个名字，则一定是因了另外一个叫风尘布衣的诗人，你的父亲。

　　每每提到马尔康这个名字，总是勾起父亲莫名的忧伤，这个单薄、贫瘠、清凉、透明的高原小城，至今映射在父亲心里挥不去、抹不掉，爱恨纠缠、苦乐交织的情感，像极了都市人恋雪的情结。他们都深爱白雪遗尘的大净、空灵和唯美，却不知道对于生灵而言，茫茫雪野的生机无觅，了无生趣，寒冷、饥饿、挣扎甚至死亡。但无论如何，这既是父亲生命的印记，也是修竹身份的印记。而其实，你还住在妈妈身体的水晶宫里刚六个月的时候，父亲就带着你回到了这里。是你母亲的异常反应和你在母亲体内的异动，让父亲浑然惊觉，马不停蹄地连夜赶回了家。高海拔，空气稀薄，含氧量低，对于没有高原生存体验的妈妈和生命力还很脆弱的修竹而言，这是一次极度危险的经历，也是父亲差点犯下的致命错误。好在冥冥中某种神秘力量的昭示，让父亲终止了错误，避免了遗恨。只是有了这一场惊魂的高原之旅，马尔康，这个名字，在修竹的记忆里又多了一份重量。

这些日子以来，我已经习惯就这样在文字里与修竹一起成长。是的，成长。对修竹来说，是奔着未来人生的无尽美好与无限精彩去成长；对于父亲而言，可能是生命宽度和厚度的拓展，亦可能是茹毛饮血地透支。无论哪种结果，我都决意在步入人生下半场的时候再启程，只为修竹前行的一路陪伴。只不知，这样的启程会晚吗？那就从此刻起，做一个守静的人，读书、写字、求知；做一个向暖的人，素心，柔和，微笑。当然更重要的是，作为肉食动物属性的父亲，今后更要多吃蔬果，热爱运动。素心如简，便是清欢；执持一艺，便是修行。孩子，父亲这样的身心储备与修养，能不能成为你更好的成长陪伴呢？

今天一早，看了郁姓叔叔发的微信，内容大致是一位极具灵性的韩国画者，以沙画的手法，把一名女子的样貌从婴儿阶段画到年老皱纹满脸的阶段，用短短数分钟将转眼就是一生，转身就是一世的生命历程表现得惊心动魄。看完，父亲缄默了。孩子，别去相信

时间追不上白发的浪漫感吟，更别以为拥有韶光就可以任性地拽住时间。学会怀抱困惑和迷惘，与时光耳鬓厮磨地相守吧，直到属于你的生命味道，浸透时光。

# 武汉日记

一

曾侯乙我来看你

曾侯乙我来看你
并非想象那般遥远
你隐身玻樽里的公元前
我就站在数厘米的公元后
苦了编钟呛在时光漫长的忧伤里
作声不得

曾侯乙我来看你
尊盘已覆酒觚已倾
子民安在云珠与棠玉
灵觉与肉身抽走哪一根骨头
痛肉身更痛社稷

曾侯乙我来看你
引颈就戮只是君王的身份
洛阳铲无法抵达的真相

被唤作传奇其实是殇
封印无法招魂的结局

曾侯乙我来看你
乐音五度暖了心肠
兵戈零下冷了江山
始于宫的盛宴如何
止于羽的轻贱凤舞天下
一曲沸腾即是万岁

曾侯乙我来看你
空棺欲睡 奈何君王不归
蟠龙欲游奈何时光静止
一钟双音五声七宫
终谋不尽盛世一场 空悬木槌
荒了珠玉的爱恋

曾侯乙我来看你
我是布衣 你却不是我的君王
两千多年你翻不过一道城墙
一个时辰 我已穿越古蜀荆楚
你且置酒于瓠 校钟以待

曾侯乙我来看你
你有金声玉振 合瓦秘技
我有民间说唱 烟火摇滚

钟磬酣畅且醉一场
飞翔的姿态轻描淡写了楚河汉界

曾侯乙我来看你
王道狰狞 所以你选择永远沉默
礼乐清欢 所以你悬秘于钟
王的魂已杳乐的灵尤暖
君心可鉴关于王朝
纯粹是多么致命的伤

曾侯乙我来看你
重要的不是江山落入谁手
而是你高蹈音乐之上的灵魂
是否已在盛世落草为寇

曾侯乙我来看你
不说往事不说情仇
不为觐见不为拜谒
只为赴这无声绝唱
复命我的君王
我的万岁五月未满

　　修竹，很久时间不写诗了，诗歌的灵觉枯萎并不可怕，致命的
是诗心不再或已不再纯粹。这一段东拼西凑，貌似诗歌的文字算是
父亲此行武汉（6月24至28日）带回给小修竹的礼物吧。曾侯乙
此人，或许不能算一个很棒的君王，但绝对是一个不世出的音乐天

才。王权与爱情，礼乐与霸道，曾侯乙的选择，值得今天的我们思考。尤其是当下，我们这个五千年文明国度还在法治与人治间小儿斗口互殴般纠缠不清的时候，两千四百年前的老曾，已经在尝试以礼乐的教化与巩固来追求和实现人与人、人与社会之间的和谐了。由此看来，不是历史这个老顽童不长进或是刻意倒退，就是老曾太超前、太英明、太伟大。

二

除了隐身时空修行的侯乙爷爷，还想跟修竹分享一些关于武汉有趣的片段，推荐两款武汉美食，逗逗你的口水，看看你呷巴小嘴儿的样子。

油焖小龙虾。我的记忆中，成都之前好像没有这样的吃法，独特的玄机不在油焖的烹饪方式，而在焖熟后，伴口的那一小碗蘸碟儿。要知道，对不同食材烹饪方式的研究、开发和创新，四川人绝对是有大智慧、大作为的先行者。成都的小龙虾的处理方式也多以炒、焖为主，口感特征则更多体现在麻辣、鱼香、怪味等味型，当然，其间也衍生分化出椒麻、酸辣等。这种重手法的烹饪方式自然也有其抢眼球、逗口水、调动肠胃的绝对实力，但久吃、吃多以后，难免易燥起腻，上火生烦。而这武汉吃龙虾时的小蘸碟儿，辣味适度，几乎没有麻，略酸回甘，对于一个怕酸的人，我却被这蘸碟里柔和醇厚而又杂合了蔬菜复合香味的曼妙酸爽彻底征服。剥开一只白如膏脂，嫩滑肥硕的小龙虾，蜻蜓点水般拂过蘸碟，送入口中，唇动齿合之间，人间味蕾妙境倏然而至，且层次跌宕，变化无穷。这次第，乃是真正传说中的大快朵颐。最值得一提的是，武汉的小龙虾体量几乎是成都的一倍多，所谓的极品可达一两以上，口感的饱满度，以及对咀嚼的契合度，实在是成都小龙虾无法比拟的。去武汉，周黑鸭可以不吃，鸭脖子更可以忽略，但小龙虾一定不可以错过。哈哈，小修竹，现在是不是觉得牙龈酸酸的，垂涎不断了呢？

枯豆丝，应该是武汉人喜爱的又一大民间美食。豆丝是以绿豆、大米等为原料，磨碎成浆，在锅里摊成皮，切成丝，名为豆丝。而枯豆丝则是将豆丝切片，炸至金黄，几近焦枯，再配以大葱和辣萝卜。据说，每家店的豆丝和辣萝卜都有自己不同的口味儿，可谓百家百味，各有妙处。夹一片薄薄的、脆脆的、香香的枯豆丝，再来一点口味百变的辣萝卜，入口，一阵咔嗞声响之后，等枯豆丝和萝卜的香味还滞留口中，此时小啜一口白酒或牛饮一杯冰镇啤酒，那绝对是神仙般的味蕾体验。在我看来，枯豆丝佐酒，比花生米的香更馥郁，比锅巴的脆更赶口。这道美食绝对是武汉烟火民间智慧的结晶。孩子，作为一个爱生命、爱生活的人，又怎能不热爱美食呢？要知道：一道民间美食，满足的可不仅仅是口腹之欲，浓缩和折射其间的当地历史、人文、民情、风俗，更值得我们用心细细咀嚼和品味。正所谓：楚地风物盛，虚席待修竹。

遗憾的是，喜欢望文生义的父亲，在回到成都以后，才知道枯豆丝只是豆丝的一种吃法，还有汤豆丝、干豆丝、炒豆丝等多种吃法。看来，浅尝辄止的形式主义还真是害人不浅啊，修竹当汲取。

# 烟火艺术中的人物造像

## 一 归来居主人

记得有本名为《追空时代》的书曾经很火。虽没有细读过这本书，但顾名思义，大致知其说道。如果说书的内容表达的是追空，那么写书的动念和实际结果，无疑是追潮。追潮而得者，无疑是智慧的，更是幸运的，那么弃潮甚至逆潮而追空之辈，又是怎样一群人，怎样一种不食人间烟火的大智慧、大境界呢？

请出我们的第一位主角，我们且叫他归来居主人吧。

其人，生活经历真可谓丰富：少时曾入选专业摔跤队，习练摔跤数载，虽不能说技艺绝伦，无人能匹，但普通三两人，倒也能在眨眼合掌间，或让你倒地蜷缩；或使你凌空乱舞。稍后成人混迹社会，因孔武有力，一技在身，且为人豪爽仗义，身边聚合一众兄弟，意在追随，俨然领袖，在这个不算小的城市江湖，混得风生水起，煞是得意，绝对算得人物一号。此君没下过乡，但却上过山；没正式入过职，却跑摊不少。也曾死去活来、义无反顾冲进围城，又因爱成痴，一念莽撞而落荒弃城，只身浪荡。有过锦衣玉食、呼风唤雨的风光无限，也有过风餐露宿、饥寒无定的落魄潦倒。其间更有不短时日消匿了行迹，不知所踪。等到江湖再现时，与之同出的是隐于城郊，建筑古旧有史，装修风雅藏韵，自然风景独好，却不显山露水，一名叫归来居的地方。此地可竹林听风、月下闻禅，亦可围炉夜话、煮酒话尘。相较其他传统形态的餐饮，很快以其独特风格和品位崭露头角，赢得车马。一时间，门庭若市，豪客毕至，生意火爆，独领风骚，大有无论庶民百姓还是士绅名流，不在归来居，就在去归来居的路上，一统城市餐饮江山之势。而此时的主人，已然完成人生深刻蜕变，心性淡然、行色宽和。眉宇神态，慈颜善目，言谈举止，戾气无觅；后来得知，正是落难失意之际，得一偶缘大善之人的扶持度化，幡然醒悟，诀别前尘，持念向佛，潜心习禅。于是有了现时的归来居以及归来居主人。遗憾的是，因城市扩容改造，老归来居被迫离乡背井，不得不舍离天光风物俱好，气韵境语空灵的村野乡间，委顿跻身于钢筋丛林的都市楼檐。新归来居，虽也竭力秉承原味故风，但终因厚墙、冷窗、深檐的隔阻，没了清风拂面，祥光罩顶，雨露沐润，花木怡情的亲近、自然、舒放和惬意，门庭冷了不少，生意也淡了下来。好在主人多年用心的寻觅积攒，倾情谋构营造，新归来居，集成了历史传统、民风民俗、茶禅香道、中式家具、养生素食等文化于一体，收藏了不少民间的稀罕物件儿，千年的金丝楠木、多层塔状的深山老灵芝，充满传奇故事背景的老旧牌匾，名家字画、佛禅器皿以及时下流行的各类文玩等等，不一而足，浑然一个既博且杂、收藏时光的博物馆。让客人在深吸浅啜，推杯换盏之后，还能领略和感悟这些国粹文化糅合后的无穷魅力和深刻启示。于这冷漠疏离的城市里，绽放和彰显出一抹人文光亮，倒也让人侧目倾心。尤其是新归来居旁新造的名为"忆树"的中式传统家居体验馆，其陈列布置的中式家具，让人赏心悦目、流连忘返。不得不赞叹凝铸在中式家具造型、风格、功能以及传统文化内涵等方面的巧思和匠心。这样的巧思和匠心，品之弥醇，鉴之弥精。"忆树"这个名字也取得生动有趣，耐人寻味。而更有意思的是，这个归来居主人现在已经不再打理门店了，委之于人，自己又开始了

有目的的"追空"之旅，频繁往来于巴山蜀水和彩云之南两地，或栖身民间竹篱茅舍，一壶老茶把光阴煮得浓了又淡，一杯老酒把人生喝得远了又近。其间有蓬头垢面、污渍满身、不修边幅、无拘礼数，只需一杯酒、几粒蚕豆花生就能谋一醉，而醉至兴处却能即兴抚琴放歌长吟的高人；也有藏茶而富，却寄身茅屋，从不打扫室内卫生，只在漏风透光的屋子中间置一竹席木箱，两个玻璃杯，蔑视所有成规礼法，却深谙茶性、茶语、茶道、茶魂的无拘无束，随心随意的"飘派"隐士；或遍访灵山秀水，古刹名寺，放空身心，滋养魂魄；或拜谒高僧大德，聆听正见，修持正念。在我看来，能舍弃身边既得浮华与奢靡，如此苦行般的回归，或许就是真正意义上的追空。

追空，是因为生命不能承受之重而舍？还是生命不能承受之轻而取？这轻重之间的权衡，这取舍之间的考量，是幡然的觉者，亦是更深的迷者。比之追空，我更喜欢归来的淡宁与浅暖。我们与尘同行，不为遇见，不问抵达。唯牧心者归，归而居之，是为善缘；而归来居的主人，归来之后，又风尘不倦地再次开始了他的追空之旅。追至何处，空至何境，还重要吗？


## 二　文艺评论家

第二位，我们该叫他文艺评论家了，准确地说是美术评论家。

这是一个颇耐人寻味的头衔儿。当今社会，说到艺术评论家，可能更多是被命题作文，不然评论家们何以谋食？而评论一旦处于"被"的状态，其意味也就深了。当然，此列人群中也有锋芒锐利、无畏无惧的思想战士和学术斗士，让我们肃然起敬，但这敬的成分又难免多少带着悲壮和敬畏的色彩。此乃有意思其一。其二，此评论家虽以美术评论得名，其真正的志趣却是绘画，而至于为何墙内开花墙外香，他本人说起来也是一脸无辜和委屈。造化弄人还是现实严酷，毕竟，这世界没有几个如梵高般大不幸和大幸运的画家：荒芜的麦田上，乌鸦内心的饥渴却是如此的丰满；不再需要面包的天才，却在迷离时，被一抹神奇天光照亮身后。而这世界本不缺少天才，缺少的只是被认同，被接受。由此，被，或许才是艺术的本质和宿命。

这个几天前因缘巧合才与之谋面的艺术家，其实在几年前，我们就有过"神交"。事因一无宗无派、自由自在的民间烟火画家的一本画册，我们竟然都为之作了序。因了一本画册的厚度，我们却在神交数年后偶然得晤，也是一段趣缘。

留着过腰的长发，蓄着稀疏长须的他，被同居住小区里的小女孩盘问很久：你是叔叔还是阿姨？叔叔不应该有这么长的头发，阿姨又不应该长这么长的胡须，到最后小女孩也没能确认其性别，估计这无辜小女孩，从此患上了性别认知障碍。哈哈，更有趣的是，与我一起初次与他见面的归来居主人，见面的第一句居然是：你长得好像古人，刚过半百的评论家就这样被提前"作古"，而在场的所有人，也瞬间完成了一次穿越。

性格、情绪、语言和行为表达泾渭分明的个性化，是我对评论家的最初印象。刚见面时，带点紧张谦恭的局促，到聚餐麻辣烫时的情绪渐热，话题开闸，到饭后茶饮时的高谈阔论，意兴飞扬，聊趣昂然。情绪的跨度很大，但一定是与绘画艺术有关的话题。言其他，则相对木讷，神思游离。让人玩味的情节是，麻辣烫吃得渐入佳境时，一时兴起从屁股兜里摸出两张折叠规整的硬包装中华烟盒，众人一头雾水，不解其意，此君倒是文艺圈中少有的不吸烟、不喝酒的"异类"，如此诡秘地把烟盒藏在身上到底是什么状况？待其小

心翼翼打开烟盒，烟盒背面呈现的"市井烟云""草根小像""巷陌故事""浮世绘"等跃然纸上，隐有香火缭绕，炊烟升腾，夹杂锅碗瓢盆的交响，贩商吆喝，猜拳行令，鸡鸣犬吠，好一番活色生香的民间烟火，让人垂涎咋舌。其笔触之细腻，情态捕捉之生动，让人叹服。这隐藏在中华烟盒里的玄机，原是这么精彩夺目。之所以选择色泽亮丽、包装精美的中华烟盒作为即兴绘画材料，想来，盖因少时家贫，没有别的儿童玩耍道具，玩纸烟盒就成了当时乐此不疲、消磨童心的最好选择。而当时的中华烟盒可是烟中翘楚，不是一般人能抽得起的，中华烟盒也不是每个小孩都能轻易得到的，一旦有了，则必定要在其他伙伴面前肆意炫耀一番。这样的少时情结，这样的绘画方式，让我不禁想：艺术的身价到底多高呢？眼前的一纸烟盒而已。

相对于人性的纯粹与空净，所谓艺术成就的高低，艺术身份的尊卑，实在是无足挂齿的浮云。无需遑论他在艺术的道路上能走多远，但他一直这么随心、随性、随意、随缘且心无杂念地玩儿着纸烟盒子，玩着属于自己的艺术形式，仿佛活着的全部目的和所有快乐就为了画画这件"儿戏"，仅此，至少可算是一个生存状态和生活模式的艺术家。而至于他的笔下，又会诞生或涅槃怎样的别的艺术家，这其实无关痛痒，并不重要。

归来居主人也好，评论家也罢，这是不同的两种人生情态，但他们都有相同的共性，那就是对自由、纯粹、空性生活目标和状态的追求。

三 烟火墨迹里的画家

墨迹，多么朴素的一个词儿，与之同时迸现在我脑海里的是摇篮、童年、故乡、炊烟这样一些意象温暖的词汇，让人可无拘亲近的意味。而这次以《墨迹》为主题的画展的所有呈现，是一个自言为画而生，为画而活，也注定为画倾情燃尽一生，五十载玩儿墨，神思激荡的苦心与躬身伺笔的苦力集一身的花甲长者，也是我与前面提到艺术评论家共同撰写画册序言，自烟火中来，蹈烟火而行，一生轨迹不离左右的画痴。

五十载的光阴，画家灯下的思量，案前的衬度，笔下的灵觉，纸上的烟火，喂养了多少向善逐美的心灵。驭笔为马，于路上，于纸上，于水墨间，驰骋大美天地，纵情壮丽山水，倚松而歇，枕荷而眠，与月色星辉做伴，以花鸟鱼虫为友。修竹，这样的墨迹人生，在无限拓展自己生命宽度和厚度的同时，也照亮了同道者前行的路。画者既是心化自然的解语者，更是纸上人文风景的传播者，再慨然与人共享，启引于后，这是功德，是造化，也是人生境界。

痴执一念，别无旁顾。五十载的墨迹人生，纯粹而厚重。纯粹在画里，厚重在画外。生活中的长者，慈颜悦色，心性充和，待人亲切热忱，洒脱豪爽，完全没有所谓画家的身份标签和作派。也因此，往来探访者如云，慕名从师求艺者众多。难得的是，不论来意若何，都能待若亲人般热情真诚，慕名者置酒以待，论道者推心尽欢；索画者慨然相赠，拜师者达成所愿。于是乎，门庭喧嚣，僧俗道学，布衣卿相，往来穿梭，煞是热闹。

在我看来，画家生活中不自恃居高，达观于物，宽容于人的襟怀，如实地折射和呈现在了他的画风：豁朗放达，开合有序，收放有度，沉稳如磐石，轻盈如雀跃，法度严谨而又洒脱率性，层次叠嶂而又主旨清晰。最喜欢他笔下的《锦城旧梦》，置身画境，也便徜徉画者或清凉、或激越、或重彩、或空灵的美妙心境，置身这个城市回放的时光片段：送仙桥，烟火的香还在垂钓缥缈的仙踪；望江楼，尘世的眼也能诱得蟾宫清辉落草人间；柳荫街的柳摇曳出光阴

的味道，浣花溪的溪流淌的是百姓故事；坝坝电煮沸人情的火锅；锦江人家缱绻着锦城的旧梦。西岭的雪，少城的月，百花潭的落日，府南河上打捞生计的桨。在爷爷这个系列主题的画面里：那古今奇景、君臣合祠的武侯祠，低声述说着历史的变迁和不死的轮回；那旧貌新颜的杜甫草堂里，诗人倔强的背影依稀，广厦蔽寒士的沉吟声尤可闻；宽巷子窄，窄巷子宽，无论宽窄，尽可宽坐。一帧帧，一幅幅，一寸寸复活的光阴，让我们目触鼻吸，活色生香。因了画家的笔墨造境，我们得以穿越时空，相望古今，应物斯感。

对于一个执念绘画的人，五十载洇透水墨的光阴，是怎样一种况味，我不敢轻易揣测。但我却因此想起时下非常流行且身价与日俱增的一个物件儿背后的故事。曾几何时，人们迷上了一种叫崖柏的树木以及用此木材制作的各类把玩物件儿。于是乎，文玩市场、旅游商店遍地崖柏，风雅之士饭后茶余的热点谈资也多是崖柏；于是乎，本来藏于荒凉苦寒的深山野岭，搏命于悬崖峭壁的木头，被追捧、被神化，地位飙升，身价疯长。而在我看来，如果说崖柏其独特的木质、造型、纹理、香气以及特有的药用功效，并非其真正价值所在。崖柏受命受难于自然而与之抗争所呈现的精神和魂魄才是其价值的真髓。试想，近乎生命绝境的悬崖峭壁，日复一日，年复一年，惊雷闪电的砍劈，风刀霜剑的雕琢，坚硬冷酷罅隙中点滴寸毫地生长，放大和凸显的生命力和生存意志，同样也放大了大慈如佛的自然赐予苦难和生机的感恩，这才是悬崖柏让我们钦崇敬肃的精魂。而嘉顺老先生这五十载艺术苦旅，磨砺雕琢出的，正是这样一颗如崖柏般坚韧不屈的画心和画魂，眼前的这些绘画作品就是主人风骨的折射和映照。

正如几年前我从嘉顺先生的画里读出了民间烟火味，今天，我又再次悟到了画里崖柏的精神和魂魄。

# 布丁旅行日记

　　都江堰—水磨镇—峨眉半山七里坪—雅安周公山—汉源九襄。这是小小旅行家布丁同学一个月来的行程轨迹。而其实，你的第一次长途旅行始于还在妈妈肚子里六个月的时候。那是一次充满艰辛且极度危险，但也是你生命里值得记忆并骄傲的远行。七个小时四百多公里，从金沙遗址镀亮的传奇到终年覆雪的梨花金顶，从太阳神鸟的居所到苍鹰的领地。缺乏常识的父亲，执拗于生命的初始情结，忘记了火苗旺盛的高原小城，稀薄的空气根本无法满足你和妈妈两个人共同的呼吸。仅数小时的逗留，便星夜兼程，铩羽折返。父亲莽撞险酿的祸，经时光之手抚平之后或可成为你生命中值得骄傲的记忆。

　　现在与父亲一道，梳理一下近期的旅行大事记，可好？

　　在"城中有景，景中有城，半山半城"的都江堰，不知是湍急的岷江清凉的心事触动了你的兴致，还是南桥周遭，古旧的建筑，林立的商铺，市井百态，民间炙热点燃你的情绪，一路上，你手舞足蹈，情绪爆棚地吱吱呀呀，叽叽喳喳，时而朗朗高亢，大声宣告；时而喃喃低语，恍有所思。引得路人好奇驻足，你却在悄无声息间，将"天体温泉"和"黄金大蜡"分别留在了父亲和姥爷身上。哈哈，我们都是中大奖的幸运儿。

　　水磨镇，开在伤口里的花朵，让人从目光和心里都生出疼痛来，父亲特意带你去了命名为"马尔康"的藏寨风情展示馆，让你体味

父亲出生地的气息，当我抱着你在馆前留影，尽管你不给情面的一脸庄肃，父亲仍视你再次回到了故乡。由于天气太热，你娇嫩的额头渗出了汗珠，要知道，我的女儿，汗水也是生命里盛放的花朵。当你贴着父亲的肩头酣然入睡，父亲的脚步放得很轻很慢，像极了武侠世界里身怀绝顶轻功、凌波微步的大侠。我们父女的剪影云朵一样飘过古镇石砌的街道。

峨眉半山，阳光柔和，空气清新，花木单纯，虫鸟欢跃，这样的背景正好映衬你生命的空净。就是这样，多好啊，身心都在路上的每一个日子，其实都值得纪念。

雅安周公山，你第一次感受温泉，尽管只是蜻蜓点水。你兴高采烈地用小脚丫问好温泉池里的小鱼儿，小鱼儿们却不领情，不屑地掉头四散而去，哈哈，有点失落吧？我的女儿，这恰好证明你的生命是多么净洁，要知道，这些小鱼儿可是以人身上的老茧死皮为食的啊，哈哈，鲜嫩如你，哪里来的食饵呢？如果你的生命永远都似这般净洁如初，该有多好啊！

从汉源回来，途经雅安北高速出口的时候，在一个叫九大碗的地方，妈妈终于践诺给你开荤了。第一次知道了农家腊肉和酥肉的味道，看你咂吧小嘴的模样，味道很美吧。记住这个日子吧，公元二〇一五年八月十六日，修竹终于换取可以遍尝人间美味儿的签证，而父亲却由此陷入隐忧。要知道美食在喂养我们的同时，也在腐蚀我们的生命。这世间，还有什么比妈妈的乳汁更纯美的食物呢？

# 纪念与救赎

禅定，不是长坐不起，而是心不附物；合掌，不是并拢双手，而是恭敬万有；念佛，不是数量之贪，而是清净心地；叩拜，不是弯下身体，而是消融傲慢；欢喜，不是只挂脸上，而是心境舒展；清净，不是断绝欲望，而是心地无着；布施，不是拱手全送，而是积极分享；学佛，不是研究知识，而是践行智悲。

很喜欢这一段德厚智深极具昭示和载渡意义的文字，倒也并非全是佛心的慈悲和佛智的光芒，其实是药，可以给心灵疗伤，给灵魂救赎，给病入膏肓而浑不自觉的现世社会和人们。孩子，你现在理解起来可能有些晦涩难懂，这毕竟是另一个精神和意识层面的东西。看看我们身边这个现实世界，多美好啊：到处是国富民安的盛景；璀璨锦绣的物语；冠盖如云的排场；翠华摇曳的仪仗。再看看我们的生活，同样是多么美好啊：衣有棉麻丝绸，食有朵颐饕餮，住有别墅豪宅，行有奔驰宝马。我们还要奢求什么？还想占有什么？还能攫取什么？还会豪夺什么？闹着禅定，却已在肥硕中失去了重心；动辄合掌者，却已被贪念掏空了躯体；念佛的人无关虔诚，而是贿赂的惯性渗透延伸及至虚空；叩拜的人无关敬畏，而是漂浮的膝盖经不住一粒尘埃。我的孩子，生活在这样一个时代，大幸？抑或大不幸？时间推着我们前行，走到今天，走到这里，我们的肉身回不到过去，灵魂也穿越不了轮回。所以，还是继续行走吧，只是记得随时带上心灵，你可以不禅定，但必须持净念；可以不合掌，

但必须懂敬畏；可以不念佛，但必须惜善缘；可以不叩拜，但必须尊客观；可以不学佛，但必须蓄才艺。

经娘胎，自另一时空，穿越降生而来，其实，孩子，你早已在旅行的路上，那边风景美吗？

再过几天，你来到这个世间就七个月了。父亲和你母亲商议着，这个日子想让你在旅途中度过。这一天，既是你人生的一个小小纪念日，也是我们这个国家，这个民族以及世界上所有爱好和平、痛恨战争的人们共同缅怀和纪念的一个日子。这种意义非同寻常的巧合，我们可以用特别的方式度过。

纪念中国抗日战争暨世界反法西斯战争胜利七十周年。这样的主题里，隐含着一个民族深重的苦难和悲怆的血泪史。好在终于有人从浮世堕落混沌的迷梦中醒来，振臂一呼。唤醒了沦陷在早已结痂的伤口里一个民族该有的血性和骨气，也唤醒了迷失在痛觉麻木的伤口里一个民族该有的觉醒和良知。孩子，这本不该忘却的历史，本不该沉睡的记忆，却被抛却在盛世的冷眉之外。说庆祝，这语气听来就虚拟，还是纪念吧，只为唤醒尘封。

我们要去的地方名字叫重庆。也曾是被硝烟战火深刻洗礼的城市，也是你即将抵达的第一个出川的省外城市。9月3日，你人生一个小小的纪念日，是为铭记因你降生留给母亲的一道伤口；而我们这个民族七十年前留下的巨大伤口，早已愈合，早已结痂，甚至早已没了疼痛，但必须有传承，有铭刻，有觉醒，以此告慰曾经的英烈忠魂。

只是近五个小时的行程，七个月大的小小旅行家，孩子，你能完成吗？

# 臭脸与藕节巴儿

父亲因为工作单位变动，从工作了快十年的单位调到现在这个人员、业务、工作环境都相对陌生的新单位，这几天忙着收拾、整理、搬家，写给你的文字也因此落下了。修竹谅解。

愧疚，是人生常有的一种状态。譬如面对修竹，父亲会因为工作忙累，陪伴你的时间不多而心生愧疚；即使陪在你身边，又会因为读不明白你的情绪语言而心生愧疚；忙得没有时间想你的时候，会因为对你的忽略和短暂遗忘而心生愧疚；想起你的时候，又会因为记不清你的体重身高而心生愧疚。作为父亲的角色和责任，只要是关乎你，父亲都会或多或少，或深或浅地除了愧疚还是愧疚。所以，当你母亲要我选一张你的照片放在办公室里，我选择了那张你表情臭臭的照片。每天，你就在父亲办公桌右侧一旁，时刻表情臭臭地看着我，我就仿佛听见你随时在监督我：老爸，怎么又抽这么多烟？老爸，该吃午饭了！老爸，千万不要凶自己的员工哦！老爸，下班时间到了，怎么还不去接妈妈。老爸，可不许惹妈妈生气哦，她一生气，提供给我的粮食味道就不会好咯。哈哈，你看，你这无声的臭臭的表情里，父亲可读懂了太多的内容。谢谢你，我的孩子，在父亲人生又一个特别的状态里，因你的陪伴，让父亲暂时浑忘一种告别熟悉生活模式和惯性的怅然与失落，也暂时浑忘了职场命运变换无定，前路迷惘的彷徨与忧患。这无声但却温暖的陪伴，让父亲心神安然，笑对浮沉。一如此刻，父亲又扭头偷偷地瞄着你依然臭臭的表情，却自满足地窃笑起来。你妈妈到现在都没搞明白，当初为什么选

择你这张表情臭臭的照片，让她继续迷糊去吧，记得保密哦。

你啊，平时笑得春光灿烂，世界摇曳，可是一面对镜头，你就立马拿出这臭臭的表情，而其实，这个毛病跟我一样一样的，谁说一照相就非得挤出几滴笑容来呢？镜头里的笑容固然可能绝后，但臭臭的表情才能空前啊。一把年纪的父亲，从来没有喜欢过照相，以后当也不会喜欢。好在有你喜欢臭美的妈妈陪着你制造表情，摆弄 POSE，就等着你们把镜头气吐血、搞晕厥、整爆炸吧。

当你才七个月就完成了往返七百公里的伟大征程，你姥姥和姥爷可是挨儿保医生批评了，说你太小，不适合这样的远行，会打乱你脆弱的生活节奏，给你的情绪和心理造成不良影响，进而影响你的饮食和睡眠，联想到你在重庆的饭量和睡眠，医生的话让父亲这个真正的罪魁锁紧的额头拧出冷汗来……

这也是一种无知，父亲好没面子。好在当天，你用标准的跪爬，矫健敏捷的身手，不要喂，直接双手抱碗，呼哧呼哧狼吞虎咽下一整碗米粉儿的飒爽英姿，让医生瞠目结舌，总算多少帮父亲找回了一点面子。谁让我们是轻易不出手，出手必惊人的高手呢？你可比父亲内敛、淡定、沉稳得多啊。除了这次，还有例为证啊。记得你三四个月大时的一次儿保，医生看着你小脸上没有什么肉，责怪你妈妈：怎么带的孩子，瘦成这样！可当你把衣服脱下来，手臂和双腿上结实漂亮的藕节巴儿惊艳呈现在医生眼前的时候，她只能感叹：哇！原来你这么会装穷！哈哈，咱可不是装穷，咱这叫藏富。

今天，爸爸的一位同事阿姨，在我办公室看见你的照片：哇，这么多的藕节巴儿。父亲看她说这话的时候，咽了一下口水。呵呵，真的很让人垂涎咂舌呢。谁让咱是能睡会吃，暂时藏富于身，以后必将藏富于心的健康达人呢。父亲希望你最好保持一辈子。虽然现实总是如父亲这般骨感，但你的未来，必须如今时你的藕节巴儿一般丰满。必须！

# 履新汇报与南机坪的亭子

以文化和艺术代言人的身份，到这个新单位工作已经一个多月了。给修竹汇报下履新体会吧。

首先需要澄清的是，父亲供职的不是什么政府的文化部门，也不是什么专业的艺术家协会。所以，当要我为新公司的业务发展注入文化和艺术活力与内涵的时候，这讽刺意味很深很重的话头，父亲默默地咀嚼了好一段时间才最终咽下了。无可否认，新公司的业务多少与艺术是沾边儿的，相较于在纸上吹弹兵马、巧弄风月、移植山水、嫁接时光，这种在土地上实实在在置景造型、写意花木的业态更有艺术的质感和实用性。就连街道马路上那些无处不在、披星戴月、栉风沐雨、频挥扫帚的剪影，在父亲的眼里，也是让人动容且心怀感恩的行为艺术。从一张纸到方寸土地，当下是父亲需要从意识、心理和行动跨越的距离，这或许也就是精神到现实的距离吧。

此刻父亲端坐于办公室，写下这样的文字，是不是已经接上地气了呢？

而其实，我的孩子，到父亲这样的年龄、经历和心态，到什么样的新单位工作实在是可以忽略不提的事，唯让父亲难以释怀和隐忧的是，新的工作或许会更多剥夺父亲陪伴你成长的时间，所以，请原谅父亲在你成长过程里，情非得已的缺位和缺席吧。而这样的天伦与现实矛盾之痛，可不是一纸意气、一壶浊酒可以治愈的。

这一段时间，几乎每天都有父亲原来的老部下和员工们的电话及访晤。在这一片片黄叶叠加的秋凉时节，尤为暖心。我的女儿，当那么多曾经的员工在你离开之后，表达不舍和牵挂，这绝对不是改变命运的现实力量，却让父亲从容应对命运变数的精神力量。同时也证明了，作为一个温暖的人，一级管理者，让员工被动服从与自愿追随之间的高下之判、云泥之别。自觉而觉他，也算是一种人格的完善，修竹以为呢？

所以，当手握父亲调令，有职位高于父亲的领导在给新单位员工介绍父亲时，说某某是机场的大才子、文化人，父亲心里是安然接受的，这样的接受，不在他们说的文化和艺术本身，而在作为管理者的角色，父亲或许比他们更早明白管理的最终归宿其实是文化，关于人的文化。

接下来，我们来聊聊热点关注话题，南机坪的亭子。

据说领导们都很重视，很快就要为南机坪的员工们建休息的亭子了。我不知道，南机坪的员工们知道这个消息，会是怎样的反应，也不知道，其他地方同样没有休息亭或者休息亭条件同样甚至更加简陋恶劣的员工们，知道这个消息是怎样的反应。

这是父亲到新单位做的第一件被叫作"好事"的事。据说，这件事能够得以快节奏、高速度的实施，与一位偶然经过南机坪，充满人文关爱的机关女领导，无意间看见的一幕动人场景引发的。

七月流火时节，热浪覆盖蔓延整个机坪，地面温度高达五六十度。一块机位标识牌，硬生生地从炽烈的阳光中搜出一小块荫荫。而就在这小小荫凉覆盖之地，一位倦慵斜靠着标识牌的机坪保洁工人进入了这位领导的视线，触发了这位领导细腻敏锐的人文情怀。于是，有了父亲一到新单位就赶赴南机坪现场调研的第一单任务，于是有了新建休息亭这个尘埃落定的好消息，以致也有了亭子还没最终建好，就已经定稿的新闻报道，以及报纸上提前留出的版面。

借一块阴影躲避追赶的毒日头。这样的情节一旦从人性关怀的角度发掘，其放大的现实意义，无疑是要被引起广泛而深度关注的。所以，此事同样惊动了最高首长。兹事体大矣，于是，催办的电话不断，关心的电话不断。

可这并不是于初来乍到的父亲送给员工的"豪华"大礼。在父亲加入角色之前，这情节和结局已经被编排得很完美了。父亲只是想：这只是在恰当的时间恰当的地点被恰当撞见并发掘的一幕，未来的时间里，还有多少这样类似或者不类似等待发掘的很多幕情节呢？发掘以后还能这样有幸的因为恰当而被关注和最终得以解决呢？

生活中很多无解的悖论，真的让我们茫然无措。譬如美化环境的人却只能挤在阴暗逼仄的犄角旮旯里，让城市干净整洁清爽的人，却只能与垃圾污渍相伴，与蚊蝇蟑螂同住。这让我想起几年前去日本，看见的那一群衣着整洁、仪表端庄、养尊处优的保洁工人。我不知道，同样的群体，如此巨大的反差，仅仅是行为习惯的差距，还是整个国民价值观的差异？就像我不知道，这个公司还有多少这样等待或者应该修建的亭子，关于这个群体，修建可供肉身遮风避雨的亭子不难，修建让他们找到自我存在、精神和意识层面的亭子，可就难了。

南机坪的亭子，让我陷入迷惘。

# 季节的意志

秋分，一个重要的节令。关于这个季节的描述，我还是觉得古人的说法最能切中要义：秋分三候："一候雷始收声；二候蛰虫坏户；三候水始涸"。修竹，这是自然的三候，而我们人呢？父亲觉得当也顺应时令，融会自然。譬如对于幼小的你来说，秋分也就意味着该为你逐时添衣，调整好玩耍和睡眠的时间节奏，在辅食里多加入蔬果了。你看，人的身体对于自然的反应就是这么灵敏，前几天，你就因为秋燥，每到"便便"的时候，憋得小脸儿通红，五官挪位，哭得稀里哗啦，让人看着揪心地疼。好在姥爷及时为你精心熬制"菠菜粥"和"梨儿水"，才让你摆脱困境，这下可懂得敬畏自然和时间了吧。所以，孩子，谙熟传统节令，了然季节意志，也是你今后应该认真修习的一门功课哦。

丹桂飘香，蟹肥菊黄是这个时令对于人类美好的馈赠，但秋雨霏霏，寒凉与增，天干物燥，满目萧索，则是人类从生理和心理都要积极应对的挑战和考验。在父亲看来，秋天是一个适合潜隐声息、沉敛神思、静观多悟的好时节。就像此刻，父亲把自己对于秋分这个节令一点浅薄的认知和体会与你分享，多少附会了此时此令的自然境语。

再过几日，就是我们传统文化里另一个重要节日——中秋节了，爸爸为你精心准备了好看又好吃的月饼，就是不知道你妈妈给不给吃，管他呢，爸爸做主，至少得让你浅浅地舔一下，尝尝月饼的味道吧，毕竟是你人生第一个中秋节。当有一天，你长大成人，独立生活，而又不在父母身边，请记住，月饼其实就是家的味道，妈妈的味道，当然还有爸爸和其他牵挂你的所有亲人的味道。所以，孩子，月饼不仅仅是一种食物，更是我们传统文化里的一块抹不掉的印记和符号，它不只有食物的香，更有情感的香。

对了，听姥爷说：这两日小布丁同学睡眠不安，好梦不畅，夜里或啼哭或抽泣，什么状况？小小肠胃不适？身体缺钙或是缺其他微量元素？白日里受到惊吓了？盖的被子太热？身上有痒痒？还是其他神秘的原因？……

梦境里的世界，该怎样探访或是遇见？是怎样的神秘力量，让小小的你独自彳亍梦境，遭遇不舍的前世或是踯躅来世的迷惘？我的孩子，你看，就是这么无奈，现实生活中，父亲仿佛能给你所有的庇佑，为你遮挡所有风雨，可是却无法跟随你的梦境，陪伴你梦里的行走。即使是以一个诗人的灵觉，也无法完成这样的穿越。

这样的时刻，对于父亲来说，是伤感且煎熬的。因为我意识到，人类貌似的强大，面对生命的无解与自然的伟力，脆弱得不堪一击。

孩子，其实，无解也好，伟力也罢，父亲至少是有应对态度的。既然生命无解，那就选择安然领受。既然伟力无匹，那就选择虔诚修行。作为父亲，此刻，还想送给女儿一句话：未来人生，无论得意失意，无论逆境顺境，请都坚持以认真的深情，贞静自守并以此抵御生活无常的凉薄。

# 温暖的宿醉

有一种酒，是温暖的火焰，传递情感，照亮彼此心灵；有一种酒，是柔软的利刃，伤身更伤心。嘿嘿，这是父亲浸淫酒坛多年，对酒的一点认知，抑或谬论。

昨天晚上，非常愉快也非常享受地对自己的身体搞了一次综合平衡的功能测试，与一群温暖的人在温暖的地方以温暖的方式，完成了一场温暖的宿醉，测试结果非常 OK，你妈也说，没想到你喝了这么多酒，还基本保持了清醒，只是你妈不知道，第二天，父亲迷糊了一整天。呵呵。

这是一群因为职业平时滴酒不沾，或只在休息时偶尔浅酌微饮的人；这也是一群身份平凡、但内心温暖明亮且懂得珍惜感恩的人；当然，他们更是一群收入不高，工作艰辛，却坚韧执着、吃苦耐劳的人，他们都曾是父亲的同事，也是最基层的员工。

离开原单位不久的某天，父亲接到他们其中一位代表的电话，说他们几个员工想以凑份子的方式，请我吃顿饭，表达他们内心对我的感激与不舍，父亲没有丝毫犹豫地欣然答应了。要知道，自你出生以来，所谓的饭局酒局，吃请邀约，都成了父亲神经里最脆弱敏感的一部分，每每遇到不能告假或者不能不参加的应酬和饭局邀约，都犹如一颗重磅炸弹，让父亲的内心纠结挣扎很久。因为一喝酒就意味着不能开车回家陪伴你，即使回家，也不能跟你近距离玩耍，怕酒气熏晕了你。这实在是煎熬痛苦的事。

但是这顿饭，父亲绝不能推。甚至可以推掉因工作而外的任何饭局，也不能辜负这一群人朴素的心意。

吃饭的地方并不高档，只是环境打造得很生态、很自然，正好是你百日庆典设宴，一个满眼树影水色的农家乐。吃的菜也不奢华，但我知道，这已经是他们满怀忐忑的精心准备了。喝的酒是广告里叫作唐时宫廷酒的剑南春，那天，我才发现，平时不怎么喜欢喝的这酒，居然如此醇厚甘洌，绵香入口。

这是父亲吃得非常愉快幸福的一顿饭，也是父亲近段时间喝得最尽兴快意的一顿酒。据妈妈说，父亲喝下了七八两的酒，要知道，这量可是父亲二十年前偶尔敢为的状态。

其实，也醉了，只是一直努力醒着，想多陪陪他们，跟他们多说说话，交交心。其实醉了也难受，头晕、胸闷、思维不清、没有胃口、四肢乏力。但内心却幸福温暖着，因为这是友情的酒，感恩的酒，温暖的酒，而且这样的友情、温暖、感恩的情怀来自一群曾经的员工和战友。一切都值了。

人生难得几回醉，此番宿醉，值得铭记。

谢谢这群曾经的战友，愿他们一切安好。

# 甘南草原的诗人

就像一道清淡而别致的小菜，甘南，被端上了盛世的华宴。于是，人们开始乐此不疲地谈论甘南的美。

甘南美吗？我想答案是肯定的。尽管父亲也没有去过，但从一个叫王小忠的藏族诗人的笔下，父亲已然领略了甘南的美。

这是一个内心与甘南草原的空气、阳光一样干净的诗人。一个宁愿被世俗眼光冷漠囚禁甚至遗弃，也绝不让自己的文字讨巧取宠、媚俗迎合的诗人。多年来，总是那么执着带点痴愚地反复深情吟诵着一个主题——甘南草原。

这个可爱可敬的藏族诗人，以自己独特的感悟视角与甘南草原对话，从文字里脉络清晰的承载与赋载的关系，我们不难看出，甘南草原既是诗人肉身成长的地方，也是诗人心灵和思想成长的地方。诗人与草原的对话，既是思想者与自然的交谈，也是诗人灵脉与草原血脉的共生共融，更是生命形式与生存命题的相互作用。在甘南草原，诗人思考感悟得很深，也可以说是甘南草原让诗人思考感悟得很深。而这样的思考和感悟以文字的形式呈现给我们，既像是一支低沉雄厚、苍凉遒劲的交响乐；又像是婉转轻灵、情韵悠远的小夜曲；既像是意绪饱满、色彩浓郁、内在丰厚、手法凝重的油画；又像是角度空灵、笔法跳荡、意境深邃、层次清晰的写意画。

抱歉，是父亲又不好好说话了。且让父亲与你描述想象中的甘南草原吧。

沉寂的晚钟刚一坐进心事满满的夜色，顽皮的月亮，就从郎木寺飞展的檐角偷偷溜下来，靠近了火光和灯光温暖辉映的木窗。大地多安静啊，安静得只剩下了人间的心跳和月光的脉动。木屋里，一灯如豆，这时候，你看见一只煤油灯，弱弱地亮着，亮着，亮得光阴也仿佛困乏了，在屋角的暗处打盹儿；亮得灯下的老阿妈头发都全白了，曾经的青春在细密的皱纹里彻底迷了路，再也走不出来。可老阿妈的眼神还亮着，灯一样地亮着，昏昏的，柔柔的，浊浊的，但却深情地亮着：她已经不能在灯下飞针走线，甚至不能再为围坐身边的孩子讲一些过去的故事，她只是枯木一样安静地一动不动地坐着，仿似在怀想过往的岁月和远去的青春，又像是在聆听草原深处那曾经让她心神不安的马蹄声，以及后来跟随时意外地一次马失前蹄而注定的宿命和结局。要知道，在草原，火炉暖的可不只是肉身，还有人心、人情、人伦甚至是人性。亲人们围着火炉，煮一锅热奶茶，把日子品咂得像茶一样不疾不徐、不浮不躁，温厚绵长却又有滋有味，容纳释放却又沉静纯粹。在草原，在都市之外，在浮华以远，人们不需要轰隆烈烈，也不需要波澜壮阔。只是心平气和、心甘情愿地与日子厮守在一起，守着很深很深的寂寞，守着很沉很沉的孤独，守着几乎没有色彩的念想，守着几至无望的盼头。守一春草木的芬芳，守再世雪飘的凄美，守一次没有悬念的日出，守一场没有结局的月落。修竹，这是一种生活，一种很淡很真的生活，一种寂静安详的生活。或许离你很远，但却是我们每个人心灵最终的归途。这也是甘南诗人曾经和正在经历的生活，父亲一直心驰神往的生活。

此刻，孩子你听，木屋门外的狗狗在叫，叫声落在草原的尽头，草原的尽头还是草原么？等你长大，给父亲答案可好？

此刻，亮着的灯，把老阿妈的身影拉长了；燃旺的炉火，把日

子拉长了……青稞酒远远的香，浓了又淡了。马蹄声驮着远方归来，守夜的狗开始一口一口撕咬着月亮。走出我的文字吧，我的女儿，我已然看见甘南草原向你张开温热的怀抱……

以此文字致敬并祝福来自甘南，刚刚探访父亲回到草原，一个叫王小忠的诗人。

走出寓言

# 民间艺术家

感谢绿化部经理的邀请，让我有机会观摩大家精湛技艺的表演，这对我来说是一次难得的学习机会。

大家知道，我个人比较喜欢书画和中国传统文化的东西，但那都是纸上艺术，不能与大家这种看得见、摸得着、接地气还实用的现实艺术相比。因此，从这种意义上讲，今天所有敢于亮剑、参加比赛的选手，都是我的老师，都是真正的艺术家。

在我看来，比赛的结果和最终的名次并不重要，重要的是大家要充分享受比赛过程和创作的乐趣。同时，也借此建议公司和部门，今后应多开展类似的活动，既通过比赛练兵提高了员工们的业务技能，又活跃了公司文化氛围，同时还为我们的工会组织和工会干部提供了职能作用发挥的平台和组织才华施展的空间。生命在于运动，工会在于活动嘛。

祝大家都有精彩的表演，祝活动圆满成功。

谢谢大家。


这是父亲给公司参加插花比赛员工们的一次讲话，现原文"录音"整理给修竹，只为分享给修竹：所谓领导讲话，其实也可以不用板着面孔地盛气凌人，扯着喉咙地装腔作势，它可以跟我们的体温一样，有亲和的度数和温热的气息。现在带修竹认识一群真正的艺术家。

据父亲目测，这一群平均年龄超过四十五岁，大姐级的员工们。或许在别人眼里，她们在家只是一群操持家务，不施粉黛，面容枯黄，手茧密布的家庭妇女；在单位，她们也是身处最基层、最一线岗位，做着最平凡，最不引人关注，简单重复性的工作。但就是她们，就在刚才短短数分钟内，三五个人细致分工，默契配合，完成的租摆组合造型作品，以及各自独立完成主体鲜明、造型别致、层次清晰、寓意深邃的插花作品，惊爆了我的眼球，谁说文化非得要写在纸上，说出口来呢？谁说艺术只是所谓艺术家的专利，只是深不可测，让人如坠迷谷的形而上或形而下？眼前，这些以灵巧双手以及朴实智慧，化平淡为神奇，点石成金，赋予不同花木以新生及活力的造型，不就是真正活色生香，养眼养心，扮靓生活，点燃视界的艺术作品吗？最难得的是，她们在诠释作品主题的时候，都表达出对公司发展美好前景的热切与关注；最让人动容的是，她们这些插花的技艺，都是利用平时休息时间，从电视、网络、书刊自学得来的。多么朴素的精彩，多么可亲可敬的员工大姐，谢谢她们，给父亲上了生动的一课，向这群民间真正的艺术家致敬！

# 走出寓言的狼

　　叼着两千多年光阴的狼，走丢了猎物，走丢了狼性，走丢了领地。而听着《狼来了》长大，无辜的孩子们也早分辨不清楚，寓言故事与现实世界里，狼和狼外婆，哪个更慈祥，哪个更凶残。迷失了真相的寓言，只剩下狼的饥肠新鲜如初，奈何聪明如狼亦不能食言而肥，所以，马云来了，马化腾来了，刘强东来了，Uber 来了，滴滴来了……

　　后面还有一大群超智慧、超能量的狼，也都来了。

　　顶着新鲜而饥饿的光芒来，带着黑洞一般的胃口来。就在人们惊诧错愕，怔忡愕神间，来势汹汹，摧枯拉朽，风卷残云，无可阻挡。这来的是狼吗？不是狼吗？有一点可以肯定，是狼，但也绝非来自寓言故事；不是狼，却让活生生一个现世，在颠覆中震颤，在震颤中沦陷，在沦陷中抖索。

　　政策、资源、技术、业务构筑的高大厚实的城墙，让父亲供职的行业员工们长期以来被垄断的意识豢养得养尊处优。他们无法相信，虚拟的互联网这匹狼，会如此深刻地改变他们的业态形式，会如此强烈地冲击这看似坚不可摧，牢不可破的城门。城门之外，群狼环视，露出森森白牙，不时发出摄魂夺魄的长啸。

　　Uber、滴滴让依赖民航生存的机场专线的出租车恐慌了，也让咬牙切齿、磨刀霍霍，想对外扩张，分羹求食的民航内部地面运输业在猝不及防间捶胸顿足，哭天抹泪；雨后春笋般从周边冒出的代客过夜停车以及过夜停车场让坐地经天，旱涝无忧，拥有全世界公认黄金资源的机场停车场炸窝了，国际国内满天飞的快递包裹让享受特殊经营权的免税店也有了忧患。本来只负责外来车辆和来访人员登记、询问以及办公大楼安全的安保人员，不知不觉，不明不白地被扩编成邮件收发中心工作人员。一栋设计新颖、现代，空中俯瞰呈眼睛形状的大楼，除了员工的各色汽车，还有频繁往返穿梭、专事负责快递的电马儿、摩托车、火三轮儿甚至是自行车。反差强烈，对比鲜明，蔚然成趣。这狼来得不讲道义，不守规矩，甚至来得很无赖、很流氓。而这，仅仅是整个社会无足挂齿小小的一角，也仅仅是整个国情世情无足轻重小小的缩影。

　　一时间，遍地狼迹，遍地狼烟，遍地狼啸。但就真的来了，这可不是寓言故事，当然也不用再披着外婆的外衣，就这么来了，无孔不入，无隙不钻，颠覆一切，改变一切。

　　人类，该"肿么办"？修竹，你怎么看？

# 关于明眸皓齿的温暖意象

立冬之前，你的小牙牙破土了，是为赶赴春节这国人盛宴的准备么？

我屈指算着，到春节的时候，你已经满一周岁了。到时，修竹元年终于可以正式纪年了。也由是，2015 的春节又多了些值得咀嚼的意味，父亲期待着。

修竹可知，这一生，牙齿的重要性么？没有牙齿，我们无法喂养好自己的肉身，肉身尚不得善养，何以供奉我们的精神和灵魂。这世间，佳肴珍馐固然是唇齿和味蕾的享受，但比这更值得我们期许、付出、追随，甚至舍身的，却是来自精神感知和灵魂触及，极致美妙的另一个世界。修竹，可别轻看这一副藏于唇舌间小小的牙口，开合之间，即是我们与这形而实、虚而空的世界联通的玄关。这一生，霁月明眸，皓齿清风之时，你自可轻灵愉悦地行走；而当愁结锁眉，阴霾罩心之际，我们也当咬紧牙关，从容坦然地度过。作为父亲，我只希望，对于生存的赋予和承载，修竹当以月透深潭的智慧，波澜不惊，切不可对生活以牙还牙，伤了自己。

就在昨天，应忘年老友相邀，父亲和母亲吃了一顿家宴。席间，老友问可还打算响应国家即将开放的二胎政策。父亲告诉他，因是女儿，且作唯一。呵呵，只是这唯一，却让父亲由此生结，终是怕你孤单，而早已坏掉两颗牙的父亲，如若要再为你造一个温暖的陪伴，已然力不从心咯。好在妈妈年轻，今后，你们母女亦友亦伴，相顾携藏吧。

今为父与你以齿记事。今后你当好好爱牙护牙，明眸一生，皓齿一生。

今天，是传统历法中小雪的第二天。阴冷寒凉的雨一直下着，时而绵密，时而星疏。而此刻，父亲心绪明朗、宁静，忙碌一上午，终于有时间可以坐下来，和修竹唠嗑。

一早，看着办公楼外的大银杏树，金黄的树叶不断飘落到地面，无声无息，轻到一株绿草就可以稳稳接住这饱经风雨的结局。一如时光褪下的皮肤，裸露生命的原色，让人莫名生出感念和敬畏。父亲最是爱这熟透也黄透的银杏树叶，从枝头飘坠，不是因为生命的重量，而是已经活到了轻灵欲飞；从空间到地面，并不是整个生命的历程，落下，也只为积腐成萤，注脚新生。凝视这一枚枚扇形的树叶，所有成长的脉络如此清晰而又规整地集结在扇面上，用手轻轻一抚，仿佛便抚平了岁月的沧桑和时光的皱沟，内心也因此找到了安放与皈依。而今，既已看不到远方，索性安然沉入轮回。思绪突然回溯几年前，在日本的函馆女子修道院，邂逅一种叫雪虫的精灵。这只有短短数日生命的精灵，是雪花的前身。那安详澄静飞舞的姿态，仿佛在诉说蚕一样洁白的忧伤，这些精灵生命的尽头是另一场洁白的轮回，由是想，眼前这些金黄的银杏落叶，与其等到飘坠成泥时才幡然证悟生命的空相，不若趁此借力枝头好风，提前预谋一场曼妙且饱满的结局。雨，一直绵绵密密地飘洒，风，来得不轻不重，叶，落得不疾不徐，眼前的时光由此变得从未有过的沉静，此刻，闭了眼吧，雨滴洇开的心事，凉风吹散的思绪，所有的前尘往事，一眸揽尽。

由小雪始，寒气日盛。感恩这些漫天飞舞金黄色的精灵，点燃我们目光和内心的暖意，让这逐日变凉的季节，有了另一种温暖的

意蕴。女儿，这是自然的恩赐，我们当也去捕捉和追逐一些人性温暖的情节，来给心灵御寒。

就在昨天中午，父亲去参加当地文联的一个活动，中午在一家来自重庆的小面馆吃面，面馆的小老板把十五块钱放到我的手里，说，你上次带老人来吃面，把这钱落在座位上了，我一直给你保存着，现在交还给你。这一场意外的收获，让父亲很感动，不是因为落下失而复得的这点儿零钱，而是这小小面馆传递人性的光芒与温暖。

如此诚信如金的经营品格，生意肯定会越来越好。修竹，想不想尝尝这家来自重庆小面馆的"好味道"呢？

# 父亲的药方

不时地咳嗽，不时地喷嚏，小鼻头红了，小额头滚烫，充血发炎的声带，飙不出嘹亮的高音儿了，也不能推开小勺，双手抱碗尽情吮吸吞咽了，黯淡的小眼神里，溢满泪光和浅嫩的忧伤。

女儿，你生病了，病毒性感冒。难受，却不能言，这亦是一种真实的生命状态。一种我们以承受、以隐忍、以静默、以抗争才能度过的生命状态。身处这种状态的你固然难挨，而其心也忧，其思堪虞的，则是爱你胜过自己的父母和亲人们，你知道奶奶看到你病中的模样，眼里滚拥而出的疼惜吗？你知道，当姥姥给你灌下苦苦的、涩涩的汤药时，她心里比药更苦更涩的滋味吗？你知道，这几日，从你脸上、身上掉下的肉，砸在妈妈眼里、心里，有多痛吗？

这一切，是如此的让人陷入悲情。可是，孩子，与病患相比，更可怕更具毒性的，便是这种被我们人为放大的悲情。所以，我的孩子，父亲要给你的，是一副可以暖心暖肠的良方。

此刻，父亲办公室的窗外，阴雨绵绵，凉风瑟瑟。高架电线上，那些歌唱的小精灵没了踪影，但却留下了温暖意象。父亲知道，阳光明媚的日子里，这些小精灵谱写在电线上的旋律，曾是多么美妙动人。此刻，它们或许匍匐藏身在妈妈的怀抱，享受天伦；也或许在暖暖的小巢里，构思下一曲天清气朗的旋律。孩子，生活就是这样，没有永久不绝的凄风苦雨，也没有恒长无期的晴空丽日；没有绝对的伟大，当然也没有绝对的卑微。如果一棵树是骄傲的，那么

一片落叶同样也有荣光，如果一片草原的胸怀是壮阔的，那么一株小草的梦想也曾伟大。苦寒饥荒的雪域，很多时候，苍鹰和麻雀怀揣着一样的念想，繁华冷漠的都市，贵胄与庶民渴望同样的救赎。所以，我的孩子，如果在这样的时节，你若只看见阴霾的天空，感受阴冷的天气，以及周遭的萧索与枯败，而不去想象视野之外那些温暖的栖息，感悟物序季候之外温暖的回归抑或流浪。那么，你眼中的所有时光都会病了，而且病得你无所适从，无药可解；直到你也病了，病得时光都无法医治。

时光是一剂良药，这不假，但更需要记住的是，温暖的心才是这药方里最宝贵的药引。小小的感冒，其实很快就会好起来，你的身边，有暖暖的亲人，暖暖的爱意，暖暖的关怀，再加上父亲这一剂暖暖的药方，修竹，你一定好得更快。

人的一生，难免会被病痛袭扰，我的孩子，除了医生给的药，更要记住父亲给的这一味药，它可是终身受用，包治百病哦。父亲唯愿，此次病愈康复后，你当更懂得身体健康的可贵并一生珍视。

# 中年 一地烟火

　　从姥姥家出来，驱车回家的路上，车子装着沉重的父亲，父亲的心里装着沉重的心事。耳旁还萦绕着你喑哑浑浊的哭声，什么时候，声带变得比父亲还浑厚呢？父亲离开后，你入睡了吗？睡眠对于感冒中的你是珍贵的，只是不知病中的你，能否睡得和平时一样香甜、安稳。下午接到奶奶从医院打来电话，医生说她的身体状况不太好，让住院治疗，放不下已经不能自理生活的爷爷，奶奶只开了一点药回家。而这几日，为了陪在身边照料你的妈妈放弃了与姐姐谋划很久的出游计划，终日愁容满面，眉头紧锁。对面突然急闪的灯光和尖锐的喇叭声，让心神走私的父亲猛然惊觉，原来忘记了开车灯后的危险接近，惊扰了对方。这是 2015 年 12 月 14 日晚 10 时 29 分，你的父亲，一个中年男人短短的时光片段。

　　电台广播里，经济频道，一个叫飞哥的主持人正温情脉脉地贩卖他的心灵鸡汤。而此时此刻的父亲，脑海里却迸现出一个词组：GR 的中年。对不起，我的孩子，这不是一个文雅的词组，却是如此贴合父亲此时的心境。

　　仿佛丢失了光阴的血，中年，是淬了一地的烟火。这可不是文艺青年们自怜自艾时口中说的：我就是我，不一样的烟火，那般璀璨、瑰丽而又转瞬冷却易逝，凄美、浪漫却又倏然渺无踪影，了无残痕。这淬散在地的烟火，其状尴尬，其情悲催。上有承载，中有担当，下有背负。所以，中年，是个卖笑的年龄，既要讨得老人欢

心，也要做好儿女榜样，还要时刻关注老婆的脸色；为稻粱谋，为生存计，需得在朋友面前舍己取义，在同事面前忍辱负重，在上司面前屈意迎合，在职场里扮演不同假面和伪角。既要守住传统道德的牌坊，还得把住人性尊严的底线。呵呵，这悲苦忧闷的一地烟火，再不能飞升于半空，媚惑尘眼，蛊惑尘心。恰如此时父亲手中长长的烟烬，再无色香可飨，实相可具。

也曾想过，要用心再用心，努力再努力，优雅地老去，把所有美好留在你的记忆里。尽管父亲已不能让丢失在头顶的青葱复返，让沉积于眼眶的黑眼袋消失，也无法恢复明眸还原皓齿，让年轻激情的血液重新奔涌在胸膛。但是，孩子，父亲能做到的是，即使有一天形如枯木，我亦掏空身体的腐积，换上新鲜肥沃的土壤，种上肥厚多汁的小肉肉，为你展现枯木逢春的奇迹；即使有一天，我老得再撑不起眼帘，我亦将盛装打扮好自己，住进一本厚厚的书里，一本告诉你时间都去哪儿了的书，一本关于爱你的书。书名、前言以及后记，都交给妈妈来写吧。

这些日子，一直想着，要给修竹做好榜样，所以，今年父亲破天荒参加了单位的职称考试，尽管当年，作为进入更高管理层级的门槛石，职称曾带给并不从事技术工种的父亲很大困扰，几至终止了父亲的职业理想。即便如此，父亲也未曾像今天这般看重它存在的意义。多年过去，父亲也早迈过了那道门槛，却因缘巧合，偶然发现自己早已完全符合了某种层级职称的评定条件，毫不犹豫地报了名。没曾想，作为评定程序之一，还需要笔试。哈哈，修竹，父亲别无长处，就是这记性非常好，读书的时候，可以一晚上不睡觉，背通一本历史书，次日考试以高分位居前列。即使到了不惑之年，但为了能给修竹做好榜样，父亲可是牺牲了好几天休息时间，终于背熟了所有复习内容。虽然最后的成绩没有出来，但父亲相信，分数肯定低不了。只是多年未经考场，看着周边神色诡秘、行为怪异的考友们，才想起还有不用背也可以完成考试的秘招这档子事了。哈哈。

今年，父亲给自己命名为资质丰收年。除了职称以外，父亲还加入了市书法家协会、省作家协会。本来，这个月的9号，通过专家初评的父亲要去北京参加文化部组织的全国艺术人才库（书法、绘画）书法组的综合考核，因年底工作实在太忙，脱不开身只好放弃，等待第二批入京考试。修竹，与你聊这些，父亲并非为了炫耀什么。只是想告诉你一个朴素的道理，要赢得生存，就得一生努力，不断地完成对自我的挑战。我们不需要太多的证书，不需要太高的分数，当然也不需要别人认同来证明自己存在的价值，但我们却需要不断地设定和调校我们不同人生时期的不同人生目标，并为此执着努力。父亲习练书法已经二十余载，坚持写作也逾二十个春秋，先后出版了《穿越沧桑》《天堂倒影》两部个人专著。其间，在各种媒体发表作品超过五百万字以上。这些年，父亲其实很享受这种自由放松、随心随性的民间写作姿态。不为功名，不求闻达，就是这么真实纯粹地与自己、与生存对话。现在这么强烈的要求回归"组织"，其实是想等将来有一天，告诉修竹，人间正道是沧桑，只有经过民间的栉风沐雨，才能争得获取庙堂温暖的福报。嘿嘿，这是多矫情的表达。最实在的理由，其实是想给"父亲"这个角色增加点儿含金量的虚荣。

这里尤其想给修竹介绍两个父亲心中崇敬的人。一个是刚为父亲加入作家协会写了推荐意见，年近耄耋的学者，流沙河老先生；一个是你十月未满就有幸入室做客，把一年四季和大自然装进画室的著名画家，雅玲老师。父亲不敢贸然评价他们在文学、绘画等艺术形式的造诣，只是他们数十载如一日，执守书香和墨香，诗意栖

居的人生，就值得你一生追随。如果有日，你能跟随雅玲老师，远离了人心角逐的忧患、人事纷争的惨烈、功利倾轧的残酷，只在水墨间，把心香和性灵浸透属于自己的每一寸光阴，便是你的福祉，也是父亲的夙愿。

　　友情赠告：如果修竹想更多了解父亲笔下雅玲老师诗意栖居的艺术人生，请打开父亲的书《天堂倒影》第 449 页。

　　且掬心香赴尘约。这也是父亲所期待的修竹人生。

# 传递生命阳光

刚打开微信，看见一个小兄弟发给父亲的文字。读毕，父亲身心一阵震颤，唏嘘不已。

这是一个新婚燕尔、阳光俊朗的小伙子，写给他未曾谋面，存活娘胎仅四十三天孩子的文字。我不想说它是祭文，祭文的色彩太阴冷晦暗。我更愿意把它视作高过体温，关于对生命的信仰（信即感恩，仰即敬畏）的独白。虽然文字里不免哀恸悲情的色彩，但也由此，将人世间最纯粹的夙愿和最原本的情衷彰显得动人，也由此将一个男人的成色折射得更足、更饱满。

父亲很感谢他愿意与父亲分享心中不为人言的真实情感。这是信赖，真诚且珍贵。父亲的眼中，这是个性情纯度、情感烈度、气质浓度，当然还有酒精度都与自己十分接近的年轻人，在不到两年的共事时间里，深得父亲喜爱，也尤为器重。虽然父亲因工作调动，暂时与之断开了同事缘分，但彼此深植在心的"惺惺"之情却未曾消磨。人与人之间的缘分就是这般奇妙。

你尚青葱，未来当更瑰丽。这是父亲回给他的文字。无需安慰，更不用说教，安慰太矫情，说教太冷漠。回想期待你、迎接你、陪伴你、守护你的每一缕光阴，所有的日子，父亲更愿意与他一起展开新的期待，让他知道，期待固然美妙，但真味却是苦涩，蒂落的果，固然让人幸福，但本质却是伤逝。人生的美丽，其实是在不断展开的新的憧憬与期待中……

在他新婚仪式之前，父亲和母亲赶到喜宴的现场，父亲告诉他，为了表示不能参加婚宴的歉意，红包之外，父亲为他和新娘准备了一份别致的礼物没带在身上，择日相赠，这是父亲写给两位新人的一幅书法：相顾成双，与子携藏。这是父亲的祝福，也是对新人未来生活的期许。这文字里的意味，他自然懂得。人世蹉跎，相顾不易，现实狰狞，携藏难得。父亲相信，这只曾经充满激情、才情、性灵真纯、可爱的"单身狗"，真正懂得与心爱的人如何在尘世相顾携藏之后，属于他们的小天使，便已然在来的路上，这又是一份多么让人心驰神往的期待，祝福他们。

午后，父亲因为工作要去一个叫朝阳湖的地方。一早，从厚厚的云层雾霾中露头的太阳，照亮了父亲的心情。我想着，这样一个吉祥的日子，修竹的感冒也应该好很多了吧。刚给妈妈电话，证实了父亲的猜测。此刻的窗外，正直向上的银杏更黄了，没有身份签证的香港紫荆更艳了，丢失了芳香的桂花树更翠了，俯低身姿的黄桷树更接地气了，天堂鸟还是那么骄傲地昂着头，振翅欲飞，三叶梅还是那么民间烟火的赤诚热烈，最让人欣喜的是，那群可爱的小精灵，又回到高架的五线谱上，吟唱满眼的明亮与奔放。这阴霾之后的阳光，照亮的尘世，让我们回暖的身心，更了悟感恩的浩渺与旷达。亲爱的兄弟，你本是阳光，该照亮谁的期待呢？

昨天晚上决定给你断奶的妈妈，一会儿要来敲诈父亲，让我请她吃中饭，可是父亲的工资还没有打到卡上，这可"肿么办"？

# 不得不缺席

阿坝、马尔康、龙尔甲、子弟校。这是一段瘦骨伶仃的光阴，喂养的一个青葱却又艰涩的群体，父亲亦在其中。

光阴勿念，动念成灰。而这些名字，却是这灰中那一星点永不消退的亮色，也或许是一盏油灯、一盆炭火熄灭后那一缕气若游丝的余温，抑或茫茫冰原、皑皑雪野中那一抹孤寂零落的暖色。至少在父亲心中是这样。这样一段时光，这样一个群体，这样一次记忆，还真如歌词里写的：就像喝了一杯冰冷的水，然后用很长很长的时间，一滴一滴变成热泪。当年，把大山扔在身后，像山鹰不再留恋了无生趣的荒岭一样决绝出走的单薄少年，用了四十年，终于长成了你暖暖的父亲。瘦了光阴，老了容颜，却初心未冷，初衷尤暖。

就在前两天，父亲山里的一个老同学给父亲发来信息，问能否参加今年大年初四的同学会。说实在的，正如发起人所说，现在的同学会已经成为社会一大俗。但对于这样一个高中时期四处辗转，几经周折，没有谁发出集结号也没有谁听到集结号就成鸟兽散的特殊群体，这样的一聚实在是难得之事。收到这样的邀请，父亲的心情复杂且纠结。作为最早一个离队单飞的孩子，父亲真的很想跟他们聚在一起，诉说分享这些年，大家是怎么不易地活着，又是怎么不甘地准备继续活下去的。不作粉饰，不为煽情，只为几十年光阴沉淀和发酵的一杯酒的纯度和浓度。他们中，有体温之上高蹈的人生况味，也有体温之下背沉的艰难囧途，有布衣荆钗朴素的人间温

度，也有金缕玉衣华丽的庙堂盛景；有虚脱的理想，也有迷途的守望；有弃城的快意，也有流浪的甜蜜……无论哪种，都已靠近真相和结局。真是，无意经年，再相逢，已然鬓白如霜。此时的相聚，无需承载太多，三十多年的时间煮酒，自当倾情浮几大白，酣然谋一醉，而后慨然明日之赴。

高八九，一个并无深刻内涵的代号，却是一群人以至真至切的情感记忆。最难以让人接受的是，当初四十五个名字组成的这个代号，竟已有三人远去天堂，生命脆弱如斯，无常如斯，这注定是一次无法团圆的聚会了。不知道聚会时，班长是否会吹响喑哑当年的集结号，列队报数时，缺席的三个号码，是否有人替声。生者的狂欢终究避不开一曲离歌的惆怅，愿他们在天堂安好。

父亲也是这次聚会的缺席者，因为我亲爱的女儿，大年前夕，是你人生第一个纪念日，这样的纪念日，父亲必须陪伴在侧。为此，一早和妈妈商量好，正好利用春节大假，带你冲出这雾霾笼罩的都市，去有阳光和海水的地方，给你一个有诗意和远方的人生纪念日，这是父母的心意，更是对你未来的期许。想来，这样的情由，当可赢得他们的谅解。

活着不易，且行且聚。身不能至，心向往之。

聚会快乐！

# 小布丁的十宗罪

写下这个标题，父亲自己结实地吓了一跳，修竹何罪？听父亲一一细数：

其罪一：两天不见，见面一点笑容不给，就给一张小臭脸，有时干脆假装没看见，直接把父亲从眼前人间蒸发。

其罪二：一张小小嘴儿，不喜欢小勺子，必须要用比嘴大一倍的勺子喂饭，着急了直接抢碗捧喝，作为现时青葱小美女和未来的资深大美女，有失风雅。

其罪三：已经快一岁了，当着爸爸、妈妈的面不喊，却总是喜欢自言自语时，爸爸、妈妈叫个不停。你这样，让爸妈很抓狂。

其罪四：一洗脸就哭闹，一洗手就笑。难道你是想脸脏得看不见，只靠一双削葱根闯世界？

其罪五：太过热衷体力劳动，喜欢把与自己体重相当的凳子、包包和其他物件在房间里乾坤大挪移，难道这是在为以后不好好读书埋伏笔？

其罪六：趁大人一不留神，瞅准机会就对自己的鞋子、袜子下手，经常以赤脚小仙的姿态示人，即使想修炼凌波微步之上乘轻功，也没说不能穿上鞋袜就练不成啊？

其罪七：凡事经你用手捧打几遍，查无异常反应的东西，接下来的命运就是被你塞进嘴里，就算你是铁嘴钢牙，那也只有四颗啊？还是省省吧，等到小牙牙长齐全了才痛下杀口。

其罪八：爸爸跟你说话交流，把小脑袋扭一边，完全不与眼神交流，你这种傲慢和蔑视，让爸爸很受伤哦。要知道，专注的聆听和诚恳的眼神交流，是与人沟通的基本礼仪，我们可是要做有素质、有修养、有风度的美女哦。

其罪九：只要大人打电话，听得比谁都专注。但不是所有长方形的东西都能打电话啊，只要给你形似手机状的东西，你都先放在耳边听有没有动静。除了迷恋手机打电话，你居然还跟妈妈一样，盯着电视不转眼，看肥皂剧。看得高兴了，还依里哇啦发表评论，这情节可严重了，以你现在如此稚嫩脆弱的小视力，怎么可以看电视危害这么严重的东西呢。必须限时改正。

其罪十：只要妈妈一段时间忘记给你修剪指甲，就立即把小指甲变成锋利的武器。爸爸的脖子和姥爷的脸上都留下你犀利的爪痕，姥爷还差点被你破了相，我们都伤不起咯。还有，你是不是跟姥爷的眼镜有仇呢？小人儿大脾气，一着急就抓姥爷的眼镜，要知道，把姥爷的眼镜摔坏了，姥爷看不清路，以后谁带你出门溜溜呢？

一不留神，就列数到十了，我怎么还那么意犹未尽呢？看来你是罪孽深重，罄竹难书啊，哈哈。今天暂且到此，给你留点面子。至于还会不会对你继续控罪，看你以后表现了。

# 诗意和远方

午休醒来，蓦然睁眼，窗外似有亮光闪烁，起身放眼，弥漫袭扰一上午的阴霾，不知何时，竟让这薄且柔、明而亮的阳光清扫得干干净净。这阴霾后意外出现的阳光，让人莫名生出感念，尤是在这冬日时节。心情也因此瞬间明媚起来，于是赶紧打开电脑，想着和女儿一起分享这阳光下澄澈且慈悯的暖意。

一早，就在父亲受阴霾所困心绪郁结之时，一个叫陈实的家伙发来微信说要刺激下父亲：微信里是一组手机拍摄的洱海风光照。看着这美轮美奂的照片，父亲真想一头扎进手机屏幕里。这招实在是太过阴损啊！想想：一边是十面"霾"伏还不得不喘息的无奈，一边是晴空丽日故意屏住呼吸地装神；一边是案卷堆积，眉锁冷冬的苦逼样，一边是深吸浅酌，香茶伴手的逍遥客；一边是前行两步就会出界碰壁的困兽犹斗，一边是任由神思驰骋畅行无疆的闲云野鹤；一边是案牍劳形，倦乏其身的窘迫；一边是云淡风轻，驻行随心的任性。这是反差多么强烈的两种不同的人生情态和境语！呵呵，我的孩子，从小渴慕身心自由的父亲，此时此刻，多想慵懒惬意坐在洱海边的人就是自己，不只为贪婪享受这眼前大美的水墨画境和干净得能让人从心里揪出泪来的阳光和空气，只是想置身其境，抛却了所有尘世的爱恨情仇、烦忧苦累，哪怕变成苍山脚下的一粒石子儿，或是洱海里的一株水草，就是化身苍山、洱海的一只小鸟、小虫虫也好，只要能够自由穿行、飞翔在那些透明温润的时光里，

哪怕因此而缩短了生命。一个聒噪的电话，将我从虚生的妄念里拉回现实。

　　嘘，现在是开会时间。忍不住偷偷拿出手机，再一次流着口水猛盯深挖这一组照片，不由自主地闭上了眼：画面太美，我不敢看！索性抛开一切，任性神游一次，并与修竹分享这些画面的唯美呈现：新鲜的日头刚把自己湿漉漉地拎出海面，云层立即变得通透明朗，就像国画山水里，水润后的重墨洇染开去的效果，而这时的海面上，一只掏空了心事的小木船静静横卧，它已经做好所有准备，接纳一次崭新的经历或是生计，青荇依然保持着昨晚眺望的姿势和方向，那是日头出没的地方。波光粼粼的海面，黯淡处正好用来沉潜水精灵们的梦，明亮处用来点燃尘心和尘眼以及周遭的明媚。风来，捎着月痕而至，划亮天空也划亮了海面，是谁的手，赶着城市进入画面，没有喧嚣，没有尘埃，如此清新，如此安详。我听见洱海的心跳了，听见大理城的呼吸以及伸展四肢的骨节噼啪作响，这古老的城市醒了，或许它一直就不曾睡过。不论如何，仅持一缕幻念神游到此的不速之客，到了赶紧扯呼的时候了，关上手机，第一次发现这个小小的方形的家伙原也有可爱的时候，只是心里还耿耿于那个发短信的家伙，此刻不知正坐在哪个角落悠然自得，饱餐秀色美景，那个羡慕、嫉妒、恨啊！

　　尽管牙根痒痒，恨归恨。而其实，我更感谢他的分享，在那样一种如梦似幻的仙境里享受美丽的人生片段，还能想起远方深陷桎梏的友人并与之分享，这绝对是老炮儿般的情谊。谢谢亲爱的兄弟，你在诗意的远方放牧身心，我在你的画面里放牧了神思，由是内心安详，不染荒凉。

# 生日快乐

宝贝，还在电话里，爸爸、妈妈就听见你惊天动地的哭声了。一大早，因为和医院预约好了，没等你睡醒，且腹中空空，姥姥和姥爷就带着你驱车赶路去城里"逛公园"。聪明如你，一看见白大褂和仪器，就立即以哭声抗议，来错了地方。可是孩子，明天就是你来到这个世界的第三百六十五个日子，而后天，妈妈信赖的宋医生又不上班，大后天一家人都要做出行的准备，所以，妈妈只能让姥姥、姥爷今天带你去做儿保了。原谅并理解妈妈的苦心。上班路上，因为不放心，妈妈给姥爷打电话，知道你已经量完体重和身高了，也不知道，上次生病后，你的体重和身高是否达标了呢？过一会儿，你尚未发育健全的小神经会感觉从身体某处传递的巨大疼痛，一岁了，医生说，得抽血了解下你身体的发育情况，看看有没有缺失微量元素什么的，这也是所有小生命成长必须经历的疼痛，不独修竹一人，所以，要勇敢面对，这是爸爸的妄自揣测和浅薄理解。而这个时间点上，爸爸想，这个疼痛的程序修竹已经经历完了，也不知道哭得是怎样的撕心裂肺？当我开始写这些文字的时候，得知因为血管太细，脚上没有抽出血来，最后还是在小手臂上静脉处找到了抽血的位置。疼吧，我的女儿。这可不是父亲平时说的，只是被小蚂蚁蜇了一下下。而爸爸因为要上班，不能陪着你去医院，也不能在你抽血疼痛的地方吹吹风，缓解你的疼痛。但是过了今天，你就可以骄傲地竖起经历过生长疼痛的小手指，告诉别人：我一岁了！

虽然一个多月以前，姥姥就教会你用一根小手指告诉别人年龄，但是此后，这手势含金量可不一样了哦。

是啊，我的女儿一岁了，修竹一岁了。一年前，妈妈生命涅槃般分娩了你。从此，你便是妈妈生命中最最重要的一部分，也是整个家族生活无以更替的重心和核心。这三百六十五个日日夜夜，从刚出生的六斤八两到现在的十七斤，从五十公分到现在的七十七公分，是妈妈一点一滴的乳汁喂养，是姥姥姥爷一分一秒精心的照料守护。可是，这生长的速度终究是慢了些啊，我的孩子。爸爸在想，这可能与你"过大"的运动量有关吧？只要睁开眼睛，你就一刻不停地处于"运动状态"。也好，也好，父亲这大半生从不曾"丰满"过，你又怎能基因突变呢？没有肥胖的忧患，自可大快朵颐，饱享口福。明天你就能吃到妈妈精心为你定制的周岁蛋糕，记得细细咀嚼，分辨出什么是蛋糕的味道，什么是妈妈爱的味道。

当然，自从生命中有了你，父亲的角色和生活内容也发生了很大变化。同样是因为父母的爱，从小到大没怎么洗过衣服的父亲成了你的专职洗衣工（当然姥爷友情赞助了很多）、专职安全保镖（当然姥爷也时常客串不少）、你出行的司机兼搬运工……虽然，地位和身份一降再降；虽然，在并不算多的陪伴守护你的时间里，因工作劳碌而感觉力不从心、精疲力竭，但父亲内心的获得感和幸福感却是从未有过的，是你让父亲的生命有了完整的意义和新的起点，也让父亲这个桀骜不羁、铮铮傲骨的男人，在生活的困境和乱局中，多了一份顺从应境、藏锋当时、宽让有据、容忍有度、忖度有余的成色和质感。谢谢你，也让父亲成长。

亲爱的女儿，明天来临之前，父亲最想要与你说的，仍是感恩这个话题。人总说：陪伴是这世间最长情的告白。尽管你现在还无法理解这话的真正含义，但是将来你要记得，这三百六十五天，你成长得有多么不容易，妈妈、姥爷、姥姥，他们为你付出了太多的时间，太多的精力，太多的心血，太多的爱护。为了照顾你，他们会忙得连饭都顾不上吃，自己的衣服没时间洗，姥姥连洗个澡都会紧张得像打仗一样，喜欢根雕技艺的姥爷只能在你睡熟以后偷偷地凿刻两下，过过瘾。本来混生意场的姥姥更是为了你弃生意不顾，更谢绝了几乎所有的社交活动，足不出户地宅在家里，没有缺席过每一寸你成长的光阴。父亲必须承认，如果没有姥爷和姥姥的帮助，要为生计谋、生存累和人伦背负的父母，没办法让你像现在这般幸福、健康、快乐、无忧地成长。当然，你年迈、体弱、多病的爷爷、奶奶，他们不是不爱你，而是已经没有能力给你更多的爱，只能把对你的爱深深地藏在心里，放进所有对你的牵挂里了。

亲爱的女儿，以下是父亲在你生日之前，对你说的三句话，请你务必一生谨遵谨记：

第一句：无论什么情况，不能说伤害亲人的话。

第二句：因为爱你所付出的一切，都是大人们甘心情愿完成的自我生命历练和完善，永远也不要成为你的情感背负。

第三句：这一生，你永远的身心健康，便是对父母最好的回馈，我们别无他求。

当然，由此我还想说另外三句话，尽管放在这里不太合时宜，权当父亲借修竹的风水宝地，留言备忘吧：

不懂得感恩，便没有生命的宽度和厚度。

没有内心的宁静，便无具抵御人生阴冷和无常的智性和韧性。

只有随时把内心清理干净之后，幸福的模样和味道才会更清晰。

# 春天来了

多好啊，修竹，昨天你刚过完周岁生日，今天大好的春光就如约而至，把整个世界照得亮堂堂，净爽爽，利落落。

恍然惊觉，原来立春了。赶紧把此时的目光投向窗外，沾些这立春的阳光写进关于修竹的文字里。

女儿，我们先来认知一下"立春"。

古籍《群芳谱》中这样解释立春："立，始建也。春气始而建立也。"立春是从天文上来划分的，春是温暖，鸟语花香；春是生长，耕耘播种。是日，阳和启蛰，品物皆春。立春亦有三候：

一候东风解冻：东方属木，木为火之母，火气温，由此"冻痕销水中，波起轻摇绿"；二候蛰虫始振：冬藏之虫，此时被惊醒，动而未出；三候鱼陟负冰：陟是升的意思，鱼儿因为水底气暖，感知阳气而上升，冰雪尚未消融而负冰。正所谓：立雪鹤深睡，负冰鱼聚沉。此时，春气尚弱，因始而贵。一如修竹，体虽稚嫩，珍在洁纯。

就是这样，女儿，我们一个一个来认识这些传统的历法节令，既是这个古老民族经时历世，民间劳作积淀的智慧结晶，也是大自然运行的自然规律和藏玄于怀的真髓。

这时节，对应的花信风：一候迎春，二候樱桃，三候望春。修竹喜欢哪一种花信风呢？

哪一种都值得我们心生敬畏和感恩。所以，立春本身，就是个适合我们感恩自然赐予，感恩季候物序，感恩生长获取，感恩希望种植的节令。由是和修竹说说感恩成长的话题。

首先父亲要感恩修竹的降生，让父亲再一次学会成长并开始一个男人真正的修行，尽管这样的成长或是修行早已过了父亲人生最美好的时间节点，亦错过了人生最充满激情与张力的饱满岁月，实在是晚了一些些，但作为一个思想有魔，内心有兽，从不肯向命运或是现实轻易低头缴械的男人，因你的降生，学会了在安静的等待守候中重新把纷乱的世界透视、折射得像婴儿的眼泪一样洁净；学会在随时被打乱的生活节奏和瞬间突发的状况里保持初雪一样澄澈宁静的心态，学会不动声色地站在别人的角度和立场看风景，也看乱象和闹剧；学会透过一只针眼梳理生活细节错综复杂的乱象；学会调整或是放弃固有的生活理念甚至是价值观，坦荡释然地仰生活的鼻息和现实的冷面；学会了打开坚壁堡垒的内心，接纳现实弥漫的尘埃和生活嚣扬的垃圾；学会像一个圣诞老人，带给整个世界祥和安宁，却在烟囱里独自舔舐内伤；学会了太多太多……一只鹰学会了喜鹊的哲学，一只狼学会了狗的理想。这样的表述在以前父亲的语境里，绝对是零度以下冷酷的讽喻，而现在，请相信，这是父亲内心安静、稳敛、真诚、平和的表达，这是抛却了浮光的回归，也是摈弃了锋芒的收束；是顺天应道的修炼，也是触底熔炼后的成长。

因为，我已然是个父亲。在所有关于你成长的细节里，早容不得父亲半丝的骄妄与清高。

此刻，双手合十，感恩上天，谢谢女儿。请与父亲一道，伸开手臂，握住这远道而来的春天，心底自随之明媚且芬芳……

# 月城纪行

一

周岁生日后的第四天，是你人生第一个春节。带你去的地方，叫作西昌，也叫作月城。虽因月得名，真正的招牌还是阳光。尤其是这平原都市乍暖还寒，阴晴莫测的时节，人们对阳光的向往和追逐，让这个集深情和温暖于一身的城市炙手可热，备受恩宠。

由于没有提前预约，月城的阳光度假未归，到达的当晚，只得让一只取暖器陪伴你入梦。本是带着你逐暖向阳而去，却被寒风冷雨浇了个透心儿凉。

好在翌日便阳光灿烂地回暖。这一路上，有风，有雨，有霜，有雪，有阳光，也有阴霾。想来，人生任何一次明媚的抵达，其过程大都是如此曲径通幽，柳暗花明的吧。对修竹的第一次远行而言，这样的意义更值得你记忆。

父亲想知道的是，第一次在星辉斑斓的夜空里，枕着邛海的轻波微澜入眠，梦中，可有清凉的月光照彻，又或者衣带飘袂的仙子驾临？

垂暮的老人已然步态龙钟，小人儿却还在晃晃悠悠，蹒跚学步。这老幼间的每一次顾盼，每一次俯仰，父亲这张拉满弦的弓，多想永远都这么直直地绷着，坚韧而有力，盈满不亏地庇护着你们。可现实是，每当海边的轻风抚过双鬓，我总能听见青丝黑发在风中凌乱、迷惘并放弃抵抗的声息。

此时的人生境语，承载一次圆满的人伦，竟也艰涩欲折。硬生生咽下的一声叹息，瞬间被身后又一轮海潮抚平，父亲知道，被海风挟带而来的，除了阳光，还有春讯。

女儿，你且勇敢地迈步向前，在地心引力召唤你的前一秒，父亲仍是那离弦的箭。

二

不知何时起，湿地，成了人居生态环境一个出现频率极高的热词。而邛海湿地更是因为地理位置和开发面积，独领风骚。

在父亲看来，风景自然是各有各的奇绝，各有各的玄妙。但是再美的风景，缺失了人文历史的映衬，都会少了些内在的厚重和引力。但如果人文历史发掘、铺陈、缀饰、渲染得过重，又会成为对自然风景一种极大的伤害。这就好比吃康师傅红烧牛肉面，可直接吃面，也可加上一点涪陵榨菜辅味，榨菜的量恰到好处，方便面也可以是征服味蕾的美味；一旦榨菜加过了量，就适得其反，不如直接吃榨菜了。城市生态景观的打造亦是如此，很多地方硬生生把清水芙蓉拉扯成风尘俗艳，把浑金璞玉捣鼓成奢靡之器的做法，实在让人大跌眼镜。

在这一点上，邛海湿地却像是一颗光芒内敛的明珠镶嵌在安宁河平原的腹地，清新脱俗令人耳目一新。

已经开发的一至六期，分别命名为观鸟岛、梦里水乡、烟雨潞州、西波鹤影、梦寻花海、梦回田园。单就这些充满诗意和梦幻色彩的命名，以及蕴含其中的关于水体、绿化、景观小品设计的人文和美学理念，听起来，说起来，赏起来，沉浸其中，都那么的悦耳沁心。唯愿也能名副其实地承载起西昌百姓们的内心诉求和精神福

祉。由于扶老携幼，近乎流落难民的窘况，实在无暇更多体察和领受湿地公园的美景。

而真正想与修竹分享的是，一个黑黑的、矮矮的、壮壮的观光车司机留给父亲的美好体验和感受。从小渔村的桥上折返，我们结束了此次湿地观光，需要乘坐观光车打道回府。而回程将要乘坐的观光车司机刚把下一批游客送达，在等待返程游客上车的间歇，与站点的同事热情招呼并递烟。当他把烟夹在指缝间刚要点燃，瞥见父亲怀中抱着恹恹欲睡的你，自言自语地说："哦，有婴儿在车上。"旋即把烟放回了烟盒，然后利索地发动车子。刚开动不久，你便酣然在父亲怀里睡熟了。而这时，父亲明显感觉到车速降低了，之前频繁响起的喇叭声也突然沉寂了下来，观光车稳稳地、匀速地前行着，有时候，父亲甚至能够感觉到，为了避让行人，司机宁愿再次减速，也没有鸣号，手中方向盘打出的弧度也减小了。父亲知道，这个充满爱心的司机，所做的一切，都是为了避免因车速过快而加剧的凉风吹着你，大把打方向产生巨大的离心力晃着你，也怕尖锐的喇叭声吵醒了刚入睡的你，才开得如此谨慎小心，甚至有点难受。如果没有你以这样的状态坐在车上，父亲是能够想见，平时在这条路上闭着眼睛都能穿梭如鱼的司机，风驰电掣的驾驶情景。多么让人温暖让人感动的爱心细节，由此，从司机的身上折射出西昌人朴实、真诚、细腻的群体人格形象在父亲心里放大并定格。遗憾的是，到站后，忙于把睡熟的你移交到姥爷背上的复杂"工程"，父亲没顾得上问司机的名字，或者看看他的工号牌，更没有机会给这位朴实温暖的司机师傅递上一支烟。但请女儿记住这个黑黑的、矮矮的、壮壮的形象，记住这充满爱心、让人温暖感动关于西昌的情感符号。

三

多年前，你的爷爷奶奶曾在西昌短暂工作过。彼时的西昌或许单薄一如他们刚开始的青涩人生。依稀存在他们记忆里的地名或许早已不在，但那份情结却深刻烙印在心。他们无法料想，当年跟他们青春一样羸弱，满目荒凉，人迹不兴，甚至野狼随时横行出没的西昌城，如今已成了节假日人流、车流、物流如织，外地人趋之若鹜的热点旅游城市，发展得如此繁荣、如此妖娆、如此丰盈。与他们日渐老去的年华形成了如此强烈鲜明的反差。以至今时他们颤颤巍巍、小心翼翼地走在西昌城里，满目的惊奇，满脸的困惑。父亲知道，二老把他们蹒跚的脚步从几十年前的记忆里拔出来再迈进这盛世的浮华流光，像是踩在了无根无依、没着没落的泥沼里。光阴的手就是这般锋利，削弱我们肉体韧性张力的同时，也削减了我们精神和意志的力量，最后，让我们薄如蝉翼枯叶般地形神寂灭。

所以孩子，成长的路上，一定不要着急。我们无法对抗时光，但可以减缓成长的速度。这些年，父亲一直是个赶路的人，因为背负很重，就只能加快脚步。到今天，才发现，这老腰已经衰退得稍稍多陪你学步一段距离就直不起来了。半生行色匆匆，却没能在最好的年华陪伴你，我的女儿，此情此景，你能了解父亲心里的怅然与失落吗？

爸爸和妈妈牵着你的小手，在邛海边陪你走过的这短短的路，多年以后，会再次被你自己稳稳的、实实的、轻灵的脚印覆盖吗？就像这邛海的波浪，一层覆盖一层，才有了这恒久弥新、生生不息涌动的生命光芒。

## 四

不敢冒险在初五动身，怕堵在路上让修竹受罪，爸妈选择在初四返回。除了流量控制，从城区到高速入口缓慢放行耽误了些时间，一上高速，则畅通无阻，快意驰行。在此，爸爸妈妈要感谢修竹往返路上的出色表现和默契配合，不哭不闹不折腾，该睡觉睡觉，该吃饭吃饭，该出恭出恭，人生的大智慧和大觉悟啊。鉴于此次路上你的表现堪称完美，父亲为你手动点赞。

今年的初四，对于父亲来说，有些特殊的意味，因为一群山里孩子要在都江堰聚会。当然父亲也是这群山里孩子的一员，因为要陪伴修竹，父亲无法赴会，所以一直在微信群里关注着他们聚会的点滴动态。只是辛苦了全程独自驾车的妈妈，爸爸身不能至心早与之才得以成全。

这群命运多舛、生存艰难的山里孩子，从天南地北、四面八方怀着按捺不住的喜悦激动却又忐忑不安的心情赶赴而至集结地——都江堰，都只因为一个特殊的代号、一段特别的情结：跨越27年的同学会。

这是一次灵魂和情感相互靠近相互取暖的聚会：简单得可以没有主题，朴素得可以忽略格调，握手、拥抱、欢笑、泪水，茶色中的浮沉，杯光中的跌宕，记忆与泪，故事与酒。0度的淡然，12度的含蓄，52度的激越，一任别情聚意肆意徜徉。27年，足以冷却很多情感和记忆。老实说，他们中的很多人，都不在父亲记忆里了。看着微信群里的照片和名字，好些名字父亲竟然想不起来，好些面孔模糊得一点印象都没了。隔着时空，隔着手机屏幕，照片上，他们见面时那些温热的场景，还是在父亲的心里浸出了泪花儿。那一张张被时光的手雕刻得面目全非的面容上，除了惊喜，就只剩下了幸福。此刻，父亲手中的手机变得温热，润泽泛光，内心一次次地潮涌，迷离了视线……

在这个群体里，有一个名字，一张脸，父亲一直记挂了27年。这次，他专程从广东远道赶来。

记忆闪回，时光倒溯。十五岁那年，父亲还是一名刚从大山里辗转来到陌生都市的小少年，忍受不了都市闷热窒息的天气，便跟着几个自称会水的小伙伴去一个叫人民渠的河里，以泡澡的方式解暑纳凉。当时的父亲是只成色十足的旱鸭子，当然现在也还名副其实。刚一下水，扑腾了几下，便一头沉入水中，惊慌加上呛水，很快便失去了知觉。直到后来躺在岸上，重又看见了低垂昏暗的天空，才知道好像可以继续活下去了。而当时几个怂恿并叫嚣完全可以护卫在侧，仅仅会狗刨的同伴，他们的水性根本无法救助溺水的父亲。但亏了有他们惊惶的呼叫，让当时在岸边复习看书的他，听见后急速奔来，来不及脱掉衣服就跳入水中，救起了已经昏迷的父亲。这次溺水的经历和心理体验，也便注定了父亲今生只能一旱到底了。而当时懵懂，竟然连句谢谢都没有对他说。这些年，一直为此郁结于心。这次，他从那么远的地方匆匆赶来，露面后又匆匆离去，而父亲却无法分身跟他相见，当面说出那一句如鲠在喉二十多年的话，更不能跟他把盏共饮一杯敬谢感恩的酒。

终是只能遗憾了，只不知遗憾是否如酒，窖润愈久愈醇。如此，且埋于心，酿成心香。留待多年后，修竹能给父亲一个释然的答案。

# 为太姥爷祈福

　　八十三岁的太姥爷被推进了手术室。医生要守在门外的家属再看一眼老人。修竹可知这再看一眼的意味？

　　心脏搭桥本不是一个大手术，可对于一个病状积郁且复杂，生命积弱，八十三岁的老人而言，手术室的门一旦关上，便很可能与亲人永隔两个世界。

　　而守候在门外，哭得几至昏厥，因悲伤而神志恍惚的人，正是老人的女儿，日夜照料你的姥姥。当她和她的亲人们正在为一个痛苦的抉择撕心裂肺、痛断肝肠的时候，你已安然入眠。孩子，平时没有姥姥陪在身边便哭闹不止不肯入睡的你，这两天不到九点就安静地独自睡去，是心疼独自照顾你姥爷的辛苦？还是怜惜爸爸妈妈班前班后、家里家外的苦累？抑或是体恤姥姥熬更守夜、心神煎熬的痛楚？还是你以这样的行动为太姥爷祈福？

　　孩子，与聪明无关，父亲更愿意相信，这是你懂得感恩和感恩的方式。小小的你，本不该也无需现在就直面和体悟人世间聚散离合、生死别离的悲情愁绪。你只需要净如露，洁如蚕，长若竹，乐如花。世间人大多追慕夏花灿烂与秋叶静美，殊不知灿烂转瞬之后的死寂，静美谢幕之后的枯腐。所以，我的女儿，在父亲看来，这一生，大可不必迷情夏花的绚烂，亦可不必醉心秋叶的静美。修心若兰，修身若竹，已然极好。

　　临近深夜 24 时许，母亲发来信息，太姥爷手术成功！连医生都惊叹，这是一个奇迹，可以列入医学案例。在父亲看来，这既是一个医学的奇迹，更是血脉至亲爱心聚合出巨大正能量的奇迹。要知道，连主刀的医生都建议家属放弃，说风险太大，很可能一进手术室便再也下不了床，而亲人们却执拗地选择了冒险试刀，不为别的，只因为两个字：亲人！而其实，面临这样的情状，手术与否，坚持或放弃，已然没有对错，只需要抉择，最难最痛的是抉择的过程，而不是结果。

近两日，有一个火得不要不要的微信图片，两只缠绵不舍、相互亲吻的鹅，一只在地上，属于未来的自由世界；一只被绑缚在摩托车的后车架上，即将被送往市场成为餐桌上的美味。微信标题很煽情：今日一别，天各一方。而不同版本的旁白渲染更是催泪：这一吻，天各一方，一个曲项向天歌，一个铁锅炖大鹅。此一别，永无相见，生死两茫茫，请珍惜身边对你好的人，不要失去了才知道珍惜。呵呵，且不论这图片是人为杜撰伪造，还是 PS 加工美化，也不去深究标题和文字是谁的别出心裁，巧弄笔墨。只这命运无法自主任由人类摆弄，两只鹅的命运，就足以满足现代人类爱心泛滥的矫饰和无病呻吟的伪善了，人类又何尝能够自决命运呢？而在自然界里，乌鸦反哺，羔羊跪乳，舐犊情深却是真实不虚的。如是，修竹当知，血脉之承，骨肉之亲，是无法割舍，更是不可悖逆的。

今天，这个经历过战争洗礼，曾为后人的福祉流过血，穿越过生死，再次创造生命奇迹的老人，你的太姥爷，值得你永远敬爱。而术后刚一清醒，第一时间便提到你的名字，可见你在他老人家心里分量之重，这也是血脉骨肉无可言说的神奇与玄妙。

尤其要在这里狠狠表扬你的妈妈。当姥姥和她的哥哥姐姐因为悲伤而不能言语，是泪点笑点都很低的妈妈努力保持镇定，出色完成了与现场和外界的沟通和交流，经事方熟，恭喜妈妈又熟了一分。当然，父亲也要特别鸣谢修竹，这几日，你的乖巧懂事，其实是在为太姥爷祈福。你懂的，父亲自然也懂。

# 一摔的觉悟

　　丙申年正月十五下午十五时三十许，怀揣某知名道观道行深厚二大师的太岁符，父亲在自己办公室完成了惊天动地、完美漂亮的一摔。

　　这一摔，荡气回肠，金星满眼。几至有那么两三分钟，父亲魂游太虚，远了人间。

　　这一摔，父亲终于知道，有一种剧痛，叫让你喊不出声，流不出泪，所有的疼痛，只密密麻麻挤在扭曲错位的面部肌纹和痉挛暴涨的经脉里，涔涔而下的冷汗和瞬息冰凉麻木的四肢，却在清晰地告诉你，生命离开的节奏。

　　这一摔，不是因为运动，不是因为外力，当然也与酒精无关，只因一只脚掌误判了一只滑轮暂时的静默，猝然发生，摔得那么义无反顾，铿然决绝。时至今日，父亲都没弄明白，就在自己明亮的办公室，在平整的木地板上，是如何完成的如此迷糊蒙圈却又干净利落的一摔。

　　父亲努力从逐日稍缓的伤痛中挤出一点晦涩的冷幽默，只是不想吓着修竹。

　　而其实，在卧床静养的这几日，父亲可是有很大收获哦：

　　收获一：重新认识了肋骨无处不在的强大功能。一旦伤着了，一个喷嚏，一次咳嗽，甚至开怀一笑或一次不经意地抬手，都会让你在撕心裂肺的疼痛中蓦然惊悟，原来被我们时常漠视的肋骨，在我们的身体机能和所有身体活动中"牵一骨而动全身"的重要地位和作用。摔伤的当日和次日，父亲甚至不能大声说话，蹲在马桶三四十分钟，各种姿势，各种表情，各种呻吟，各种辅助，竟然无法完成一次平时畅通无阻的排泄任务。多么痛的领悟：这骨，咱伤不起啊！

收获二：有了此次"以身试骨"的经历，以后在给修竹讲人身安全这个枯燥话题的时候，想来可以作信手拈来、深入浅出的生动案例了吧。还真是，不试不知道，一试断肝肠啊。父亲此次作为反面教材，修竹需要深刻汲取教训：只要行走，无论何时何地，什么样的路，步子要迈得稳，脚要踩踏实了！由是父亲得批评修竹近阶段的表现了：尚在学步的你，还没能够走稳当，就想猴急地跑起来，这可是违背自然规律的冒险行为哦。你看你，冷不丁儿就嘎嘣脆地摔一跤，现在知道原因了吧，好在你衣厚、肉多、骨头柔软、韧带好。嘿嘿。

最让父亲难受的是，终于知道"咫尺天涯"是怎样一种遥远了。受伤的父亲，抱不动你，也不能陪你学步，看着你的滑稽逗趣，却不敢笑；看着你前扑后倒，却不能扶。这是要被憋死的节奏啊！最最让父亲难受的还有，这几日没有零距离亲近你，一让你叫爸爸，你偏偏叫妈妈，还扮鬼脸挤兑父亲，知道你是诚心故意的。不叫就不叫吧，父亲也只好忍了。算你狠，父亲自然知道为自己的行为买单，修竹以后呢？

# 老炮儿的男人多少度

一直以来，承认冯氏在解读生存，透视现实视角的独特性以及具有冷藏保鲜效果，独特的另类幽默。但不太喜欢这个符号下面的本人，或许是直觉其长得太不正面，也可能因其公众面前发声的不拘不敛。

今日养伤在床，闲得无聊，想起近来坊间爆表的一个热词：老炮儿，也是最近一部火得不行不行的电影的名字。在电影里，冯导低调而华丽地客串了一把主角儿，这倒是让人刮眼珠子的一次客串。当然，我还是固执地认为，演技尚在其次，除开冯本人一张写满生存纠葛负累，略带邪气的脸非常契合人物形象外，角色本身的性格特质和所代表时代符号的饱满度，也悄然无痕地反证和成全了演员，自然也成为影片可看可品的亮点。这二者契合巧妙，相得益彰。看来，冯导除了眼光独到，确也智慧。

影片本身的好坏不去评说，那是影评家们和粉丝们的事。只想说说看完以后在病床上想做的一个动作：抬手敬礼！致敬老炮儿！虽然礼毕，好一阵龇牙咧嘴，冷气倒吸！

在网上搜索了一下对于老炮儿一词的释义：老炮儿，京片子俚语，原为老泡儿，意指在监狱中不停进出，当成日常生活的一类阶层，过去老百姓口中的老炮儿，常指性格暴烈、行为混蛋的混混，词性微含贬义；今时引申的老炮儿，更多指向在某一行业曾经辉煌过的中老年人，至今仍保持着自尊和技艺，受人尊重，为褒义词。

不好说，影片的内容是否完全折射了词汇的本义和引申义。这无足轻重，我想说，老炮儿，至少是有度数的男人。或者说，老炮儿，隐含了男人的度数。在我眼里，男人有没有度数，这很重要。

什么样的男人度数呢？

人性的纯度，灵魂的净度，襟怀的宽度，情衷的厚度，道义的深度，品格的高度，气节的亮度……度度鉴真。如此，对照电影情节，我们如度细品以这个"六爷"为代表的一群老炮儿身上的男人度数。

情节一。以"非主流"、江湖味十足的方式处理城管和灯罩儿的争执。我们这位六爷，气定神闲、不温不火，一边让触法的"灯罩儿"主动上缴"违法家当"，从自己本也羞涩的囊中掏出钱来，帮人赔了砸坏的警车；然后，在对方愣怔、恍惚"六爷"讲究之时，"六爷"却突然出手，不轻不重却理气十足地给打了"灯罩儿"的城管一耳刮子。在六爷这个老炮儿的江湖字典里，理是理，法是法，触法当惩，悖理也当罚。这是情理，也是道义。我得说，这一气呵成的挺身、理论、担当和出手全过程，是能够折射出男人度数的。

情节二。为了惹祸的儿子，只身独闯小飞的修理厂，先礼后兵，有礼有节，既告诉了张扬跋扈的晚辈什么才是应该恪守不变的江湖规矩，又掷地有声、慨然担下了子债父偿的人伦责任。在与小飞你来我往的数次交锋中，态度上无惧无悔的死硬、内心里棱角分明的道义、行为上不死无休的狠劲儿，让小飞最终诚服于这个可恼可恨又可敬可爱的老炮儿。一声发自内心的"对不起"，冰消瓦解了不同价值观、不同人生理念的两代人的鸿沟。然，有诺必践，有约不负的老炮儿，最后来了个武侠片里才有的孤身赴约，生死决斗的精彩演绎。而其实，早已软了香蕉，缴了枪炮，废了心脏的老炮儿，那一声悲怆的长啸不是震了山河，而是颤了所有观影者的心。老炮儿

第三辑 民间艺术家

可是想借这一场决斗，涅槃重生，继续走在属于他快意恩仇的老路上和心神自由的老地方？这样的死硬、这样的决绝、这样的无畏、这样的悲怆，又蕴含了怎样的男人度数？

情节三。少年情怀通老来，年轻时候的一股子热，六爷、闷三儿、灯罩儿这一群老炮儿，愣是烧了一辈子。在他们心中，除了天大、地大之外，可能就剩兄弟江湖情义最大了。而其实，天地何曾有偏私，乃是性格决定命运。所以视泡号子如归家、进进出出习以为常，却又孔武好斗、血性鲁莽的闷三，打小就怂、大半生蔫儿拉吧唧、几乎没有直立行走过，到老仍是扯后腿放马后炮的灯罩儿，一旦六爷真临有难，却是二话不说，提了家伙，把脑袋别裤腰带就上的也是这俩。这样的情义，虽不能撼天动地，但也直逼人的内心，由是比对当今在物欲利诱面前，早已脆弱得不堪一击的人心人性，我不得不说，这群重情重义、肝胆相照、荣辱与共、生死相随的老炮儿们，值得我们肃然以敬、感喟莫名。正所谓：桃李春风一杯酒，江湖夜雨十年灯。时光煮雨，这群走失了时间花瓣，只剩残枝枯叶般回忆，但骨子里、血性里不死的情怀又透射出怎样的男人度数？

或许父亲也是老了，平时几年也难得看一次电影，竟然被一部《老炮儿》逗弄出如此的感慨和唏嘘。我想，用台湾诗人瘂弦《如歌的行板》里的诗句来写照这样的情感体验当再恰当不过：

我们老了，但还没有老透。我们燃烧过，但还有没烧完的部分，把它烧透吧……待到修竹长大成人，父亲也该是地道纯粹，等待烧透的老炮儿一枚了。

# 且听旧事

　　风尘布衣，四川成都人，就职于双流国际机场。如果说，少云、丝穗是真正的文人，那么，风尘布衣则是纯粹的文人。说起纯粹的文人，自然想到魏晋时的嵇康和阮籍。建安稍后的正始文学时代，嵇康和阮籍恃才傲物，放浪形骸，特立独行，不类常人，在中国文学史上，这是独一无二的。对咱们且听而言，风尘布衣也是独一无二的。

　　我喜欢布衣，不是缘于怎样的友谊。在且听的时候，我没事的时候，经常探头探脑地去他们诗人堆里看热闹。布衣也经常来"凭栏"点个评什么的。或许，我的龇牙咧嘴，直言快语，毫不留情式的表达使他觉得很开心，很痛快，常有赞赏飘了过来。于是，就有了一些文字交流。我虽然不懂诗，但是知道好坏，如同不懂茅台的人喝一口也会称赞好香！浏览布衣的诗作，如饮美酒，如品香茗，布衣此时，如日中天，连冷傲的花生苏都称他为优秀诗人！非凡可见一斑。

　　说他的诗之前，先说一件趣事。当时有个自称诗人兼文艺批评家的小混混，可能遭到花生苏的退稿，结果，就在布衣诗作后面的评论框里大放厥词，并且把他的所谓诗歌一股脑地全贴了上来。使人忍俊不禁的是，面对如此无礼、无赖、荒唐，花生苏和布衣拿他毫无办法，完全是且战且退的架势，笑得我简直要打滚。此时，冬青和郁空斜刺里杀了出来，一声断喝，那个小混混就逃之夭夭了。

其实，这个家伙根本就不懂诗，如同不会喝酒的人，无法分辨茅台和扳倒井的区别。他的所谓诗和布衣的诗是没有区别的，焉何他的能发、能荐？我的不能？你花生苏不是偏心又是什么？哈哈！趣事一桩，略过不提。

布衣发在且听的作品有三百多件。不要说评论，就是全部读一遍也不容易。我随便拎过来一段，欣赏一下。"……从音乐里拈出一条旧巷/一角雨檐/一把紫伞/在长满青苔的心情里/泊一湾江南烟雨/任一名从宋代走出的女子/素手洗净昨日霓裳……"读这一段，我想起了古镇同里，哦，丝穗也去过那里。在如烟的细雨中，江南的茫茫绿色真的一碧无垠，而在同里的古街上，随便找一个酒肆，看无边绿色，品绍兴老酒：倘若还有一个心仪的女子相陪，此生夫复何求！布衣想说的可能不是这样的意思，于我却引起了这样的胡思乱想。布衣的诗作，内容丰富，春风秋雨，五湖四海。有柔情似水，也有金刚怒目，形态万千，不一而足。限于水平和能力，我不可能对他的诗作做出恰切的评论，就此打住。

说一说布衣的散文。我最早见到布衣的散文，是在湛江相聚的前一天发出的。写了他的父亲，当时读那篇文章的时候，我有些吃惊：这个布衣，不是写诗的么？散文写得这么漂亮哇。其实道理再简单不过，诗若好，文怎能不好？文，是稀释了的诗；诗，是文的凝华。湛江一别，心里常念着布衣。可是，人在落魄的时候，不愿意交往，总想着不要去打扰麻烦别人。

没想到进入晚年，竟有些春风得意的意思，也想起来应该和故友交流一番。进得群来，冬青居然记得布衣的电话号码，同样又吃了一惊。此时看到了布衣的《修竹尘话》，布衣年届不惑，他的小布丁出生了，是如约而至还是不期而遇？还是上苍垂怜，念他半生落拓，常年游走于烟酒诗文的崇山峻岭，疲惫有加而送给他的吧。在这个叫作修竹的小布丁眼里，胡子拉碴的父亲很苍老耶。而在布衣眼里，这个修竹，这个小布丁，是他的全部，是他的唯一。

打开《修竹尘话》，扑面而来的自然是父亲对女儿的浓浓亲情。试想：当布衣有了小布丁，自以为羽化成蝶的时候，当过眼烟云真的可以幻化出美丽风景的时候，作为诗人的布衣，把这些统统凝于笔端，该是如何的动人！我读《修竹尘话》，看到的布衣仍然是孤独的，自言自语，喃喃自语，有多处让我老泪纵横。我不关心布衣他们的南机坪上供员工们休闲的亭子修得如何，也不关心他在里面絮叨的任何一位朋友，我关心的只是《修竹尘话》的进展，在文学日渐式微的当代，能看到真正文学的东西，让人心宽。

《修竹尘话》不是育儿百科全书，但是一定是不可多得的完全文学的著作。我在想：布衣坚持！写到修竹出嫁的时候，把这个作为嫁妆送她。

女儿，以上文字，是笔名为"野人一个"的东北老大哥写的关于父亲题为《且听旧事之风尘布衣》的文字。

这是一段记忆，也是一段情结。一群在文字里流浪、栖居、耕耘、守望的心灵乡亲，当然也是在文字里钻木取火的文艺老炮儿。曾经的茹毛饮血、饮鸩止渴也好，叱咤风云、激荡魂灵也罢，都已是过眼云烟后的死水微澜，棺盖尘封。旧且旧了，故也故吧，偏又初衷不改，热望不灭，于是重提旧事，再唤故人，有了这些余温犹暖的文字和音讯渺茫活在文字里的故人旧事。

人生的沧海桑田，一如白驹过隙，既留不住如风的光阴，不妨随风放牧了心肠，再闭目凝神，且听风吟。而此刻，父亲最想做的，只是捋须长吟：相思空一水，回首已三生。今原文移植于此，是为记取野老赤诚情怀，并转赠修竹，留证光阴。

# 话说进口

我们在大肆占有物质之后，才发现，离幸福越来越远。

十三个月零四天的修竹，吃的、穿的、玩的、用的，很多来自国外。德国和新西兰的羊奶粉；澳洲的奶粉、米粉、牛初乳、牛仔裙；日本的焖烧杯、纸尿裤；美国的咬咬乐、新加坡的维 D、西班牙的彪马小运动鞋、法国的 DHA……哇，小修竹，原来是坐地经世，畅享全球，绝对国际份儿的小土豪啊！有一点需要修竹明白，如此土豪的生活，并非意味你富贵的出生。相反，爸爸布衣，妈妈荆钗，而你只能是寻常百姓家的一枚小小布丁。至于当前这种"超奢"的生活，一方面是亲人们对你不由分说的爱，一方面则是对国产品（尤其食品）情非得已的无奈选择。这里面的社会问题我们不去细说深究，说说这不由分说的爱吧，在你目前无法表达个人意志的时候，作为父母，总是想毫无保留、一股脑儿把最好的东西都留给你。不能说这些进口的洋玩意儿都是绝对的好东西，但大都比国货更能体现对人性对生命安全的尊重，尤其是面对羸弱稚嫩的小生命，作为小老百姓，这样舍近求远、舍简逐繁的选择是无奈的，甚至是苦涩的。为此，你母亲不知要打多少电话，要对别人说多少好话，要经历多少忐忑不安等待的煎熬，才能把这些洋玩意儿从快递手中搬回家，供你享用。修竹应好好感谢妈妈的用心良苦。

这让父亲想起了自己可以记事的童年。很小很小的时候，父亲就随两个姐姐离开父母，走十几公里陡峭、崎岖的山路，过着独立的校园生活。每天早上大概六点半，就睡眼惺忪地自己排队打早饭。说是排队，实际上完全拼的是体力活儿。那时的早饭，不外乎是稀饭或玉米糊糊加馒头和一点咸菜。对于个子矮矮、体质弱弱、力气小小的父亲来说，无异经历一场"惨烈"的战斗，总是挤不到窗口，好不容易挤进去又不知被哪只大力的手给拽了出来，有时候甚至会被激战中的夹缝高处倾泻的滚烫稀饭和玉米糊糊淋成落汤鸡。呵呵，那时候，父亲也恨不得转瞬就长成一个壮硕有力的巨人或是可以身披大氅飞翔的侠客。这种岔愤中急切想长大的念头，源于对一顿热乎乎早餐的渴望。而一旦人潮散去，拥挤不再，窗口边只剩下自己的时候，尽管稀饭和玉米糊糊已经凉了，馒头也不像刚出笼时的松软可口，但捧碗在手，仍从小小的心脏里生出满满的幸福感来，那时对幸福的最好回馈，便是狼吞虎咽地扫尽碗中的最后一粒米，甚至是沾在身上的最后一点馒头屑。那个时候，天真的很蓝很蓝，空气真的很清新很清新，当然，没有污染，不转基因的粮食也真的备受珍惜。虽然经常是食不果腹，有得吃便觉是莫大幸福。至于肉嘛，那更是让人在幻念幻觉中便幸福得一塌糊涂的至味佳肴。记得那时是六天学制，每到周六的早晨，一起床就格外的兴奋，感觉天格外的高，格外的蓝，云朵也亲近得仿佛伸手可摘，一整天都会兴奋地胡乱哼些不成调的小曲儿。因为每到周六，爸妈都会早早地烧旺柴火炉，炖一锅平时自己舍不得吃的萝卜腊肉，有时遇到临近藏家杀了猪，幸运分得一点新鲜猪肉，还能吃到蒜苗炒的回锅肉。好不容易挨到放学，三两下潦草收拾好书包，拔腿就往家跑。十几里的山路，且回家的路正好又是上坡方向，却感觉像是踩了风火轮，腿上有使不完的劲儿，一点不觉得累。一路上，想着黏附了浓浓松柏枝香味的腊肉，想着已经把油熬得干干的、透透的，混杂了蒜苗香的回锅肉，口水流得比汗水还多。孩子，你知道那是多大的幸福感在伴随着驱动着你小小父亲快步如飞地奔跑在崎岖难行的回家路上？一块腊肉、一碟儿回锅肉，对于童年的父亲来说，是多

么满足多么幸福的口腹享受和味蕾记忆，现在想起当时撒一路馋涎、三步并两步的猴急样儿，父亲的脸上仍会荡出笑意。一直到今时，父亲仍非常喜欢吃腊肉和回锅肉，对于父亲而言，童年的至味，也便是一生不改的口味。

你看，孩子，物质如此匮乏的年代，父亲体验的却是满满的幸福和获得感。没有玩具，自己制作玩具，没有游戏，就与飞鸟和虫子玩儿在一起，没上过幼儿园的父亲，从小就懂得跟大自然厮混，一边蒙恩宠，一边练胆魄和筋骨。记得大概是满十岁的生日，你奶奶给做了一身新衣服，新鞋子，穿在身上还照了张相，那表情深邃庄肃得和现在没两样儿，全是因为被巨大的幸福感淹没得找不着自己了。呵呵，现在想来，山里的孩子，童年多单薄、多清凉，梦想自然也小、也朴素；山里的孩子，受命更多，背负更多，但也蒙恩更多。所以，这一生，每每说起自己山里孩子的身份，父亲总是满怀喜悦和幸福的。

写这样的文字给修竹，不是要你忆苦思甜、抚今追昔。上一辈与下一辈，父亲的时代与修竹的时代，不仅仅是一种生命光芒覆盖另一种的单纯逻辑了，被颠覆的太多太多。唯愿你从这字里行间，读出幸福需要修习的心境和涵养的智慧。幸福的形式或内容可以随时被刷新，而关于幸福的感受却是不受时限的：既可以是时尚物语，亦可以是怀旧经典。一如瘦瘦的当年，年轻的奶奶做给小小父亲的鞋垫，垫在脚下是幸福，留在记忆里是幸福，与修竹一起分享回忆亦是幸福；而未来，所有关于修竹的幸福都是父母一生珍视的幸福。孩子，幸福可以很小很小，但留驻幸福的心却需要很宽很宽；幸福甚至无关物质，心里想着是幸福的，那就是幸福的。还需要记住的是，幸福也不需要"进口"，只青睐和留驻善良、明净、豁朗且感恩的心。

写下这些文字后，此刻的父亲是幸福的；希望多年后，你读到父亲写给你的这些文字，也是幸福的。

# 菜花又开放

　　充满乡村故事情节和时光老旧气息的旋律，在听者的鼻息间，氤氲出若隐若现、袅袅落落烟火的模样和味道；而似镜头穿梭，画面感强烈的歌词，却又在聆听者的意绪里，摇曳出一片轻灵逸尘、洁白如雪的梨花花雨。

　　这是一首能让人从灵魂深处浸出泪来的歌，歌名《梨花又开放》。每每听到这首歌，父亲总是在垂髫少年与须髯皆白的老汉间轻松自如完成角色的瞬息互换，就像是拎着自己明亮的影子自由往返洁白花雨中的天上人间。垂髫时的蓓蕾，白发时的花雨，只在一棵梨花树下，逸尘、蒙尘、归尘。便是这人世最空灵美幻的轮回。

　　这多少有些伤情了。而这样的时节，海棠或红艳，或粉媚，或间色如樱；硬是在人的心里开出了有温度的结果；而那一树树莹白似玉，温润如云的白玉兰，是妈妈最爱的花。在父亲看来，妈妈的秉性与品格，喜欢白玉兰，多少有些人花互怜互惜、灵犀相通的味道。她爱白玉兰"素娥春梦挂情梢，一树暗香白帝苦"素雅娴静的姿态，更爱她不在温暖暮春中吐艳，而于冷雨中挺立，在寒风中怒放，无论高缀枝头，还是飘降在地，始终一尘不染却又暗香清溢的纯洁。以后修竹当可知道，在这个时节，该送妈妈什么花了。而最让父亲感动和温暖的，不是海棠，不是白玉兰，也不是梨花，而是一种不是花的花，菜花。

　　前几日，父亲因工作去一个叫朝阳湖的地方，一路上，一垄垄、一块块的菜花地，那嫩黄的色块儿，金色的花海，把大地渲染得如此生动多情，把人间打扮得如此生机盎然，充满希望。在关于菜花的诗句里，我比较喜欢乾隆爷爷的："黄萼裳裳绿叶稠，千村欣卜榨新油。爱它生计资民用，不是闲花野草流。"谁说这皇帝爷爷只好风流呢？从眼前的菜花抒发开去，借物咏怀，他老人家关注的还是他的子民们的生计与民用。眼前一望无际的油菜花，总能激起我无垠的遐思，就像进入了一幅夏日乡村的水墨画卷，画面里呈现着农人辛苦的劳作，也呈现了油菜花坚韧挺拔的生命，更呈现了大地宽厚博大、深情慈悯的胸怀……而这来自大自然的重彩泼墨，或五彩斑斓，或清秀婉约，或粗犷豪放，或壮美瑰丽……这只能是天地人合力才能完成的杰作，油菜花的美，美在质朴而热烈，美在芬芳而多情。而今，城市用钢筋水泥把田地赶出了人们的视线，只在民间深处，乡村深处，烟火深处，我们才能看到这让人心意柔软、情感温暖的菜花。这揭示民生，昭告丰年，孕育苍生的菜花地，什么时候淡出了我们的视线，也冷却在我们的情感之外？车窗丢失了最后一块油菜花地，在即将抵达目的地之前，因了那些朴素却值得我们感恩的菜花儿，父亲已然完成了一次心灵和情感的净化之旅。菜花儿不是花儿，却滋养孕育着生命；菜花儿也是花儿，开在生命里的花儿。

修竹，以感恩，以敬畏，铭记：菜花芬芳，由是乡村明媚，由是民间安然，由是岁月静好。

# 孩子　我该怎么爱你？

没有了蓝天白云，父亲还可以给你只有想象力才能抵达的诗意和远方；没有了地肥水美，父亲可以给你一个文字里的精神家园；没有了清新的空气静洁的环境，父亲还可以为你谋构水墨中的世外桃源，曾一度，父亲以为能给你很多很多，但是现在，我突然不知道该怎么爱你了。

一首流行歌曲《时间去哪儿了》，一夜之间，让所有爸爸妈妈角色的含金量和荣光暴涨；一档娱乐节目《爸爸去哪儿了》，以聚焦或放大的童心、童真、童趣的世界激活了大众荒芜麻木的娱乐视点。这是成功的创作或是炒作，都不是父亲愿意关心的话题。现在，我只想知道：这些时日，持续高温发酵，呼天抢地刷爆微信圈的问题疫苗去哪儿了?! 在一群怎样无辜孩子的身体里、生命里？也或许你？

当阳光被驱逐在生命之外，当自由呼吸成为悬念，当至善的水被阴谋和贪念绑架，当米面粮食、瓜果蔬菜不再代言农人的汗水和良心，当毒奶粉的狰狞还在撕扯人们的小心脏、大神经；当问题疫苗开始肆意书写一个时代变态的殇……我的孩子，活下去已然成为如此危险，如此不容易的事，作为父亲，我该怎么爱你？

震惊、愤怒、惊惶、悲怆……这些曾风光无限的形容词，在面对事实真相的时候，显得如此虚浮苍白；声讨、泪奔、控诉、祈祷……这些曾威力无限的动词，在面对一个叫作良心的名词面前，显

第三辑　民间艺术家

得如此猥琐苟且。而当语言成为废品的时候，除了失语，我们该以怎样的表达？

作为成人，在这个崇尚舍生取义、舍己为人、舍命证道侠义精神的国度，身处无处不毒、无时不毒生存环境的我们，呼吸的是毒，吃的是毒，喝的是毒，用的是毒，练不就百毒不侵、金刚不坏之身，那是你道行不够；可是，那些承载着家庭幸福，民族希望，国家未来，时代使命的小小孩子们，承受、经历、面对这样的毒害，是百姓的悲剧还是社会的耻辱？谁又来给这个时代的良心和公民道德打一针救赎的疫苗呢？哪怕是一针同样的问题疫苗，也让我们在恍惚中心存一丝奇迹发生的幻念！

自然界里，黑熊母亲为保护自己的幼崽，勇敢地与饥饿的老虎搏斗，黑熊母亲义无反顾，誓死护幼的决心和勇气最终让老虎落荒而逃的情节让我们震撼；刚刚完成生产，还没有完全从分娩阵痛中恢复过来的大马哈母鱼，面对身边一群嗷嗷待哺的小鱼，毫不吝惜地将自己的肉体送上的镜头让我们飙泪。这让我想起小时候听过的一个猎人与金丝猴的故事：被猎人困于树上的一对金丝猴母子，面对猎人的枪口，母猴迅捷地将孩子抱在怀里喂奶，尽自己最后一次义务，并不时向猎人频频摆手，哀告不要伤害它的孩子。待哺乳完毕，决然地将孩子安放一边，然后拍打胸膛，示意猎人：你可以开枪了。这样的来自动物界彰显母性伟大的情节和镜头，在一次又一次感动作为万物之灵的人类之后，同样作为母性的两个女人，那么无知、无畏、无良地制造的这一出问题疫苗事件，仅仅是为了挑战人类良知和道德底线吗？她们的决心和勇气又来自哪里？

每次看到你打疫苗被针扎得眼泪横飞，哇哇大哭的时候，父亲总在想，这一针疼痛和眼泪换取的，到底是隐毒遗患还是灵丹妙药？这被称为医学界伟大发明的疫苗不是用来预防和遏制传染病发作和流行，保护幼小生命成长健康的吗？如此，疫苗何罪之有？一如不是牛羊吃了有毒的草，而是人类的灵魂滋生了贪欲的毒；不是土地长了有毒的农作物，而是市场逐利的暗流侵蚀了人类的良知。

在父亲的记忆里，儿时除了种水痘的小小疼痛，除此，好像再无别的什么打疫苗的经历了。可为什么如今的孩子，这样那样国产进口一大堆的疫苗，一个接着一个，一次连着一次地需要打呢？打吧，是在闹不清对你今后的成长发育是利是弊，是祸是福；不打吧，别的孩子都在争先恐后地打，咱虽是小老百姓，亏什么也不能亏了自己的孩子。打与不打，让人纠结，打进口的还是国产的，让人纠结，打自费的还是免费的，让人纠结。总之，对于身在这个伟大国度的小老百姓，对于这个伟大时代所有为人父母者，对于这个和谐社会最基本细胞的每一个小家庭，给孩子打疫苗，是件多么困难、多么犹疑、多么费思量、多么让人纠结的事情。

孩子，写到此，父亲陷入了更大的困惑和更深的恐惧。作为父亲，我真的不知道该怎么爱你了。我其实没有能力让你呼吸没有污染的空气，为你觅一方可以放心饮用的水源；也没有能力专门开垦一片土地种出没有毒害，可以放心吃的粮食蔬菜和瓜果；甚至没有能力告诉你，该怎么去爱这个连幼小生命都不再保护的国度和民族。

就在昨天晚上，一曲杰奎琳·杜普蕾大提琴流泻的《殇》，安抚了焦虑的父亲，也安抚整个世界；一梦醒来，重新面对大中华疫苗的殇，把一个民族的良知和灵魂剥得鲜血淋漓，深入骨髓，我却只能再度患上失语症。原谅父亲已不能告诉你：曾经，天真的很蓝，水真的很清，空气真的很干净，所有的粮食蔬菜是可以放心吃的……

# 一指神童

作为父亲，本不该随意给你起外号。可是对照你每天的情状，我实在忍俊不禁，这四个字便脱口而出。

掐指算起来，到今天，你已经来到这个世界一年两个月零三天了。到现在除了你右手小食指随意随处一点，左手五指快速地蜷缩伸张，再一声"拿来"，你便再无清晰准确的言语了。这可愁坏妈妈了，开始担心你说话的能力了。而其实，早在三个月前，你就能发声准确意识清楚地叫"妈妈"，也能在被迫状态下，故意把"爸爸"叫成"妈妈"，然后扮鬼脸，再附赠一声短促模糊的"爸爸"加上一个怪笑。可是调皮得紧。

面对这过于庞大而又陌生的世界，说的第一句话，不是妈妈，也不是爸爸，而是简单干净的两个字：拿来。向谁拿？拿什么？咦，你这可是侵占意识很强的信号哦。爸爸的手上，基本不能有任何物件撞入你的视线，手串你要拿来，手表你也要拿来，手机当然更是必须要拿来，拿到手机后，你不知怎么就学会了自动语音功能，用小手指摁下语音键后，抱着手机贴近脸颊，一通叽里呱啦、咿咿呀呀，直到把智能手机变成只会应答："对不起，我听不明白你在说什么，请你再说一遍"的傻瓜。如果这手机真能智慧如人，我估计也早被你折磨得抓狂和撞墙了。呵呵。现在是爸爸妈妈所能给予的一切，你都尽可叫拿来，可是，你必须要明白的是，除此，别人的或是不属于你的任何东西，切不可再如此随意拿来了，要想获取，则必须先予后取。予什么呢，当然是以正确的途径和正当的方式付出自己有效的劳动了。

其实，父亲更乐意享受你这样的肢体和情态语言。尤其是当你看见各种植物花草，你都会用你的右手小食指，指引父亲陪伴你靠近后，再用你的小小手，轻轻抚摸这些以另一种生命形式存在的花木。而这时候，你嘴里发出的声音，都会让父亲感觉这是你和花木之间特殊的交流方式。就是这样，从现在就要学会亲近花木，亲近自然，学会与它们融入和交流。当然也要记住，触摸它们的时候一定要轻轻再轻轻，用力大了，它们也会疼的哦。

挺好的，修竹。就是这样，先学会安静地用心领受和感悟，不用急着表达自己。很多东西，一出口便白了，也浅了。就像父亲带你亲近花木自然的时候，那种止于语言，尽在不言的感觉，就是最美，守在心里，不必说出来。而这一刻，父亲为你写下的这些文字，远失了内心的真意和深意。

如此，止语。

# 一块儿蛋糕

一块儿蛋糕，蛰伏于悬念之外，用滑腻甜蜜的毒，引诱我半生沦陷。破门，遭遇的结局并不意外，再精美的包装，也无法阻挡破壳的真相；推窗，未来的远方，面目慈祥，不施粉黛。

一块儿蛋糕，以柔软的方式揭示紧张的谜底，谜面其实早写在主人的脸上。哪里来的注定呢？就像你，如期而来，忽略了预谋是种多么危险的力量。

一块儿蛋糕，是垂涎者的美食，是梦醒者的墓志。半生在睡梦中流浪的人，醒来，怕的不是面对结局，而是依然欠下很多结局的债，找不到债主。

一块儿蛋糕，一块儿经过精心雕琢，烘焙的蛋糕，一经转手，便苍白得只剩下了香甜，而香甜如果找不到香甜的味蕾，一块小小的蛋糕，又是多么可怕的存在。

一块儿蛋糕，切开之前，没有呼吸；切开之后，只剩下喘息，而将要吃掉它的人，屏住了气息，双手合十，念念有词。愿望刚在出发的路上，结局已然快速在奔跑，谁是最终的灰飞烟灭？

一块儿蛋糕，当蜡烛成为命运的引信，点燃或是吹灭，一任烛泪涅槃，烛烟归尘。我独自在一眸间打坐，扶稳半生飘摇，好给未来一个正面，热情洋溢，笑容可掬。

一块儿蛋糕，只是一块儿蛋糕，让我如临大敌，好在身份证上记错了日子。

# 惊心动魄的回家初体验

公元 2016 年 4 月 16 日，农历三月初十。因为姥姥、姥爷要去乐山赴约，所以，自出生的第 438 天，62 周零 4 天，修竹第一次回家，和父母一起度过了第一个没有姥姥、姥爷的夜晚。

可历书上说，这一天，不宜安床。但修竹的表现，却让一直惴惴不安的父母非常"安心"。当然，这毕竟是"惊涛骇浪"归于平静的事后从容。

早上十点，平日里，大都选择懒觉的爸爸妈妈，提前近两个小时就起床了。洗漱、收拾、整理屋子……如果不是妈妈"面部装修"耗去了大半时间，或许出门的时间还能早点。看看时间还不到九点半，临时决定去妈妈最爱的广元米粉店吃了早饭再过来接你，也给因为照顾修竹没有时间做早饭的姥姥、姥爷带回了早饭。十点，从姥爷家接到修竹，开车送他们去机场地铁站，一路上修竹兴致很高，情绪明媚。到达机场的时候，姥姥、姥爷悄无声息地下了车，没有惊动正兴致勃勃和妈妈"躲猫猫"的修竹。可能是因为早起的原因，在从机场回家的路上，修竹并没有像往常一样，被入睡困难症困扰，而是轻微的小折腾了一下，就趴在爸爸肩头酣然入睡。而因为车窗外阳光的召唤，妈妈决定带修竹去会馆文化主题的洛带古镇玩儿。一个多小时的行程，修竹大半时间是在睡眠中度过，快要到的时候醒来了，满身的新鲜劲儿。在洛带的时间，满眼新奇的物事，让修竹瞪圆了眼睛，用爸爸妈妈听不明白的语言表达一路的观感。情绪

既已点燃，平时该睡眠的时间自动被挤占，属于修竹正常的生活节奏也就被打乱了，由此预想到晚上可能出现的状况，爸爸妈妈的内心充满了紧张和隐忧。回到家，修竹继续保持了亢奋的情绪，明显把家当成了儿童游乐园，摇摇晃晃、跌跌撞撞、踉踉跄跄地跌倒再爬起来，并干净利落，成功地将自己的饭碗（奶瓶）砸了，如果不是事前紧急收拾，不知道除了木质茶具以外，你还要破坏东少东西，这并不要紧，关键是你目前前仆后继的行走状态，如果没有细心的妈妈早早为你买回防撞条并提前安装就位，不知道你的小脸和小头上，会收获多少"红包"。因为你的出现，行动不便的爷爷、奶奶随时做好了抢险准备，这也让父亲着实捏了一把汗，要知道，他们摔一跤的后果可就严重了。可能是因为付出了大量体力、精力，晚上爸爸给你做的饭饭，你吃得很香，而这其中可是有小秘密的哦。喜欢竹子的爸爸，把种在花盆里，刚破土，又嫩又鲜的小竹笋切得细细的、碎碎的，放进香香饭里，是不是很清香、很独特的味道呢？看着你狼吞虎咽地吃了一大碗，爸爸的心里可美了。

临近晚八点，你开始不停地哈欠，眼角变长，情绪开始烦躁，所有想睡的特征集中显现。妈妈决定提前给你洗澡，最艰难的时刻终于来临，最严峻的考验终于要面对了。清洗澡盆，放水、洗澡，换尿不湿，穿衣服，一阵如临大敌地手忙脚乱，好不容易把你放在了床上。一刻不敢耽误地把收藏在手机里，一个叫汤晶锦的12岁马来西亚小女孩演唱的你的专属伴眠曲《酒干倘买无》调成循环播放（不知道从什么时候开始，只要你一想睡，就必须要听这首歌，换成别的歌那是绝对不行的。而关于这首歌感人的背景故事，父亲会在以后的文字里讲述给你，希望能成为你喜欢这首歌的理由），熄灭了所有的光亮，窗帘拉得严严实实，密不透光，爸爸妈妈也绝对噤声，保持安静。一切只为营造能让你顺利入睡的环境和氛围。可能是由于下午玩得太高兴，加上没有在平日的时间点睡觉，累坏了，不到八点半，你居然第一次在父母的床上安静入睡。幸福来得太突然！确认你睡着的那一刻，妈妈兴奋地在黑暗中给了父亲一个OK的手势，而父亲一直悬着的心也暂时松弛了下来。母亲放松惬意地打开电视，敷上面膜，边看电视边玩起了手机游戏，一副完全享受的状态。突然，惊雷炸响，入睡不到半小时的你毫无征兆地啼哭，彻底终止了我们短暂的幸福。睡眼惺忪的你，看见身边"陌生"的父亲，哭得更凶，爸爸想抱你，你毫不留情地拒绝了，妈妈抱你起床，你仍然哭得惊天动地。慌了神的妈妈，示意父亲赶紧打电话给远在乐山的姥姥、姥爷求助，你这一闹，可是一起惊动了前方、后方，统一战线立马形成，电话那头，姥姥、姥爷的着急、关切；电话这头，爸爸、妈妈的忧急如焚、乱了方寸。好在疾风劲雨，来得突然，去得也快，惊心动魄的十多分钟过去，不知道是哭累了还是太困了，你又睡过去。这之后，爸爸妈妈再没敢有一丝掉以轻心的放松，你随时可能炸响的哭声和状况，成了我们头上的紧箍咒（在爸爸的人生哲学里，可怕的不是引颈就戮，而是引颈不知剑悬于何处）。一晚上，你不时呜呜咽咽几声，不时又咯咯嬉笑，不时嘟嘟囔囔的几句梦话，不时又高难度地变换睡姿，睡梦中完成的360度托马斯旋转，让父亲也不得不服。入睡前，头还在枕头上，早上醒来，你的小脚丫却放在了父亲的脸上。你可知，这一整夜，你的每一点小动静，就牵动父母敏感的神经，父亲几乎没敢合眼，比父亲更辛苦的妈妈，自你第二次睡着后，抱着你在床上坐了很久，直到你睡熟，才小心翼翼地将你放下，睁着眼睛守着你，直到十一点过，起床为你兑奶，你在睡梦中节奏清晰，吮吸无碍地完成进食，再次让父亲惊讶这小生命的神奇功能。几乎整晚你的任何与睡眠无关的异动妈妈都保持着高度警戒和回应。天终于亮了，一晚上紧张、困顿后的极度疲惫，

我们却不能再睡，因为修竹要开始新的一天了。

下午六点，姥姥、姥爷终于回来了，压在父亲心里的一块巨石落地了。长长地舒了一口气后，父亲开始怀疑自己作为父亲这个角色的称职度，也怀疑四十多年风雨人生之后，父亲的心理成熟度。这三十几个小时的考验，父亲交出的其实是一份不合格答卷。父亲由是想，这之前，你精细、精致、精彩的 437 天的每分每秒，每日每夜，为了照顾你，姥姥、姥爷付出的是怎样的心血和辛劳。等以后修竹能算术的时候，算给父亲听听，并告诉父亲，这每分每秒都意味和包含着什么。今为之计，以作备忘。

# 无辜的乌鸦

早上 7 点 15 分，被窗外此起彼伏的各种鸟叫声唤醒，而这个时候的鸟叫声格外清脆动听，婉转入耳，修竹知道这是什么原因吗？呵呵，自然是因为还没醒透的尘世来不及发出自己的杂音，或者发出的杂音还不够喧嚣。一如此刻的父亲，还没有完全从睡意中清醒过来，迷迷瞪瞪地以为昨晚睡在了一个森林公园的小木屋里。拿着脸盆去洗漱，看见扫地的阿姨已经将办公区的大半个院落打扫干净了，而负责修剪的园丁，像鸟儿觅食一样在枝叶间寻找清理枯黄的叶片，远处高树和横亘在电线上的数百只鸟儿，或起伏错落，相互追逐嬉戏着群飞群落，时而占据树梢，来一个气势雄浑，多声部的合唱。远远地望去，静止的树梢和电线上，那些跃动的小黑点组合而成的图像变换，像极了沙画里的置景，一眨眼，又是一番新景象。这个清晨，属于这些小精灵们，更属于那些辛勤劳动的园丁和保洁阿姨们。当然，被这样的氛围完全激活的父亲，此刻也在思考，该怎样开始属于自己有意义的一天。

这样的场景和情节描述，父亲其实是想为修竹引出今天的主角——乌鸦。

是的，乌鸦。修竹不必诧异。说的就是这个黑黑的，丑丑的，叫声难听，不招人待见的鸟。

在我们的传统文化里，在老百姓的情感认知里，乌鸦不仅长得丑陋，更是不祥之物。其刺耳的叫声里，往往也预示着不好的事即将发生。父亲无从去追溯人们之所以如此对待乌鸦的最初缘起，但我想，这多少与模样讨巧、喜欢报喜且叫声动听的喜鹊有些关系吧。呵呵，这当然是父亲的主观臆测，一如人们一开始就不喜欢乌鸦，也当是人们主观好恶和朴素的情感取向决定的吧。就是这样一种快要窒息在我们传统文化和民间情感里的鸟，在日本却被奉为神鸟，被誉为大自然最严谨、最忠实的空气质量检测师，备受爱护和尊崇。

几年前，得缘去日本学习，住在河口湖的一个小宾馆里，对面就是矗立在日本人民精神和情感高地的富士山。而让父亲觉得不可思议的是，富士山周围一片鸹噪声，神态悠然，甚至带点矜持与倨傲的乌鸦俨然成了这片乐园里的领主，而与之相应的是富士山周围被细心保持植造、凝聚了几代日本人意志、心血的自然生态环境和优良的空气质量。如此，修竹可知，在我们的国度被国人深恶、受到意识和情感驱逐的乌鸦，在日本享受的却是截然不同的境遇：人们不仅从意识上深刻认识到乌鸦在自然和人类栖息环境保护上举足轻重的地位和作用，更是发自内心地接纳和喜爱上这种能为人类生存提供智慧信息和福音的鸟类伙伴。"神鸟"一词，可不是日本人惯有神经质的情感泛滥，而是有绝对诚意和足够敬意在里面的。

由此看来，乌鸦之喜之恶所揭示的不同的文化背景，需要修竹在传统文化和文化真理之间擦亮智慧的眼光了。去日本以前，父亲是不喜欢乌鸦的，从日本回来，乌鸦在父亲心里的形象瞬间高大上。并不是日本乌鸦比中国乌鸦长得漂亮，而是日本乌鸦以智者的身份给父亲上了一课，由是联想到当前人类面临日益恶化生存环境的忧患和困扰，一方面，我们要为自己过度攫取泛滥开采利用的恶行买单，另一方面，我们是不是该好好思考怎样保护我们已经不堪重负脆弱虚脱的地球村了呢？作为父亲，想想未来修竹将要面对的十面霾伏、四处毒烟的恶劣生存环境，父亲不禁要问，该去何处找回那些因为惧怕而逃匿在人类视线之外的黑色且智慧的精灵——乌鸦。

聊以自慰的是，父亲现时栖身的公司，是一个相对遗世独立的园林院落式的办公地。给修竹写的所有如果还算富含养分和阳光味道的文字，也都诞生在这个地方。就在去年，父亲刚到这个公司不久的某个清晨，竟意外发现了几只乌鸦出没的踪影，这些没有声息，带着几丝神秘的气息，从眼前掠过的黑色闪电，竟让父亲欣喜若狂，激动万分，此后一段时间的观察，发现这些智慧的精灵已经在这个院落里安下了家。同样是安家落脚，一个是以严苛的眼光和智慧的本能做出的选择，一个是心藏不甘与无奈的被动迁徙，这两相比较，父亲更是由衷地羡慕和敬佩乌鸦的自由与智慧，从此，有鸦相伴，有清新的空气、阳光融入并参与生命的循环，肉身的福地，精神的福祉也。在此后不久的一次员工培训授课，父亲迫不及待地在讲课之前与员工们分享了乌鸦在此安家的喜讯，看着员工们面面相觑、充满疑惑的表情，父亲恍然大悟：千年之恨，怎么可能在一时之间爱上呢？呵呵，还是赶紧言归正传吧。

说来这多少有些喜剧情节。但对于这些无辜的乌鸦来说，如果不是自愿投错了胎，作为人类，我们是不是该调整视觉，摒弃主观，重新认识乌鸦并还它们一个公道呢？反正这一段与鸦为邻的岁月，对于父亲来说，是充满净度和纯度的一段时光。

# 与虎谋魂的画者

郑重其事与修竹商量一事。

有没有发现，自 4 月 18 日文字之后到今天 5 月 4 日，已经过去了整整 16 天，父亲没有写下一个字。不是这段时间工作特别忙，当然也确实比平日里要忙一些，也不是父亲突然丢失了写字的热情和灵感，当然，更不是因为父亲怠惰偷懒。那是为什么？

这二十多年一直笔耕不辍的父亲，把能够安静不受打扰写字当作一种福分而倍加珍视。所以，只要有时间有精力，灵思不枯，才情未竭，父亲都会幸福而享受地写下去。至于这十多天只字未落，是因为父亲干了一件大事。这样的大事自然是相对于日常琐屑之事说的，并不一定大到哪里去。但如果因此而助力了一个虔诚执着、寂寂无闻的同道中人，是不是也算功德一件呢。也因此要和修竹商量，征得你的同意了。

可还记得两个多月前，晚饭的时候，家里来了一位客人，一位姥姥的朋友引荐的姓谢的叔叔。这位慕名而来，登门造访的叔叔是个画者，潜心专事画虎二十余载。前来相请父亲为其即将出版的新画册写一篇评论文章作序。

考量再三，感其诚意，父亲应允了。父亲的笔下写过盛名卓著的大师、大家们，也写过寂寂无闻、默默无闻但一直执着前行在艺旅上的朝觐者和苦行僧，在父亲眼里，这样的苦行僧和朝觐者同样是可亲、可敬、可佩、可写的。因此与修竹商量，父亲可否把用以践诺写的这篇评论文章纳入关于修竹的文字里。鉴于目前你无法语言表达，父亲代行权力，暂且答应下来，并留这段文字以作来日修竹维权证供。哈哈。

# 光阴的下落

# 谢立民的精神内画

从生存法则的意义上讲，不是人类谈虎色变，而是由于人类无休止的扩张，将虎赶出了人类的视线。一如叶公好龙这个成语故事的内涵揭示，一方面，人类基于精神价值的正向诉求和情感驱动的正面效应，赋予了虎正面积极的形象：譬如正义的化身、力量的化身、勇气的化身、智慧的化身；譬如舍我其谁的王道彰显、纵横捭阖的气盖山河……而当虎与人类在利益链条形成价值冲突（这里的利益冲突当然包括精神和物质两个方面）时，则又毫无抗争之力地被人为负面化：自私冷酷、凶残无情、剽悍霸道、羁傲骄横，凡此种种，不一而足。更有什么苛政猛于虎、养虎遗患、虎狼当道、畏之如虎等等主观人文演绎与附加，则更是不胜枚举了。就是在这样的人与虎之间非常奇妙有趣的情感关系对应中，我们说不清道不明到底是情感意识深处真正的爱虎、亲虎，还是从骨子里畏虎、拒虎，至少对于普通百姓而言，是这么一种复杂、纠结且微妙的关系。在这样的关系对应中，强势的是人，被动的是虎，正所谓，强悍威猛如虎，也终抵挡不了人言可畏。当然，这不包括像谢立民这样的少数爱虎成痴、与虎相伴相守的人。因为文作评的需要，姑且以此为引，斗胆先与虎谋皮一回。

很偶然，一个叫谢立民的画者带着十二分的诚意登门造访，约请为其写一篇评论文章，用于新画册出版。之所以找到我，动因是在别处机缘巧合看过我写的关于别的画家的画评，而这个画家是他非常欣赏并敬慕的。当然，也或许因了喜欢我文字里飘散着酒香的味道，寻味而至，便有了这为文的缘起。

感其52度的诚意，答应下来，才发现这是一篇难以下笔的无米之炊。之前与画者本人素无交道，亦没有看过其画作，对其师承渊源、绘画理念、语汇风格、性灵特征、人文主张均一无所知。贸然着笔，必然是不着边际地胡言乱语，既辱没了丹青本身也辱没了画者本人；允诺而不践，又实在是背离了这人与人之间基本的诚信道义，也背离了布衣为人为文的本源初心，踌躇两难之际，提笔沉吟，迟误至今。

好在立民拜访当时，即送来厚厚一沓自己画作的摄本，也送来之前出过的一本画册。当晚，又在推杯换盏之间，意绪融通酣畅之际，或多或少，或深或浅对立民与虎结缘并二十余载痴迷于画虎有了一定的感知、了解。这些时日，对着照片和画册，细细观悟体味至今，终于有了一些捉笔的底气。

说起来，与虎结缘，还要始自立民的中学时代。乡村老屋正堂悬挂的一副中堂虎画，深深吸引了少年的目光和神思。画面中的虎，其雄健而威猛的外在，平和而柔情的内心，在少年立民的心里是绝对完美的生灵形象，且无与伦比。想来，当时正值青涩岁月，对未来生活踌躇满志的立民，蓦然爱上虎这一形象，或许与其既豁然明朗又挣扎困惑的心境有关，毕竟在那样的年代，毕竟身在农村，小小的立民，一方面要通过学业来改变命运；一方面，又无可避免地要面对父母劳作艰辛和供养自己读书不易的体恤与悲悯。这当然也是那个时代大多数少年人的命运写照和特殊心路历程。这一点我们无需深究，总之，这惊艳的邂逅，从此便结下了与虎的不解之缘，由于条件的局限，立民无法行三叩九拜之礼，成为某某虎画名家的弟子。但其虔诚一念，手摹心追，以书籍画册为师，以电视节目为师，以动物园的笼中虎为师。虽无力拜师，但却常常驭笔神交意会冯大中、宗万华、杜军、刘奎龄等前辈先贤，择善而取，师法而从，就是这样，不放弃所能自主把握所有与形意的、真实的虎相知相悉，亲近接触的机会，这也像极了一个懵懂少年苦苦追求心仪姑娘的情景，心无旁骛，一心所系。直到现在，与立民聊天，谈起绘画虎，其双目放光，神情激昂，意兴喷薄。在他的言语中，虎，不仅仅是动物界的百兽之王，而是他无可替代、相依相伴终身的精神恋人。

172

客观地说，身量不高、体态稍显清癯的立民，气质文雅充和，举手投足书卷味十足，实在难以让人把他与踽踽独行、睥睨众生、傲视群雄的虎联系在一起。可其偏偏与虎一结缘便是二十余载。这二十多个春秋，可谓意念闪回间有虎影，情感律动中有虎啸，乃至酣然梦境中亦常有虎魂的牵引与召唤，其眼中、心中、手中、念中，虎无处不在，无虎不存。痴迷若此，我们说，虎之精神形象，既是立民行为价值追求的外化，更是其这些年用精神行走、立身面世的情感内画。这样的痴心，这样的执念，这样的人虎合一，我想，当可以清楚诠释"客体意象"而达"主观意境"的绘画精神和理念了。

该说说立民的虎画作品了。

且随我把目光和情感触觉放牧于远了人烟的危崖峻岭抑或冰河莽原，梨花金顶抑或空谷幽泉，在与人类爱恨情仇，攻守胶着之后，这便是虎一退再退的领地。它以傲岸的姿态，雄踞一方，有决绝独行，也有恩爱相守；有血腥厮杀，也有静美栖养，生时豪壮，死尤余威。我不敢说，这样的生命轨迹和生存情态与立民的生活和精神世界有多少契合与投射，但赋兴于笔，寄情于形，魂牵于神，从而力求实现人虎合一，确也是立民这些年画虎不曾改变的执着坚持。立民笔下的虎，极大地被赋予了人的情感和人性的温度，因此，其虎画作品，从毛的随行走势，肌肉的纹理脉络，骨骼的蜷缩伸张，体态的转承启合，都能够在立民的作品中于细微处见精神。如果没有数年如一日，长期细致入微的观察、研究、剖析、解悟以及刻苦不懈地临摹写生，是很难做到这一点的。其作品，相对于虎威猛霸悍、狰狞逼人的气势，立民有选择地侧重于虎的内心情态刻画，着力表现虎从容、柔和、淡宁、温暖的一面，这样的取舍，这样拟人化的表现手法，或许更能让我们看到立民自身人格在虎画作品中的转移和倾注。如《和谐图》《天伦之乐》等作品中的虎，多是表情柔和可亲，举止憨态可掬，画面中弥散的浓浓亲情和爱意，让人心生温暖而神往；《苍茫独步》《思》《守望》等作品，在设景上，以泼墨的手法表现远景，以工笔手法细腻刻画虎的神形，这种工写结合，虚实对比拉开视觉上的空间差，形成的大虚大实感，既让画面更加饱满富有层次，也给观者的神思意绪留出了驰骋奔放的空间。纵观其作品中的虎，有的在打闹嬉戏，有的在昂首长啸，有的携妻带仔，有的闭目独处，扑跃凌厉如闪电，蜷卧安静如处子，形态各不相同，构图满而不塞，虚而不空。虎的千姿百态，虎的心灵与情感，野性与优雅，威猛与霸气在他的笔下表现得栩栩如生，形神淋漓。

在我看来，雄浑、博大、苍凉、悲壮等自然或人文的情态美学内涵一定是大于小桥流水、霁月光风这类小景、小情、小趣的。而虎所具有的雄浑气势，傲岸身姿，慎独境界，苍凉呼啸，正好痕迹不露、恰到好处地贴合了这一美学原理。而立民笔下的虎，与复杂的山川、人物等背景相结合，尤其注重衬境的笔墨趣味，如其以墨色的浓淡程度来区分近景、中景、远景的关系与层次，营造出朦胧、虚实相生的气氛，且人物的神情、气势、形象也必须与虎融合自然；衬景中，草的茎叶组合必须错落有致，深浅浓淡要富于变化；苇草周围用浅墨进行渲染，增加草的厚重感；画树干时要注意体积感，树皮部分要体现苍劲与粗犷，与虎皮形成对比，这样会拉开空间，层次分明，可谓相得益彰，从而使作品的内容与形式都更为丰富、生动、自然，充满了人性化的意趣处理，也更耐看。当然，在这样的技法呈现和主题把控的同时，立民没有忘记对日渐恶化的人虎关系以及虎的生存环境的揭示和忧虑：当我们把情感的温度注入视线，可以清晰地看到，某些作品中，作为百兽之王的虎，对于人类其实是心怀敬畏的，这种敬畏仿佛与生俱来，仿佛深入骨髓，但这种强

174

者的敬畏并不证明他的懦弱，却可以带给人类深刻的反思。这其中，又是否蕴含了画者对于自身生存的理解和体悟，我们不作妄议，却可从画面中窥见其端倪与痕迹。

　　相较于纤毫毕现、惟妙惟肖、情态逼真、镜头还原式的工笔，我更喜欢他构图大胆，立意新颖，融会了佛禅寓意与人虎之间性灵探索的写意。其中的《山野笛声远》《论道图》《惊艳图》《调心图》《伏虎图》等作品，分别以美女、观音、佛道徒、弥勒等形象，或陪衬、或主导，或相互交融，或各安其状，衣袂飘飞，横笛唇间美女的端庄、娴静与凝神屏气，竖耳倾听卧虎之间的默契融洽，相映成趣；阔口大肚，袒胸露腹的弥勒形象所彰显深邃旷达的佛法光芒与俯首帖耳，温驯乖巧的灵瑞祥兽展呈出的人性温暖交相辉映，融为一体；善度苦难的观音，莲花手轻抚之下，蒙恩而化，超脱得度的虎已然在回眸一瞬，放下了曾经凶狠、顽劣的旧形；面相奇绝，长髯垂胸的和尚，右手作礼（按照佛门礼仪，若不便双手作礼，也应以左手作礼为尊，这点或需立民下来求证），左手持珠，似笑非笑间隐含深邃的禅意，已然催眠了臭名昭彰、劣迹斑斑的兽王，深睡者似已在安梦中抵达佛国净土，昂首者还在参悟玄机，匍匐以示皈依的虔诚。而这种或人实虎虚，或虎实人虚的画面构成对比，拓展了作品的画面空间和主题深度，供观者解读时自由领悟与二度创作。这样的构图和主题把握既是智慧的，也是诚恳的。

　　公正地说，立民笔下的虎，造型、线条、笔墨、语汇都有一定功力，也富于时代感。其浑厚深沉、简练传神、力量含蓄、稳健自信的画风，也可圈可点。但放眼国内画界，以虎为题材的画者众多，然能够不落窠臼，跳脱而出、语汇独具，深得精髓的却不多。不敢说，立民的虎已达多高境界，但其对于虎的思考以及如何画虎的不懈探索，是值得我们肯定的。在我看来，从工到写，工写兼具；从单纯的以虎为题到立体的构图和多层次、多角度取景，立民的用心、用情、用智、用力，可见一斑。个人觉得，其离突破或臻极境，还有相当长的一段路要走。一方面，其在主题立意与构图关系、虚实关系的把握上还欠火候，尤其是构图补景上能力的缺失和不足，给作品留下了不小的遗憾。另一方面，任何艺术形式，都不是单独成立的，而绘画更是如此，同样是画虎，拼到最后，不是谁的虎画得形神兼备、惟妙惟肖，而是谁能够充分调动和利用自身的综合学养，在创造属于自己气质和性灵特征虎画语汇的同时，把主题提炼得更有宽度和深度，更富思想情趣，更具人文精神的启发和引领。因此，以虎为题材的画家和爱好者，都应痛下苦功，长期习练和积攒包括山水、花鸟、人物、书法等技巧；汲取文学、历史、诗歌、佛禅、民俗等方面的营养和要素，兼收并蓄，厚积薄发，一切只为画好虎奠基、服务。

既然此生得遇，与虎厮守终生，是虎之幸，更是画虎者的福分，画的过程既是人虎情升华的过程，亦是画者自身精神和内心升华的过程。画的是虎也是画者自己，而为画者在现实中的角色扮演，很多时候或许就是画里某只虎的意化。正所谓，人虎情未了，而虎山多险阻，唯愿时光垂赐，成就立民此生虎缘，终得正果。

# 失温的记忆

　　某日，去集团开会回来，搭乘其他部门一同事的车。短短的一节儿路，他的鼻子不时发出"咔咔"的声音。我问他，你是不是有鼻炎，回答：是且已资深老鼻炎很多年了。

　　同病相怜，马上多了共同语言。

　　父亲也经常因为鼻腔内有异物堵塞感，又想保持呼吸顺畅而被迫发出这种听起来让人很不舒服的声音。更有好几次，从冷热不同的环境稍一移位，便觉得鼻腔瘙痒不适，不停地"痛哭流涕"，一下子恐慌起来，以为感冒，抓起感冒药就吃，并立即收心敛神，调养鼻息，成静养龟息以对抗感冒状。却不料一阵眼泪鼻涕之后，恢复如初，毫无病状。这心累神累的一阵惊吓之后，更是摸不着门道的一头迷雾？什么情况？自修竹出生以来，一家人对于感冒，那绝对是如临大敌，全家皆兵，严防死守。一人感冒，全家吃药，唯恐传染给你。而你出生以来两次感冒的折腾，看着你被灌药时，嘶哑的哭闹和竭力挣扎的可怜样儿，揪心的大人们，再也伤不起咯。

　　这玩弄悬念，制造惊惶，可恼可恨的鼻炎。

　　临下车时，这位同事友情赠告，以后千万别用现在的纸巾擦鼻子，说用了以后只会加重病情。我很纳闷，不用纸巾，用什么呢？发作的时候，那可是要擦掉大量纸巾的。他回答父亲的话里蹦出了一个久违了的词汇：手绢儿。这个在我们记忆里几乎销声匿迹的词汇，突然出现，让情绪变得温热了起来。接着他遗憾地说，现在到处都找不到卖手绢儿的了，只能用相同质地形式接近的替代品来使用了。原来，手绢儿不只是淡出了我们的记忆，而是实实在在地从商店的货架上，从我们的现实生活中消失了！心里竟又莫名地滋生出巨大的失落，不由想，在我们马不停蹄的人生旅程中，有许多东西被我们无情地丢弃了，这些被丢弃的东西不是我们不再需要，而是被更"快餐"品质的东西替代了。

记得，小时候，若能收获一块漂亮的小方巾，小手绢儿，会洗得干干净净，晒干后，把阳光的味道一起小心翼翼地折叠起来，放进衣兜里，心里会美滋滋好长一段时间。平时轻易舍不得用，只在必要时炫耀式地拿出来象征性拂两下，并没有实际接触需要擦拭的地方，然后赶紧折叠好重又放进衣兜里。如果丢失了一块漂亮或是有特殊意义的手绢儿，那种像丢了魂儿似的失落和难过就甭提了。

我知道，这样一段关于手绢儿的孩提经历和记忆，离修竹的世界已经很遥远了。而正值童年的你，以后再无需从丢手绢儿这样"寒碜"的游戏中寻找单薄的快乐了。但作为父亲，我还是想告诉修竹，曾经有首儿歌，有一种游戏叫丢手绢儿，伴随过父亲的童年，也曾带给父亲清凉的快乐。

丢手绢，丢手绢，轻轻地放进小朋友的后面，大家不要告诉他，快点快点捉住他，快点快点捉住他……

修竹觉得好听吗？父亲把手绢儿丢在修竹后面了，哈哈，该修竹表演节目了……

# 遗忘的殇

昨日的明媚倏然不见，天空黯淡下来，风也有些呜咽。今天是个特殊的日子。

微信圈里，所有人都在双手合十，祭奠或是祈祷。八年前的一场自然强赐给人类的殇，是注定要痛彻一段光阴的。痛则痛矣，而在自然与人类纠缠不清割舍不开的因果关系里，活着的人仍醒者寥寥，明眼无多。

当痛成为一种符号或是习惯，那些远去的生命就真的远去了，那些消逝的文明也就真的消逝了。父亲自然也不算醒着的人，更不是什么明眼的人，但却可以以自己的方式，表达属于自己的纪念。请修竹儿记取下面两段文字，文字里一个是给了父亲第二次生命的阿姨，一个是就快要在历史光阴里耗尽血气的古老文明。

> 给我二次生命的阿姨 母亲让我这一生
> 都记着你 而今你遗世的名字
> 落成我心里的碑 这碑
> 正好是当年那一袋氧气和
> 另一个生命的重量
> 从此 我干净地活着
> 是为这碑 一尘不染
> ——2008 年 5 月 20 日组诗《安魂曲 从此我们固守的心伤》第三小节第一段。

草地丢失了牧童 牧童丢失了羊群
一夜白头的草地上抱头痛哭的羊群
躺着不动的鞭鞘还在等待它的小主人
这不是童话 是灾难写下的绝笔

顶帕子的男人走了 脚下穿着云云鞋
包帕子的女人走了 手中绣着云云鞋
失巢的倦鸟 咯血的哀歌
把天空拉得很低 阴霾似铁

云云鞋 你如何抵达信仰之上的地址
羌笛已嘶 弥留废墟中的守望
羊皮鼓喑哑 低回亡灵的余温
那些篝火中幸福战栗的爱情
那些捣衣棒抖落饱满的日子
汶水呵 自此 你一径苦水的蜿蜒
是唱给生者断肠的离歌
　　　　——2008 年 6 月 9 日组诗《离歌》第三小节。

　　孩子，人这一生，需要铭记的其实不多。此文，且为不敢忘却的纪念吧。

# 卑微的烟民

此刻，父亲手中夹着烟，不远处的茶几上，煮茶器里来自湖北羊楼洞的青砖茶色泽橙黄。这是忙碌过后一段安静的时光。

这办公室的屋子里，每天来来往往的人，不同的长相，不同的表情，不同的身份，不同的目的。而父亲也总是回应着不同的情绪，不同的语气，不同的姿态，不同的角色。这一切仿佛都与我密切有关，也都仿佛与我漠然无关，往往在一支烟的时间距离，父亲本能惯性地就完成了一场又一场入戏和出戏。到最后，仿佛只有烟缸里的烟头和烟烬是曾经唯一真实的存在。

是的，三十多年的烟龄，父亲算是一个十足的老烟鬼了。在无数次烟雾弥散，无数次烟丝明灭，无数次心情起伏之后，父亲的眼神不再清澈，眼袋却似乎在一夜之间倏然而至且日益加深；黑发不再浓密，发际线早被迫退守在荒漠之外；笑靥不再明朗，迷失在皱纹的深渊里，身姿也不再挺拔，不是因为生活的负载太沉，而是终于懂得放下就必须学会弯下腰来。激情不再豪迈，不是因为患得患失，而是明白了敬畏就必须低下头来。呵呵，这三十年的烟烬可不白给，孩子，在悲壮的失去与无奈的获得间，父亲并不想知道时间都去哪儿了，只想着，还能有多少这样烟火的明灭闪烁留给父亲，可以清晰地见证和陪伴你的成长。

我不知道为什么要抽烟，就像我从来不愿去清醒面对他们说的抽烟的种种危险，当然我也绝不会去蛊惑无辜者说抽烟的诸多好处妙处。仿佛就是与生俱来的一种习惯，不知所以起，也无所谓终，甚至记不清到底什么时候在一念闪回中就拿起一支烟并把它夹在了中指和食指之间，最后放进了嘴里，以一种云遮雾罩的虚无对抗内心坚壁块垒的狰狞，再将人生的苦难与挫折，雾化成烟，直至消弭无痕。这一抽，抽灭了三十年的光阴。

在文明的词典里，在日益崇尚健康的人们眼中，对烟民是充满敌意的；在恪守、遵从公序良俗的环境里，烟民也是不受欢迎的。由此一来，烟民地位堪忧且每况愈下。而其实，自你住进娘胎，父亲这个老烟民的地位就已经悲催得不行不行的，以前客厅、卧室无处不可的快意淋漓戛然终止，换而代之的是走廊、楼梯、阳台、甚至卫生间等远离了你存在的犄角旮旯，常常是贪婪猛吸几口就赶紧掐灭，没了半丝以前的从容、优雅与享受，卑微若此。修竹肯定会说，戒了吧，这分明是一种受罪。如果父亲说，抽烟是为了让自己无处安放的灵魂能够自由呼吸，在修竹听来，这是一种巧舌如簧的狡黠，还是巧妙应对的智慧呢？嘿嘿。

身边有很多幡然醒悟的资深老烟民，一个个都高调宣布戒烟或是壮士断腕般正在竭力戒着烟，而实际的情形是，早上宣布戒，晚上就再次原谅没挺住的不少；或是戒了一段时间，复吸时因为补偿性自我慰藉而烟瘾暴增的也不少。当然，也有意志如铁，决心如虹的，彻底放弃恶习，回归良善的，但似乎这样的情况并不多。父亲曾说过这样一段"混账"话：一个几十年吸烟成瘾的人，能够彻底戒断，只能说明一点：那就是这个人什么坏事都可以干了。哈哈，这自然是父亲的荒唐谬论，但多少有些道理，待修竹长大以后，看看是否能够想明白。坦白说，父亲从来没想过戒烟，更没有尝试要把烟戒掉，不是冥顽不化，拒绝改造；也不是因为缺少了信心毅力。在父亲看来，抽烟这回事，既然已经融入生命过程如此之深，那就让它随着生命的规律自生自灭吧，总有一天，父亲到了想抽都抽不动的时候，那就真正彻底地戒了吧，哈哈。写到此，父亲赶紧拭净掉落的烟灰，这些文字方能清晰呈现。

# 师道有光

算起来，应该是十年前，参加成都理工大的一次管理提升培训，有幸聆听了大正先生关于管理的正知正见。不敢说经这一次点化，就脱胎换骨，立地成佛。但至少是大正先生给出的方向，让我从此无怨无悔行进于沧桑正道。

记得，刚走进教室，伏案低头专注手提电脑的大正先生，留给人的粗略印象有些严厉，教室里的气氛也有些凝重和肃穆。果不其然，开讲之前，大正先生便约法我们：不必看手表，不得接听手机且手机不能发出任何声响，不得有任何与听课无关的行为。先生的道理很简单，你们不停看手表，说明我讲得不好，那我只好下来听你们讲；而你们来到课堂，便与工作无干，别总把自己想得那么重要，拿单位工作非你不行说事，讲课期间，你们的任何异动，都会影响我授课的质量，所以请保持循规蹈矩。既然来到了课堂，只有一个任务，那就是认真听课、用心听课，全神贯注地听课。乍一听，这约法有点过了，如果真讲得不好，又不允许别人走神，开小差，好像霸道了点；再说，对于一群混迹职场多年，且大小"官位"加身，在单位扮演"中流砥柱"的学生而言，这要求多少有些严苛了。由此可见，这先生的谱儿可是有点大咯。但接下来的实事是，本来想着听不进去还能靠手机游戏、互发短信或偷看小视频解解闷儿的学生们，居然很快进入状态，以至忘了身边还有手机这玩意儿。所有耳朵被统一了方向，所有目光也被集中了视点，此起彼伏的掌声响彻整个课堂。现在想来，那可不是什么人都能摆出来的谱儿，它其实是一种知识和智慧的光芒以及独特人格魅力演化出的气场，这种气场在给人精神挈领、思维拓展、智识激励的同时，也专治各种不服。不管别人服不服，反正我是服了。

人生就是这样，苦苦寻觅而不得，偶然的一点机缘，却能够深刻地改变你一生。与大正先生的缘分便是如此。

现在回忆起来，大正先生的授课风格，一如其名，大且正。大格局，大视野，大气象，大情怀，正知、正见、正智、正解、正能量。时间过去十载有余，至今每每忆及大正先生授课的情景，仍回味无穷，意犹未尽。遗憾的是，短短两天的授课，于大正先生而言，有意倾囊而不得，有心普度而不能；于我们而言，也只能是浮光掠影似的惊鸿一瞥。而就是这一瞥的所见所闻所得所获，却让我们大受补益，尤其是在我们所处因为垄断性强而封闭排他性也很强的行业里，他传递分享给我们的充满智性和人文光芒的管理语汇，是怎样深刻地改变了我们管理者本身和管理的现状，以及对未来管理生涯的启示和引领。在此，深鞠一躬，以谢以敬大正先生。

有意思的是，大正先生在授课过程中，会巧妙利用时机跟我们分享他多面的才艺。譬如朗诵，先生磁性低沉、浑厚饱满、情感充沛、极具穿透力的声音，很快将人带入情景，浑然忘我。尤其是女生们，双目放光，啧啧赞叹不止，敬慕的表情流露无遗。譬如诗歌，大正先生由于职业的原因，经常要奔赴外地，四处讲课。而这种多半时间人在旅途的状态，让他养成了且行且吟的习惯，将一路上的感悟体察用朴实生动的语言写成了诗歌，读起来朗朗上口，而玩味起来又启人心智，牧人心肠。印象最深的有两首。一首是："人生在世度光阴，不劳筋骨必劳心。天道酬勤终有日，岁月澄清沙与金"。另一首是在成都宽窄巷子观游时，灵感乍现，一挥而就的《宽窄人生》："人生道路有宽窄，荣辱得失两重天。窄处贵在心不窄，宽时勿忘窄时难。宽窄岂能尽人意，有容乃大窄变宽。道路条条通罗马，心中须有艳阳天"。这样的诗歌，文字和语言都很朴实，仿佛是我们拉家常或者闲谈时信手拈来一般的轻松随意，可这样的信手与脱口不是谁都能做到。字里行间浓缩和折射了大正先生赤诚浓郁的人生情怀和对生活生命本真的思索与探察。所谓大道至简，而这样的至简本身即是境界。其中，有一首诗，表达的是大正先生与青城山脚下一家农庄和农庄主人结下不解深厚情缘的感怀，我亦感其惜缘的平民情怀，乘兴将其写成书法作品，寄给大正先生，先生及时回应并给予了肯定和鼓励。由此，算是结下了与大正先生交往的缘起，后又将聆听大正先生授课的一些粗浅体会写成管理文章，通过邮箱发送给大正先生请其指正，大正先生则以他独特的方式回复如下：

### 致逐非
### 读后感

逐非有识笔下行，

感悟至深字间中。

涅槃蜕变逢绝处，

物竞天择适者生。

道术分清本与末，

管理最忌假大空。

修己治人明先后，

知行合一贯始终。

　　这便是睿智深刻而又从容洒脱，独特有趣而又亲和达观的大正先生。工作得闲，常常捧起先生寄来的《凡人雅韵》，在字里行间与先生意会神交，在先生平和旷达的诗意里放牧心肠，绝对是职场难得的快意之事。

最令人感佩的是知天命之后的先生，毅然决绝地放弃本已十分优厚的工作和生活环境，选择再次运命，重新出发，艰辛付出之后最终成就了今天的国内著名的领导力专家，这份勇气、这份自信、这份智慧、这份坚持，实在让人钦佩敬服！比照刚过天命不久，却苟且庸碌地过着四平八稳，也无风雨也无晴日子的自己，额头上、后脑勺、脊背上顿时有冷汗涔涔而下。

十年间，与大正先生鲜有机会见面，即使知道他的行踪又到了成都，也因为各自的原因无法面晤。但其间一直保持着彼此关注、问候和微信的互动联系。记得前年冬奥会，因受了奥运健儿骄人成绩和奥运精神的感染和振奋，大正先生洋洋洒洒，一气呵成即兴创作了百句长诗，以讴歌和诠释自己对奥运健儿的赞美、寄望和对奥运精神的理解，新鲜出炉后发在朋友圈里。当我一气读完，瞬即也被这一份激越喷薄的赤诚情怀所感染，遂用书法的形式抄录大正先生的长诗，寄给了他。不日后，我便收到了大正先生回赠的礼物：一个精彩的朗诵短视频。视频里，大正先生用他浑厚磁性的嗓音诵读了我与某君同题唱和《于雨中静坐》的诗歌片段。主题还是那个主题，文字还是那些文字，但在精心挑选匹配的背景音乐里，在大正先生贯穿了自己的共鸣、解读以及张弛有度、拿捏精准的情感注入和情绪输出的诵读下，我仿佛也置身一场意境悠远的雨景中，在意绪舒卷中打开或是关闭自己，在音乐与文字以及诵读的顿挫和节奏中，放空、充盈或是穿越自己。我必须承认，这近乎完美的诵读和诗意再造，赋予了原诗更宽阔的共鸣和更鲜活的生命。

我不知道，这难得的两个喜爱文艺的心灵之间的同频共振，呼应唱和，是不是可以算得上以文会友，文以载道，但至少这样的互

第四辑 光阴的下落

185

动交流，体现和传递了人与人之间情感的温度，友谊的纯度。

就是这样，亦师亦友，彼此尊重，彼此珍惜，心无杂念，不染世故，我与大正先生干干净净、纯纯粹粹的十年友谊历久弥坚，历久弥醇，不多不少，刚好52度。

修竹，这么厉害的爷爷导师，修竹有没有想认识的强烈愿望呢？

186

# 父亲的作业

这是父亲在聆听大正先生授课以后，写的管理方面的心得体会，当初作为学习成果汇报给大正先生，今也与修竹儿再次分享：

管理者重塑之故事情景演绎与启示

一　关于鹰之涅　与蝶变的演绎与启示

在我的笔下，鹰曾是抓起一座座山头飞行只在高处言语的精灵。这当然是从诗意的角度外化并放大了鹰的形象。而当我在迈入四十人生后的今天，这个精灵关于自我生命修炼的事实却让我再一次心神震馈，血脉涌沸！

当我们敬慕地仰望，苍穹里已然没了它的踪影。且让我们把目光转向并凝驻在悬崖与绝壁……

自残近乎自杀似地用又弯又长的喙撞击坚硬的岩石，并非以此证明岩石与喙谁更坚硬，而是以死士般的决心重塑生命；等待新喙重新长出的日子，饥饿并不是最致命的威胁，因为对新生莅临的期冀已无限放大和凸显了生命的韧性与张力。新喙终于长出来了，炼狱般的修炼却远没有结束：用新啄去衰朽退化又老又厚的指甲，再等待重新长出；继又啄去沉冗无力浓密繁复的羽毛。这，就是鹰在四十岁作出决绝且悲壮的决定，一个关于涅槃重生、续写鸟类七十年生命奇迹的智决；一个把四十年的光阴重新分解组合再换取三十年蝶变新生，告诉我们尘埃并不那么轻易落定的取舍；一个让我们

第四辑　光阴的下落

掩面深思、躬身自省、敬慕而又难以企及的抉择。

如此。鹰之重生对于管理和管理者的启示和意义何在呢？

启示一：作为管理者，当我们的管理走进低谷、误区或是瓶颈的时候，我们有鹰一样及时反思、自我审视和重新定位的智慧吗？作为鸟类，能活四十年，已然难能可贵，生命就此终结，鹰一样是我们眼中书写生命与生存传奇的精灵。人生四十正值不惑，我们真的不惑了吗？当有人以此为界把职场人生分为上半场和下半场，四十后的下半场我们更多考虑的是继续一往无前的奋斗、拼搏、进取，还是收缩意志与斗志，悠然安适地享受成果与收获并以此慰藉人生苦短呢？作为一级管理者，我们是该享受名利、地位带来的快感还是经验、资历赐予的满足？我们还有对员工希冀和诉求的自觉背负以及企业生存发展的强烈使命感吗？我们还能以空杯的心态继续不断学习、提升、完善管理之道以更好地适应管理角色的需要吗？我们还能打破本我、固我的桎梏与束缚，以重塑的决心更加靠近我们的职业角色，更好地履行管理者的职责与职能吗？

启示二：即使有了正确但痛苦的抉择后，我们还有置之死地而后生、自我重塑的勇气和决心吗？作为管理者，当我们发现了在管理过程中的缺失、不足甚至是错误，也下定了决心要去改变的时候，我们是否清醒地意识到，改变和变革本身所蕴含的颠覆与阵痛呢？是否清醒地意识到变革对于我们的精神意志、思想观念以至价值取向的巨大考验呢？我们真有鹰一样死地求生、脱胎换骨的大决心、大勇气吗？栖身悬崖，停止飞翔，忍受饥饿和自残身体，这是鹰让生命和生存增值的唯一途径。破与立，传承与创新，颠覆与重塑，摈弃的隐忍与破茧的创痛，这也是管理竞争力与活力无限延时增值的必由历程。

## 二　关于盗亦有道的演绎与启示

《庄子·胠箧》："故跖之徒问于跖曰：'盗亦有道乎？'跖曰：'何适而无有道邪？'夫妄意室中之藏，圣也；入先，勇也；出后，义也；知可否，知（智）也；分均，仁也。五者不备而能成大盗者；天下未之有也。"

这是一个我们耳熟能详但多有理解歧义的成语典故。如果我们深究其义，带给我们的却是管理之道的深刻启示。

贼也好，盗也罢，都是我们不屑与深恶的，也是见不得光的，然正是龌龊如贼盗之道，却从另外的角度告诉我们作为一个管理者应该遵循和谨守的管理之道：

夫妄意室中之藏。这个"意"字不简单，可不是随心随性，信手一拈的"意"。试想，能在偌大一片人居区判断甄别出何家有可盗之物，其物藏于家中何处，可不是任何一个盗贼都能做到的。要知道如果没有事前大量艰苦细致的摸索、踩点，判断与取舍，能做到这样的"意断"是很难的。锁定目标并制定实施方案后，行动是关键。而行动成败的关键可不是靠发号施令，而是"入先"，这也便是我们管理中常说的"以身作则、身先士卒"。要知道，第一个入室者也是承受风险最大者，毕竟不知室内是否有人，布局如何，或家中是否蛰伏有猛犬恶兽或暗道机关。因此，我们说这样的时候榜样的力量是无穷的，作为贼首尚能犯险先入，跟随的喽啰自然无话可说。"入先"的勇气也不是任何一个盗贼都有的，生活中有贼心没贼胆的可是多了去了。行动得手后，"入先"的贼首还能一样也"出先"吗？答案是否定的。这个时候必须要经受"义"的考量。倘第一个溜出来，置属从不顾，义气不在，难以服众。而等跟随者们都离开后，最后一个出来，既有了义，也因为从容与淡定，处险不惊的气度折服于人。我们说仅以权利强制施压于人，那叫屈从或者屈服，然能以智慧、勇气和义气等人格魅力感染感动于人，那叫跟随与追随，这二者体现在管理境界上是有高下之分，云泥之别的。有人戏言，当初共产党之所以打败国民党，不在战略战术，更不在军事实力和战斗力，而是在于共产党的指挥员振臂一呼：同志们，跟我上！国民党的指挥官们就说错了关键的一个字：兄弟们，给我上！这"跟"与"给"的区别就注定了人心向背和天下的归属。呵呵，虽是戏侃，但其间蕴含的管理之道却值得我们深思。知可否，知（智）也，行动前的缜密筹谋，过程中的指挥若定，行动结束的善后，能一贯始终做到"知己知彼"，此"知"即为"智"。分均，这里的"均"，不单纯是字义上的平均分配，见人有份的意思，而是组织带领者根据做活多少，功劳大小，按劳分配，论功行赏。至此，圣、勇、义、知、仁皆有，此盗之道，不是管理者必备之道吗？

启示一：当我们津津乐道西方管理之道如何科学、如何先进、如何值得学习借鉴的时候，我们似乎忘了，其实我们的先贤先知们早已深谙管理之道并以各种方式不断昭告启示后人。不夸张地说，几乎所有的西方管理大师的管理哲学和思想都能够在我们先哲的思想里找到对应和印证。我们的《孙子兵法》不也被国外奉为军事和管理的经典吗？究管理学的本质，其实就是"人学"。而在识人、用人、治人、驭人上，我们的先贤们可是这方面的专家和大师，只是社会发展到今天：当机器越来越像人的时候，我们人却不能越来越像机器。作为管理者，尤其要深思这个问题。

启示二：作为管理，是一门"功夫在诗外"的艺术。而我们在管理实践中，往往把这个实质表面化和概念化了。我们往往过分强调或者强化职权的作用，而忽略了非权力的影响。从盗亦有道的故事中，我们不难看出，只有"入先"和"出后"的贼首是很难服众起到领导和带领作用的，而必须辅以"圣、知、仁"等人格化和个性魅力。如果说"入先"和"出后"是权力角色使然，那么"圣、知、仁"就是非权力角色的作用。折射在我们管理实际中，如果仅仅是"入先""出后"的榜样示范，其作用也仅仅是一时一事，如果能再加上"圣、知、仁"等个人魅力与影响，就能起到长远的思想引领和精神导向作用。

启示三：所谓管理，首先是懂得如何自我管理。自己尚且管理不好又如何去管理别人呢！一个贼首尚且要具备"圣、勇、义、知、仁"，五者缺一不可，那么要做一个合格甚至优秀的管理者，其需要修炼的内功自毋庸赘言。我们说，一个管理者的思想水平决定其管理水平，性格特征决定其管理风格，这里的思想水平和性格特征的修炼过程也即是"启示二"里提到的"功夫在诗外"。如今，机场党委在总结这些年机场管理实践得失成败经验的基础上，审时度势地提出了"精细管理"的思路和方向，我认为，精细管理推进的关键和核心还是在我们的各级管理者，管理者精细了，员工自然精细，管理者和员工都精细了，整个机场集团也就精细了。因此，如何在这个精细的过程中扮演好管理者的角色，是当前我们每个管理者需要用心斟酌并躬身实践的大功课。

"鹰之重生"和"盗亦有道"的故事，带给我们有益且深刻的启示。

# 破　相

　　到现在，父亲仍不太愿意提起这个话题，更不愿回想当时场景。一切都凝固在你的小额头与锋利的门沿碰撞的那一瞬：惊呼、哭嚎、眼泪、鲜血、纷乱的脚步、急促的身影……

　　当姥姥抱着你，从二楼急速奔上三楼外科手术室，父亲像丢了魂魄，踉踉跄跄跟在后面，走廊里，楼道上，鲜红怵目的血滴，差点让父亲双腿发软跪倒在地。一向自诩从容淡定的父亲，当时大脑竟然一片空白。

　　现在想来，医生征求手术意见时，六神无主的妈妈泣不成声地四处在电话里向友人寻求帮助，父亲最后也是凭着本能做出缝合伤口的决定。

　　请原谅我的女儿，父亲实在没有勇气直面你手术的过程，没有在你最疼痛、最煎熬的时候陪着你。惶惶然等在手术室外，距离你不到二十米的休息区，父亲的耳朵里充斥着你因为疼痛，因为恐惧，因为气急，就快接不上气撕裂断续的哭声，父亲甚至能想象小小的你用尽身体里每一分力气在手术台上挣扎的情景。恍惚中的窒息，窒息里的恍惚，父亲的精神和心理承受也已濒临崩溃边缘，感受清晰的却是，医生手中的一针一线都穿梭在我的心里，没有了丝毫痛觉。

　　不想再回忆这一段黑色的时光片段了，父亲的心到现在仍隐隐作痛。所幸的是，短短数日，你的伤口就已经愈合得很好了。父亲相信，时光魔幻的手，可以制造如皱纹和白发的渊薮，也可以抚平所有我们肉体和心灵的伤痕。孩子，感恩自己顽强的生命力吧，并由此记住：这一生，以后的每一步，都要走稳咯！

聪明如你，此后每每嗅到医院的气息，看见头戴护士帽，身穿白大褂，甚至是其他职业特征明显的陌生人，你都会保持高度戒备，立即做出情绪和行为反应。哈哈，孩子，必须向你坦白，父亲就是一个讳疾忌医的主儿，对于医院和医生永远保持敬畏，但绝不亲近，一靠近医院就情绪低落抑郁。估计，这一次"痛不欲生"的经历之后，小修竹又多了一份随父的秉性了。但是，孩子，星月有泪，生命有痛，除非你保证一生健康无疾，快乐无虞，否则，从现在起就要向妈妈学习，一边腆着大肚子，带上肚子里的你，一边主动热情地和护士医生交朋友，这才为你争取到了一出生就住进了免费 VIP 的奢侈待遇。

一直为你摔伤郁结于心的父亲，在你拆线的头一天，接到晚报副刊马小兵主编的电话，邀约父亲一起商量关于结集出版写给你的文字一事。父亲和母亲匆匆赶往约会地点，落座不久，见父亲情绪不高，问起缘由，说出你摔伤的事。小兵主编一句：好事。让父亲差点被嘴里的菜噎了个荡气回肠。接下来，小兵主编说起一段完全类似的育儿经历，让父亲恍然得悟，明白了这好事的深刻内涵。

但凡每个父母亲的眼中，自己的儿女都是完美无缺、无可挑剔的。而这种存在于所有父母心里臆想的完美，其实是极度虚拟的，就像一个美丽的肥皂泡泡，任我们主观上如何细心呵护、竭力保持，爆裂和消失都是迟早和必然的。在每个孩子的成长过程中，又有谁能做到让自己孩子的成长始终处于不受任何外力和外界的干扰甚至侵害的真空状态呢。所以，跌倒摔伤，生病问诊，这是每个生命成长无可回避的实事，人类如此，动物如此，自然界更是如此。因而，

我们所有的父母都需要度过这样一个玄关，打破心里底线，接受孩子真实的成长环境和状态，如果过不了这关，说要育好孩子，也便成了痴人说梦的愚顽了。

而破了这一心理和情感底线，释然而至客观，从容而具忖度，才有了做合格父母的前提。对于孩子本身来说，经历病患伤痛磨砺的成长，也才算得是真实的完美。

修竹，破相之后，你其实更靠近了生命的完美。父亲也因此释怀也。

# 诗歌里的修行

我一直坚持认为：诗歌是诗人内心不断生长的骨刺，有血的温度、骨的质地。

与诗歌结缘，概始于1992年入职以后，从最初的青涩而略带彷徨，到后来的始入佳境及渐成体性，从率性淋漓、激情喷涌到苦吟成章、谨慎出手，诗歌已然成为一种深入生命的写作习惯，在诗歌创作的这美妙歧途上，在内心风暴地冲突与激荡中，1997年，我出版了人生第一本诗集《穿越沧桑》。现在看来，这一成长印记，极具借鉴和反思价值和意义。

二十世纪以来，中国的诗歌发生了巨大的革命，用更纯粹的白话写了，但有时候我发现，有些诗歌的品质不仅没有更朴实，反而更艰涩难懂，又或者直白得失去了中国文学的精髓，咀嚼无味。置身惶惑，苦寻出路时，幸于2002年缘结《且听风吟》纯文学网站。其时，恰逢网络文学方兴未艾，而且听风吟以其对传统纯粹文学品质的坚守与弘扬，尤以现代诗歌栏目《诗意盎然》专业、严谨近乎苛刻的编审发表体制，使其在整个网络文学界独树一帜，强占鳌头。自2002年9月，在该文学网站发表《丝路行吟》后六年多时间里，共创作、发表了三百五十余篇现代诗歌、诗评及诗论，百分之九十八以上作品获得栏目首页推荐，百分之二十以上作品获得网站首页推荐，后因工作和家庭生活原因，不得不暂时退出了且听风吟这个属于我精神和心灵的故乡。2015年重返且听风吟，开始了亲子主题系列《男人的童话》的创作。发表于且听风吟的诗歌作品，很大程

度上引领了网站现代诗歌潮流和发展走向，并影响了后起的年青一代诗人。同时期的著名安徽诗人云抱如此评价："风尘布衣的诗歌：气象正大，取象不僻；境界深远，着意不拘；聚力于句，用语鲜活；凝神于诗，雕琢无痕"；著名诗歌编辑、诗人花生苏先生的评价是："讨论同时代的诗人是有难度的，尤其是当我可能面对一个极其有天赋有毅力的诗人的时候。风尘布衣的诗歌，让我预感到其某些作品，将会成为我们这个时代在生活的海洋中日渐筛淘下来能够仅存的可闪耀的部分，因为它具有'稀有金属'的品质，它注定需要经历时间烈焰的淬火和锻铸，即使我现在用相当严格乃至苛刻的标准去审视它们"。在我，是应该感恩网络文学的，尤其要感恩且听风吟文学网站。不仅仅是因为在这里拥有了大量忠实的诗歌粉丝，更是因为在此接受了数以百万乃至千万读者的品鉴和审视，让我负重而行，砥砺而至，成为我诗歌成长道路上的黄金期，且听风吟也成为我诗意栖居在世，灵魂的根据地。

在我看来，诗人无论写哪一种风格的诗，都不应拘泥于某种单一的表现手法，所用的一切写作技巧和表达方式都是根据现实情况和人文态度决定的，一个优秀的诗人，应该积累丰厚，能敏锐地捕捉反馈外在世界纷繁的美学元素并加以提炼，取舍有度地以文字呈现给读者综合、精练、独特、内涵的美学画面。我喜欢用词汇解析生命，用灵魂体验生命，希望以语言的探索，对抗审美的疲劳；以写作的耐心，使生活中沉淀的品质不致失传。在这种体验和探索中，2008 年我出版了第二本个人诗歌、散文、文艺评论合集《天堂倒影》，其创作缘起也仅仅意在暂时抛却肉身之累，给性灵一个高蹈与翔舞的空间。书中收录了七十五万字的现代诗歌、散文及文艺、诗歌评论。其中《康定情歌》《男人的剑》《在诗歌里纯粹》《心灵境语》《关于狼的外画与内视》《神话阴谋与男儿美丽风骨》《金沙 再次镀亮的不是光芒》以及评析网络及其他文学媒介优秀诗人诗歌作品的诗论等作品引起了读者非常高的关注度、传播度和共鸣度。著名女诗人钱旭君如此评说：这是一个忠诚于脚下那块土地的诗人该有的风格，他的诗歌视角或狂野不羁，或细腻淡定，或悲情忍痛，丝毫没有刻意粉饰和哗众取宠，构筑成一个立体的布衣诗歌风格，这也是许许多多读者青睐布衣诗歌的重要原因之一。

在读者和诗友的鼓励下，我不断前行，2014 年为友人出版的国家 125 重点图书项目《羌寨——最后的镜像》配的诗文，获得了同道非常好的口碑和赞誉，为这本羌文化主题的摄影作品集增色不少。如果说古老的羌文化已在历史长河中就快耗尽了血气和荣光，那么友人这一部历时近二十年的羌文化主题作品摄影集，无疑是带点悲怆意味但又虔诚执着的招魂书，能于其中略尽绵薄，也是布衣之幸。

多年来，我将想说的、该说的、能说的都融进作品里：

在诗歌里，风尘布衣用酣畅淋漓的抒怀和写意，将内心深处的感触化作诗词翩然纸上；

在诗歌里，风尘布衣用语鲜活，聚力于句，凝神于诗，将情义在无痕的雕琢中慢慢渗透；

在诗歌里，风尘布衣自我修行与历练，在这混沌红尘中，为心灵寻找一片安宁的所在。

在诗歌里，风尘布衣不仅有男儿的豪情与悲悯，更有父亲的温情和细腻；

诗，于我而言不需要刻意经营，是行走尘世的感触，是阳光照耀的惬意，是雨中静坐的冥想，是煮酒阔论的豪迈，甚至是一朵花的笑脸……诗歌于我，终将证明，这在世修行的倒影，有着鼻息可闻，触手可感的暖意和灵魂的温度。在诗歌的美妙歧途上，我愿意永远做一名虔诚的朝觐者和苦行僧，在诗歌里修行，在内心的风暴与蒙难的文字间修行。

# 蓝塔之夜

　　有人说，这注定是一个属于诗歌的激情的夜晚。是的，"蓝"这个字根本身具有的引领性，很容易让人的意识和触觉变得开阔、放达。而塔字的意象，也很容易拉动人的内在意绪拔节生长。这两个字组合在一起的微妙，则是让人置身其中，无需环境氛围的刻意晕染，也无需借力杯光的迷离以及红色液体的魅惑，一种火焰在身体里自然由内而外地蔓延，燃烧开来。

　　这也像极了雍容华贵，能量巨大的女主人，以诗歌名义的邀约，却总是让人觉得，诗歌在她面前的寒碜与羞涩。

　　好几年不写诗的父亲，不久前被告知进入了《中外文艺》蓝塔杯的十大入围诗人，并被邀请参加今天的颁奖典礼。才想起，一个偶然的机会，把多年前写的几首旧作发在了这个杂志上，也便有了此次参加蓝塔之夜的缘起。

　　也算是名人齐聚一堂了。省作家协会主席阿来、党组书记邹谨、鲁迅文学院副院长邱华栋、《诗刊》副主编李少君、《星星诗刊》主编龚学敏。几位文学界的大咖也发表了激情洋溢、极富煽动性、应情应景的讲话。这让平时仅仅是个西餐厅的蓝塔瞬间高大上，文艺范儿十足。话是讲得不错，但似乎与诗歌和诗人本身无多大关联。我的旁边安静地坐着一名与阿主席同来的老者，后来得知老人是星星诗刊的原副主编刘滨老师。或许是老人太安静，也或许服务人员被众星光芒迷了眼，老人坐了很长时间无人问津。出于礼貌，也算是帮忙碌的服务员分忧，我主动为老人倒了一杯柠檬水，简单寒暄了几句，才知道身边此刻安静的老人，原也是川内诗歌界炙手可热、举足轻重的风云人物。突然觉得身边老人的安静与周遭的喧嚣形成如此强烈的反差，这种反差让身份名片之前的一个"原"字意味深长，不由得想：诗歌如果离不开繁华背景的映衬，离繁荣又能多近呢？

终于进入激动人心，见证奇迹的时刻了。呵呵，请允许我这么说，毕竟诗人固穷，成不了家。常闻作家、画家、书法家，但难得听到"诗家"一说。一群诗人以诗歌名义，如此豪奢的精神盛宴，也属难得之事。

非常有意思的是，为我颁奖的人，可是来头不小，头衔一大堆儿：北京师范大学艺术与传媒学院院长，博士生导师，艺术教育研究所所长，周星先生是也。当然，罗列的只是属于他头衔的一小部分，我在这里想要强调的当然不是这些让人眼花缭乱的名号与头衔。尽管这些头衔对于一个现世行走的男人来说，是至关重要的自我人格完善标识和身价标签，一如父亲今天与母亲一道，盛装从十多公里的地方赶来参加这个颁奖仪式，不也是为名所驱，为利所惑吗？如此六根不净，可算得优秀诗人否？周星先生在发表感言时说，不知是哪位诗人说：诗歌是诗人内心不断生长的骨刺，有血的温度、骨的质地，这句话让他很受感染。而当这位为父亲颁奖，北京来的大佬，把获奖证书递给父亲的一瞬，我自嘲地告诉周先生：我就是那个内心长着骨刺的家伙。而周先生的回答也是妙不可言：你上台的时候，我的直觉就告诉我，那个长骨刺的家伙就是你。哈哈，修竹儿，这是一个多么睿智且又多么幽默的先生。在父亲看来，具有如此纯粹、纯真情怀，才可算得是真"诗人"，尽管院长大人并不写诗。果真如其所言，与父亲如此心有灵犀，对于父亲来说，便是这

次领奖最珍贵的意义所在了。

　　说起来，爸爸算不得当晚典礼的主角。而你精心打扮，蝶变后的妈妈却差点惊艳了全场，成为目光的焦点，以致负责当晚报道，媒体圈的小鲜肉帅哥，对作为优秀诗人的父亲视若无睹，却热情主动地和妈妈打起了招呼。哈哈，这世道，诗歌和诗人原来如此尴尬窘迫！

# 一张汇款单

不知修竹长大以后，汇款单还会不会出现在你的生活中。即使对于父亲来说，这也是一个久远得已经印象模糊的词根了。

几天前的早上，父亲开车刚进公司大门，门卫便示意父亲靠边停车，然后从车窗外递给父亲薄薄的一张纸片。仔细一看，原来是一张从《天津文学》编辑部寄来的汇款单，上面是四百多元的稿费。一时间竟然愣神，记不起来什么时候给《天津文学》投过稿了。再看汇款单上，是我的名字，只是把父亲姓名的最后一个字写错了。当然，这也是别人写父亲名字出错率最高的一个字。此"非"非彼"飞"。每次遇到名字被写错，父亲总是与人调侃：我是有三对翅膀的非，而不是只有一对翅膀的飞。而在常人的观念里，用作名字里的"飞"，大抵便是飞翔的"飞"，毕竟谁都渴望飞翔，谁都希望自己的人生能够以飞翔的姿态呈现，这美好的寄意本身没有错，殊不知，父亲比他们更渴望飞翔，所以用了三对翅膀来提速，呵呵。现在想来，要感谢你的爷爷为父亲取了这么一个别致且意味深长的名字，尽管儿时曾一度觉得，这名字里多少有些少年老成的气息，不似别的孩子名字那么上口易记而心生怨怼。一如父亲亦无法猜测，多年以后长大的修竹，会喜欢父亲现在为你取的这个名字吗？

到办公室坐下来，静心捋了下思路，终于恍然，原来是画家雅玲先生把我写的一篇关于她的文章发在了这本杂志上，留下我的地址给杂志社，于是便有了这张汇款单。文章发表后，雅玲先生还将

几本杂志同城快递给了我。说起来，其实是沾了雅玲先生绘画作品的光，这稿费领得颇有些受之有愧。而通过留下我的地址和同城快递这些小小的、看似不起眼的细节，却从另一种角度彰显了画家为人处事的风范。

捏着手中的汇款单，父亲不禁有些感慨。二十多年前，刚刚入职的父亲，利用工作的业余时间，像只殷勤的小蜜蜂，满怀激情、笔耕不辍地写了大量的新闻通讯稿件，四处投递。寄稿件的信件雪片似地飞出去，录用后的稿费汇款单又雪片似地飞回来。虽然每张单子上的金额都少得可怜，但父亲仍以巨大的获得感和成就感，乐此不疲。在父亲看来，收获的不仅仅是这些数额微薄的稿费，而是那些变成铅字的文章和报刊上父亲的署名，它们都是父亲精神和内心修炼的珍贵体现和见证。

这其中还有一次相关的难忘经历，值得和修竹分享。

记不清具体是哪一年了，但肯定是在二十年前。正在岗位上工作的父亲，突然接到机关某部门通知，要我中午12点以前赶赴市里一家电视台，参加五一晚会演出前的节目录制。一看时间，已经十一点过了，着急忙慌间拦下一辆出租车就往城里赶。上车后才发现，穿着工装的我，一分钱都没有带在身上。而在当时，以父亲的工资收入，是轻易舍不得打出租车的，这不因为情况急迫，好不容易打次出租车，却又身无分文，这可怎么收场。一会儿下车怎么应对认为我打霸王车的司机师傅呢？正忐忑焦灼之时，电台广播里正在播送一篇有关民航工作的通讯，乍一听，稿子里的内容怎么这么耳熟呢？凝神细听才发现原来正是自己写的一篇通讯稿。急中生智，心里也就有了主意。父亲告诉师傅，正在广播的文章是我写的，师傅赞许地重新打量了我一下，我立即不失时机递过自己的工作证件给师傅，电台里，播音员也恰逢其时地正在播报作者名字，得到印证的司机师傅点头说道："小伙子，不错啊，去电视台做什么呢？"就坡下驴，赶紧把自己为什么打车，情急中身上忘带钱的情况一五一十告诉了师傅，虽然说的时候磕磕绊绊、语无伦次，小脸儿涨得通红，毕竟不是什么理直气壮的事儿。没想到，司机师傅听完以后，爽快地说："没关系，小伙子，我不要你的车费，一定准时把你送到电视台。"小修竹，能够想象当时父亲内心的感动吗？多好的司机师傅，多么温暖的人文情节。时隔多年，父亲仍能依稀记得司机师傅敦厚的模样和脸上亲和的笑容，每每想起这事，父亲心里总是暖暖的。现在修竹知道，文字的价值不仅仅值那么一丁点儿稿费，它还值打出租车的车费。呵呵。

眼前，一张就快要在现代生活中失温的汇款单，却让父亲触景生情，想起了温暖的往事。当有一天，汇款单也成为我们生活中的过往，还有多少朴素温暖的感动值得我们期许和感铭呢。由是，父亲做了一个决定：重拾旧业。重新做回了且听风吟网站的文学编辑，以感恩文字；重新回到传统的方式，写稿、投稿。所得稿费，全部存入妈妈为你开的银行账号，可好？这是父亲以自己的方式和角度告诉你：什么是真正的财富。

只是一张普通的汇款单，父亲眼里的珍贵是因为它正在淡出我们的生活，就像曾经亲密爱过我们也爱过生活的小手绢儿。

# 药人父亲和蝶变的母亲

　　这段时间"异变"的天气，像是生了病。热得很暴戾，变得很诡谲，噙在半空的雨，好几天，就是落不下来，因为憋闷，天空开始扭曲变形。这里的人们，还在等一场痛快淋漓的雨，而别处天空肆意泛滥的倾泻，早已酿成了灾祸。

　　这病态的天气，这病态的时节，父亲也病了，成了"药人"。

　　随身的小包里装满了各种药丸，二十多天的连续吃药，几乎让我对食物失去了兴趣。多年前，父亲的胆囊里进驻了一粒2厘米的小石子，大多的时间它与我相安无事，这次看来是惹着它了，是无度的烟酒，还是错乱的生活节奏，抑或自戕式的饮食习惯呢？我不知道，曾一度以为是羸弱却又负重运行多年的胃在闹罢工，胡乱吃了一阵胃药，没有效果，又改吃治疗胆囊的药。而治疗胆囊的药有多种，父亲吃的是一种叫胆舒胶囊的药，之前胆囊略感不适，吃这种药会很快见效，而这次，这种药完全失去了法力，对于作祟的病患束手无策。后来还是姥爷买的另一种药，吃了两天起了作用，减轻了症状，让父亲重新恢复了活力和健康。如果记忆没有出错，半生以来，父亲还从来没有连续吃这么长时间、这么大量的药，自比"药人"，再贴切不过。而其实，生病其实不可怕，可怕的是我们对待疾病的意识和行为出了状况。不问诊就医，还胡乱吃药，作为父亲，作为丈夫，作为人子，父亲必须深深地忏悔，并向修竹和家人们致歉。现在我想说，讳疾忌医不是所谓个性的乖张，而是一种不可原谅甚至不可饶恕的愚昧，修竹当以父亲为戒。

在做出深刻反思并幡然觉悟后，父亲必须要投诉和举报妈妈，虽然在孕期和哺育期，为了你的健康，妈妈忌口忌行都做得很好，但是现在，她完全是报复性、恶意补偿性地疯狂吃火锅、串串、麻辣烫和冰冻食品，反正是怎么辛辣、怎么没营养、怎么有损健康、怎么口味重，就吃什么。对于妈妈的"罪行"，请修竹义正词严地诘问：妈妈，你这是 What are you 弄啥呢？哈哈。

"药人"，父亲已然做了。而就在父亲煎熬扮演"药人"期间，你的妈妈却在悄无痕迹间完成了一次"蝶变"。修竹可有察觉？多年前，医生就正告父亲，在适当的时候做胆囊手术。可刚愎执拗的父亲，坚持认为身体发肤受之父母，不可轻易割舍改变，何况还是身体的一个内脏器官呢，再说这太平盛世，也不需要父亲去做什么无胆英雄了。父亲总是盼望着，不知不觉间的一次剧烈震荡，就把胆囊里的"外来物"给崩掉了，可是经过了上次那么高震级的震荡，它仍完好无损地待在里面，看来这盼望终是宣告落空，得另寻他辙了。而你妈妈比父亲可就勇敢多了，敢于自我挑战，敢于义无反顾地对自己下手动刀。老实说，妈妈因这一次小小的数字游戏，确实变得更漂亮了。可父亲更关心的是，那变得更明艳的眼睛里的笑容，是否还和从前一样纯净。我们一起期待"蝶变"后的妈妈，会是一个更加美丽的妈妈，而不仅仅是一个漂亮女人。

# 穿越时空的枪声

空调将窗外的世界虚拟，但枪声真实，绝命前的哀号真实，枪声和哀号在父亲心里留下如铁的阴霾，窒息了心跳。

记得曾告诉过修竹，父亲所在单位的环境非常优美，与周遭大环境相比，可谓是遗尘独立的世外桃源。蔷薇和三角梅组成的绿篱，并非只为隔绝喧嚣和嘈杂，而是让光阴着色后的沉淀，变得透明静谧。可就在昨天下午，在柔软如澜的草坪上，在深情如铸的银杏树下，响起的枪声，迸溅的血迹以及惨烈嘶嚎之后陨灭的生命，让这大美的画卷蒙上了阴森狰狞的气息，枪声余波覆盖之处：凤仙花和女贞球在哆嗦、皂角与香樟在战栗、桂花和樱花在悸动、紫荆与黄葛在鸣咽……就连平日里波澜不惊的池塘，此刻亦呛在巨大的惊骇中瑟瑟发抖。

而其实，倒在枪声和血泊中的，只是三条狗命，三条卑贱野狗的命。我不知道它们为什么会出现在这里，或许只是为了那一点抑制饥饿、果腹的食物；或是相互追逐嬉戏的误打误撞；如果浪漫人文一点，则可能是携爱的一次出游观光；也可能是为了这里看起来仿佛更悲悯柔软的时空幻象。但事实是，它们来到了这本不该来的地方，最后把命丢在了这里。当毙命的三具狗尸被拖走，我分明看见因为垂涎而形变的嘴角，因为意外收获而面上泛光的贪婪。有人说，野狗总是会伤人，而可能伤人的这一罪状便足以让它们付出狗命的代价，最终成了可能被伤人们口中的美味儿。野狗固然凶猛，可又怎敌得过善良智慧人类的手段与胃口。围观的人群里，有人惊悸，有人兴奋，有人叹息，有人欢呼。可能发生的危险已然排除，三枪致死一条狗命，开枪的勇士被膜拜，原来枪声和血光，竟能如此轻易点燃人内心澎湃的激情与潜藏的戾气。在人身安全与野狗凶猛之间，父亲深深地陷入了迷惘与困顿。

多年前，还挎着小学书包，在山路上把一段又一段山路和光阴奔跑得比自己还瘦的父亲，从藏民家里收养了一条小狗狗。当时一部叫《赛虎》的电影，激起了不少人爱狗养狗的热潮，同样深受感染的父亲给这条狗取了一个"灰虎"的名字。每到周末放学回家的路上，灰虎总是会准时准点在山路一半的地方迎接父亲，小小的人影和小小的狗影，因几天不见而交织叠错在一起狂欢嬉闹的情景，是那时清凉单薄岁月里难得的生动色彩。直到有一天，在同样的时间同样的地点，灰虎却以不同的步态和身姿迎接父亲，遗憾的是，沉浸于别后重逢欢悦中的父亲，竟然没有看出它已身受枪伤的异常。后来知道，因为要预防狂犬病毒的蔓延和肆虐，所有的狗都面临被处决的命运，而灰虎在接我的当天早上就已经被打狗队的人开枪从腹部穿肩胛甲而过，受伤的灰虎逃进山林，于是便有了接我时的一幕。灰虎最终也没能逃过厄运，次日上午被人找到捆绑在篮球架下，当枪声响起的一瞬，距离两里山路外的小少年的哭声最终没能惊散枪声后的余烟。听人说，临刑前，父亲把自己舍不得吃的米花糖放在被捆得严严实实的灰虎面前，它并没有吃。

从此，小少年再没养过狗。每次看见狗，无论是宠物狗还是流浪狗，都心怀悲悯地保持着属于自己心里和情感的距离。

宠物狗不是儿女爹妈，而流浪狗它也是鲜活的生命，这穿越时空的枪声，让记忆渗出泪来。

# 光阴的下落

坐在办公室里，本想继续写给修竹的文字。却因昨天值班，没有休息好，神思不属，只好罢笔。突又心血来潮，决定去公司旁边的一个小理发店理发。

说它小，是因为它只是一个门卫室的隔间。用的理发工具和设施设备都充满了九十年代的老旧气息。理发的师傅，二十年前，还是一张娃娃脸，皮肤白皙，满脸稚气，见人低头，说话脸红的小毛头。形象一点的比喻，就是属于很蜡笔的感觉，只是眉毛没小新那么浓。

在父亲的印象里，这小毛头永远是个长不大的孩子。

自新的办公楼启用后，他其实跟父亲都在一个大的环境里，离得非常近，但却几乎没怎么碰面。他有他的小生意、小生活，父亲有父亲的"大事业""大情怀"，这大小之别，便注定了同一屋檐下的咫尺天涯，素无往来。

见我到理发店，小师傅有点诧异：你也来理发？这话问的，好像父亲理发成了让人匪夷所思之事，其意味要么是父亲已经到了不食人间烟火的虚拟态，要么是父亲已经潦倒到不该出入理发店了。呵呵，而其实，以父亲现在头上的森林覆盖率的状况，还真不太需要去什么理发店了。今天莫名其妙拔腿走到这里，想来是内心想寻找一种老旧光阴和记忆的气息。

小师傅说，你在办公大楼的时候，头发好好哦，现在怎么掉成这样哦。我尴尬地回答：挣不了钱，只好节约洗发水。坐好后，系上围布，小师傅手中的推子乖巧灵活地飞舞起来，我和小师傅也聊开了话题。身后的小师傅知道我现在住在什么地方，因为他新买的房子就在隔壁楼盘，自然我们又做了一番房子大小的比较。我知道隔壁楼盘的售价不菲，问小师傅：老婆做什么工作？回答，打工的。小师傅说自己除了手艺，没其他长处，也没什么别的爱好。以前每天收工后，总是宅家里盯着电视看，直到屏幕现满天星。现在感觉眼睛花得不行，不敢再看，就去楼盘对面湿地公园的白河边钓野鱼打发时间。好几次看见我从居住的地方经过，于是知道了我们又成了生活中的邻居，只不过各自忙碌，仍是疏于来往。不由得感慨：经过二十年光阴的沉淀，不论你做什么行业工种，只要你一直勤勉与坚持，其实生活的距离并不是光阴的落差。小师傅告诉我，他的孩子已经十多岁，而他已经从小毛孩长成三十九的大男人。说实在的，眼前三十九岁的小师傅长得远比父亲从容，头发浓密粗壮跟刺猬毛一样，皮肤仍然白皙，仍是一张乖巧的娃娃脸，只是不再见人低头，不再说话脸红。言谈中还真有了为人夫、为人父，一个中年男人的沉稳练达，也有了手艺人的自信与从容。

比他大几岁的父亲，胡子比头发更茂盛，继承传统手艺的小师傅修剪胡须的手艺肯定还没忘，只是父亲这些年，习惯了自己打理，一把剪子和一个手动剃须刀须臾间相互默契配合，为了维护父亲这些年的形象可谓功莫大焉。而理发店里，锋利无匹的剃须刀游走在脸上和脖颈间，且刀在别人手上，毕竟不是一件让人轻松淡定的事。你妈妈说父亲极度缺乏安全感，这或许就是症状之一吧。洗剪吹，十五元，这个价格现在别的地方几乎是不可能有的了，忽然觉得，小师傅不仅在这里保持了老旧时光的气息与品质，也让明码标价且多年不变的时光带给我们一丝难得的安然与从容，正如小师傅自己，

从一个小学徒练成今天的小师傅，二十年光阴的留痕不在脸上，也不在心里，光阴去哪儿了？用小师傅的话说，脑子想得简单，日子过得也简单，这简单是怎样神奇的一味药，可以留驻或是对抗时光呢？反观多年挣扎于职场羁旅的父亲，从意气风发走到今天的萎靡颓废，俯仰之间，用饱嗝给生命打更，以梦呓与生活拉近距离，只为给一只华丽的饭碗镶上金边。而时至今时，仍是金边黯淡，形容憔悴。恍然间，小师傅为我理去的不仅仅是头发，随发屑而去的，还有内心的坚壁块垒以及光阴的灰。

告别小师傅，父亲步履轻快，吹起了久违的口哨。

# 戏说之罪

到现在，你妈妈想穿脑袋也没想明白一件事：父亲写文字，但却是一个好像并不喜欢看书，而是沉迷抗日神剧到无可救药地步的家伙。而你妈妈是一个不折不扣，从骨子里喜欢文艺的人，看的电视节目都是有关文艺圈那些人的那些事，情绪总是不由自主随剧情起伏跌宕：高兴的时候，笑得上气不接下气；悲情感染时，又泪飞如雨，稀里哗啦。与这样的主题相比，父亲更愿意把抗日神剧当作临睡前的开胃小食，经验告诉父亲，把自己调成智障模式更有利于进入梦乡。

由此得说说这铺天盖地，占据荧屏大半壁江山的抗日神剧了。

看多了这样的电视剧，父亲不由得深深地同情起那些"鬼子们"来。大老远从东瀛小岛上，跑到中国来烧杀抢掠，彰显武力，享受臣服的快感，结果却被中国的抗日武装甚至是民间百姓，捉弄、戏耍得跟玩猴儿式的，完全找不到北。

无数次出现在剧情里的那座钢构桥，不知道是岁月的洗礼，还是血与火的侵蚀，抑或是出镜率太过频繁，现在已经是锈迹斑驳了。这至少是为抗日神剧做出突出贡献的桥，怎么就没人想到去维护一下呢？好歹下一次出镜的时候，多少有些光鲜气息啊。此处强烈建议有关部门重视并及时实施维修保养。

那么多荷枪实弹，气势汹汹，远涉重洋而来的鬼子，被一阵无情戏耍之后，好像最终并没有倒在志士先烈们浴血的战场上，而是

倒在了横店影视城。于是，父亲对横店这个地方心生神往。

　　为了体味手撕鬼子的快感，父亲频繁买回手撕鸡和手撕兔。好在成都多美味，不缺这样的原材料。鸡兔可不比人，撕了几只，才发现这绝对是个体力活儿，不仅额头冒汗，两臂酸酸，还严重影响了胃口。想想撕人，那得是多么强大精妙的武功啊。暗自庆幸没有出生在那样的年代，要不，身边全是一帮手撕鬼子的好汉哥们儿，好强好面子的父亲该何以保住颜面自持并与之相处呢？想想，不禁为自己捏了一把冷汗。

　　其实神剧带给父亲的"益处"远不止此。每次看了新的神剧，父亲总是检讨自己，穿衣打扮越来越土，离时尚越来越远，每每看到扮相新锐另类、个性味儿十足的抗日勇士，不得不自惭形秽；勇士们已然气势不凡，咄咄逼人，美女可就更养眼了，那些看似弱柳扶风的八路女战士，不仅在镜头里浓妆艳抹地，也将性感与妖娆演绎到极致，更是冷不丁一出手或掌毙，或腿劈，或刀或剑或弹无虚发，鬼子眨眼间身首异处，魂飞魄散。当真是英姿飒爽，让人又敬又爱。谁说当年衣不蔽体、食不果腹的艰苦卓绝呢？看一部抗战片，另搭上武侠片，再捎带点文艺片，这是多么无私实惠的文艺奉献精神！难怪曾风靡一时的武侠片越来越没了市场，当初拍武侠的导演和制片商们，怎么就想不到武侠抗日这个主题呢？活该倒霉！

　　大刀向鬼子们的头上砍去，这悲壮豪迈的歌声，曾激荡了多少无悔的青春，激励了多少热血的后人。可真实的事实是，英雄先烈们用数倍于敌人数量的身躯挡住鬼子的刺刀，付出鲜血、生命的代价换来砥砺士气、激励人心的悲怆与惨烈，移植到电视画面里，却是刀法玄妙诡谲的刀客（用以掩饰的身份往往是身份卑微的贩夫走卒、布衣白丁等类似底层的劳苦大众）貌似在一片西瓜地里砍切西瓜的淋漓快意。如此血淋淋的历史，尚可娱乐至此，至于用扔石子的方式打飞机，飞刀快过子弹，一个抗日勇士可以瞬间扫灭一大群鬼子，而一大群鬼子追剿一个勇士，却活生生愣就打不着（鬼子哪里知道我们有一种武功叫刀枪不入呢?）。鬼子还不知道的是，我们有种神器射出的子弹它会拐弯儿，凡此种种，我们也就见惯不怪，从容笑纳了。也由此，我想公平地说一句，在这样一个万众一心、众志成城的神奇土地上的神奇国度里的神奇抗战力量面前，坚持了八年，鬼子们，你们实在不容易啊，一个横店都走不出来，还妄想着征服浩渺无疆的大中国，这玩笑开大点儿了吧！还算你们投降得够快，滚得也够快。

由此看来，神剧除了具有催眠的功效，还可以欺蒙心智，拐骗良知，误导真相，谬引正识。如果一个民族，连自己写满怆痛、血泪与苦难的历史都可以如此娱乐与亵玩，且乐此不疲，不是这个民族伟大得已经不是人类，就是到了自己把自己玩儿废、玩儿死还混不自知的可怕、可悲、可叹了。

# 水稻长在树上

时间可以煮雨，自然也可以煮火锅。二十九年的光阴，用来煮沸一锅火焰，从里面打捞出的往事和情节，滋味自然不同寻常。

雪莲同学从上海回乡省亲，成都当地的几个老同学因缘际会在名为园里的火锅店。最让人感动的是，为了赴会这难能珍贵的纯真时刻，春梅同学专程从重庆坐动车晃晃悠悠地赶过来；河马同学暂时舍了洪雅革命新事业的实验基地，长途艰辛奔袭而至。

远客自是可钦可佩。眼前，二十九年光阴的荡漾与沉淀在雪莲同学珠圆玉润的脸上，证明了时光这把杀猪刀，有时候也会刀锋走偏，不是对谁都那么残忍。尤其是她身边的小帅哥，那个嫩，那个鲜，让人咋舌垂涎。肉嘟嘟的脸上，皮肤光洁水润得吹弹可破，仿佛伸手轻轻一碰，便有味道鲜美的阳光从皮肤里渗漏而出。我想，这便是最近常听人说，地地道道、成色超好的小鲜肉了。

多好啊，就是这般静水流深的生命演绎与轮回交错，呈现人生值得期许、憧憬的美好一面，让这聚会的主题多了些光鲜的质感。都不再拒绝液体火焰的灼烧，这灼烧后的情感，如淬火后的钢铁，去了杂质的净和可耐腐蚀的韧。

话题的温度越来越高，往事伴随口中的咀嚼，也越来越入味儿。难得有人夸咱脸色朗润，殊不知，有酒精与感冒病毒由内而外的浸浸与滋养，不红润亮眼都不行。长得像学习委员的春梅同学，其实是英语课代表；永远小学妹模样的燕子，早为人师多年；内向沉静的彭莉同学，超人般的记忆力复活了当年所有的细节；最最没有想到的是，别后岁月里，雪莲同学居然也和父亲有着相同的"卖声"经历，不同的结局是，雪莲同学用歌声锁定了此后数十载幸福时光，而父亲不得不潦草终结歌唱梦想，收拾激情清醒地面对生活。

当年的敖平时光，父亲一支口琴的温床，培育出全班四十多支口琴，晚自习的时候，别的班级或一片静默，或琅琅书声，而我们班却是四十多支口琴场面壮观、声势浩大的合奏，现在想来，口琴声温暖过的清凉夜晚，现在竟如此让人眷念神往。而那个最先跟我学口琴，理化成绩直逼当地尖子，脸上总是挂着两坨高原红，走路像鸭子一样横着脚板儿，因为羞涩，课堂上被尿憋哭都不敢报告老师的金鸭子，据说现在已经修炼得淡宁稳健，声色不露，成为在世修行的隐士高人了；而当年恃武好斗，身手敏捷的洪哥，现在却不可思议成为身心柔软的拉丁老师和舞动人生精彩的舞蹈男神。大家商议着，待有日，逮个机会，所有同学静坐一旁，香茶在手，让他好好为大伙儿展现精彩的舞技，而我们一边嗑着瓜子，一边不时用嗑瓜子的手为他鼓掌、喝彩。当然，瓜果茶水费是他的，出场费是没有的。

按照惯例，主会场的气氛临近沸腾之际，一组组或熟悉或陌生的号码便从电话线里拽出一个个分会场。同样是酒酣耳热的贺家兄弟，硬生生被拖入穿越的剧情中。同一只手机在不同耳际传递，听声辨人、隔空感应、电话猜谜的游戏玩儿得热闹起来。可就在炽烈如焚的气氛中，木讷的彭莉冷不丁发声，揭了父亲的老底：你们还记不记得，小学读书的时候，老师问：水稻长在什么地方？有人回答：长在树上。修竹可知，这个神一样的回答出自你的父亲口中。据说，当时父亲话音刚落，全班同学顿时鸦雀无声，继而集体晕倒课桌上。当然，这绝对不是父亲故意调皮捣蛋，哗众取宠。作为那

时小少年的父亲，真的就没见过水稻的模样，所以凭借非凡的想象力，把水稻的家安在了树上。因为孩提时，所有发生在树上或与树有关，生动的故事情节和温暖的时光片段，喂养和茁壮了父亲的童年时光。这样奇葩的回答，现在看来，可以很好地成为父亲现在写诗的注脚了。

下午六点过到晚上十一点，近五个小时，所有人的情绪一直在一口锅里沸腾，也在彼此的心里沸腾。这五个小时的时光，倒溯和重现了一个山里的小少年，怎样从崎岖山路出发，一路跌跌撞撞走成了今天的老炮儿。杯光魅惑，泪光虚拟，欢声以远，笑语尤近，不知不觉间，明日阳关早已潜伏在侧。到了再次离别的时刻了，但无需说出再见。

从前有座山，山里有座小木屋，小木屋里的小少年，走出大山就再也没有回来。

# 杜普蕾的殇

雾态让这个世界深邃起来
我藏身一粒巨大的汗珠儿
等待破茧

当下一次心跳注定成为悬念
杜普蕾请以殇的名义
赐我以腐烂的光芒
法兰西的天荒始于不知名的小村庄
时间以鱼的姿态滑过落蝶的寂寞
什么样的结局都是遗憾

而我早把自己葬在一首诗歌里
以彻底的寂静对抗更深的苦难
以及被你催眠的世界

在我看来大提琴及以命相许的你
极柔是情深至刚是决绝
音符间的滞留是你不屑的平庸

上帝说所有灵魂都是温暖的
你却在琴声里诉尽人世清醒的冷
忘记留一点余温给尘世打烊

琴声以远夏花成为苟且者的谎言
你用二十八年光阴留下绝响
只为让我们听见白玫瑰失血的过程

浪漫如法兰西容不下紫色的爱恋
不是每只贝壳都在星光里打开心事
你遗世的殇其实是骨殖里的香

当我怀抱音乐和诗歌的亡灵
在琴声中睡去 请相信
世界的尽头亦温暖如昔

　　这是父亲非常喜欢，用生命演奏的法国钢琴家杜普蕾一首名为
《殇》的钢琴曲。喜欢它，是因为在音乐表达的情绪里，能够找见自
己的某一段人生过往；当然，也可以把自己憧憬或向往的某种人生
情态放置在这样的音乐语境里。或许，有人会说，这样的音乐听起
来，很悲很沉重，但在父亲看来，这样的音乐才更贴近生命的真实
和生活的本质，让我们懂得更加珍视，人世每一份来之不易的温暖
感悟与领受。

# 东北远征

还有 8 天满一岁半，我的小小布丁，就要随姥爷、姥姥一起远征东北了。相较于此次远行，带给你身心的历练，见识的充盈以及内力唤醒，父亲把不舍、牵挂和隐忧深深埋在了心底，不露声色地为你签证放行。

毕竟还不到一岁半，但聪明如你，我相信，这次远行会带给你深刻的体验和未来成长的意义。更重要的是，这也将是一次功德非凡之旅，因为你要陪伴 84 岁高龄、术后余生的太姥爷回到老人家魂牵梦萦的故乡。这或许是老人家最后一次回归根脉，回归亲情乡情。

此行意义重大且深远。

孩子，在中国的传统文化里，你这一次陪伴，圆满了人伦，也成全了孝义。想来，已经举步维艰的太姥爷，内心充满了喜悦和满足。

只是辛苦了一路呵护照料你的姥姥、姥爷。

傍晚八时许，妈妈和爸爸把你送到火车北站。当我把你放进姥爷胸前的挂兜里，父亲心里沉甸甸的。你所不知道的是，除了胸前的你，姥爷背后比父亲心情更沉，近百斤的大挎包里，装的几乎全是你的行装，可要乖乖听话，不要太累着姥爷了。

在父亲的心里，医院总是充满病痛的气息；而车站，则弥漫着离愁别绪的味道。不喜欢病痛，也不喜欢离别的父亲，暮色中，不忍看你用小手跟父亲挥别，仓促转身上了车。上车后很长时间，父

亲都无法摆脱内心巨大的空洞和失落感，仿佛不是坐在车里，而是飘在了半空。

我的孩子，你将要远足的，是父亲也不曾到过的地方。父亲只知道那是一片黑山白水的高天厚土，有壮阔肥沃的土地，有剽悍赤诚的民风，有炽烈火热的生活，还有一段可歌可泣、不屈不挠，维护民族尊严与独立的抗争史。总之，这是一片值得我们铭记、敬畏并感恩的土地，在等待小修竹的虔诚朝觐。

回到家里，无心他事，与妈妈一起通过微信一直关注你进站候车的情况。却意外得知，你的姥姥与车站派出所民警亲密接触，圆满填补了一大人生空白。什么情况？哈哈，原来是姥姥带了不该带的东西，而这个不该带的东西，原本是姥姥准备用来路上为你削水果用的。

这点小插曲，算是此次远征之旅的一点开胃小菜吧，只是小小的你，还品不出其中的味道。

知道吗，就在你远征的当天早上，你的爷爷奶奶也在两个姑妈和哥哥的陪伴下，颤颤巍巍、抖抖索索地踏上了北京圆梦之旅，他们要去看看在他们心里神圣伫立了一辈子的天安门，也想瞻仰那位虽然长眠但却一直活在他们心里的老人。这注定是一场绝对神圣但无比艰难的旅行，祝老人顺利圆梦。

也祝我的女儿旅行愉快，爸爸和妈妈等你凯旋。

# 南行的风景

## 一　说走就走的旅程

　　爷爷奶奶朝觐北京，小布丁远征东北，家里就只剩下留守的爸爸妈妈了。这些年的苦心经营，根据地已经建设得很牢固了，暂时也没有被偷袭、攻占之虞，还留守什么呢？不如趁机来一段说走就走，拔腿就溜的旅程。

　　妈妈说还没有去过邓爷爷当年画圈儿的地方，那就直奔目的地吧。航班难得的正点起飞，正点到达。深圳，对于初访的妈妈来说，满是新鲜和好奇；对父亲而言，则是一个个熟悉的名字和一张张熟悉的面孔叠加后的温暖与亲切。尽管这流火七月，我们的身体已不再需要物理的温度，但作为红尘过客，我们每一次行旅，其实都在寻觅或者渴盼这样一种无关季候，却与心灵休戚相关的暖意。一如此刻，迎候在舱门外的展群大侠和新业小侠，让这个高速度、快节奏的城市面目瞬间变得柔曼亲和。

　　来过这里多次，还从未去拜谒国父的故居。以前压根就没整明白，国父中山先生就是从这里出发，走上革命道路的。而这次在展群兄的盛意安排下，遂了此愿。国父的故居自然不同于一般民居，倒也算不得什么雕梁画栋、气势恢宏，只是因了这曾是一代伟人诞生和曾经生活过的地方，被民间的仰望和敬慕抬升了高度。如果说，当初中山先生立志革命的初衷和理想，已然成为这个民族今天精神和意识薪火相传的光芒或福祉，那么整个故居院落里那些高大粗壮、笔直挺拔的大树荫蔽的现实世界，是蒙恩后的回馈还是故主不朽理想的物化呢？反正在我心里，对于那些只在原始森林里才有的高大、挺拔与茁壮，慈佛一般的大树，我充满了敬意。

展群兄的衣衫湿透了又干，干透了再湿，我能想象这是一种多么畅快淋漓的释放与排解。而我始终憋在一滴巨大的汗珠里，濡湿了身心。看着墙上或是展柜里的图片资料，你妈妈不时喟叹，当年的国父如何的英俊洒脱、风流倜傥，那时的国母是如何的风华绝代、母仪天下，我却在心里双手合十，为在天之灵的先行者，也为今天的幸福生活！

现在想来，故居留给我印象最深的是一间小小浴室里已经风化斑驳得厉害的浴缸和一旁厕所里类似今天坐便器，设计巧妙的器物。先生此后舍生忘死，不遗余力追求和想要告诉人们的：不就是未来的某一天，有一种黎民百姓可以过的生活，就是我们今天正在感受和亲历的这个模样吗？只可惜，先生的声音毕竟无法穿透这几十年光阴的壁障，回荡在这个时代良心的深处。

游历故居的整个过程，我是心怀肃穆的。却不料在小憩如厕时，在等候的外堂大厅里有了意外收获。一生爱竹的我，在大厅左侧的墙壁上，看见一幅非常有味道的"墨竹"，寥寥数笔，就把竹子的气节、品格、意趣、韵味展现得淋漓尽致。背景尤其有意思：看似不经意、率性、肆意的用笔，却把一个如梦似幻、虚实迷离的烟雨江南活脱脱呼之欲出在你的眼前，柔和迷蒙的背景与竹子的劲节风骨形成了很好的对比映衬。中间一叶扁舟，一袭蓑笠的人文点缀，让整个画面简洁静谧，却在仿佛间溢出烟火的味道。伫立良久，细细观赏玩味画面意境，不由叹息，这么好的一幅画，好像挂错了地方。转念一想，却又倏然释怀，艺术不源于生活吗？还有什么比厕所更活色生香的地方呢？再说，下至庶民百姓，上至达官显贵，谁又能离得了内急如厕之大事呢？

熙来攘往，川流不息，其实是艺术展示多好的口岸与平台。正所谓：奇珍居殿堂，风物在民间。

## 二　不负味蕾

非常喜欢南方沿海城市的早茶。一进餐厅，无论自助还是点餐，让人眼花缭乱的品类可以满足各种挑剔味蕾的考验，耗工费时、营养丰富的煲汤，玲珑剔透、精致得像艺术品的面食糕点，无不让人瞬间充满了食欲和饥饿感。以前每次出差，不论当天晚上喝了多少酒，醉得有多深，第二天的早餐我是无论如何也要挣扎起来，不得错过的，且胃口出奇的好，可以吃掉数倍于平时在家的食物。相较起来，内地人的早餐就显得单一粗糙很多，满大街的面馆、肠粉店，至多再加上稀饭、馒头和包子，除此，似乎再无别的选择，可选择性小，营养搭配就更不可比了，食麻辣生猛如川人，我也没听说过，谁一大早起来就围一盆火锅，于锅中六千辣椒、八千花椒滚沸的汤色中火中取栗。都知道早餐的重要性，由此看来，在注重食物的能量提供和营养性方面，川人是应该好好向沿海城市人民学习的。

不由想起多年前与一同事出差去深圳，因饮食文化差异闹出的笑话来。

正值午饭时间，饥肠辘辘的我们走进了入住宾馆旁边的一家小餐馆。看着挂在墙上菜谱里陌生的菜名，我们实在是不知该怎么下手。突然看见似曾相熟的菜名：某某肠粉。心里一激灵，既然叫肠粉，自然跟我们当地的肥肠粉属同宗同族，即使略有差异，也出不了什么大圈儿。幸福来得太突然，没想到在这人文风物迥异的遥远他乡，还能吃到家乡味道的菜肴，毫不犹豫地点了一份。口水滴答，

满怀期待地等着出炉上桌。可真等到上桌，我们俩却傻眼了。看着盘中一种类似透明面皮状，里面包裹着不知名馅料，与丝条状的肥肠粉完全不搭界的东西，我们俩大眼瞪小眼，筷子在半空中挥舞了半天，竟然找不到落处，整只夹进自己碗里吧，对面还有一个眼神淌水的同伴儿；分食吧，黏黏的、滑滑的、软软的，好像又无处分割。邻桌的当地食客看见我们的窘态，忍不住掩面偷笑。后有好心食客，看样子知道我们是外地人，不知道桌上这玩意儿怎么下口，过来教我们该怎么食用。想想刚才我们外星人状的洋相窘态，我和同伴不禁相顾放声大笑。这些年，偶尔还会想起这桩趣历，仍不禁莞尔。

而这次深圳之行，因了友人的殷勤安排，可以从容、惬意地享受各种美味儿，尤其是难得一尝制作和口味都十分独特的潮汕牛肉，当也是一次值得记忆的美食经历。

老实说，虽然从小在藏区长大，应该熟悉并喜欢牛羊肉的味道，但味蕾却执拗地不那么乖巧听话，心理上总觉得有一股说不清道不明的异味。今有人既隆重推介，也就索性放胆开怀一试。大不了，多喝酒少吃肉。

进得店来，食客很多，一看就知道是味道和价格都历经考验后仍被食客推崇认可的一家老字号了。店里还是弥漫着一股浓郁的牛肉味道，心里终不免忐忑了起来。

尽管包间条件有些简陋，但还是需要提前预订好的，谁让人家酒好不怕巷子深，卖的就是味道呢？一盘盘色泽各异，来自牛身不同部位，但都薄如蝉翼的牛肉端上来，煮肉的汤锅也上桌了。在我的印象里，烹制牛肉，一般都是用猛料调制的汤锅，这眼前的汤锅却清花亮色，没有什么复杂的作料，只是简单放了一些玉米和其他类的蔬菜熬制，这样的锅底也能抑制住牛肉本身的味道？我心里再次嘀咕起来。

潮汕籍的红中兄弟，殷勤地亲自为我们用漏勺烫好牛肉，分发到碗里。事前，我自作聪明地在调料蘸碟里加了重口味的佐料，放了大量的沙茶酱。心想，这样的猛料，多少能压住一点我不太接受的牛肉本味。毕竟是桌面上，我佯装轻松愉快地把牛肉放进嘴里，其实是屏住了呼吸，暗地里鼓足勇气咀嚼起来。咦，这味蕾的体验和感觉太出乎意料：脆脆的，嫩嫩的，香香的，异常爽口！惊诧地问：这是牛肉？答案也是异常自信的肯定。绝了，原来牛肉还有这样的口感，还有这样简单却绝味的吃法，不禁慨叹，潮汕民间关于美食的创造力和智慧。味蕾防线既被突破，索性开怀大快朵颐起来，一边吃，一边暗自恼恨，牛肉原是如此美味，竟被拒之口外这么长时间，这代价也忒惨重、愚蠢了。至味在民间，由是更深信此理。

当红中把烫好的牛肉米粉放进你妈妈碗中，我分明听见你妈妈喉咙里发出的咕噜声，哈哈，她一直念念不忘上次岘港之行越南米粉的记忆，估计要被这碗里的美味无情取代了。

由牛肉聊到潮汕人和潮汕文化，心里充满了好奇和期待。看来，潮汕应该是下一站不能不去的地方了。热情的友人叮嘱红中，说对面的我是艺术家，喜欢自然人文和民间民俗文化的东西。特地让他为我找一套潮汕民间，曾家家皆备，现却已然淡出历史舞台的红泥小火炉作为纪念。当次日红中便把一套快递来的精致小火炉放在我面前，让我惊艳的同时，也感怀不已。以前非常喜欢白居易的一首应景诗歌，此时跃然脑海：

绿蚁新醅酒，红泥小火炉，天色晚欲雪，能饮一杯无？

有如此真情厚意的朋友兄弟，有如此奇妙美味的美食，还有如此充满时光味道、文化气息的小火炉，又岂是一杯可打住的？且尽且干且淋漓，难得人生快意。

## 三　妮妲不是美女

说起来，与展群兄之缘，因了彼此手上戴的手珠。大概是佛缘极为深厚的展群兄，以珠识人，直觉上把我当作了性情同类。而此后的交往，证明了展群兄的确法眼深邃。而当时，我们却是分别代表主客双方，一本正经地对坐于会议室，礼仪严谨地对话交流工作。这样的缘起，现在想来，多少有些心有旁骛、不着调儿的戏剧性了。

古道热肠的展群兄，此次深圳之行，带给我太多的感动和愧疚。感动自铭刻在心，至于内疚嘛，只能在当时和未来岁月的酒杯里盛着，一点一滴慢慢倾诉、偿还了。数日深圳之行，除了晚上睡觉，几乎跟我形影不离，而至冷落嫂子和小侄女，这多少让我内心欠安了。展群兄说，这样的"战斗"于他，成了生活的常态，更"惨烈"的时候，是拎着装满换洗衣物和生活用品的行李箱，一路随行陪同，吃住在路上，十天半月不着家。可能懂事的小女儿习惯了父亲这种身不由己的"苦行"状态，对爸爸的要求也很简单：能不能把一周回家吃两顿饭增加到每周三次。爱女的展群兄自也口头应允，但却没有真正做到。不由得在心里对展群兄和他的小女儿心生怜惜。想想同为人父的自己，想想刚满一岁半的小修竹，内心不禁黯然。这也便是情非得已，身不由己，不可言说，甘苦自知的男人江湖。

原本打算陪着你妈妈去华侨城自行游玩，又因阿锋的建议改变了计划，去了传说中的"海上皇宫"，这样的计划改变又再次绑定了展群兄的一路陪伴。

要知道，当年出没于海上皇宫的，可谓是非富即贵，据说，金宝兄与一干港星便是其中乐此不疲的常客。庶民百姓只能遥遥相望，而作为经营者的老板也是极尽嚣张跋扈之能事，最终触法被囚。而今，虽早不复当年的金碧辉煌与奢靡豪华，但能于浩淼无边，深邃无底，波滚浪涌的海面上，在浮游的橡胶渔排上，奇迹般地修建这么庞大的建筑，也不得不叹服此人超常的想象力和做事的气魄，自也不是凡人可匹。拆除后的海上皇宫，只剩下了狼烟残痕、断垣破壁。好在渔排还在，这些所剩无几的残值被勤劳聪慧的当地渔民开发成了海上农家乐，自也没了当年歌舞升平、醉生梦死的风光景象，但却多了民间至味的味蕾享受。第一次吃海胆炒饭，那独特的味道至今还滞留在唇舌之间。

游艇冲浪、海水泡澡、海风沐浴、海浪摇曳，波光粼粼间的留影，月色星光下的朵颐，这样的情景对于爸爸妈妈来说，自是难得难忘的人生经历。修竹是不是也心生神往了呢？你的妈妈一路都在念叨，说等你稍大一点，就带你去看海。到时候，也或许小修竹更喜欢听海呢？

本打算晚一天再结束行程，可是天不留人，超强台风"妮妲"已在路上，虽然展群兄一直强烈建议，说搞艺术的，就应该一睹台风带来的自然极致景象，还说雷暴和闪电可以劈开闭塞沉滞的灵感，惊涛骇浪亦可以荡涤冲洗内心的尘垢与壁垒，而这样的状态，是最适合创作的。但我们最终还是选择逃离。我知道妮妲可不是温婉贤淑的美女，在自然的无限伟力面前，我可不想做原形毕露的叶公；而你的妈妈，因为跟同事换班才争取了此次出行的时间，自然也不敢冒险一试妮妲的威力，到底能把人滞留多久。

迷离灯光下的登机口，挥别展群兄的时候，我在心里说：该回家了，哥们儿。而妮妲也已迫不及待，且把身后的风雨和酣畅的梦境一并留给你吧。

# 虚拟生活态

想痛快淋漓地出一身大汗竟然成了奢望，我们离生活的真实就真的很远很远了。

事实上，这个酷热的夏天，我没有流一滴真正意义的汗。我甚至忘记了，汗水那黏黏的模样和咸咸的味道，更忘了大汗淋漓过后，整个身体如释重负后，空明澄澈、轻盈欲飞的感觉。

当我们无需留下足迹，就能抵达远方，远方还真实吗？当我们无需行旅，就能饱览世界风光，这世界还真实吗？

我们在电话里指挥千军万马，在视频里看战火硝烟，在网络世界里天马行空，出入无人之境，在空调房里旁观室外火热的天气和生活，看流在别人身上的汗。

我们终日饱食，忘记了什么是饥饿；我们总也睡不醒，又总是睡不着；我们在游戏里所向披靡，战无不胜，却没有力气拣起生活的一根骨头；我们每天都在快速向前，却浑忘了每条路都需要一个起点；我们大爱于世，却和亲人形同陌路；我们在键盘上敲击时代的脉搏和世界的神经，却几乎忘了我们也需要的心跳和呼吸。我们……太多的虚拟生活情态，让我们越活越不真实……

记得有一次，与三五好友相约去一个街边小店吃饭。店面一点不起眼，位置也很偏僻的这家小店，却因为凉拌猪头肉出名，每天中午吸引大量食客光顾，生意异常火爆，需要排队等候，且全程自助。由于头天晚上喝多了酒，身体仍未恢复，我几乎没什么胃口，食欲恹恹地坐在那里，懒洋洋地偶尔动一下筷子。这时候来了一帮做活的民工，点了跟我们相同的菜。他们每人都盛了一大碗饭，压得实实的、满满当当的。不等菜完全上桌，他们已经大口大口地往嘴里刨饭，狼吞虎咽的吃相，让我终于体会到了什么是曾一度流行于网络的热词：飙饭。看着他们旁若无人、无比享受的吃相，突然间，我被激起了强烈的食欲和饥饿感，我立马给自己盛了满满一大碗饭，学着他们的样子，用力夹菜，大口刨饭，居然吃出了前所未有的滋味。同桌的人看着我前后判若两人的异常表现，瞠目结舌，不明所以。原来饭可以这样吃，且可以吃得么香，因为劳动，因为汗水，因为饥饿，因为食欲。这才是人体真实的需要，生活的真实面目啊。

也正是因为忤逆了生活的真实，忤逆了生命的自然规律，内循环出现故障，毛孔和毛细血管开始罢工，抵抗力明显减弱，一个月里连续两次感冒，咳嗽不止，继而引发轻度肺炎。不能正常排汗，体内的毒气淤积，致浑身关节处长满红色疙瘩，瘙痒难耐。这所有的症状，父亲形象地称之为虚拟生活态综合症。冬天的暖气，夏天的冷气，这一冷一热两股气，把我们和自然物序隔离开来。没有了寒冷的体验和感受，冬天可以是虚拟的，如果没有酷热的体验和感受，夏天也可以是虚拟的。只是一扇门窗，就可以为我们分割出截然不同的冰火两重天和物序颠倒的冷暖世界，一年四季就这样被虚拟了，自然本有的客观规律也被虚拟了，以致我们离生命的真相也就越来越远了。我们守着空调机，像一只怕光的老鼠或是娇弱的蚕宝宝，蜷缩着，龟息着，蛰藏着，一天一天消磨着日子，从生理到心里开始病入膏肓，我们成了面色苍白、形容枯槁、机能萎靡、生命虚脱伪生命群体。

久积成疾，积重难返。

为了出汗，父亲开始顶着烈日跑步，去汗蒸馆汗蒸，到篮球场打球，跑步和打球是辛苦的，汗蒸其实也是辛苦的，而这样辛苦付出后，换来涔涔而下的汗水尤显珍贵。而出透汗的身体，又是多么的舒爽通透！终于体会到，有一种真实的生命状态，叫轻灵欲飞。

孩子，泪水和汗水打开的通道，才是我们通往生命的真实，可千万别太吝惜。这一段流不出汗的日子，父亲的心里却蓄满了泪。

第五辑

亲密的敌人

# 秋天的童话

　　道一声秋凉，银杏树的怜惜已然铺满大地裸露的皮肤。在父亲看来，相较于青翠，这个时节飘落后银杏叶呈现的金黄色才是最美的。因为这色彩里饱含了生命的静美、豁亮、丰满与深刻，而其中来自自然的反哺与感恩的情愫，尤让人感怀。

　　女儿，这是你生命中的第二个秋天。想来，这个秋天留在你生命里的印记当更清晰。至少，一直喜欢与草木对话的你，已然发现了自己曾经用手轻触、摩挲过的花花草草，此刻生命姿态和色泽的变化。如果说，第一个秋天，你几乎是浑然无觉，那么关于这个秋天，属于你的童话，多少有了些光影声色的依稀感知。多年以后，或许父亲问起你关于秋天的味道，我希望你的回答，是关于对一种花木体验和感知的描述，可好？

　　之所以如此煞费心思诱导你亲近花木，热爱自然，是想传递给你一种寄寓：花木单纯而富情感，力争生机而又顺应季候物序，绚烂与芬芳是为忠诚使命，静美与零落是为反哺恩泽。这是多好的生命形态与过程。忘掉我们所谓万物之灵以及主宰的身份吧，像花木一样不争而争，无为而为，单纯而深情地过一生，在父亲看来，那是极美好的事。一如这段时间，父亲喜欢上抽一种叫作"宽窄"牌的香烟，不是这烟品质有多好，而是其烟名寓意深邃：宽处窄行，窄处宽心。宽窄人生，心行合一。这也是父亲不惑人生的一点浅悟，今免费赠予修竹。

出发之前，父亲就预言，东北之行将深刻影响你的成长。而你归来后的表现，也着实让父亲惊讶。短短十数日，你学会了很多话，能够清晰表达单音节词汇，也喜欢跟着大人牙牙学语。尤其在电话里一声清楚的："妈妈，我想你了"，弄得你妈妈泪如雨下。最让人惊喜的，是当初只要把你放进水中，就鸡哇乱叫、胡乱挣扎，到现在你开始喜水、恋水，享受水中的状态，作为旱鸭子大半生的父亲，必须向你表达真诚的敬意。你还学会了辨识卡片书上各种蔬菜、动物和自然物象。尤其对于无数次欺负你，带给你痒痒和痛感体验的蚊子，你更是见一次打一次，拍打的时候，小嘴里还嘀咕出声，憎恶的小表情里藏着用尽全力的决心和勇气，父亲仿佛从卡片上蚊子图像里看见了迸溅的血光，哈哈！想来，此后当与恶名恶迹昭彰的蚊子势不两立，终生为敌了。父亲自然不能说蚊子是无辜的，但卡片里的蚊子形象却是无辜的，其实无需那么用力。

东北之行，你还完成了"奇功"一件：远征期间，由于你的情有独钟，只要出门，全程非姥姥谁也不能抱，甚至包括姥爷，整个行程，你几乎是粘在姥姥身上，并因此成功地把姥姥的腰椎老毛病整犯了，回家后在床上动也不能动地躺了好几天，近日才稍有缓解。

真的是这次远行激活唤醒了你的自我认知和意识的觉醒吗？

现在的你，一说要游游，姥爷就得提前用"小半天"时间为你放好水，等你畅快惬意地"游游"完，又得用"小半天"时间为你排水，这一放一排，姥爷可就遭罪了。你每吃一口饭或者随意扭动身体（貌似舞蹈），我们就必须全体鼓掌，得意目光扫描之处，小小手所指之处，不能有一人漏网。怕你累着，想抱着你走，你一直嚷嚷"下去"，你要推自己的小车车，把握不了方向，我们却谁都不能援手助力，直至眼睁睁看你撞倒南墙；而当你想要高瞻远瞩，你才一个劲儿地闹着"抱抱"。父亲知道，你这是在向我们传递给你在认

知和意识的觉醒，同时更是淋漓充分地表达了你开始于一岁半的反叛和特立独行。而至于偶尔酣然梦醒，睁眼看见"陌生"的父亲，依然会惹得你惊悸而哭，尽管父亲心里难免落寞，但更多的是不能伴你入眠的自责。转念想，即使睡眼迷离，你仍有清晰判断，亦足慰凉怀。作为父亲，对于你每一点觉醒，既欣喜，也忧患。

问你吃不吃饭，你说花花好看；让你慢慢走路，你撒丫子就跑；说脏脏别碰，你立马宝贝一样攥在手里；告诉你该睡觉了，你却要开始练歌了；电话里爸爸、妈妈叫个不停，见面了你却守口如瓶，坚守沉默是金；勺子无论大小，怎么用怎么不顺手，索性扔一边，直接改可口手抓饭……凡此种种叛逆，种种对抗。我知道，你这是在表达、建立和维护自我的意识，只没想到它来得那么快，那么直接，那么强烈，完全不给我们适应的机会，稍有拂逆没顺了你意，轻则一哭二闹，重则撒泼打滚。

亲爱的女儿，还能不能和我们愉快地玩耍了呢？

# 不说再见

修竹可还记得，从什么时候开始，父亲总是默默离开，不再跟修竹说再见？

其实父亲也记不得具体日子了。大致应该是你去东北之前，父亲无意中发现，跟你说"再再"的时候，你的小鼻头有了翕张，小嘴有了撇弧，小眼睛里也开始晶莹泛光，这样的微表情，说明你已经对离别有了感知。

每次下班后，和妈妈一起到姥姥家陪你，等你洗完澡，把你的小衣服洗干净晾好，再待妈妈为你兑好奶粉送入口中，就到了该和你说再见的时候了。每每至此，姥姥总是会关掉或调暗房间里的光源，让你边吃奶边培养睡意。而当爸爸妈妈与你说再见的时候，父亲感觉到你从以前无意识、条件反射一般到后来不情愿、犹疑挥动小手的变化，父亲甚至从你模糊的小脸上看到你不快乐的小表情和不舍的小眼神儿。不知道是因为房间里灯光黯淡造成的错觉，还是不忍与你分开的父亲自我的情绪暗示。

此后，父亲选择了在你情绪明亮的时候，悄然退场。

并非是父亲情感脆弱，相反，半生的蹉跎浮沉证明，父亲是一个意志和情感都可以称之为强悍的人。只是这样的强悍更多用以生存外化的符号和应对现实的表情，而在内心最隐秘最柔软处，那也是不可轻易触碰的。这样的柔软其实每个人都有，以后修竹自然也会有。作为父亲，女儿肯定是这柔软处永远的栖居者。

与修竹分享两幕人生剧情，当会有助你更好理悟。而这两个场景正好都发生在婚礼现场。

一次是父亲一位同事女儿出嫁。在神圣庄严、催情催泪的背景音乐渲染中，爱女挽着自己的父亲，在深情得揪心的背景音乐中，缓缓地徐徐地走上了婚礼的 T 台，当父亲把女儿的手交到女婿的手中，转身离开的那一瞬，我分明看见，这个平时气势凌厉、气场逼人的同事，眼眶里泛起了晶莹的光，那绝对不是冷漠灯光的反射，因为那光是温润、流动、闪烁，直入人心柔软处的。

这泪光，闪烁自一个属虎且虎威咄咄男人的虎目。

另一次，出镜扮演同样角色的是父亲的一位书画挚友。这是一位心性淡宁充和如茶，而又人性赤诚纯粹如酒的艺术家。几近骨瘦如柴、个子矮矮小小的他，在这样一个盛大隆重的背景里，我总有点担心，走在 T 台红毯上的他会随时飘起来。而其实，他走得很沉很稳，也走出了一个艺术家仙风道骨的人生姿态。完成交接的他，转身离开的时候，我实在不忍目睹，与璀璨的灯光、炫目的花簇以及鼎沸的欢声笑语形成巨大反差，落寞、孤独、寂寥的背影，一个男人的背影，一个父亲的背影。

孩子，这便是一个男人只在此时此刻，此情此景乍现也或许一生都秘不示人的柔软。无以料想，多年以后，那时那刻、那情那景，鸡皮鹤发、龙钟老态的父亲，还能优雅转身，一路从容吗？

不说再见，自此。

# 冷凶器时代

片段一：汽车在道面上匀速行进，只是慢慢偏离正确方向，驶向了公路左侧的绿地，没有刹车减速，也没有跟油提速，仍是那般悠闲自在，不快不慢的行进状态。可河道就在眼前，一两秒钟后，没有任何悬念，汽车非常优雅地一头扎进了河里，终于停了下来。视频看到这里，不由得好奇，这神一般开车的主是在表演什么呢？难道是新型水陆两用汽车第一次试水？抑或是驾驶的人想以这种独特的方式给爱车洗个澡？

片段二：刚过午饭时间，对于行政班制的工作人员来说，这是短暂而又难得的一点午休时间。有人正恹恹欲睡，也有人已经进入梦乡。突然一声刺耳的巨响，T1 和 T2 航站楼的连接桥上，一辆行驶的面包车从十几米的桥上飞驰而下，重重地砸在地上，翻滚着冲毁了隔离的花箱，最后在距离房屋不到两米的地方停了下来。闻声从房间里冲出来的人们，各种惊魂未定，各种狼狈不堪，各种不明所以。人们不知道伴随这一声巨响，到底发生了怎样惊天动地的事。当然，这里不是拍摄现场，这高空飞车表演者也不是特技演员，当看见从严重变形车体爬出来，只是腿部受了点轻伤，并无大碍的奇葩司机，人们才狠狠地松了口气。

这样的场景其实已不鲜见，发生在上面描述片段里的情节，还属惊险有加，而后果并不严重。因为事主都穿了一件金属的衣服，多少减轻和降低了对生命本身的伤害。但不是谁都这么幸运，生活

中，走着走着，就被快速行驶的汽车撞飞了；走着走着，就掉进湍急的河水里，再也找不见；走着走着，突然就消失在窨井或深坑里，再不冒头；睡着睡着，一声爆炸，人就面目全非，致伤致残甚至丢命；玩着玩着，颈椎就不能动了，眼睛也失明了，更有甚至，连呼吸都没有了。这不是杜撰，也不是夸张，造成这一切惨剧的罪魁，就是这一只只小小的手机，父亲把它称为勾魂夺命的现代冷凶器。

这东西不仅疯狂伤身害命，更催生出一种终日低头、拒绝阳光、行踪诡异的僵尸族。他们神思恍惚地游走在另一个维度的空间里，周遭世界的一切似与他们无关。

说起来，一枚小小的却高度智能化的手机带给我们便捷及时、畅快淋漓的通讯享受。每次，父亲看抗日神剧或谍战片里，因为通讯的落后，导致我们地下工作人员的牺牲甚至战场的失利，我恨不得拎着手机就冲进剧情里。呵呵，这自是玩笑，但也由此可知通讯对于人类生活的重要意义和作用。尤其是现在具有独立操作和运行系统的高智能手机，不仅能满足我们通讯的需要，还极大地丰富了人们的生活，提高了我们工作、学习的效率和质量。人们可以用手机上网、用手机实现自我生活和工作管理、聊天交友，看电视电影、玩儿手机游戏，甚至用手机实现移动办公。这几乎无所不能的手机成了我们如影随形的伴侣，深刻地影响和改变了我们的生活。甚至可以说：手机在造福人类的同时，也给我们带来了灾难。真可谓是福兮手机，祸兮手机。

在父亲看来，工具只是工具，再智能的工具也是工具。问题的关键是，我们到底是做手机的主人，还是手机的奴隶。

不幸的是，手机依赖症患者每日剧增，因此而导致的人与人情感关系冷漠的现状也每况愈下。我们彼此仿佛成了互不相关的陌生人，不再邀约见面，不再彼此招呼，不再互动交流。即使需要沟通联系，连电话都不用打，一个短信和微信就搞定。早上一起床，第一件事是查看朋友微信圈里的信息，吃饭看手机、走路看手机，甚至上厕所、晚上睡觉的最后一眼，看的也是手机。如果丢失或是忘带手机，比丢了自己的魂儿还紧张着急，手中一旦没了手机，就仿佛丢掉了整个世界。遇到集中学习或开会，会场秩序和纪律绝对空前良好，每个人都低着头，不声不响，聚精会神。别以为是在认真学习做笔记，其实是每个人都在忘我地玩儿着手机。摩肩接踵的商场里，熙来攘往的街道，人流密集的影院、医院、车站、码头、机场，无处不见这些低头族，他们置身人群，而每个人的心中却都没有人群的概念，每个人都沉浸在自己小手机的大世界里。人们从未有的彼此陌生、疏离，从未有的彼此隔膜、冷淡。就这样，小小的手机悄然拉开了朋友、同事、亲人、爱人之间的距离。

勾魂夺魄且伤身害命，称之为凶器，当不为过。待修竹到了可以使用手机的年纪，手机的智能化程度会不会更高，抑或更先进的替代品已经问世，做手机的主人还是做奴隶，你当应该有了明智的选择了。

父亲也向修竹保证：从此文完稿，父亲坚决改掉早上起床如厕抱着手机的坏习惯。嘿嘿。以后你当重点监督一个人，这个人几乎是没白天没黑夜玩儿手机，已经快把眼睛玩儿坏了。

这个人就是你亲爱的妈妈，一个手机依赖的重症患者。

# 浅秋艳遇

中午躺在沙发上，随意翻看手机微信朋友圈里的信息。本来是为了培养睡意，故意选择了一段发在圈里看似冗长艰涩的文字。没想到，这竟是一篇让父亲饱含热泪，好几次热血上头，浑身激灵的好文章。

很久没读到这样感人的文字了。从来不喜欢引用，更别说轻易摘录的父亲，破天荒地想着，重新把文章一个字一个字地完整打出来并存在这里，希望将来有一天修竹也能读到这篇文章。之所以放弃剪辑、粘贴这样的快捷手段，而选择拙笨辛苦的重新录入，是为以此表达对作者和文字的敬谢。

最终还是放弃了录入。倒不是因为怕辛苦，而是基于两点考虑：毕竟不是自己的东西，实在不宜就这样原文照搬放在写给修竹的文字里；再则，父亲本身也是写字的人，何不借此写出自己的解读，分享给修竹呢。

文字其实非常朴实，表达的主题也很朴素。写的是一个成家立业后的女儿，为了回报父母养育之恩，把只身在农村老家独立生活的老母亲接到自己生活的城市后发生的故事。文章并没有宏大精巧的架构、设计，也没有浓墨的渲染、铺陈。甚至可以说，初初一看，文章写得近乎随意的散淡，笔墨也略显粗陋的简约。细读才发现，在作者云淡风轻的娓娓叙说中，一个没受过教育、没有文化，一生在田间地头劳作不辍，却在骨子里根植中国传统文化真善美的人性之光与取舍之道，并无声无闻一生践行的农村老妇形象从文字间鲜活地跳脱而出。而这样的人性光辉以及取舍的智慧，正在日益被我们淡忘、漠视甚至遗弃背叛。乍看起来，作者只是平静、平淡、平和地述说，并没有要揭示和宣扬什么。而正是这种看起来没有主观意识和价值导向的走笔，却在文字行进间，似烟雾如雨露一般，轻缓柔和润浸式地渗透我们的情感、思维，让我们在浑然无觉间完成了一次对自己良心、道德、价值的拷问。

现在看来，作者这种声色不露、波澜不惊的文风笔法，其实是智慧且高明的。喜欢这样的文章，无伤谁的尊严，却让你思考什么是尊严；不动你的奶酪，却让你忖度你的奶酪是否已经变质。

接下来，就和修竹分享文中几个让父亲潸然泪下的片段：

（原文）情节一：把钱放在粮食里，是母亲很多年的秘密。十几年前，我刚刚结婚，在郑州租了很小的房子住，正是生活最拮据的时候。那时，我最想要的不是房子，不是一份更有前途的工作，只是一个像样的衣柜。就是那年冬天，母亲托人捎来半袋小米。后来先生将小米倒入米桶时，发现里面藏着500块钱，还有一张小字条，是父亲的笔迹：给梅买个衣柜。出嫁时，母亲给我的嫁妆中已有买衣柜的钱。后来她知道我将这笔钱挪作他用，便又补了过来。那天晚上，我拿着10元一张厚厚的一沓钱，哭了。那些年，母亲就是一次次把她节省下来的钱放在粮食里，让人带给我，带给大姐、二姐，在我们都出嫁多年后，仍贴补着我们的生活。但那些钱，她是如何从那几亩田里攒出来的，我们都不得而知。

**父亲的解读**：或许修竹难以理解，怎么会把钱藏在米口袋里。在受过生活磨难，挨过饥饿的特殊年代，人们心中的粮食往往比金钱更珍贵。尤其是一个终身辛苦操持农事家务的老人，更知道蕴藏在粮食里付出的不易和艰辛。不珍惜粮食的农人，还是农人吗？在

这个村妇老母亲的心里，对孩子最实在、最珍贵的给予，就是钱和粮，生活艰难时，能让人活命的粮食甚至比钱更重要，而把钱藏在米口袋里，既是老人对自己的价值观的坚守，也是老人传递母爱的智慧。一沓厚厚的十元面值的钱，不算什么，可是从一个在几亩地里刨食讨活计的农村老人手中拿出来，就为了给女儿补一个衣柜，谁还能说，这仅仅是一沓面值微不足道的钱呢？这样的情节，让我落泪。而我们的老一辈，就是这样为子女付出，就是这样朴素而深沉地爱自己的女儿。这情景我们很熟悉，却也陌生很久了。

（原文）情节二：母亲来后的第三个月，一个周末的下午，有人敲门，是住在对面的女人，端着一盆洗干净的大樱桃。女人有点儿不好意思地说，送给大娘尝尝。我诧异不已，当初搬过来时，因为装修走线的问题，我们和她家闹了点儿矛盾。原本就不熟络，这样一来，关系更冷了下来，住了3年多，没有任何往来。连门前的楼道，都是各扫各的那一小块儿地方。她冷不丁送来刚刚上市的新鲜樱桃，我因摸不着头脑，一时竟不知该说什么好。她的脸就那样红着，有点儿语无伦次，大娘做的点心，孩子可爱吃呢……我才恍然明白过来，是母亲。母亲并不知道我们有点儿过节儿，其实即使知道了，她还是会那么做，在母亲看来，"远亲不如近邻"是句最有道理的话。所以她先敲了人家的门，给人家送小点心，送自己包的粽子，还送自己种的新鲜小蒜苗……诚恳地帮我们打开了邻居家的门。后来，我和那女人成了朋友，她的孩子也经常来我们家，奶奶长奶奶短地跟在母亲身后，亲好得犹如一家人。

父亲的解读：面对这样的情景，谁又能不动容呢？都说红尘繁华，都市冷漠。繁华的红尘里，我们几至冷漠得忘记了我们还有同类。同一栋楼，同一个单元，甚至同一个屋檐下，我们几成门铃相闻却老死不相往来。而这样一个来自农村的老妇，偏要执拗倔强地挑战和打破都市人隐藏于心的处事规则。小点心、自己包的粽子、新鲜小蒜苗换来的哪里仅仅是几枚刚上市的新鲜樱桃，换的是心与心之间温暖的传递，换的是人与人之间爱的播撒。就这么一个来自农村的老妇，硬是在利益壁垒森严、人性设防楚河汉界的都市，用活色生香的糕点、蔬菜做成了情义无价的大生意。这样的大情怀、大手笔，让精明无匹、心机缜密的都市人汗颜。而这样的大情怀，本该在我们的骨髓里、命脉里，只是我们日渐把它冷落在了功名利禄的算计里，并尘封于我们道德价值体系之外。我们忘了，作为人类，除了体温，我们还需要来自心灵、高于体温的另一种温暖。我们筑牢的情感堤坝或是心灵的藩篱，其实脆弱得经不起一次人心人性温暖的拜访叩问，即便金属铁门也不能，我想，这就是这位老母亲用行动想要告诉我们的。

（原文）情节三：温煦的日子里，我很想带母亲到处走走。可母亲因为天生晕车，坐次车如生场大病，于是常拒绝出门。那个周末，我决定带她去动物园。母亲说，没有见过大象呢。动物园离家不远，几站路的样子。母亲说，走着去吧。我不同意，几站路，对一个70岁的老人，还是太远了。可她又坚决不坐车，我灵机一动，妈，我骑车带你去。母亲笑着同意了。我推出车子，小心地将她抱到前面的横梁上，一只胳膊刚好揽住她。抱的时候，心里一疼，她竟然那么轻，蜷在我身前，像个孩子。途中要经过两个路口，其中一个正好在闹市区。小心地骑到路口，是红灯，我轻轻下车，还未站稳，却有警察从人流中穿过来，走到我面前说，不许带人你不知道吗？还在前面带。说完，低头便开罚单。母亲愣了一下，攥着我的胳膊要下来，我赶忙扶稳她，跟那个年轻的警察说了声对不起，解释说，我母亲晕车，年纪大了，不能坐车，我想带她去动物园看看……警察也愣了一下，这才看清我带的是一位老人，还不等他说什么，母亲责备我，你怎么不告诉我城里骑车不让带人呢？然后坚持要下来。我正不知所措，那个警察伸手一把挽住了母亲，大娘，对不起，是我没有看清楚，城里只是不让骑车带孩子，您坐好。然后他忽然抬起手，向我认认真真地敬了个礼。

**父亲的解读**：多么机变聪明的交警，我们也给这位可爱的警察叔叔回个礼吧。用自行车带不愿坐汽车的 70 岁老母去几站路远的动物园，这该是个孝顺的女儿了，但感人的不是女儿孝顺若何，而是这违规出行延伸出的情节。"抱的时候，心里一疼，她竟然那么轻，蜷在我身前，像个孩子。"再饱满的生命也经不起生存的重负和岁月一点一点的蚕食、榨干，当我们的身体无以承载生命之重，自行车的一根横梁，女儿的一抱，真的便足以承载一个饱经风霜和岁月洗礼老人的身体之轻吗？作为同龄人，我们的父母同样也都已经老了，可是忙碌的我们，又有多少人能够想起或是抽出时间，带着老人看他们没有看过的景象，去他们没有去过的地方，陪他们经历没有机会经历的事情。一辈子，守着几分薄田，躬耕陇亩，恪守清规祖训，把大部分生命都还给了生存的大娘，怎么也没想到在这都市里，会因为交通违规邂逅和遭遇警察叔叔。而警察叔叔的机变处置，也让我们看到了在爱心反哺和人伦之孝的沧桑正道上，铁面无私的警察叔叔也是会开绿灯的。只是我们给警察叔叔这样表现的机会实在是太少太少了。谁说警察叔叔只有严苛威仪，只会法不容情呢？想来，大娘的动物园之行是愉快的，只是不知道园里的大象，是否对慕名而来的老人表示了友好。善解的老人，孝顺的女儿，可爱的警察叔叔，催泪的情节，温暖的场景，这本该是我们活在其中的人性氛围，我们却背道而驰多远多久了？仅仅三年多的时间，老人因病把残剩的最后一点体温也还给了生命。但她却那么赤诚真实，那么快乐无私地温暖了身边很多人。子欲养而亲不待，这样的喟叹在多少伪善的口舌中丢失了真味。

　　这样的一篇文字，是父亲在这个清凉浅秋的一次"艳遇"。多年以后，如果修竹还愿意并能找出这篇叫作《舍得》的文字重温，那便是缘了。

　　但愿那时候，父亲还没有还原成小孩。

# 昨日是今生的一朵水莲

一两个月不听音乐，一年也不学一首新歌，即使偶尔听见一首心动好听，也会因为畏难而放弃学习。只在觥筹交错后的摇曳迷离态，才会跟着 KTV 的荧屏字幕，貌似深情无限，实则跑音走调、节奏混乱地唱着土得掉渣，老得掉牙的歌。最要命的是，唱完以后，还会意乱情迷、自我陶醉地等待或友情、或礼貌、或逢迎、或调侃的掌声，来满足一个老男人所谓沧海桑田后，脆弱的自尊和虚妄的慰藉。

这是你可爱的父亲。

当年，怀抱吉他，留一头长发，告诉父母，不唱歌就活不下去，毅然决然离家，宁愿餐宿无定，颠沛流离，也要执着追寻音乐梦想。即使在灯光暧昧、氛围颓靡的环境里，面对一帮市井无赖、流氓杂皮，也一往情深地在舞台上，倾心演绎青涩小少年纯粹澄静的情怀和梦想。那时候，掌声真诚而带着敬意、真实而充满爱慕；那时候，听三五遍，旋律、节奏、歌词都能记得分毫不差地学会一首新歌；那时候，无时无刻不在寻找、聆听、模仿、学习让自己感动的声音和旋律；那时候，耳朵灵到能分辨齐奏和鸣中某只电声乐器的半音之差，一个人可以调度整支电声乐队情绪的起伏跌宕。

这也是你可爱的父亲。只不过是光阴需要倒退二十多年的曾经。这前后判若两人的父亲形象，修竹更喜爱哪一个呢？

答案一定没有悬念。

是的，一个曾经如此热爱音乐的人，已然在生活的苟且面前，变节若此，夫复何言？现实已然苟且若此，诗意的远方又怎会眉目清晰？人生便是如此，当岁月以不可违逆的意志给我们贴上或臣服、或变节、或挣扎、或苟且的种种标签，我们却喊不出疼，道不得苦，喊不了冤。

所幸，还可以在文字里完成自我救赎。只是那淡了、远了、依稀了的音乐梦想，也就成为清醒时刻的殇。

不再喜欢运动，不再钟情文艺，不再迷恋风花雪月，不再乐意接纳新鲜事物，甚至不再注重形象，胡子拉碴，衣着不整照样示面公众（至于扣错扣子，穿错袜子，还有那个什么等等等等，多少有些难为情，就放在括号里，不便公开了）。曾经的小激动、小满足、小幸福、小快乐，现在好像都成了笑谈；曾经的大执着、大情怀、大目标、大理想，都仿佛变得不再有意义，一如眼前的苟且。

总是容易感到疲惫，开始变得健忘，习惯一个人安静独处，开始满足现状，担心变数。变得贪杯，酒量却大幅倒退，喝醉了还会断篇。断篇出的糗事，被你妈妈无数次深揭狠批。然痛定思痛之后，它还是要断篇。（这里应该有一个哭脸的表情）

谁在说昨日是今生的一朵水莲？这样的诗意，这样的禅境，只在化外，不在尘世。事实是，尘世里一个老男人的身上，心里落满的只能是光阴的灰。

尽管如此，在一天天老去父亲的心里，仍是希望修竹将来是喜欢音乐的。把父亲获奖的一组关于音乐的诗歌送给你，想表达的理由都在里面了，待你自悟吧。这也是父亲送给你的第一个中秋礼物哦。

## 心灵语境（组诗）

——倘我已不在世，仍能感知的，唯音乐。

### 一　乱红

花瓣　自萧孔飘出
像生命温暖的胎记
穿行在我凝露的目光里
该怎么送别这场逝水的赶赴


把自己打开或是彻底关闭
从骨殖里捧一些清香的泥
种植这些余温犹存的花瓣
种植一场关于秋天的爱恋
并以此　驱赶活着的倦意


从音乐里拈出一条瘦巷
一角雨檐　一把紫伞
在长满青苔的心情里
泊一湾江南烟雨　任一名
从宋代出走的女子
素手洗净昨日霓裳


无须削发　更不用落草
这一场乱红　这涅槃后的光芒
将我收留于轮回之外

尽可凭吊 切不能唤醒

箫声又起 我后世的爱人呵
你可记得吹响的
是我哪一根骨头

## 二　黄玫瑰

箫引渐寂 这穿肠蚀骨
二胡吐露的忧伤
像是走在灵魂深处的钟表
刻画分分秒妙的痛楚

手中的烟燃着 无人在抽
还有比烟烬更纯粹的祭奠么
此刻 形骸虚拟
伤逝 自内心拔节蔓生

谁的手割尽岁月的蒹葭
让清纯的花朵过早在爱情里妩媚
并不是没有芬芳呵
只是被谎言榨干了水分

摊开的手掌里 一朵黄玫瑰
站成伊人的模样 曲终了
余音将一瓣一瓣萧瑟收容
我亦坦然这枯萎

不着一词

## 三　冰菊物语

只是七枚音符之间
绽开的曼妙世界
甜蜜和痛楚此起彼伏
而我　用尽十万词汇
也写不出一首贴心的好诗

这是多么适宜心灵安放的调式
这是多么适宜灵魂归真的语境
如此　请别在视野里种植冰菊
让我凄惶于含苞待放的苦难

我相信　我未曾经历的某段遭遇
就端坐在这样一首曲子里
也或许是两枚音符之间
我即可饮尽生命的腐朽
亦能畅写爱情的传奇

自内心飞出的小鸟
终被这筝的缠绵弄哭
心河的波光溃决了表情的堤岸
这时候　无数诗歌意念盘旋
却迟迟落不到
我灵魂的天葬台

## 四　心灵睡过的地方

故乡不远 在深蹙的眉梢
在酒杯和腹夜的边缘 在
一个写诗男人吞吐的意念之间
可是 孩子 马蹄落地生根的草原
你先祖心灵睡过的地方
脚步 一定要比音符更轻


孩子请记住 乌鸦或神灵
看护不了我们的家园
涛儿河的水以及青草的香
却可以洗净一代又一代
红尘的忧伤


孩子 在时光睡眠的深处
乡愁是一尊忧伤的瓷器
回忆愈深 留下的伤痕愈深
你单薄的行囊装不下疼痛的姓氏
更装不下 这一只
忧伤且易碎的瓷器
回家吧 孩子
从传奇里返回的老马
驮着你童年的褴褛


我已不忍卒听这冷

孩子 回家吧

活在这尘世 更多时候

我们其实只需要

一点单纯的暖意

一点家的暖意

# 再见老野

　　几分钟前，和老野通了电话，知道他已在去东站的公交车上了，这也意味着，数小时后，这个拎包就走，浪荡在外三个多月的老头儿，就可以回家饱享膝下天伦了。我不禁想，昨天晚上的席间，还在掐指细算有多少天没见着自己一对宝贝外孙女，此刻，在缓慢移动的公交车上，这个率性到无拘，执拗到温暖的老头儿，会以怎样的方式来表达归心似箭呢？

　　仅仅滞留了不到一天的时间里，老野多次念叨安然和自若。一听这名儿，就知道是老野的杰作。每每念叨的时候，老野粗粝沧桑、沟壑纵横的脸上，就会有难得的慈晖隐约荡漾开来。安然、自若，多么美好的音律与寄寓。当重金属时代的冷，荒凉了我们内心逐暖的欢颜，当民间和乡村也成为忧伤的词根，安然与自若这两种人生情态，便注定成为高蹈于我们负重灵魂之上的精灵之舞。这藏于名字里的洞悉与深味，足见老野的老谋深算。

　　昨夜夜宿醉未醒，一早，老野便闹着要去看女儿小布丁。从酒店接到神思迷离的老野，第一句话就问，昨天晚上，我怎么就喝醉了。我懂老野的纳闷：从早到晚，我可是一天三顿酒，怎么就冷不丁被不胜酒力的布衣给灌倒了呢？呵呵，论酒量，我或许只是老野的三分之一不到，但老野不知道的是，接到老野微信的行程信息，为了陪好酒力雄健、酒名远播的老野，我是做足了功课：头天晚上便拒绝了好友约请，滴酒未沾；当日中午更是斗胆破例多睡了半个

时辰，养足了精神，蓄势以待。而经过近四十个小时摇晃、颠簸，舟马劳顿的老野，未及稍歇，便披挂上阵，自然不是好状态。而真实事实是，即便状态如此不对等，喝酒，我仍是输给了老野，要知道，除了远道的疲惫，老野长了我十五六岁。实在不敢想，现时已酒量每况愈下的我，到了老野这样的年龄，会不会布衣老矣，尚能酒乎？

老野来，吃什么不要紧，但一定是四川的味道，成都的味道，里面多少夹杂一些布衣的味道，所以选择了吃火锅，而在我的味觉印象里，花俏、华丽的成都火锅远不及重庆火锅味道的朴实、地道与醇厚。吃，可以随性随意些，但酒却不可丝毫慢怠。我自是捧出了珍藏多年的一坛好酒，老酒。而虔诚远胜的老野硬是手提怀抱，从遥远的绍兴，提溜来一罐十斤装的老花雕。这可不是老年人惯常的锻炼方式，它绝对是一件耗时费力的苦活儿、累活儿。我知道，老野此举，是为表达对两个在彼此文字里疗伤且自我救赎的男人，见面时的庄肃与虔敬。无论谁的酒，必须得有灵魂的净度以及内心的纯度，当然还少不了经世历时，光阴的厚度与时间的宽度。

已经出门溜达晃悠，走亲会友三个多月的老野，出发前所带盘缠已经用得所剩无几。为了带老野取钱，可遭了老罪，费了大周折。早上一见面，老野就很不满地问我，这么大个机场，怎么能没有邮政银行？这银行还真不是布衣说开就能开的，告诉他，城里会有，一会儿领他去。我本以为老野取钱是为给阔别已久的两个外孙女买礼物。因为当晚酒桌上，老野一直碎碎念叨，浪迹在外的这些日子，实在是掏心掏肺地想家里的两个宝贝疙瘩了，一路上忙着喝酒，忘了给孩子买礼物，这就快临近家门，没礼物见两个小宝贝，后果可是很严重的。哈哈，原以为老野只要手中有酒，自可天地安危两不知，未曾想，这家伙心底深处居然也有惴惴犯怵的事！酒桌上便与接站的玉儿约好，次日下午，由玉儿带他去城里商店给孩子买礼物。大老爷们不太会买东西，这时候，女人的天性功用是必须要以殷勤换取的。酒至酣然，老野硬是不由分说，把玉儿杯中剩下的酒倒进了自己杯里，一饮而尽，是为酬谢，亦是庇护。

　　本以来取钱也就几分钟的事，没想到在车上等了老野很长时间不见返回，好不容易见他脸色阴郁地出来，原来，老野手中取的排号单已然近百号，而正在办理的业务才到二十几号，照这样的办理速度和排队等候，这一上午的时间可都得搭进去了。于是我们又辗转找到另外一家，进门一看，什么情况？黑压压一片，同样的人满为患。再加上老野不习惯用卡，带的是存折，必须到窗口才能办理。看来，这队也必须得排，这时间还真就只能这么耗着了。老野和我都有些着急傻眼了。钱得取，队还不能排，怎生是好呢？情急中，忽然想起咱可是朝中有人啊，说不得只能动用了。赶紧拿出手机找出号码，联系上熟人，到窗口一看，前面只一对几近古稀老两口在办理存款，估计也已经办理了不短时间了。一边是业务员的一遍又一遍的不厌其烦，额头渗汗；一边是看不明、听不清的老人手中捉住笔找不到落处，一个电话还让老太太突然从窗口玩儿起了失踪。没办法，只好耐着性子等了。不由感叹，干哪一行都不容易啊，窗口里的女业务员，必须要业务熟练，还得耐心足够，上个班挣点工资，人家容易吗？半小时就这样在焦灼等待中过去，历尽艰难，老野终于把钱取到手。我和老野解嘲地玩笑，在中国，但凡能通过关系解决的，绝不走正道，取个钱亦是如此。这就是所谓的中国式关系，听说最近一部同名电视剧播得很火，收视率很高，这也忒应景了。之前，本来想着取钱不易，我说用我的卡取给老野，老野执意不允，问急了，老野才不情愿地说，我去看小布丁，是要给小布丁表示我的心意，哈哈，原来老野一直盘算的是这心事，可爱的老野。

见到布丁，老野的情绪格外明朗、柔和且温暖，浑浊的眼睛里光影闪烁，我知道，触景生情的老野，此刻更想家里的安然和自若了。有点小遗憾的是，一路风尘，胡子拉碴，皱纹密布的老野，让差生的布丁有些紧张，竟不肯礼貌问好。相处了好一段时间，才怯怯地补上了礼貌功课，也才发现，满脸官司的老野也有云开雾散、风和日丽的时候。

中午，带老野吃当地有名的肥肠粉。说着不喝酒，最后还是把杯子里的水换成了酒。名不虚传的民间至味，让不苟言笑的老野也忍不住夸赞起来，即便如此，如果不是我殷勤夹菜，老野仍没有吃下多少，只是不停地举起手中的杯子。这个大半生保持 52 度人性纯度的男人，几乎是端了杯子就忘记动筷子。碰杯的时候，我发现老野的手总是不停地颤抖，我告诉他，这是因为长期喝酒破坏了神经末梢的后遗症，他反驳我说，是家族遗传，这个不轻易示弱、固执的家伙。

吃过午饭，让同事送老野上车进城，马不停蹄的老野，下午还有重大任务等着他完成。为了感谢帮我接站并陪老野给俩小宝贝买礼物的老乡玉儿，出发前，我特意让老野给她带去了老妈兔头。在文字江湖里，玉儿爱憎分明，仗义执言；而在生活中，玉儿待人真诚热情，举止得体大方（老野语录），深以为然，为同城的老乡点赞！

挥别老野的时候，内心一下子空落许多，仿佛我送别的不只是一个多年未见的笔友，而是一个久别重逢的亲人。是的，我们是亲人，是在文字里相互取暖的亲人。

由于忙着世航会保障，老野到的当天，连轴转了好几天，起早贪黑，分身乏术的我没能去接站，只好委屈玉儿受累。当我从风尘仆仆、神色倦怠的老野手上接过一坛陈酿老酒，那坠手的分量，让我很是心疼，实在难以想象为了这坛辗转的酒，瘦弱的老野费了多大力，遭了多大罪。次日又因要参加世航会颁奖晚宴，不能和玉儿、雪秦一起陪老野共进晚餐，直至次日一早，老野独自离开，我也没能相送。雪秦亦是多年前非常投缘且性情契合的笔友，虽同栖一城，而各自打扫身心的风尘，久不得谋一聚，这更加深了我心里的遗憾。客观地说，老野这次来得真不是时候，一如他来之前，不知道在文字里乘风揽月，追逐内心风暴的布衣，在现实生活里，也得为生计而俯身，为稻粱而躬行地辛苦奔忙。十年前的湛江，十年后的蓉城，两次相聚，都是匆忙而仓促，以至连真实情怀都来不及打开，更别说能让彼此在 52 度笑容里打坐片刻，穿过生活的风尘靠近一点当时的初心。

不免郁结，难以释怀。

所幸老野现定居在不远的重庆，与布衣相聚也只是一顿酒的工夫，只是这一顿酒的预约，需要一种纯粹而坚定的执念，老野已执，而布衣始动念。

酒后的老野说：布衣，你有婴儿般的面相和心性，我希望你永远都不要变。我回答老野，但愿这份婴儿般的情态，能让我多一些优雅从容，陪布丁慢慢长大。其实我明白，老野这酒后真言，是对布衣有着很深期许的。做人与文风一样刚正犀利，赤诚倔强的老野，内心有一个纯净透明的世界，他希望所有心灵的乡亲，永远干净、纯粹地活着。

这是执迷至今，老野的乌托邦，也是布衣的。只是走在前面的老野，和我落下的距离，不只是二十年的光阴。

再见老野，老野再见。此刻，安然自若，左右膝下的老野，正幸福快乐着。

嘘，老野，手别抖。

# 问诊即景

周日上午，成都某知名儿童医院。老旧的建筑，逼仄拥挤，不洁的空气里，流淌着满满的焦虑。儿童的哭闹充斥着空间里的每个角落，所有面孔都刻画着同样的表情……

今日号已挂完。挂号处冰冷的告知，让人感觉那红色的字迹里仿佛有血渗出来。

置身其中，我不知道那么多的窗口，哪一道开启了康复的希望；那么多的白大褂里，哪一张面容里藏着久违的温暖；手中厚厚一叠单据，哪一张是解除疾患和病痛的指引……这么多的未知，都需要用一次又一次的大排队才能换取结果。而怀中的你，已经持续低烧十多天了，口腔里的溃疡疼得你好几天吃不下东西。病患，彻底终结了父亲浪漫的人文情怀，一边是对病患的无知与茫然，一边是你目不忍睹的小可怜儿样，父亲感到从未有过的无助与卑微，甚至觉得，自己就是一个无用的白痴。

是的，孩子，面对承受病患和疼痛折磨而又无法言语的你，父亲不能为你分担，更无法替代，仿佛所能做的，除了忧心还是忧心，直至恍惚。

一早，爸爸妈妈、姥爷姥姥带着你驱车十多公里，到这里问诊就医。刚一进门就被今日无号的冰冷告知打懵了，挂不了号，看不了医生，无法知道你的病情，不能及时祛除病痛。即使挂急诊，窗口醒目的字迹同样告知，挂号后需等待数小时，且持续低烧的你还不符合急诊条件。那一瞬间，父亲几乎是绝望的。我开始羡慕那些手中拿着单据，四处奔忙但能知道下一道程序该怎么走；还能挤身长长队列，满怀希望等待的人们。而至于那些已经坐在医生诊室或候在门外的人，更是让人眼红不已。

医院大门外，口袋里揣着不同价码的专家和医生诊号的黄牛们，眼睛里泛着光地四处寻找目标。他们的手机，仿佛就是所有医生的移动档案库，一个排序的号码竟然变成装进他们口袋的滚滚财源。大医苍生，仁德至上的医院，医生、病人、号贩子和黄牛们，竟然如此契合地组成了奇妙的利益链条。想来，也只有国人的智慧，才能把关于道德、利益和生计的逻辑关系演绎得如此隐晦绝妙。尽管父亲并不是一个喜欢破坏规则和秩序的人，还是被逼拿出手机，开始查找号码，脑子里也开始快速地筛选起来。是的，孩子，为了给你看病，无奈的父亲又得找关系了。我知道这也是病，可是治疗的药却不在父亲手中。正如只要在公众场合，不排队就觉着自己活得完全不像一个中国人，能通过关系渠道解决的问题就绝不走正道，诸如此类的行为标签和价值符号，原也不是我们与生俱来，血脉和骨子里的东西呵。

作为一个小老百姓，我只是希望通过就诊，让自己的孩子尽快解除病痛的折磨，如此而已。

必须要坦白，下午两点，姥姥能够抱着你坐进医生诊室的机会，是父亲硬生生从复杂的社会关系里搜出来的。也由此，你才换取了感知静脉抽血、手腕皮试疼痛以及 CT 透视折磨的资格。而这已经是你在不到二十天时间里，第三次抽血，第二次做 CT 了（当然前两次不是静脉抽血，而勇敢的你，愣是没喊一声疼，没有掉一滴泪）。可是，我的孩子，仅仅一岁零八个月的小可怜儿，血检报告指向你的低烧是因为炎症引起的，而二十四小时后才能出的 CT 报告和七十二

小时后的皮试结果。这漫长等待的每分每秒，对于爱你的父母和亲人们，将是怎样的煎熬。经验丰富、医术精湛的医生，可能是肺部炎症的怀疑和推论，更是瞬间将父亲的神经无限扩充至空白，恐高的父亲，被迫又一次完成了精神和心理的蹦极。

我的孩子，快点好起来吧。再不好起来，你妈妈蓄在眼里和心里的泪可是会决堤的。布丁不会有事，尽管爸爸总是这样固执地安慰着妈妈，但这样的固执，除了依赖我们父女之间的默契感应，再没有别的支撑。你懂的，我的孩子。

用无尽精神煎熬和心理折磨等待的 CT 报告、皮试结果终于出来了，我的女儿，你终于把囫囵的睡梦还给所有爱你的人了。当然，也或许因为口腔溃疡（你说的牙痛）自此可以让你改掉吃手手的习惯了，此亦算是意外收获。谢谢坚强的宝贝！

问诊不易，就医艰辛，因为敬畏而远离吧。孩子，这一生，爱惜身体才是最大的生命尊严。父亲相信，经此一难，你的生命当又历练出一份坚韧。以此记。

# 亲密的敌人

　　这半生，父亲自以为经历了很多战争。曾经危情绝境的惨烈悲壮，还是攻城略地的豪情盛意，都已是无关痛痒的过眼云烟。到最后才发现，最大的敌人还是自己。

　　兵者，诡道也。或是孙武兄没来得及告诉父亲，若以人为敌，此谋当所向披靡；倘以己为敌，则需另图。怪不得，对峙鏖战了四十多年，至今未分胜负，而父亲已在这漫长的拉锯消磨中，耗尽了斗志和求胜的欲望。

　　这是一场伴随生命沉沦或飞升都无休无止的渊薮。既是不见白骨不得始终，鬓白之后始得从容。败给别人并不可怕，败给自己却是可悲的。我的女儿，这是父亲的战争，也是每个人的战争，当然也是你未来要面对的战争。

　　而你之于父亲，则是多了一个最最亲密的敌人，也开始了父亲最最甜蜜的另一场战争。而战争的结果也一早注定了父亲安然赴命的败局。

　　你还是一枚蛰伏娘胎的小小胚芽，父亲便如临大敌。只是你的阵地防守太隐秘，只闻敌声，不见敌踪，父亲也只能围着你妈妈一天比一天膨胀的肚子，除了密切关注动向，其他的也只能干着急。好不容易盼到你降临，哟，我的小小敌人原是这般可爱的模样，除了小心小心再小心地伺候，父亲再没别的战略战术。从哭到笑，从翻身到爬行，从目不转睛到视线转移，从活动范围方寸之间到撒丫

子数十米，从咿咿呀呀到有意识清晰表达，从"逆来顺受"到坚决说"不"，从……太多太多艰苦卓绝的战斗，每一场都让父亲精疲力竭、胆战心惊。被你打败的可不止父亲一人，而是围绕在你身边的一大群人。用辉煌来形容你的战绩，一点不为过。

经父亲诊断，你妈妈现在已患上了"布丁动静综合症"，而一向达观淡宁的姥爷，也基本上快抑郁了。只有最辛苦的姥姥神经比较粗，有大将风范，较好地保持了战斗状态和战术素养。而至于父亲，虽然表面伪装成强敌模样，其实内心早就土崩瓦解，尤其是这个对你来说，被疾患病痛折磨的十月，父亲更是差点就投降缴械。一开始，是细菌引起十多天的持续低烧，待和医生姥姥"打电话""抓虫虫""照相""吃冰棍"后，好转稍歇了两日，继而又因为嘴角溃疡再持续低烧数日，这回可不是打电话、吃冰棍可以解决的了，做皮试、静脉抽血、CT透视……无一不伴随疼痛和泪水。好不容易溃疡好了，低烧退了，你又被防寒病毒成功偷袭，继续烧个不止。可你不知道的是，你这持续整整一个月的发烧，差点烧焦了爸妈的心，自以为从容的父亲，终日寝食不安，焦躁郁闷，致差点在同事面前失了优雅礼数。而你妈妈就只差跪地礼佛了。

这个十月，滋味可好？我的女儿。

基本病愈后，你见到爷爷、奶奶、爸爸、妈妈，你说的第一句话是：好了，不吃药药了。哈哈，药药自然没有饭饭、面面和肉肉好吃，这回知道了吧？病患让人知敬畏，而疼痛总是让人成长。爸爸为你自豪的是：关于吃药药，你从最初"谈药色变"的坚决抵抗，到后来"半推半就"的英勇就义，再到后来"舍我其谁"的大义凛然。这样的蝶变，父亲知道你是用怎样辛苦的付出和深刻体味才换取的。致敬，我的女儿，这一次，小小的你，就战胜了自己，父亲为你骄傲！有"强敌"得心服口服。

既然败北和投降是迟早的事，父亲索性先坦白交代一个小秘密，算是提前给修竹的"投名状"吧。最近你姥姥、姥爷都在频繁参加同学会，从高中到初中，现在已经到小学了。估计，要不了多久，很快就到幼儿园同学会了。爸爸妈妈都很支持鼓励他们踊跃参加这样的集会，毕竟人生结缘一次不易。而当他们在与你紧张战斗的间歇，挤出时间参加这样的聚会，平时工作忙碌的爸爸妈妈也才有机会与你全过程、全方位、零距离拉开战斗，而每一次这样的战斗结束，精疲力竭的父亲只有一个体会：面对你这样一个不易对付、小小的亲密"敌人"，平日里照料你的姥姥、姥爷，他们太辛苦了！爸爸在感恩之余，更是不得不惶愧地承认，像他们一样，数百日如一日，甲胄不解地严阵以待，把与你的战斗打得如此坚韧、漂亮，父亲实在难以做到。半生与人、与己、与名、与利、与命的战争中，如此没有底气，父亲还是头一回。

　　可是请女儿相信，这一生，作为亲密敌人，在我们甜蜜的战争中，父亲会不遗余力，争取成长为一个优秀的"敌人"，等着有一天彻底败给卓越的"敌人"，我的女儿。搁笔前，友情赠送女儿一个百科知识，今天可是一个重要节气：立冬。立，建始也，表示冬季自此开始。冬是终了的意思，有农作物收割后要收藏起来的含意，我们又把立冬作为冬季的开始。自此，水始冰。水面初凝，未至于坚也。地始冻。土气凝寒，未至于拆。而作为人，这样的节令季候，适合息养归藏，蓄势以待来年。知藏而智，善藏者智，未来修竹也。

# 春天之后醒来

春天其实早就来了，只是一直颓靡着的父亲拒绝醒来。

我知道，这些年苦行至此，适合给自己的人生打一次烊，或是对一段过往岁月的烟烬，凭吊或是默哀。

丙申年十一月八日至丁酉年三月三十日，142 天的空白，我错过了窗外繁花在季节里赶路的所有美妙细节，亦错过了你成长过程里最值得记忆的温暖与感动。

空白里隐含着遗憾，但也意味着逆转。我清醒地想要把空白留到极致，看看没有了灵魂的负累，我还能走多远。

此刻，你的爷爷躺在医院里，你的体温 38.5 度，而我却只能在键盘上敲打出中年人生的窘迫与落寞。煮字疗饥，仍是父亲在彻底沦陷和放空之后回归的唯一方式。

这空白的一百多天里，你长了多少肉肉，长高了多少厘米；你创造并更新了多少表情包，学会了多少语言表达，我不记得了；你的小心脏里平添了多少微妙复杂的心理活动，也因此增加了多少需要我们用心解读的情绪符号，我也不记得了；更记不清楚什么时候，你的伴眠曲由汤晶锦小朋友虐心的《酒干倘卖无》变成了蒙古小哥哥催泪的《梦中的额吉》，再到现在卓玛阿姨治愈的《那一天》，难道小小年纪，你已然洞悉，生命是一场修行？我甚至不记得，由于你的无端哭闹、你的逆反、你的坏脾气，你启动的"小魔王"模式和"熊孩子"模式，父亲在给你面壁思过的责令之后，又暗自在心里挣扎、纠结、难过、懊悔了多少次。我记得的是，当你做错了事，让你说"对不起"，你故意说成"不对起"后的狡黠快意；也知道爸爸因为工作忙，只要有一两天没能陪伴你，再见到爸爸，一声"这不是爸爸吗"（光头强语言模式）话里的意味深长；更知道，你摔倒或是撞疼后，嘴里冒出的"什么情况"里包含着你的警醒和思考……这空白的一百多天，父亲错过的关于你无法复制的成长细节，都只能留成浅宁淡远的遗憾，郁结在心了。这也便是人生，注定要有遗憾，也正是这大大小小、深深浅浅的遗憾，成全了人生最终的圆满。

这一场周期性颓废的人生空白，仿似一场酣酽透彻的霜降，加速了父亲人生的枯萎。对此，父亲却是安然的，因为我知道，这一生所有曾经的过往，所有幸福或痛彻的领悟，都只为了一件事，做好一个父亲。

因了这背负，亦因了不肯轻易相与的抗争，父亲把取自自然的生物精灵们泡进酒坛，幻想着可以用来激活生命力，以此对峙岁月冷酷的意志，却不料时间这壶老酒，不露声色间，早把父亲泡得几近虚脱。

始于人生空白处的休眠，是为休眠之后更好的醒来。孩子，父亲醒来了，在这春色无边的人间四月。

现在，听父亲口令：受令人：小修竹，目标：春天，情绪要求：激情饱满，动作要领：撒丫子狂奔……

# 欠下的故事

这是年前就欠下的两个小故事，今天还债。而此时窗外的阳光，明媚了父亲还债的心情。

讲这样的故事给你，并非想要传递给你什么所谓正能量的价值观。不喜欢吃鸡鸭鱼兔，笃定一辈子跟猪势不两立缠斗下去的父亲，更不会给你微火慢炖什么心灵鸡汤。只是想跟你分享这故事里看似悲情表象背后的温暖。而这样的来自人心深处的温暖，适宜你的成长。

严格意义上这只是两幕浮华背景里充满人性温暖的小插曲。从年前的偶然撞见和听闻，到此刻的指尖落定，不曾丢失的暖意，让记忆温暖如昨。

和平日里的中午一样，父亲和同事选择就近的安保食堂解决午餐。或许是我们老得连味蕾也怀旧了，点了与平时几乎相同的凉拌肉和其他几样菜。当我们落座开始边聊天边吃饭的时候，对面邻桌埋头吃饭的大姐，吸引了父亲的注意。头发蓬乱不洁的大姐，穿着又旧又脏不太合身的工装，工装上满是污渍和尘垢。她非常认真专注地吃着饭，周遭的喧嚣嘈杂和攒动的人群以及发生的一切仿佛都与她无关，她眼下唯一需要做的，就是解决掉桌上饭菜，一点儿不剩。大姐脸上粗糙的皮肤以及密布的皱纹，让她看起来比实际年龄更苍老，目测应该在五十岁以上。从大姐的面容和衣着判断，她从事的应该是比较重的体力活儿，这样的活儿是需要能量和体力补充的。可是大姐的桌上，只有一大碗米饭和一份装在食用塑料袋里的蔬菜，她大口地吃饭，却间隔很长时间才去塑料袋里夹丁点儿蔬菜。这情景，多少让父亲的目光里生出疼痛来。想想食欲恹恹的我们，吃个午饭，像完成任务似的，桌上摆了好几样菜，吃在嘴里却没有多少味蕾的快感，一个劲儿地抱怨，这个不好吃，那个味道差。而眼前的大姐，几乎没有多少荤腥，不超过五块钱的一碗米饭，一点蔬菜，却吃得那么的香甜和满足，而她与我们相距不到两米。既然没什么胃口，索性一旁偷偷看着大姐"飙饭"。或是发现了我们的关注，大姐脸上泛起了微红，我们也识趣地挪开目光，佯装继续。同事提议，把我们几乎没有动的凉拌肉送给大姐，我却担心大姐碍于面子拒绝我们的善意。当同事略作迟疑，把盛肉的袋子送到大姐面前，大姐并没有拒绝，仍旧是脸色微微泛红，我从大姐翕动的嘴唇，读出了她说的"谢谢"两个字。

当我和同事怀着饱享大餐后的愉悦走出食堂，父亲不禁感喟：大姐这样的人群，她们多像是这个时代华丽外表上的补丁。虽然这样的补丁常常让我们熟视无睹，但她们却真实存在着，她们无意抹黑这个时代，也无意博取我们目光里的疼痛，她们只是被时代落在了背影里，却又因为沉重的背负无力追赶。

同事说，他曾经属下的一名员工老大姐，来这里打工挣钱，舍不得花十几块的午饭钱，中午从不到食堂吃饭，而是自己从家里带饭，吃饭的时候，总是避开大家独自一人蹲在某个角落里默默地吃。下饭的菜从来没有变过，都是几乎看不见的星点儿肉末炒泡菜，一吃就是一个两月。而这样的生活状态背后的信念支撑，是大姐懂事而又勤学，大学在读的儿子。

内心瞬时温暖了许多。

我不知道食堂遇见的大姐生存背后是否也有这么一个温暖的信

念支撑，我自然是希望她有的。父亲并不伟大，但天下苍生俱欢颜，这是父亲的祈愿，也是骨子里的执念。

孩子，父亲希望你从这样的文字里读出的不是悲情，而是温暖——藏于表象背后，人心、人性深处以及对未来愿景期许里的温暖。当然，这本身需要一颗温暖的心以及感知温暖的智慧。

# 幽道暖归

疼惜被十面霾伏重重围困整个冬天很少出门的你，春节有假，爸爸妈妈带着你突出重围，去了朋友极力推荐，位于都江堰郊外名为幽道山房的山村度假酒店，让你痛痛快快地洗一次肺。

逗留山房虽短短两日，遭遇的经历，却一直温暖着父亲。这种温暖也是你当感知的，与父亲一起重温吧：

温暖片段之太姥爷驾到：已是八十四岁高龄，只能靠轮椅行走，你的太姥爷难得的应允与我们一道出行。当我们抵达酒店所在山脚下的停车场，望着从停车场到酒店接待大厅约三百米，近六十度的坡路，父亲心里嘀咕起来。当父亲铆足了劲儿，一口气把太姥爷推到接待厅外的吊桥旁，长吁一口气后，心里满满的自豪。一阵凉风袭来，恍惚间才发现，这短短的坡路，早已让父亲汗湿重衣，两条腿更是不由自主地哆嗦起来。无法行走的太姥爷，已不能如履平地的父亲，这是岁月的意志，但却输给了人世爱的意志。

温暖片段之藏家小伙儿的回答：接待厅办完入住手续，才得知要到我们入住的客房还需要一百多级陡峭蜿蜒、狭窄而湿滑的石阶要登，而眼前可是一个古稀和两个耄耋老人……在大厅一旁迎接我们的两名黝黑壮硕的藏族员工，敏锐地捕捉到父亲流露在脸上的犯难，主动说："别担心，一会儿我们帮你把轮椅上的老人背上去。"感动莫名的父亲却愚蠢透顶地脱口问了一句："背一趟多少钱？""不用钱，这是我们应该做的！"回答得简单干脆。被市场经济洗脑彻底的父亲，很多年不曾听到这似曾相熟的话，似寒冬里的一股清泉暖流，暖透身心；也似一道霹雳闪电，涤荡我们蒙尘太深的灵魂。当两个藏族小伙儿相互替换着把你的太姥爷背进房间，父亲一时竟不知道如何感谢；而你，也忘了给行动不便，颤颤巍巍，抖抖索索却彼此搀扶，再一次艰难完成自我挑战，攻下山头的爷爷和奶奶点个赞。

温暖片段之四郎的歌声：入住当晚6时许，迫不及待的客人们早早落座，占满了就餐大厅（也是整个酒店最开阔最敞亮的空间）。这种急迫倒不是因为人们饥肠辘辘，而是另有玄机。6时30分，和往常一样，当藏族盛装加身的四郎顿珠，拿着麦克风闪亮登台，整个大厅响起了热烈的掌声，气氛也随之变得轻松热闹起来。四郎用歌声引领人们穿越蓝天白云下的雪山、驰骋月色星辉里的草原，回到了阔别已久，心灵的故乡。而回归的人们也丢弃了重装裹身的甲胄和防护森严的壁垒，重拾轻快自由、纯粹澄净的自我，任意绪飞扬，任心潮跌宕……而我在四郎清澈高亢的歌声里，听到的却是云朵的自由，青草的低诉，雪花的高蹈，苍鹰的理想，篝火的故事以及隐约青稞酒的香……倒溯在儿时的时空里。被点燃思绪的父亲忘情地拿起了话筒，而善解的四郎已然长袖飞舞，似苍鹰旋舞，如骏马掠地，伴舞在侧。这是多么恣情肆意，难得的化外境遇和远尘的人生情怀。当晚，父亲喝了很多快乐的酒，与性情相投的四郎成了朋友，更是乘着酒兴，挥毫写下：三千年读史不外功名利禄，九万里悟道终归诗酒田园，留赠山房。

温暖片段之江先生的手风琴：50岁开始学手风琴的江云老先生，已经62岁。12年的时间不一定将手风琴的技艺锤炼得炉火纯青，但12年的因缘执着，砥砺而生的人生情怀，却不能不让人动容侧目。所以，当老江拉着手风琴，一脸慈和笑容，轻灵优雅地出现在就餐大厅，带给我震动的不完全是他的琴声，而是那份柔和豁朗文艺"老青年"的"范儿"。50 岁以后的人生，我们很多人都选择适从和安享，而老江却选择了文艺这场美妙歧途上的修行。这样的选择，在父亲看来，是勇敢的，也是智慧的。只是凭借僵硬的身体，而没有柔软心灵和情怀的牵引，我们无法治愈行走尘世的扭曲和压迫带来的疼痛，更不用说心生向往的彼安风景之所在了。50 岁以后再出发的老江，硬是把自己走成了人生风景的一部分。致敬老江！

觅静探幽，参禅悟道，这是我们可望不可即、化外之人的境界。似我等披一身红尘热浪、落荒逃离的人儿，更愿意在这大净至慈的阳光和空气眷顾的地方，重新找回封存在心底最初、最真的温暖。

幽道山房，此行不虚。

# 不凡的一凡爷爷

## 一　生活情境中的一凡

这是年前，一凡爷爷人生纪念日，父亲写给老先生题为《墨润心像，风骨入书》的评论文章。父亲想，在未来写给修竹儿的书里，怎能没有这样一位可亲可敬、可爱可佩老爷爷的位置呢，他增加的可不只是书的重量哦。

## 二　布衣眼中的一凡

我们的生活中，有些人的存在或出现，是可以让人浑忘了流年的忧患，亦可使人慨然从容赴行未知岁月。

这是一种力量，人格与精神的力量。

一帆先生便是此类力量的化身。一如古稀一词，之于先生，不再是概念和认知上空洞的虚拟与悠远，而是更圆熟的人生智识与更放达的艺术情怀，以及更阔厚的生命容量。

初识先生，是骑着单车，挎着书包，青涩小少年的我，时常驻足屏息仰望悬挂于各类厅堂门楣之上，先生的作品和款识。先生不曾想到，那时先生作品与声名的高度，在小少年心里掀起的波澜是怎样深刻地影响和激励了他的人生。至于后来，因缘巧合，真正与先生相识，成为同道的忘年交，更是我一生难得的际遇和珍贵的稇载。

　　常想，一个数十载如日在艺术道路上殷勤修习、执着砥砺的人，大抵也应该是个深情用心活着的人。而一帆先生更是以七十春秋的人生，把对艺术的初心，在浮世的背景里，演绎得大净至慈，引领我们感知：原来生活可以美好若此，而用心生活的人可以美好若此。一如此刻，我用心写下这些文字，浸润氤氲在我身心里的时光，每一寸，每一刻，都是不可复制的美好。

　　在解析先生艺术境语之前，我更乐意与朋友们分享一个生活中达观真率、宽和怀德、幽默智趣的一帆先生。

　　说老先生，我却想先从先生母亲留给我的一次深刻记忆说起：某年，恰逢单位年度文艺年会，邀请先生捧场。先生却因要给学书法的孩子们授课，只能中午到，接到先生后，匆忙间发现用以赠送的新画册忘在家里了，只能在车上打电话给自己的母亲，让老人家帮忙把画册从家里带到少年宫附近路口等我们，当我们辗转赶到地点，老人已拎着画册在路边等候十多分钟了。当我从瘦小清癯但精神矍铄，留着齐耳短发，衣着素洁的老太手中接过坠手的一袋画册，那沉甸甸的分量让我惊讶，竟然是一个九十一岁老人拎在手里，挺立在路边等候了那么长时间。再看看身边的一帆先生，虽年近古稀，但饱满的精神，朗润的气色，敏捷活跃的思维，硬朗的身板儿，再加潮范儿十足的打扮，让人不得不感喟，光阴之于先生的恩宠与垂赐。在我看来，方母也好，先生也罢，那都是怀着对时光和生命深沉的敬畏，以及提前洞悉了枯荣本分，生灭理则的真谛，而顺天应命，静净和合完成的人生大智慧、大功课。至诚而致，大净而化。不似我等，还在自外于天地伦常、自然物序与名利磁场的冲突与裂变中，痛苦求生，艰难度日，无力挣脱身上的捆绳，也无力驱赶活着的倦意，甚至，无力为耽溺红尘的自己招魂。以致青丝暮雪，焦

头烂额。

寿者，德仁者也。寿者，亦童心永驻者也。

不曾读过先生文章，也不知道先生是否写诗，但在我眼里，相较于我这个诗龄二十多年、早已江郎的现代诗人，童心如初的先生，诗人的身份更纯粹、更地道。只是他的诗意更多呈现在了水墨语境里，润化在了生活的点滴细节里。

与童心永驻、诗意纯粹的人在一起，注定是件快乐幸福的事。

"阿里，阿里巴巴，阿里巴巴从不接电话……"紧接着一串嘎嘣脆的笑语童声之后，便是一凡先生字正腔圆、礼貌亲和的接听应答，当然，如果你有幸听到"无人应答，待会儿再打"，那就说明先生正在授课或不便接听。一旦得闲，总是很快回拨过来，致歉连声。从最初略感突兀的不适到后来的惬意享受，这铃声也便成了先生一个逗趣的符号，每一次拨打，都心情愉悦，这可是一个六十多岁老人为自己设定的待机铃声，更要命的是，这个老人他还是一个身名斐然的书画艺术家。前不久某日下午，应好友李国教授相邀，与一帆先生共进晚餐。席间，说起先生的搞笑铃声，没想到先生一脸黯然。忙问缘由，原来是先生不小心弄丢了这神一般的铃声，茫然无措间，一时竟不知如何找回，后来硬是花了大把时间，在手机里挨个儿查找，直至眼花也没能找回。后经高人指点，可重新下载，忙不迭地下了一个，却不是原来逗趣童乐的版本。言语间，先生传递出强烈的惋惜、懊恼之意。先生感叹，现在的精力、视力大不如前，视物模糊，精力涣散，决意要少用手机和微信了。听先生语，终究是岁月意志不可违，自然法则不可逆，而这样的感喟出自一颗我曾认为永远不泯的不老童心，感伤尤甚。

然，荣亦本分；枯亦本分。萌发，无所欲求；凋敝亦无所怨悔。所谓初心，便是若此。

自然，也有说身价不菲的先生高冷，一字难求。在我看来，这也是理所应当之事。几十载寒暑不辍、刻苦修习的功果，如果成了不稂不莠的廉价品，反倒悖了理数，乱了经纶。而其实，只要是心仪心许之人，先生的字画不仅是廉价的烟火，甚至廉价到卑微。将自己的书画佳作悄然送至乔迁友人新居旁的杂货店，任友人自取，连当面致谢的机会都不给的是先生；构思巧妙，仿若复制而成的两个同题扇面，同样是送货上门以示美满祝福的还是先生。而对于我这个老来得女的小友，先生更是精心创作了题为"貌似水仙，修为如竹"的佳品，把小女的名讳巧妙暗合其中，寄寓殷切，匠心可鉴。这便是一帆先生，真诚朴实，让人感动得稀里哗啦却又不知所措的人。记得有日与先生谈及即兴挥毫的话题，先生神情庄肃地说，尽管也时常迫不得已地捧场凑趣，但在内心里，非常不认同所谓的即兴书画表演。先生理解的作品，必须是在谋构成熟且反复习练多遍之后的成熟之作，只有这样的东西方能示人，方敢出手相赠。听了先生的话，我不禁暗自捏了一把汗。功底深湛、技法精纯如先生，尚不敢一丝苟且，似我等尚属误入美妙歧途之辈，何以自恃又焉敢造次？

　　从无任何不良嗜好，心性恬淡的先生，却非常喜欢唱歌。训练有素的发声、拿捏精准的节奏、浑厚纯正的音色、字正腔圆的吐词，整个一个专业范儿。所以与先生聚，唱歌是最开心、快乐的事。难能可贵的是，无论是传唱已久的经典，还是时下流行的热门，先生会唱能唱的歌，让我这个曾经的业余歌手自愧弗如。某个周日早上，突然接到先生电话，电话里，先生语气带着些许歉意：不好意思，一大早打扰你，我只是想问问，昨天晚上你唱的那首非常好听的歌叫什么名儿来着？我想学学。接完电话，我忍不住对着手机狠狠地吧唧了两口。

　　认真得天真，认真得可爱，是为这一颗从不曾渐行渐远的初纯童心。相较先生，会唱的几乎忘完，不会唱的再无学习的动念，只此一点，我们在心理上比先生老得太多，腐得太深。

　　因用心而至生活的幽微细腻，因深情而至生活的本源真髓，淬炼而生的风骨，内润心像，外入墨韵，这便是一帆先生做人从艺给我最深刻的印象。

## 三　书画境语里的一凡

　　说一帆先生艺术，自然先从书法说起；说先生的书法，自然只说深植先生书法里的骨头，无需泛泛。

　　这些年，一直学习关注先生书法作品。如果说在浩如烟海的书法家及书法作品中，一帆先生的书法能够自成语汇，自树气质特征和性灵符号，唯其书中有骨足具。

　　此骨在先生艺旅岁月的淬火中，亦在先生立世行走的风骨中；在先生心念胸臆间，亦在先生笔墨线条间。先生头衔美誉赘身，而真正起支撑作用的，也便是此骨。

　　每每欣赏先生作品，总是在笔意墨韵的洇润弥散中见其骨气，在章法布局的圆融智深中见其骨性，在行笔走墨的厚朴内韧中见其骨力。始于10岁孩提，六十余载临池不辍，殷殷苦功是为炼时间之骨；植根碑学，溯源秦汉小篆，师法二汉六朝碑版与清人录书，旁通篆隶，后及行草，了悟柳、褚精要，正道沧桑，不敢稍息是为炼书道之骨；晓音律、擅诗词、习民俗、近人文、礼佛禅，广采博纳、兼容并包是为炼学养之骨；尚礼仪、尊贤达、亲同道、达人情，仁德亲和、豁达宽厚是为炼人道之骨。

　　风骨之于男人，如火之有焰，灯之有光，慈佛如山，坚韧如刚，温润如玉，醇香如酒，无骨不去其身。而这样大净、大美、大德的品质，凝聚于情思，融灌于笔墨，成就的作品，是值得我们心怀敬意和感恩去品读解析的。

在我看来，众多书体中，最能彰显书者独特性灵与独立气质的，当属行、草作品了。而一帆先生的书作，我亦最喜其苍润朴茂、古劲智趣的行草书风，深得颜氏要旨。客观地说，一帆先生的行草，不属于入目惊艳一类，而是需要观者凝目静心，细细品味，方能解悟其中真味真髓。由书观心，由书察意，由书洞情。细品一帆先生的行草书作，点画连绵的线条里，聚力稳沉且温润有骨；行气连势的挥洒中，一气贯注中却又见其淡宁心性，书风健朗，笔意酣畅，看似信手拈来，实则寓点画于使转之内；看似形体萧散，实则含性情于泼发之间。简约而富脉理，朴拙而藏巧思，尤知书道工妙，须法与意、理与趣、形与神的完美统一，方能不著矫饰，不染浮躁，风骨卓然，始得清雅。

有日，一朋友因新书即将出版，婉转提出请一帆先生题写书名。一帆先生慨然应允，不日便将两幅不同书风的行草作品交给我，说，你朋友出书事大，不可轻慢，这两幅作品，你和朋友看看，哪一幅更适合，如不行，我再写。而其实，在我看来，两幅都是上乘佳作，用任何一幅都可为朋友新书增色不少，殊不料出版商坚持要用电脑字体，理由是书的内容文化内涵厚重，书名用规范字体以示庄肃。朋友也奈何不得，只好作罢。只是这样的结果，更加深了我内心对一帆先生的愧疚，也深为这两幅好书作不能为更多读者欣赏而只能被我独自珍藏而惋惜，哈哈。而至于先生赠我以碑帖体书就的《般若心经》，更是不时从箱中取出，每每用心品味，每次都有不同的领悟和收获，我终于明白，先生之所以选择这样的书体来书写心经，隐含其间的苦心与巧思让我感念不已，这样的书体，更见书者对书写内容的虔敬之心，而这样的虔敬，更能将书者的佛心佛性灌注于

笔法与墨法，书者与书作浑然一体，可谓字字如佛，通篇如佛。

该说说一帆先生的"君子之语"了。以一帆先生做人作书之风骨品节，其缘结四君子，当属性之所近，情之所钟了。而竹的虚心劲节、菊的隐逸情怀、兰的清雅远尘、梅的凌霜傲雪，无不映射在先生的人生轨迹和艺术生涯里。

一帆先生画梅，其清淡野逸的笔致里，梅花和菊花的清肌傲骨跃然而生。在画面的谋构上，舍了枝干凌厉气势的虚张以及冗赘细节的交代，简约干净的寥寥数笔，即传递出梅花独有的"梅气骨"，当然，这样的笔法，自也得益于他多年淬炼的书法之骨和磨砺的人生风骨。正所谓："画梅须有梅气骨，人与梅花一样清。"

而先生的四君子语境里，我个人更偏好其线条韧劲十足的竹意和活泼跳脱的兰风。这也是一帆符号标识相对清晰独立的竹兰画语。他的兰草不仅有"不以无人而不芳"的"幽"品，更有笃定执着、陶然其中的"幽"趣。而先生的竹意，自是意在笔先，趣在法外，其笔下之竹，枝干挺劲，竹叶茂盛，向背俯仰交错，浓淡相映成趣。当然，只是有竹，这凌虚之境未免清冷，再辅以竹篱瓦舍、瓜棚豆架以及善良而又忠诚的田园狗，垂钓肠胃的袅袅炊烟等充满民间生活和人文元素补白衬景，便满眼活色生香、让人垂涎咋舌了。认真生活亦用心绘画的一帆先生，就是这样很好地将眼中竹、胸中竹、手中竹意趣豁亮柔软地统一起来。

在"四君子"语境里，还有一个为作品增色添趣的元素，便是先生的书法题款。其题写的内容、字体、款式、意趣都与绘画作品相映相融，字画合璧，着实增添了"四君子"语境艺术审美的厚度和宽度。

养眼，更养心。

近六十载艺术生涯，一帆先生充满敬意和虔诚地行走，呈现给我们同样充满敬意和虔诚的艺术风景。无论我们是否置身其中，都应该心意纯净、心念纯粹地感恩艺术，感恩艺术家带给我们精神和心灵的飨宴。

想来，缘结一帆先生，当属布衣之大福大幸。此刻，唯双手合十，以敬，以谢。

再过数日，一帆先生便迎来古稀之年。盛极固炫，然归真更难，先生其实早已彻悟，其人生和艺旅的修行，也早已是一切具足，始得今时如一株草木般行走的安然与从容，只是这七十人生后的出发，留给我们的，又是怎样精彩辉煌的期待呢？

# 语言有多锋利

斑竹园，最早还是小农家乐的时候，就叫这名儿。现在已经被台湾人打造得非常国际范儿了，名字仍然不改，只是后面加了诸如森林公园，现代生态农业示范体验基地等等貌似高大上的后缀，便身价陡增。

名字不改，自然是因为这里有茂密苗壮的斑竹林，但我更喜欢还是小农家乐的时候，同样的斑竹林，同样穿园而过的羊马河，不同的是，那时成群的白鹤、鹭鸶、大雁，他们安适悠然地生活在这里，以主人的姿态。而现在远远避开人群，偶现于树梢林间的孤单踪影，更像是惶然途经的过客。

因为我们来了，鲜衣怒马，气势逼人。当然，小布丁也来了。

选择带你来这里，自然也是因为这里新鲜的空气，优美的风景，最重要的是，这里有生态养殖的瓜果蔬菜、粮食作物，可以传递给你还原归真的生活态度以及生活原本该有的模样。

周遭新鲜的一切让你兴奋不已，而原本该午饭后睡觉的节奏也因此彻底被打乱了。只是，不能行走的爷爷只能坐在树荫遮挡一角的轮椅车上看你玩儿，看你闹，看你疯。而爸爸妈妈在你和爷爷一动一静的两极里，手忙脚乱且小心翼翼地加快着身体移动的频率，后悔没从小练习轻功，又恨不能肋间生出双翼来……

用小车推着你在林间木板砌成的小路上来回走，是希望你能按照好不容易养成的生物钟规律午睡。我估摸着半个多小时过去了，你也应该酣然入梦了。可当爸爸带着满脑子幻象接到你们的时候，看见的却是：发型散乱，香汗淋漓，步履踉跄的妈妈，一脸无辜对着我直摇头叹气，而小车里的你却热情爆棚地挥舞着小手，小嘴叽喳个不停，这架势，完全是你要把妈妈推睡着的节奏啊。

许是看见别的小朋友手中拎着装了小鱼儿的小水桶了，非得嚷着要爸爸给你去抓鱼。虽然，从小不喜欢读书，经常逃课的爸爸，不是上山逮鸟，就是下河摸鱼，可已经快四十年过去，这业务也荒废得差不多了，再说，以前是清澈见底，卵石铺底河床的小溪，现在可是淤泥纵横，水面浑浊的大河啊。这水性咱实在不熟啊，且保持旱鸭子本色已经半生的父亲，瞅着眼前这浑不见底的水面，心里直发怵啊。你这真的是要逼旱鸭子下水啊。

小公主既然有命，索性咬紧牙根，还是跳吧。这一瞬间，不知怎么脑子里就迸现出追捕里的主题曲来。人多眼杂，跳终归要跳，总得找个人少一点的地方吧，姿势还不能太难看。

左手拿小渔网，右手拎水桶，顶着热情洋溢的太阳，父亲豪迈地出征了，只是这两条腿怎么就不如平时好使唤呢。从桥上经过的时候，看见几个勇敢的年轻爸爸，在桥下水流平缓清浅的地方，给孩子捉小螃蟹，看着孩子们雀跃的表情，以及小水桶里蠕动的小黑影，这战况着实令人羡慕啊。想想还是几岁孩提的时候，第一次随母亲从山里回到她出生的这个城市，这个城市留给我最深的记忆的就是，在水里被螃蟹钳住脚趾，流了不少血，痛得嗷嗷大哭的情景，这些年，这记忆一直留在脑海里。恍然间，站在桥上咽着口水的我，脚趾莫名地痛了一下，这可不是适合父亲的战斗，赶紧转战。

河终究是不敢跳的，走了两三公里，父亲眼前出现很大一个湖面，心头一阵窃喜。征服不了波涛汹涌的大河，我还征服不了一注死水微澜的小湖吗？好不容易找了一处便于落脚的地方，正准备施

展拳脚，放手一捞，却不料看走了眼，脚下全是枯枝烂叶掩映下的松软泥沼，差一点一脚下去没拔出腿来。虚惊一场，开始小心翼翼地搜索前进。湖里鱼儿不少，尽管屏住呼吸，蹑手蹑脚地靠近，可它们横竖就是不给面子，捞了小半天，辗转大半个湖面，一只小鱼小虾也没捞着，正懊恼间，一只小螃蟹横着倏然离开的背景恨得我牙痒痒。额头渗汗了，前胸后背也变得黏糊糊的，湿滑的手快握不稳小渔兜，可看着除了小半桶不停晃动空空如也的小水桶，再抬头看看表情充满嘲讽的日头，父亲心里瞬间涌起巨大的悲催。一低头，才发现，连身影也仿佛有些痉挛起来……

看来，这是不可能完成的任务了。撤吧，大不了承认，父亲不是无所不能的英雄。退意萌生，转身的一刹那，一段貌似很适合钓鱼的河堤出现在右手边，怀着不甘的心情，拨开高过人头的芦苇和芭茅草丛，钻了过去。哈哈，还真有两个避世独修的钓鱼高手，一边钓鱼，一边聊天，身边放的鱼篓子，不时有跃动的鱼儿在鱼篓里撞出声响……亲人啦，父亲心头一阵狂喜。搭讪，递烟，恭维，诉苦，套近乎……诉说受命小公主捞鱼而不得的悲惨经历。烟递了好几圈，好话一大堆，钓鱼的叔叔终于发话，让我挑几条小鱼儿拿回去给孩子玩儿。想想人家顶着烈日钓半天也不容易，没敢多挑，挑了两条小的，一条小鲫鱼，一条太阳鱼。道谢再三，内心怀着巨大的激动和兴奋，一路小跑，跟你和妈妈会合。一路上脑子里不停闪现你见到鱼鱼时，高兴得合不拢的小嘴儿和对父亲满满崇拜的小眼神儿，心里那个美啊……当我气喘吁吁地把装着鱼儿的小水桶递到你手中，你脱口一句："怎么这么小啊？"瞬间让父亲泪崩。

不兴这么怼人的，好不好？我的小公举，你可知道，有时候语言有多么锋利吗？

第六辑

锦瑟华年

# 高处独语者

说鹞子山之前，还是先来说说鹞子吧。

未语先濡湿了心情。阔别太久了，久得时光仿佛都长满了青苔。

这个在天空密织翅影，拨云弄霞，抓起山头飞行的精灵，是儿时父亲眼中圣洁至高的英雄。和父亲一起认识它吧：

鹞子，学名雀鹰，属小型猛禽，体长 30～41 厘米。雌较雄略大，翅阔而圆，尾较长。雄鸟上体暗灰色，雌鸟灰褐色，头后杂有少许白色。下体白色或淡灰白色，雄鸟具细密的红褐色横斑，雌鸟具褐色横斑。尾具 4～5 道黑褐色横斑，飞翔时翼后缘略为突出，翼下飞羽具数道黑褐色横带，通常快速鼓动两翅飞一阵后接着又滑翔一会儿。栖息于针叶林、混交林、阔叶林等山地森林和林缘地带。日出性，常单独生活。或飞翔于空中，或栖于树上和电柱上。以雀形目小鸟、昆虫和鼠类为食，也捕食鸽形目鸟类和榛鸡等小的鸡形目鸟类，有时亦捕食野兔、蛇、昆虫幼虫。分布于欧亚大陆，往南到非洲西北部，往东到伊朗、印度和中国及日本。越冬在地中海、阿拉伯、印度、缅甸、泰国及东南亚国家（摘录于百度百科）。

在父亲看来，这样的描述文字太过于理性，少了情感的温度，至少对于这样一种享受并执着于孤独，只在高处独语，俯仰皆从容的精灵，为我们揭示的生命真相和生存本质，更让我们心生敬意与敬畏。

受朋友盛意相邀，父亲带着妈妈和你去了位于汶川水磨镇与三江镇之间，海拔 1800 米的鹞子山康养基地。熟悉的盘山路，泾渭分明的植物分布以及随海拔变化，不同的季候呈现，以及不时从林间惊飞的鸟雀，这一切，都让从小在细如麻绳的山间小道上行走如飞的父亲倍感亲切，仿佛回溯在光阴的河流中，心意温软得像一尾小鱼儿。只是不惯山路行驶的妈妈"高超"的驾驶技术以及在车内狭小空间里，小猴子一样乱窜乱跳的你，终于把自己折腾得晕车，开始哭闹，让父亲赶紧收回了放牧的意绪。

对于父亲来说，山峰其实是另一种浩渺的波澜壮阔，只随朝觐者的心跳和呼吸跌宕起伏。孩子，在尘世行走，山路才最贴近生命轨迹，绵延曲折，峰回路转。至于晕车这样的小体验，可算是你第一次朝觐的小礼物。

康养基地坐落在半环形的山坳里。得天独厚的地理条件和秀绝奇诡的风景，让人不得不感喟，距离大都市仅仅一个半小时车程，竟然能遭遇如此充满神性隐秘的世外之所，实在是难能的造化和难得的机缘。嘘，我的孩子，保持静穆，要知道，每一座大慈不偏的山都是一尊佛。至于那些我们叫不出名儿的野花野草和在其间蠕动、穿行、翻飞的小小昆虫，也别轻易动了惊扰的念头。它们是这里的主人，亦以生命的名义和形式在此修行。

坐在接待大厅敞亮的一隅，放眼暮色中神态安详的群峰以及缠绕在峰巅氤氲的云雾，有细雨沾衣湿面，有微风带来远处神秘信息直抵内心，带着刚为友人书写相赠作品的意犹未尽，或深吸，或浅啜，一杯高原山野气息的清茶，孩子，这便是人生难得的境遇。无需酒，父亲的脸上、内心早溢满 52 度的笑容……最让父亲意外和惊喜的，是恰在此时，一个熟悉的身影倏然从东南方向的高空俯冲而至。还是那么睥睨一切的孤高，还是那么卓然绝尘的羁傲，它仿佛穿越儿时的天空而来，尽管它一声不吭，尽管短短数秒之后就消匿

了踪影，却和我在惊鸿一瞥间再度完成了一次心灵的密会。

好长一段时间，父亲没了思想，没了语言，甚至没了呼吸，时空凝固。

离开大山的这些年，走得久了，也便渐忘了自己曾是必须放低行走姿态，匍匐般前行，影子与身体同温的山里孩子。只在偶尔的某个时刻，脑子里会浮现，儿时居住的山坳里，木屋后的悬崖上，那只在我灵魂做窝的鹰，那深邃的眼神里，还有着四十年前慈和熟悉的温暖，孤独的叫声里，苍凉如昔……

在父亲心里，鹰是值得膜拜和敬畏的。而不是仅仅用来虚构励志故事。我欣然接受，一只蝶变重生的鹰真的能活到七十岁。我更相信，今天前来探访的鹞子，亦是儿时故旧。

此行，以静穆，以感恩。

# 爱上行走

　　这样的状态不知道多久了，感觉自己一直在行走，而这种行走的意义却和两条腿没有什么关系。曾美其名曰：用灵魂行走。现在听来，除了虚头巴脑，不着边际，还有点儿瘆人。

　　以前人们常说，路在脚下。路是具象的，有起点有终点，有曲折有起伏；而腿也是实实在在有血有肉的。而今，路可以是虚拟的，眼前无路，信手一拈，一条路横空而至；而腿也不一定用来走路，足不出户，也可环游世界甚至遨游太空。神奇自然是够神奇的，只是这人越来越不像人，更像是这浩渺纷乱世界里的一粒无根的浮尘，抑或随时异变的微生物。

　　坐地经天，日行八千。弹指闪念，天上人间。如此梦幻穿越，非常态的生活方式，自然已不属于父亲这种神经和心脏都远不够大的"老年人"了。是时候也必须拨开迷雾，找一条属于自己的路了，让两条荒废闲置已久的腿，重拾价值存在。

　　一次下班后偶然的心血来潮，与同事打赌不开车，步行走回家。话是说得斩钉截铁，可心里却有些惶惶然没着没落起来。从单位到居住地，粗略概算约有十公里。如果没有记错，有近十年没有步行这么远的距离了。真的要走回去，真的能走回去？

　　既然是两个大老爷们儿打赌，绝对是唾沫成钉之事，咱可是从小把山路跑得越来越瘦的主儿，字典可没有认怂这词儿。

　　那就昂首挺胸，阔步前行吧。

　　同事边走边将我拖入了微信运动群（孩子，你看，想脚踏实地

第
六
辑

锦
瑟
华
年

走几步路，最终也没能绕开法力无边、无处不在的微信。此处五张哭脸再加一个擦汗）。到群里一溜达，我的天，好多人都在两万步以上，一万以上一大堆，更不要说数千步了。看看自己计步器上可怜巴巴的两位数，巨大的挫败感油然而生。

难道这些人都不上班，不做事，成天只是走路吗？这些数字背后到底代表和印证了什么呢？有一点可以肯定的是，如果再是这样：众人皆行我独坐，父亲离成为真的废人也就不远了。

不知是因为步行还是心里倏然惊悟，额头上已然细汗如珠。

虽然还未进暑天，且已是下午五点多了，但这个季节一天比一天亢奋的日头，还是让汗腺在我们的身体里久违地循环流动起来。随着汗水的渗出，我感觉呼吸原来越顺畅，步履越来越轻盈，走路原来是如此轻松自在的事。我开始有了闲情逸致观察过往行人；这些身影，这些面孔，或凝重，或淡宁，或愁苦，或意气。无论哪种表情，任谁又不是在为生计背负，为生活奔忙。或呼啸而过，或彳亍如蚁，或鲜衣怒马，或褴褛蹒跚，任谁又不是道上行人，途中过客。

汗水是如此真实，呼吸和心跳是如此真实，连拂面的风和道路两旁的风景也是如此真实。而这一切，又何曾不真实过呢？只是我们不得不用坚硬的壳儿包裹的行走，冲突在满地流淌金属的罅隙里，其实，我们的内心早已虚脱在行走之外。所以我们走得没着没落，所以我们走得惶惶无终，丢失了最后的归宿。

我一直相信，大地上的每条道路都是有生命和心跳的，而我们脚踏实地地行走，是为最虔诚的礼敬，也是我们唯一能感知和听见的方式。

当我汗水淋漓回到家的时候，我的胸臆间早溢满澄澈大净的心香。豪情勃发间，我用手中的一只茶杯，痛饮满城的万家灯火。

爱上行走，爱上生命最本真的状态。

# 荒

终是难以为继了，于是荒便成为注定。

好在这半生，父亲一直是个游离在繁华盛景边缘的人。在父亲看来，所有的繁极盛极之况，都是荒芜与残败的先兆，一如人这一生，盛极而衰，否极泰来。盛衰也好，否泰也罢，不过是一幕幕转瞬即逝的人生场景，并不那么重要，重要的是，在这盛衰繁芜的更迭转换间，我们的一颗心是否安好适从。

不贪念繁盛，却也伤怀于荒残。这就注定了父亲终是桎梏加身，无以挣脱，负累负重，踯躅而行的凡庸俗人。

想来，活到父亲这样的年纪，当已明白，人这一生，守护一颗淡宁安适的心，并以此对抗命运的乖戾与无常，是多么重要。

如果非要给这一段荒找个借口，也以此告勉修竹，岁月可荒，生命可荒，人生可荒，世界可荒，独不可荒了心。

被人打趣，有"东突"血统，脸颊瘦削，眼眶凹陷的父亲，本以为这一生都与"眼袋"无缘，那是长在别人脸上岁月的遗祸和多余的附庸。现在才知道，这东西一点儿也不挑肥拣瘦，似父亲这般贫瘠的面部土壤，它依然落地生根，稳稳地茁壮起来，且再也无法消灭。至于双鬓的白发，密布眼角的皱纹，早已亲切一如身上的胎记，其旺盛的生命力也早已胜过了自然里花草树木繁盛和枯败的节奏。这身体将芜的警示，并不能让父亲惊惶。而让父亲惊惶的是，那些从父亲性灵世界里消匿无影的思想光芒和智慧火花，日渐麻木、

僵死、腐朽、断了活力源头、几至死水微澜的情感世界以及止息沉寂，不再点燃也不再照亮我生命的内心风暴。这样的荒，才让我不寒而栗，惊恐万状；这样的荒，使我远离了生命的血肉，远离了自己的灵魂。乘虚而入的恶念、戾气，种种乖张，种种苟且，种种浑噩，将父亲变成了绝望的困兽，跌撞挣扎在生活的笼子里；又像极了了无生气的行尸走肉，只等着给自己的生命草草打烊。

孩子，倔强如父亲，真正开始不可抑制的心慌了，是时候自我救赎了。尽管这样的救赎，终将伴随萦绕一生，但内心总是有希望的。可谁又来拯救疼你、爱你、为你牺牲付出的姥爷呢？

近来，你只知道，胃口好，饭量大，能吃能睡，身体壮壮的棒棒的尚明童鞋不在状态了，整天蔫蔫儿的，恹恹的，去医院比待家时间多，咽不下，也吃不香。还不能陪你玩儿，也不陪你闹，更不能像以前一样，任你耍横撒泼了，什么情况？

父亲来告诉你什么情况：正在经历生命劫难的尚明童鞋，身体里住进了一只凶残夺命的"魔"，并在里面疯狂贪婪地吞噬起来。现在的尚明童鞋虚脱得连自己都无法照顾。

而其实，孩子，比噩耗更让人痛的是这个本来温暖的家；比噩梦更折磨人的是亲人的揪心和煎熬；比病魔更可怕的是我们对生命和疾病的无知。

这样的疾病，并不能从一次手术中获得新生，而反复多次，每一次都是一场不堪和痛苦，劫后余生般的治疗，需要意志的坚韧和乐观的心态，更需要观念的荡涤和更新。没有万能的药，也没有消除一切病痛疾苦的治疗。

可悲的是，我们往往是在病入膏肓之后，才发现人的身体竟是如此脆弱。一直耳濡目染，中医世家出生，固执却又坚强的姥爷，破天荒地接受了手术和治疗，最大的动念和支撑，就是要陪着你，等到你长大。

孩子，当这样的表达从姥爷口中说出的时候，他的心里一定噙满了泪水……

因为眷念，因为背负，因为爱，我们相信，慈爱善良、视你如宝的姥爷，一定可以从这次劫难中挺过来。如果，你现在能够表达，请你告诉姥爷，面对这生命的痛，身体的荒，他还需要坚强，需要放下执念和偏见，需要践诺对你的陪伴呵护。一起为姥爷加油，为姥爷祈福。

我们都需要他。

姥爷能够接受最卓绝的手术和最好的治疗，我们都需要感恩画家雅玲姥姥和她的兄长总光教授爷爷，是他们给了姥爷胜似亲人的关怀和悉心竭力的拯救。铭记，一生不可忘。

这一段被荒笼罩的岁月，父亲更加明白，无数次生命之痛叠加作用后的内心，真的会更加宽阔，而只要内心足够宽，人生便无绝境。

# 老二之死

父亲不是一个擅长讲故事的人，尤其寓言和童话故事，但是今天，却一定要把这个现实版的寓言故事讲给修竹听。

这是个环境优美、空气清新的园子，像极了遗世独立的桃园。父亲没来之前，主宰这里的是两只同姓的猴子（四川话发音同音），但他们并非同宗同族，因为高个子猴子跟父亲一样，也是外来户，只是比父亲早了些年头。

而这里真正的统治者，却是一只矮个子的猴子。十多年的经营，他长成了这园子里最根深叶茂、粗壮遒劲的大树，一众猢狲与之盘根错节、错综复杂地纠织在一起。在他的带领下，这帮乖巧听话、唯命是从的猢狲，倒也把这里经营得风生水起，名噪一时。至少，在不知情人的眼里是这样。

当这只谙熟世道人心和官场利害的高个子外来猴，奉帝国诏前来报到的时候，第一时间敏锐地捕捉了这里的气候和风向，并洞悉了权力的核心以及权力的绝对海拔，他硬生生把自己的身高降低了二十多公分，直到在这绝对海拔高度之下，几至重新回到类人猿的行走姿态。这足够诚意的示好，终于被矮个子猴王俯允认同，被猢狲们接纳入伙。

把诏书变成投名状，高个子猴的权变是极其睿智的，至少在当时。既承应了强龙不压地头蛇的古训，又赢得了矮个子猴王的接纳和暂时的信任，成了这个王国里，一人之下，众猢狲之上的二大王。

随着时间的推移，越来越如鱼得水，得心应手。猴王仿佛对他的信任日益有加，猢狲们也开始俯首帖耳，遵旨奉行。老二开始有些飘飘然，志得意满起来，觉着是时候，可以暗度陈仓地开始自己的盘算和运筹了。

语气粗了，腰板直了，手也伸得宽了，步也迈得大了。果有前呼后拥，令如山倒的大王之风。矮个子猴王只是笑着，一如既往地低调、谦和、意味深长。

自诩老谋深算、精明过人的老二，哪里知道，修炼已久、道行更是深不可测的矮个子猴王，可以在微笑中杀人无形，置人死地之后，依然保持笑容不变，形色不动。而他表于言，露于形的道行，毕竟和猴王差着不止十万八千里，遇到这样的猴精，注定成为盘中餐、口中食，一切只待猴王什么时候有胃口和食欲。

言毕称大王，行必遵旨意。表面上，老二把猴王这面大旗扯得更加高扬招展，猎猎生风；背地里，老二在自认为已经被他搅浑的水里大肆摸鱼捞虾，偷腥揩油。矮个子猴王只是笑着笑纳，并不多言，只在老二快要忘形、狰狞毕现的时候，偶尔一个不经意的喷嚏，或是清清嗓子的干咳，有时候老二听明白了，有时候老二又好像没听明白，或者根本不愿意听明白。这个时候，猴王的笑容里也多了一些诡秘。

两只猴子就这样面上亲密无间，和谐一家，暗地里博弈较劲地维持着这个园子里的秩序和统治。高个子多谋，脑子转得快，常有一些改善环境条件，为猢狲们谋利的巧思妙想，矮个子猴王也乐得成全，乐享成果。而善断的矮个子猴王，只把核心密令下达给几只猢狲心腹，用来安抚高个子的，其实是一些貌似核心的旨意。有时候还充分地尊重高个子的宏论高见，甚至让其独立决断一些看似关乎王国命运的大事要事。高个子的尾巴翘得更高了，忘记了来时的行走姿态，也开始大胆僭越，明目张胆地拨拉自己的小算盘，撺掇自己的小圈层。矮个子的笑容愈发诡秘。

直到有一天，帝国召集各诸侯各层会议。得意忘形的老二，会上一句不当的表达，惹来帝国首脑一顿怒斥苛责，惊惶的老二，恨不能从自己的裆下裂开一道地缝，一头钻进去。可怜的老二，至此仍不清楚，这只是悲剧开始的信号。

这次会议之后，老二蔫了好些时日。又找回了躬身行走的姿态，尾巴也耷拉到底。又过了一阵子，仿佛风声过去，一切回到从前。老二渐渐地恢复了元气，又器宇轩昂地复出了，继续着之前未竟的苟且事业。矮个子依旧笑着，平静、平淡、平和地笑着，连诡秘的意味都消匿无踪。

打实地说，今天这个院子之所以有了世外桃源的景象，高个子不遗余力的打造和整治是功不可没的。只是他的动力原本是把这里打造成自己饱食膏脂、安享的乐土和颐养的宝地。只是他太过沉迷其中，浑忘了奶酪是谁的奶酪，猢狲是谁的猢狲，领地是谁的领地。

老二终于在毫无征兆预告，阴霾笼罩的日子离开了，被一纸帝国的诏书无情发配。送别宴上，因身体的某个关键指数超高，戒酒有时的猴王破例端起来酒杯，与他豪饮起来，看起来似乎快喝醉了。这回，他脸上的笑容，除了酒精的度数，除了诡秘的意味，似乎还多了点别的什么。这多出的东西，猢狲们都看明白了，不知道老二明白没有。

老二黯然离开后，矮个子又开始了一如既往，风雨无阻，披星戴月，寒暑不辍的面圣。他其实不用这么做，但他把这事当成了自己和一众猢狲们的使命。

也确实是使命，度己，度人，度一众猢狲。

当猴王不在个儿大个儿小，关键在脑力的深浅；更不是谁都能当好猴王，居高自能望远。

# 无可言说的痛

这些日子，一直想和你说说关于苦难的话题来着，却怎么也打不开话匣。或许父亲原本就不是一个擅长诉说苦难的人，也或许苦难本不可言说。

不说也罢。

再一次因双肺肺炎住进了你出生的医院，两年零九个月后的故地重游，我的孩子，有什么感慨呢？

妈妈带着肚子里的你，来这里建卡的时候，这个医院还处于半开张的状态，自然对待上门的客户，优惠的条件和力度都很大。再加上真诚善良的妈妈出色的"外交"能力，你和妈妈在这里几乎是享受了多对一的 VIP 待遇。三年后的今天，这里已经建设得越来越漂亮，越来越充满了人性关怀和人文情怀，完全没有传统医院那种让人紧张、惶恐、不适乃至窒息的感觉，自然这里的生意也如日中天，兴盛起来。

因为你诞生于此，因为妈妈在这里享受的礼遇，当然也因为这里人性周到的服务和温馨如家的氛围，爸爸深深地喜欢上了这个医院，也对这里的人和事充满了记忆和感恩。以至于一般不进城，进城就迷路，资深超级菜鸟的爸爸，在这个大城市里，唯一不需要导航，不需要别人引路，就能顺利抵达的一条线路，就是从居家之地到这家医院的所在。从不记路的爸爸，却把迎接你降生的线路，深深地镌刻在脑海里了。

296

　　尽管因为这特殊的情由爱上这家医院，但父亲仍不希望你来这里是因为需要治疗。小时候的某段生活经历，医院，留给父亲的是一种让人不愉快甚至是恐惧的心理投射，父亲一直以来讳疾忌医的毛病也落根于此。在父亲眼里，相对于生命脆弱的温热，医院里所有漾动泛滥的惨白和金属设备倨傲的冷芒都让人寒透骨髓，就连一支小小的针头，都会让人冷不丁地哆嗦起来。而此刻，这样的冷，这样的寒，正游动探索在你小小的身体内外，一旁的父亲就快被这情景"冻"僵了。直到给你做彩超的医生伯伯，一个劲儿地夸你："这么小的年纪，居然能这么配合，让呼气就呼气，让吸气就吸气，让屏住呼吸就屏住呼吸，好多大人都做不到的……"是的，孩子，此刻就在你身边，一直拽着你的小手轻抚的父亲，就不知道，哪一口气应该吸，哪一口气可以出。

　　接下来的治疗，可辛苦了妈妈和姥姥，要知道，家里还有个大病未愈的尚明童鞋，还得上班的妈妈，每天单位、家、医院来回地跑，连轴地转，焦虑、揪心、疲累、强撑……姥姥更是没白天没黑夜地连续几天陪伴呵护在侧，吃不好，睡不好。孩子，相对于病患带给你的折磨和痛楚，姥姥和妈妈爱的付出，可让你感受到这人间无私大爱的福报呢？也由此看来，妈妈的内心远比爸爸坚强宽韧！

　　还好，因为父亲准确的直觉判断，送医及时，已经双肺肺炎的你，病情很快得到控制。而这已是不到三年的时间里，你第二次患上肺炎。孩子，这一生，你可得要小心翼翼地好好保护已经两次被重创的肺，千万别轻易掏心掏肺，原因有二：一是外面的重重霾伏；二是容易蒙尘染垢。

　　听妈妈说，从第一次见着雾化器就哭，到这次住院，自己给自己做雾化，还能自己主动去和护士阿姨沟通，该什么时间吃药药，什么时间打点滴……想来，护士阿姨奖励的棒棒糖，比平日里爸爸妈妈给的要甜了许多。

　　女儿，如果以你现时的思维或是逻辑，把苦难比作一种颜色，那便是黑；比作一种味道，那便是苦。本能对黑的恐惧，对苦的抗拒，又何止童心，却只可童言。一如你再次因肺炎入院，留在父亲心里的黑和苦以及弥散充盈在父亲内心交织复杂的况味，不能说，不可说。

# 布丁好龙

每次闹着要去海滨广场玩儿，问你玩儿什么，之前还拿超大观景屏里来自海洋的鱼鱼说事，现在却只以看恐龙为由。

什么情况，咋就对恐龙情有独钟了呢？

小布丁，你可知道，平日里，父亲抨击那些口不对心，言行分离，附庸风雅而又胸无点墨的人，最常说的一句话就是：此人不过叶公耳。而这样的叶公，在现实生活中，无处不在，不处不有。本是六根不净，胸口或是手上戴串佛珠就成了参禅悟道之人；毫无根基，信手拿起毛笔，随意胡乱涂鸦就成了水墨丹青高手；脑肥肠满，胡诌两句，穿个唐装就敢扮国学大师；拿个相机，开着车子满世界乱跑，卯着快门或是手机按钮一阵胡按就能自诩摄影家、旅行家什么的。这样的人，在父亲眼里，不是东施效颦，就是叶公好龙，实在不值一提。

而今，爱上恐龙的小布丁童鞋又是"肿么个"情况呢？

还记得早些时候，爸妈带你去海滨广场，第一次听见假恐龙的叫声，你被吓了一大跳，再一看这叫声恐怖的庞然怪物，竟然长得如此这般丑怪瘆人，这惊吓就更加结实。尽管爸爸一直拍着你的背，告诉你：这是假的，不会咬人，你仍闹着、挣着、奔着要仓皇出逃。见你眼里似有晶莹闪动，知道你快要被吓哭了，于是便赶紧撤离。自那以后，每次经过，如果是你自己走，你便早早地加快脚步，绕行得远远的；如果是爸妈抱着的，你都会本能地抱紧大人，把头扭向一边，催促快走。作为爸妈，我们可不希望你就这么被一只假恐龙吓住了，越鼓励你勇敢面对，你反而挣扎得更厉害。你也可能知道爸妈的用意，是想让你挑战自己，克服恐惧，但你又实在无法面对这丑得无可救药的大家伙，所以每次到这里，都会上演一幕有趣的情景：一边是父母带着些许强迫的希冀，一边是你立场坚定，态度鲜明的坚决的反抗，一边是父母的心有不甘却又无可奈何，一边是你的梨花带雨，楚楚可怜，以致到后来，你说要去海滨玩儿，把敢不敢摸摸恐龙作为了交换条件，这让你很纠结，也让父母很纠结。

渐渐的，这成了聪明的你的一个不大不小的心结。

终于有一天，你石破天惊地告诉爸妈，你不怕恐龙了，要去海滨摸摸恐龙！喜出望外的我们带着你驱车直奔海滨。你虽然没有最终兑现承诺，仍不肯用手触摸恐龙，但你却几乎是零距离地和那张丑恶的面孔对峙良久，通过你悸动起伏的小身板儿，父亲感觉到你积蓄在内心的力量和一鼓而作的勇气，也感觉到了你在和另一个怯懦的自己顽强地抗争着。这已经足够了，我的女儿，棒棒的，父亲为你点赞！

你的勇敢之举，不禁让父亲想起一次难忘的经历。多年前，父亲和几个好友相约去泸沽湖，在翻越拖乌山的时候，父亲居然因为恐惧，不敢在自己临渊的道上行车，总是去抢占别人靠山的行道，像一只缓慢爬行、胆怯的蜗牛。同行的朋友看出了我的状况，主动过来帮我开车，这让从小自诩大山儿子的父亲，实在颜面无存，内心羞愧难当。返回的时候，父亲执意提前一个小时独自先行出发，关闭了对讲机，父亲也要来一次自我挑战与征服。当父亲两股颤颤一身汗透地征服了拖乌山，征服了自己，重新还原了大山儿子的本色，内心的欢悦是无法用语言表达的，当朋友追上我的时候，我仿佛已然再一次脱胎换骨。而今，你这样的表现，让父亲更加确认，

你是大山儿子的女儿。

这以后，你还迷上了骑恐龙，虽然每次就那么短短两分钟，你妈妈都要付出 20 元人民币，但父亲从来没有看见你妈妈手抖过，一次也没有。再后来，爸爸妈妈带着你去海滨广场里的侏罗纪恐龙主题探险乐园，你亲切地与恐龙合影留念，在恐龙蛋里造型，摆 pose，在四 D 影院里淡定从容地体验地动山摇，脱轨飞车……这两天，你更是模仿恐龙的吼叫和爬行，向爸妈示威你的存在和强大。虽然父亲怎么听怎么像狗狗在叫，但还是非常配合的，瑟缩着不停向后退却，全了你的威仪。

敢于自我挑战并完胜自我的人，固然是可敬可佩的，但是孩子，勇敢的心还得有善辨的智识，这世上，不是所有面目可憎，长得丑的都凶恶，也有内心是柔软善良的，比如食草的恐龙，比如一个唱歌叫赵传的男人。

# 收　徒

2017 年 12 月 16 日，父亲收了人生第一个徒弟，也或许是你未来的大师哥。他的名字叫李维豪，江湖人称豪哥。

豪哥是个有心人。此事在他心里密谋已久，却声色不露。直到有一天，这小子来父亲办公室，问某日有没有安排，如果没有，他想安排父亲并借此完成人生一件大事，而时间、地点和相关人等也都提前安排布置得妥妥的。这完全是先斩后奏的架势啊，既是人生大事，父亲很自然地想到，这小子可能要向热恋多年的女友求婚了，这也是这小子近来一直绞尽脑汁在策划的事，之前还请求你妈妈为他出谋划策，意欲制造惊世骇俗的传奇浪漫和措手不及、惊吓后的惊喜。如此料定，便未及多想，爽快答应了下来。没想到这小子见父亲应允后，冷不丁从嘴里冒出一句：我要拜你为师！这次安排的就是拜师仪式。咦，还真是连环施计，防不胜防啊。

这坑可埋得够深，父亲这一跳下去，还真一时半会蹦跶不上来。用心可嘉，那就认了吧。

其实这小子无论德行品性，父亲暗地里早已考察洞悉清楚，是个好孩子，也是个好苗子，一句话：孺子可教。四十多岁的父亲，收人生第一个弟子，也不算好为人师了吧，在父亲心里，收徒实在是一件大事，绝不可草率马虎。

日子就定在这个月的 16 号。据历书上说，这是个好日子，适合办好事。

几年前，父亲曾见证了一次拜师。受拜收徒之人便是今天仪式的主持人袁江叔叔。当时闹着要拜师的家伙，职位可谓不低，但在父亲的观念里，任你是谁，既然选择拜师，那就得严格按照传统礼仪，一样不能少地进行，包括跪拜敬茶。唯有如此，才能彰显对传统文化的敬畏与尊重，自然也是对当事双方责任和义务的相互约束和砥砺。

这些年来，父亲一直固执地认为：文艺其实就是一场美妙的歧途，既谓之歧途又何来美妙呢？其实也很好理解：相对于功名利禄的正道沧桑，文艺自然也就只剩下了歧途的美妙了。只是这美妙的歧途，可不是什么人想行就行、想走就走的。

所以对于这个弟子，父亲有约法和告勉如下：

一是真。真心待人，真诚做事，真纯立身。父亲不喜欢面具人，这种人因其没有真性情而不足交；也不喜欢行事过于规则程式化，这种行事之风或许适合职场、官场、商场，但绝对不适合文艺。至于真纯立身，则是希望他在所谓的主流价值和时尚潮流面前，能适当、适度、适时地自我边缘化一些，始终保持一颗对文艺的纯粹虔敬之心，或许这样的自我边缘化，会让人清寂自苦一些，但这样的状态有助于文艺道路上的修行，正如父亲经常书写的一副对联：三千年读史，不外功名利禄；九万里悟道，终归诗酒田园。

二是诚。这个诚字，父亲想要表达的是内涵和外延两个方面的意思：诚的内涵，顾名思义，自然指的是一个人做人品行操守的纯度、净度。而所谓的外延，在父亲看来，则是以诚所致，以诚所达，非成勿忧，非诚勿为。做人若此，行事若此，修习文艺更需若此。可以意气飞扬，可以性情激越，但切不可自以为是，投机取巧。

三是正。这个正字，父亲更多想要表达的是文艺修习的态度、精神、目的和方向要正。既然选择文艺修习，其终极的目的，不是扬名立万，沽名钓誉，并以此创造更多的物质和利益价值。与之相反，我们修习文艺的初心和最终目的，是为了在这功利和物质的世界里，能够更好地安顿并经营好自己的精神和内心世界，并能以此感化和影响身边的至亲好友，以诗意栖居的情怀和执着，多一些生命静美、生活静好的感悟和领受。

四是定。这个社会，诱惑太多，文艺尤是如此。没有定力，耐不住寂寞，守不住淡宁，熬不住枯烦，是很难见大气象、大境界的。因此，拜师只是苦修苦行的开始，在文艺上，父亲希望他做一个执着坚韧、无休无止移山的愚公，而不是口绽莲花、自欺欺人好龙的叶公。当然，如果自认为是天才，当可除外。然既谓之天才，自也不必再拜师了。

既为人师，当遵师道，谨守师德，恪尽师责。正如袁江童鞋说，收徒其实是自我砥砺前行的最大动力，深以为然。

修竹以为呢？

# 白色回力球鞋

　　妈妈从太古里买回一双白色球鞋，搁在衣柜里已经大半年了。爸爸一直舍不得穿，倒不是这鞋子有多贵，也不是因为它有个叫万斯的响亮名头，而是与儿时一段白色球鞋的酸涩情结有关。

　　三十多年前，还是上山捉鸟，下河摸鱼，撒丫子能把山路跑得比自己还瘦的小少年，你的父亲，第一次看见白色回力球鞋，它穿在一个叫罗九娃的玩伴儿脚上。之所以到现在还清楚记得这名儿，并非这小子可爱得难以忘怀，与父亲的垂髫友谊深得成了烙印，完全是因为他脚上的那双白色回力球鞋。

　　这小子的家庭条件在当时算起来，要比我们其他所有孩子都优越，好像是他有着什么复杂背景的爷爷给留的一大笔什么遗产来着，记不太清楚了。反正，那时候，这小子穿过、用过、玩儿过的东西，好多都是我们这些苦哈哈的山里孩子，不曾见过的稀奇玩意儿。再加上，这小子是父母老来得子，更是宠溺有加，他的父母几乎整天都围着他转，生怕被别的孩子欺负，或者自己不小心嗑着碰着，只要这小子开口要，父母总是想方设法地绝对满足。所以私底下，我们这帮穷孩子，给他取了个不雅的绰号：金宝卵。大家都不太喜欢和他一起玩儿，一是因为他的两个全天候超级保镖，高度提防戒备，随时滴溜溜转动的眼神让人不舒服；二是这小子实在娇气得不行，稍微磕碰下或者受点委屈，就像个小脚娘子，哭得稀里哗啦。只是作为娃娃头儿的父亲，多少得有点"小老大"的气度，勉强待见他，遇上有别的小伙伴故意刁难欺负他的时候，出面主持下公道。当然，背地里，父亲没少享受他的进贡。虽然也只是一些新鲜稀奇的吃的东西，但对于缺吃少穿，苦寒的高原来说，那时候，这小子有吃不完的香蕉，就足以慕煞旁人，父亲到现在也不喜欢吃香蕉，估计和那时候吃太多有关。

言归正传说球鞋。父亲现在还记得这小子穿上白色球鞋的那神气劲儿，仿佛不是走在路上，而是可以飞檐走壁，去窗台和屋檐上飞了。当时把我们一帮孩子羡慕得流干了口水，狠狠地盯着他脚上的鞋子，眼球半天落不回眼眶。父亲当时想，要是这双鞋穿在自己脚上，一定比他更精神、更洋盘，说不定，可以脚下生风，腾云驾雾。晚上做梦的时候，这双鞋真的就穿在了父亲的脚上，我昂首阔步地走在路两旁所有人羡慕的眼光里，像踩在了棉花上，就连半山上吃草的牛羊都停止了咀嚼，给我行起了注目礼；天上的小鸟降低了飞行高度，在我头顶惊奇地叽喳个没完，水里游的小鱼儿高高地蹦出水面，张圆了小嘴，仿佛在大声赞美……我所到之处，鲜花跟随我的脚步竞相开放，五彩祥云簇拥围绕在我身边，为我保驾护航……要不是那只讨厌的大公鸡，把我从美梦拉回现实，估计我已进入白色回力鞋大战金箍棒的故事情节了。

其实，现在看来，那时的一双球鞋，顶多也就十多二十块钱，不算太贵。可在当时，对于工资收入微薄却要供养我们姐弟三人读书的父母来说，还是捉襟见肘，是一笔不小的开支了。想想父母的艰辛不易，我也就硬生生把想买白色回力鞋的想法咽进了肚子。只是那段时间经常做梦，梦中总是穿着一双白色回力鞋，那飘飘然的感觉，完全不似行走在人间。每次梦醒，我都很难面对脚上妈妈做的布鞋，总觉得又土又丑又臃肿，好几次还因为不想穿布鞋和她发生不愉快的争执。现在想来，当时是多么不懂事，多么不应该。要

知道，你心灵手巧的奶奶，做的布鞋是多么的精致美观，尤其是千针万线织就的鞋垫，更是美轮美奂，像极了工艺品，正是一双双布鞋，一双双千针万线织成的鞋垫儿，伴我走过了人生最美好的青葱岁月，只是我把它们都踩在了脚底。

时间过去，渐渐地也就淡忘了白色回力鞋这档子事儿了。终于有一天，供销社里进了一批回力鞋，终于鼓起勇气向父母要了钱，一阵疾跑到了店里，白色早被抢光，只剩下了蓝色。犹疑踌躇再三，含着眼泪不情不愿地把蓝色球鞋买了回去。或许是那个只有蓝和灰主宰的年代，我早已审美疲劳的视觉，对蓝色有了本能的抵触，蓝色球鞋买回去后我几乎没怎么穿，白色回力鞋仍旧成了心里深深的遗憾和没能解开的结。

而今，妈妈买的这双白色球鞋，无论设计，无论做工，无论质地，无论价格，和那时的白色回力鞋有着云泥之别，完全不可比。爸爸内心充满了对妈妈的感激，是妈妈圆了爸爸的白色球鞋梦，了却了盘亘蛰伏多年的心结。只是早已不惑的父亲，即使穿上这精美的白色球鞋，还能走出当年的青春活力和飞扬意气吗？

我想，这是个不需要回答的问题。如此，请修竹告诉我：妈妈买的这双球鞋，爸爸穿还是不穿呢？

# 一路向南

嘿，小布丁，现在是 2018 年 1 月 20 日上午 10 点 30 分，自 1 月 7 日晨早上 9 点 30 分你出发一路向南，已经过去了 14 天零 1 小时。爸爸几乎天天都在想你，你想爸爸了吗？

昨天晚上，爸爸又梦见你用小手揪爸爸下颚上的胡须，听见爸爸说痛，你就炒豆般开心满足地大笑起来……今天早上洗脸时，爸爸看见镜子里下颚上的胡须又白了两根，是不是被你揪坏的呢？

小心爸爸用胡子扎你哦。每次妈妈让你和爸爸左一个右一个，上一个下一个的时候，其他规定动作你都完成得非常漂亮，只是每到下一个的时候，临到关键时刻，你总是用你的小手一把捂住爸爸的下颚，说：有胡子！便赶紧后撤。恼得爸爸要用胡子扎你，可每次都扎在你的头顶，可不是你躲得快，也不是爸爸反应迟钝，是爸爸舍不得。

这些天，总是想你在家时淘气的样子，想把这些片段牢牢地固化定格在脑海里，每每想起你淘得厉害的时候，对你的训斥和苛责，爸爸的心就会莫名地疼一下。其实爸爸想定格脑海的，是没有训斥没有苛责，而是你淘得全世界只剩下你的片段。现在才知道，这才是两岁多的你正确的打开方式，而强行加载给你成人的规则，是爸爸错了。

从姥爷姥姥发的照片和视频，爸爸知道你是开心、快乐的。从四川出省经贵州，过广东湛江，抵海南海口，转道三亚，再回文昌。

我的女儿，这穿州过省，一路向南，食不同的民间烟火，享不同的民俗风物，这是多么幸福美妙的体验。父亲似你这般大小，还在高原深山的一个半山坳里和着尿泥，孤独地把自己一天天玩儿大。那时，只知山风剽悍，林海苍茫，峰峦如涛，覆雪梨花。从口袋一般的群山向上仰望，以为天就是大地的一面镜子，而不知山的另一边，有海，海是天的镜子。这镜子可比天更漂亮更生动，有大大小小的鱼儿游动，有各色各异的船只行驶，有海风捎来远方的讯息，有海浪播送人间的故事，有潮汐掩盖的往事，有波涛渲染的思绪，有渔火垂钓饥饿的星子……孩子，这便是风物迥异而又多彩的大美人间。只是你储存有限的记忆空间里，会记住多少呢？听妈妈说，远在海口的你，闹着要到爸爸上班的地方来玩儿，爸爸很是激动，激动之后，全是买不起私人飞机的懊恼。呵呵，这个光荣而艰巨的任务交给你可好，等爸爸妈妈都老得哪儿也去不了，你可以开着飞机带着我们，也一路向南，向南……

爸爸可是看见你在海边的沙滩上的创作了。画的什么、画得好不好有什么重要的呢？关键是你知道了沙滩是海边的小石子儿，是可以用来画画的，而画画是可以表达内心的。爸爸就从视频里看见，你赶在潮汐前寥寥数笔的大写意，惹得这一波潮汐也因为欢乐而迸溅四射成无数潮珠浪花，继续追赶着你撒丫子的欢乐……有一点，爸爸要提醒你，完成每一幅作品，都是要落款的哦，你好像忘了这茬儿了，当然，这也得怪爸爸这个师父没有教授到位。

还是免不了有些担忧，我的孩子，你应该知道，千里之外的大海边，海风最好用来塑造生动的发型，千万别让它直抵肺腑；沙滩虽温软宽厚，乐意承载你的小脚丫，但更喜欢海浪的轻抚；海浪是顽皮的，也是凶猛的，要懂得保持距离；大海是慈柔且宽容的，也是无坚不摧的，要心存敬畏。至于海鲜，那是爸爸最喜欢的，美味且营养丰富，只是要清楚你胃肠的姓氏，知道取舍并保持适度。好吧，女在外，父命有所不受，就不再唠叨了。此刻，坐在电脑前，穿着你妈妈挑选的红色袜子的本命男人，你的父亲，新年的自我标签设定，便是拒绝唠叨，远离啰唆。可好？

　　码完这些给你的文字，心情舒爽的父亲此刻想来支烟，吹一曲口哨，吹什么好呢？还是叔同大德的《送别》吧。这时候，这支曲子的旋律和所有音符都是有度数的，至少可以自醉。如果远方的修竹也能听见，你小小的心脏里是否会涌起一点小小的乡愁，也有着一点小小的度数呢。

第六辑　锦瑟华年

309

# 雪花飘啊飘

疏落的雪花还在半空，就生生被雨水给融化了。不愿抑或无法落尘，是这城市拒绝清白太久，还是城市里的人们焦灼浮躁得经不起一粒雪花的重量。是的，城市也好，城里人也罢，已经苦苦盼了好多年了，就为等一场雪，一场恍若前世，一场终不愿落尘的雪。苦逼的守望已然成岩，而雪落却矜持的始终没有结局。承载和治愈同样脆弱，有关于雪的命题上，城市和城市人无疑是值得同情和悲悯的。而一场雪的救赎，是对人类关于无根自由的觊觎和预谋，又或者是对生命平等伪善的粉饰和掩盖，我不知道，我所能够洞悉的是，在置悬念于半空与落地化尘之间，火焰的真实比雪花的虚无更适合治愈世道人心的矫情与伪善。

而在城市以远，繁华以远，那些身披雪的袈裟，大慈若佛的山头，那些白色火焰滚涌蔓延的莽原，以及生活在这里，一生比雪落更凄寂、更静穆、更纯粹、更干净的生灵们，它们对于雪，更多的是敬畏，敬畏雪的意志，敬畏雪的法则，敬畏雪的使命。仿佛只有雪的火焰，才能把天空高高举起，让它们得以喘息而又必须艰涩地寻找渺茫的生机。即使骁勇羁傲似鹰如雕，面对被雪藏的希望和生机，也不得不近乎残忍自虐地被迫涅槃重生。与一场雪的表达和雪的意境相比，生灵们更需要不被掩盖和匿藏，可以果腹，聊以为生的食物。"千山鸟飞绝，万径人踪灭。孤舟蓑笠翁，独钓寒江雪"。这样的画面和意境，深邃悠远得可以打开地老天荒，但在凡夫俗子的父亲看来，却只有生存之冷，命运之冷，真相之冷。而这样的画面，是儿时的父亲难以忘却的童年记忆和烙印。在高原，在雪域，在都市以远的苍茫大地，连最凶猛的野兽都学会温柔地聆听，自雪花里分娩而出的每一朵阳光以及每一个春天的过往。而那一条条比山里人的念想还要瘦的山路上，仅仅只是为了在雪的世界里活下去，就已经拼尽全部力气的人们，对于雪，深埋心底的情愫，可不是"对琼瑶满地，与君酬酢"的都市人们可以随意揣度的。

当然，"绿蚁新醅酒，红泥小火炉。晚来天欲雪，能饮一杯无？"这无疑是暖心暖肺的小情调，让人神往，让人陶醉。只是，如今栖居都市的父亲，可以惬意地围炉煮酒，却无法用一只空酒杯，盛装一场雪冷酷的虚无以及遥远且了无生趣的苍茫。

多年以后，长大的修竹，可有情怀，把一盏月光，邀一场前世温暖的雪，然后看看，雪夜的归人，他可曾面带桃花。

不算今天，还有三天，就是你三岁的生日。而你远在海口，父亲不能陪伴你的生日，就以此 350 页关于你的文字，作为给你的生日礼物，可好？

# 回家的路

## 一　别来无恙

　　相较于蓉城冬季终日的阴冷潮湿，温润海南的空气和阳光，显然更适合两岁的你拔节生长。

　　从成都乘机赶过来的爸爸妈妈，在文昌高铁车站等候你和姥姥姥爷的时候，父亲在中国南部略带腥潮的空气里，设想着多种见面时你的情态反应：迫不及待、像一只欢快的小鹿飞跑过来一头扎进父亲的怀抱？还是懵懵懂懂，一张表情冷冷的、木木的小臭脸，懒散站在原地等爸爸张开怀抱？抑或大呼小叫，耍哆撒娇、搞怪装酷地给我们来个意外惊喜？

　　等候的时间并不长，我的心里却恍若隔世。等到见面的一瞬，却发现原来是自己想多了。你自然是惊喜的，但却是那么合理的惊喜；你叫爸爸的声音是热切的，但又是那么清醒的热切；你的内心是有着想念的，但又是那么恰到好处的想念。把你抱在怀中，才发现，沉了、黑了、长高了……骨感了大半生的爸爸做梦也没想到，只是三个月的时间，承传了父亲仙风道骨精髓的你，居然毫无悬念地将"肉嘟嘟"一词收入囊中。脸上、身上的皮肤泛起了当地人才有的那种黝黑而又略显润泽的光亮，堆满肉肉的脸快把眼睛挤没了，又短又小的裤子紧紧绑在腿上，肚子比出发前整整多出一个奶油成分的游泳圈儿。看来还是南方海鲜养人，你俨然一个见风生长的

"小土著"。

其实，这样也挺好，还无法去更深地体味时间的厚度与思念的浓度，一如你不知道海南和四川相隔距离的长度，也就少了更多的忧思和愁绪，人生并不长，还是多一些明媚、简单、纯粹吧。

## 二　海上夜渡

接到你后，原本打算在文昌休整一晚再继续出发。但又考虑到轮渡的不确定和摆渡的烦琐，父亲决定乘当晚九点的轮渡，直抵广东湛江，自此拉开回家的归途，只是熬夜长途奔袭，一路上，你要做好受颠簸之苦的准备了。

收拾行李的过程中，听姥姥和姥爷说起你在这边耍宝的趣事和雷人语录，父亲知道，又错过了很多你充满童趣的成长细节。

尽管你并不清楚回家的路有多遥远，一路上，你的心情和你的表情一样明媚。很长时间没有你笑声陪伴的父亲，内心都快长出青苔来了。就是这样，我的孩子，面对欢乐，我们不要银铃般的含蓄优雅，我们就要炒豆般的嘎嘣脆。

上了轮渡，悬着的心终于定了下来。爸爸带你在甲板上看海上夜景。徐徐前行的船把城市的倒影拖拽得愈发没了温度，相对于大海深不可测的沉默以及这沉默中蓄积已久的可怕力量，都市的灯火摇曳得愈发无根的轻佻。一种忧思突然横亘在父亲内心，一如眼前这暗黑得已然看不清模样，却又以无边的浩渺时刻震慑我们不遗余力想要证明自己存在的妄念与执着的海面。

我们终究是渺小的，而海上的风太大，小小的你更是经不起这样的凛冽。回舱，回到温暖的梦境。

## 三　湛江情怀

到达湛江，已是次日凌晨两点多钟。在颠簸劳顿中早已睡熟的你，睡梦中抵达的这个清凉静谧的滨海小城，与父亲有着很深很深的一段情缘。

父亲很想让你记住这个城市的面孔，这个与诗歌和诗人有着不解之缘城市的面孔。她一定有着别的城市没有的温暖，那是一种紧贴我们内心，深情纯粹而又绵远悠长的温暖。修竹可以记住这样两个名字：是眯缝的眼和花生苏。一个把尘世荔枝红了的消息带去天堂，却忘记捎上诗词祭献，终以热血溅洒的惨烈成全了诗歌的遗世绝响。父亲一直记得他诗歌里这样精彩的两段分享与修竹。你可以不懂诗歌，但你不可以不爱荔枝这人间的绝味。"荔枝红了/悲剧开始了/害怕的不是结局　重要的是在谁的手中结束/如果摘走　请以爱情的名义发誓/你是真心喜爱　或者　在剥去绯红的衣服前/能否奉献一首诗词　一段歌舞/"。在这样的精彩片段里，诗人没有故作高深过多运用意象和繁复的技巧，而是以极具心理色泽，直抒胸臆独白式的语言，以镜头推移式的表达，呈现给我们意韵醇浓的诗美画面，既昭显了诗人悲悯的人文情怀，又含而不露完成了对读者的情感指向。不论读者情感在文字里走出还是走入，都可从容释怀，意兴尽谴……孩子，这便是诗人，以如此优雅、从容而又深邃的方式传递出源自灵魂的暖意。

另一个叫"花生苏"的诗人，他还活着，健康且高尚地活着。这个原本打算在动荡不安而又充满无穷未知的羁旅况味中完成一生修行的人，最终把人生坐标定格在传递生命温暖的义工事业，并从此决绝无悔，义无反顾。我时常想，一个从小生长在海边的人，不远千里来到这里，把自己奉献给义工的活计，这是怎样一种精神和情怀呢？以我对这个与我同年同月同日诗歌伙伴的了解，他应该是把自我救赎和救赎别人当作了终身使命或者是宿命来完成，这样的人是可钦可敬的。父亲曾写过一首叫作《飞鸟和鱼的前世今生》的诗，阐释了这奇妙的缘分。修竹如果有兴趣，请打开父亲的《天堂倒影》第103页。

12年前，父亲和一群来自天南地北的网络作者相聚在此，度过了数日快意淋漓的美好时光，那个时候，简陋的麻章车站仿佛是刻意站在了灯火黯沉稀落，这个城市边远的一角，但却是留给父亲关于这个城市的第一个印记。当然，后来的日子，父亲也没能仔细欣赏这海滨城市的夜景，因为52度的夜色早让父亲迷离了双眼。关于湛江，这是父亲想告诉你的。一个与诗歌、诗人、与父亲有着深深关联的海滨小城。如果有一天，长大后的修竹游玩至此，别忘了帮为父补上观览金沙湾夜景这一课。此刻，请继续酣畅梦境。

四　银滩惊魂

美美一个懒觉之后，驱车直奔广西。妈妈说，要让你体验一下人们口碑中评价不低的银滩风情。

抵达的时候，正值午后，太阳的意志正酽。再加上路上奔袭的劳累，你明显有点蔫儿，爸爸抱着你来到传说中的银色沙滩上，不时从密如针孔的洞穴中爬出的小螃蟹勾起了你的好奇，蹲下身想靠近触摸，又被这行动怪异、迅捷如飞的小家伙唬得不敢轻易动弹。这些明明飞爬在沙滩上，却又仿佛爬满我身体的小家伙，正在让密集恐惧症的父亲，经受蚂蚁噬骨的煎熬，爱莫能助，原谅则个。

正自踌躇，无意间被招揽摩托艇生意的人拯救了。征得你同意后，我们脱了鞋，换上救生衣，坐上摩托艇出发了。原本想让你感受在海面上跌宕起伏、乘风破浪的刺激和快意，让你坐在了摩托艇

的最前面，想来驾驶技术娴熟，海上经验丰富的师傅保护你会比见深水就犯怵，旱鸭子的父亲来得更稳当，所以父亲只好甘居师傅背后的座位。启动伊始，你情绪状态尚好，随着摩托艇加速，跃升回落起伏的加剧，溅起的海浪越大，离岸线越来越远，隔着师傅濡湿的身体，父亲明显感受到你情绪的瞬息变化。父亲用手越过师傅，紧紧抓住你的双肩，想传递给你安全感。这时候，父亲听见了你尖利的呼叫，乍一听还以为是你在表达兴奋，但很快发现你的叫声异常，那应该是在巨大惊吓后发出的声音。赶紧让师傅减速并立即回航。

待摩托艇停靠稳当，父亲以最快的速度把你从艇上抱了下来，你的小身体还处在颤抖和悸动状态，小脸上挂满了泪花儿。

以你两岁的记忆，多年后，可还记得此次银滩惊魂之旅？哈哈，没点惊吓，如何长大？

或是因为过度开发，也或是因为人迹如蝗的过度侵蚀，阳光下的银滩并不美，把遗憾和想象留给月光下原本美丽的银滩吧。多年以后，当须发尽染的父亲还能陪着修竹漫步月光下的银滩，父亲希望，能采撷一段月光或是海面的皎洁与明媚，偿还给受了惊吓的修竹。

五　神秘天意

离开了银滩，再度进发，我们便踏足彩云之南了，离家也就越来越近了，你也仿佛知道，我们好像走进了邻家。

广西和云南的交界，有一个叫崇左的地方，是我们今天的目的地。这个地方还有一个神奇之处，那就是中越隔河相望，鸡犬相闻。这条叫归春的小河，便成为两国的界河，而仁立在归春河上游，身跨两国的德天瀑布，在父亲看来，则是承载了两国民间百姓共同的福祉。

入住的老木棉酒店，其从整体到细节呈现的古朴、厚重、人文、自然的建筑和装饰风格，是父亲喜欢的，当然，你雀跃的小表情告诉父亲，你也是喜欢这个酒店的。

我们在这个酒店住了两个晚上，是此次回家旅途上最惬意、放松、快乐、安逸的美好时光。或许是父亲想留证这段美好，也或许是妈妈再次被某种神秘力量暗示并恩宠，冥冥中你未来的成长道路或许不再孤单。尽管，人生行至此境，父亲的精神和心灵向度其实已无需剃度这样的仪式，但此次，我必须双手合十，虔敬感恩这神秘力量种下又一次生命的因果轮回。

如此美好时光，你的表现却劣迹斑斑：一路上，姥爷给你拍照，一点也不配合，不给姥爷面子。虽然父亲知道，你其实跟父亲一样，不喜欢搔首弄姿，刻意摆 pose 的伪情态，这也是父亲这些年不喜欢照相，却喜欢捕捉潜意识里的真实生动，偷拍的原因。但患了重病的姥爷别有情结，聪慧如你，应当洞悉成全的。好吧，相不好好照也就罢了，饭总该好好吃吧，不好好吃饭也就罢了，单独开小灶，一会儿水面，一会儿炒面，等端上桌，又都谁的面儿都不给了，如此乖戾，到底要搞哪样？好吧，父亲再让一步，不好好吃饭，反正饿的不是爸爸妈妈。路总该好好走吧，没走两步就嚷着好累，要抱抱，还无礼要求爸爸给你采更多的野花，才肯多走几步。父亲曾经告诉过你，花花是用来观赏和怜爱的，不能采摘，因为她也是生命，会疼，会哭，会枯萎，会死去……尽管爸爸知道，你是爱花花的美，但远观而不近玩，保持对生命敬畏的距离，不是更好吗？

## 六　滇行烟火

告别崇左，离境广西，取道彩云之南。

　　这是个人文历史、民族风情、自然季候、民生烟火都多姿多彩的地方。体味这样的地域风情，我们首站选择了滇南的蒙自。之前父亲虽然多次到过云南，但从没有来过这个地方。

　　在比较了两个酒店的地理位置和设施条件后，爸爸妈妈特地把选择酒店的权利交给了你，去掉了你蹙起小眉头的一家，自然也就选择了让你眉飞色舞，迫不及待要落地飞跑的酒店。还真别说，你是有眼光和判断的。

　　这个并没有多大名声的高原小城，不仅整洁清爽，而且还眉清目秀，模样惹人喜爱。晚餐的时候，吃到了还是在看《舌尖上的中国》电视节目就垂涎三尺的炭烤豆腐和当地有名的风干肉以及绝味小土豆。这些息养了代代民生的民间至味，修竹，没有一点口福托底，可是轻易吃不到的，反正嗜好豆腐而又极度挑剔豆腐品质的父亲，美美地过了一把豆腐瘾，味蕾就此沦陷，至今余味绕舌。

　　到这样的小城，就是把自己放空放逐到最原始本真的状态，贪婪地享受高原悲悯得让你忍不住要感恩的阳光，畅快地饱吸干净如婴儿眼泪的空气，肆无忌惮地寻味那些隐藏在或阡陌小巷，或幽深曲径，或竹篱茅舍，或某个不经意的老街拐角里的至味美食。修竹，这便是父亲内心向往已久，甘愿就此落草的生活。

　　翌日出发前，必须要尝的蒙自米线，是妈妈流着口水打湿梦境的美食。修竹要知道，蒙自可是米线原本正宗的发源地，原本不好这口的父亲，在妈妈的威逼利诱下，吞下一大碗还仍在回味。

　　告别蒙自，下一站建水，仍有美食在召唤。

　　米线自是蒙自的正宗，而豆腐却是建水的地道。再次在建水的老街里大快朵颐，再次给走火入魔的味蕾注入满满的正能量。

　　孩子，一路舟车劳顿，打乱了你的生理节奏，父亲抱着睡熟的你，徜徉在建水的老街里。孩子，你知道，光阴是个什么模样吗?

在建水，在老街，父亲看见的光阴，她一点不老，她其实就是父亲抱着你，慢慢走过之后，你的梦境在父亲长长背影里拔节生长的声响和动静。父亲在老街里淘的一只盘根错节、树瘤密布的烟斗，是想把这一段有滋有味的光阴呛在记忆深处，缭绕余生。这世间，最不堪留的便是这让人身心都柔软如水中清荇的美好时光。

沿着家的方向，会泽，不期而遇。

这一路上，最让姥爷意在身先，心心念念，朝觐般虔诚想要拜谒的地方，便是这会泽，而一切钟情期许与动念，都与他在央视四台看的一档节目介绍，也是足以标签这城市气质符号的——会泽斑铜。

眼前这个身量不高，长相平凡，虽未商人，仍一脸书卷与真诚年轻人，却是央视专题采访报道的张氏第十三代传人。

无需再说斑铜制品如何精美绝伦，巧夺天工；也无需再说制作工艺如何神秘奇幻，天机深沉。只说妈妈巧思苦心里藏着对爸爸的爱，为了送一只漂亮的斑铜壶给爸爸作为人生纪念日的礼物，可没少动心思，少费口舌，最后还真打动了传人那颗善良柔软的心，居然用卖一件制品的钱为爸爸淘了两件斑铜制品，另一件是爸爸一进门就一眼相中的小铜鼎。妈妈的爱带给父亲的温暖感受，让这斑铜制品有了新的赋予和承载，我想这种爱的付出与领受，也是修竹应该承袭的。原本想给你和妈妈买一大一小两件生肖的斑铜马，不巧的是成品都已售罄，只能留下联系方式，待新品出炉再周全心意了。其实，生活里有些小遗憾衍生的期许，会让日子更生动，也让人生多了几许清欢。

## 七　穿越侏罗纪

父亲在想，瘦瘦的，小小的，弱弱的，单薄的，仿佛隐入时空，

刻意与现代都市拉开距离的会泽小城，为什么出斑铜，更出优秀的学子，是天理平衡法则使然，还是生活在这里的人们骨子里与生的韧性和智性作用呢？这可不是一个过客能够洞悉清楚的，尽管同样作为山里孩子的父亲，是那么渴望深入这个城市，这方水土的灵魂和骨髓。斑铜照亮的是这个城市，而莘莘学子照亮的却是未来的中国和中国的未来。终是要告别的，而这样的告别，带着敬意、带着感恩、带着祝福、带着太多太多的不舍与流连。

出会泽，经昭通，孩子，家的味道已然隐约可闻。

我们本可以在当天赶回成都的家里，却因了你一直以来的恐龙情结，遂决定留宿自贡，陪你一起在恐龙博物馆穿越到侏罗纪。

为了让这难得的归家旅途更饱满，我们特意转道抚仙湖，既是抚仙之湖，自是不可随意造访，在导航的成功误导下，我们从高速绕到省道，从省道绕到二级公路，从二级公路绕道机耕路，甚至田间小道，直至差点绕进了小镇住户人家的小院里。真是费尽周折，历经颠簸，就在我们被绕得失去耐心，打算放弃的时候，抚仙湖却在不远的前方乍然而现，父亲终于知道，可不是什么湖都能叫抚仙湖了。

听闻抚仙湖有很多传说，有神性版本，有灵异版本，有官方立场版本，也有民间视角版本，运作手段也好，商业噱头也罢，莫衷一是。父亲眼里的抚仙湖，干净、深邃，浩渺。只是这干净、这深邃、这浩渺，投射在人的心里有一种不真实的虚无和无关季候的冷，也或许是我们习惯污浊、混沌、失真、迷离的状态太久，已承受不起眼前如此这般遗尘的真纯与净洁。

抚仙之地，自是可供凡俗之人短暂沐心濯神，却不可久滞，更有归途催人。

到达自贡，已是下午三点过，还来得及看恐龙博物馆。想想那让你爱恨交织却又欲罢不能的恐龙情结，父亲在心里总是有些忍俊不禁。而今马上就要穿越时空回到史前，与这庞然大物近距离对话，你会是怎样一种反应和表现，父亲很是期待。在观览博物馆之前，我们先体验了一把5D技术的时空穿越体验，那逼真的场景，身临其境的体验以及不停摇晃抖动的桌椅带来的晕眩效果，父亲能感觉到怀中的你，身体在剧烈地收缩和本能地抗拒，身体的强烈反应同时也折射出里内心巨大起伏的落差，父亲的大手握住你的小手，抱紧你，想以此尽可能多传递给你安全感和庇护。而其实父亲本身，如果没有你在怀里，早就惊呼出声了。此处允许父亲自己先擦擦汗……

有了5D体验垫底，后来的实物参观，你云淡风轻的波澜不惊。想必有了这次恐龙博物馆的观览经历，回家以后，你应该可以和之前被吓哭，海滨城的假恐龙亲密接触了。

稍晚，我们去吃了自贡有名的火锅兔。吃完以后，连你以绝对实力鳌声重口味江湖的妈妈，也不得不叹服，在川内，要论口味之重，如果铜脾铁胃的自贡人屈居第二，谁敢跳出来自诩第一？再后来，重口味的妈妈因为饭后胃部灼烧，点了冷饮，喝了几口，结果第二天早上，壮烈倒下了。再后来，你到家了，妈妈躺床上了，去医院了……修竹也要知道，妈妈也很可能是因为连续长途驾车，过度劳累以及不当饮食而病倒的哦，谢谢妈妈的辛苦和付出。

至此，辗转数千公里，历时八天，跨五省，回家的路顺利抵达终点。这一路，既饱览风物，还饱食珍馐，在父亲看来，此行圆满且功德无量。

我有一壶酒，足以慰风尘。此刻，父亲酒杯在握，修竹，斟酒。

# 像抗战老兵一样活

这些天，总是听闻一些人来来去去的消息，本也是平常之事。只是，最近总是感觉胸闷气紧，呼吸不畅，好像有什么重物压在胸口，有时候仿佛心一下子沉了底，再回不到原来的位置。父亲知道，这就是医生口中常说的心律不齐或是异常悸动。难道是心脏真出什么状况了？

从不畏死的父亲，不是因为生命力和内心强悍到可以逆天，而是这些年，有一个念头一直固执地盘亘在认知里：咱是上天眷顾之人，不会有不好的事情发生在自己身上。

记事起，这个念头笃定伴随了父亲几十年的人生羁旅，从不曾动摇过，而现在它却在一点点被蚕食支离，悄无声息地渐行渐远……也由是，那些平常中的无常之事，开始在父亲的心里有了微妙的投射并泛起了涟漪……

这段时间，父亲很郁结，一直在自我舔舐疗伤；而小崔却很活跃，频繁搞事。父亲并不关心那些又烂又脏的什么合同里埋葬隐藏了多少人心人性贪婪的黑洞和黑幕，相反，倒觉得小崔有点孤注一掷，把自己逼上了绝路。一旦良心和人性在现实的场里接受审判和拷问，在咱们这个文化传统下的国度，几乎没有所谓的胜利者和失败者，最可能的结局是两败俱伤还遗祸殃及吃瓜群众。倒是小崔自己花钱倒腾的《我的抗战》里那一张张鸡皮鹤发，沟壑纵横，眉眼模糊，生气不复抗战老兵的群像深深吸引震撼了我。这些至少在访问和拍摄期间还健在，都已年近或逾百岁高龄的老人，上天可曾眷顾于他们，他们又是否从不畏死？

真正经历并洞穿生死的人，才能彻底了悟活着的意义。如果不是无聊的小崔想起了他们，谁又还记得他们呢？如果只是为了活得长久一点，他们还犯得着当初大义凛然地出生入死，以身殉道吗？几十年的岁月，早止息或愈合了他们身体的伤痛，然而，被后人遗忘，被历史遗弃，留在他们心里的伤，该如何治愈呢？

父亲这段时间心里的小起伏、小波澜，是源于心脏的病疑，源于上天不再眷顾的忧患，源于种种现实际遇的窘迫。世人不知，正是这种患得患失的心态，打开了毒祟病害的入口。而那些因为经历、因为洞透、因为了悟的抗战老兵，不以生死为念，不为生死羁绊，方才从容安然地长寿高寿。

这段时间，有句话很火，火得铺天盖地，火得无孔不入。这话叫作："愿你出走半生，归来仍是少年"。这是多么美好的愿望，父亲亦为此深深地动容。当我们用了很长很长的生活经历，才明白，人这一生，空性的纯粹与澄澈才是大净大美的生命品质时，却走偏得太远，早已回不了头。已然出走大半生的父亲，并自持上天眷顾，而如今，这个头顶早谢，眼袋常随，皱纹永驻，眼花牙松的老少年，除了妈妈和你收留，估计再无别的去处了，当然，还得加上你未来的小弟弟或是小妹妹。

而其实，父亲心里是安然享受这种与你们厮守的幸福和恬然的。尽管，这些年，父亲一直自比羁傲孤高的山鹰勇毅独行的狼，而今，鹰也好，狼也罢，都已褪尽戾气与峥嵘，老得目光里只剩下了柔软与慈祥，老得浑忘了曾经追逐的理想高度，黯然委身在这浑浊的钢筋水泥里，与麻雀抢食。当然，也会有一天，老得再也守不动这份淡宁的幸福，老得再也无法老下去。

这话题太沉重，还是和修竹逗逗乐子的好。

从明天起，做一个半生少年，去皱拉皮洁牙，戴假发，面朝未来，专走盲道……哈哈，这游戏的文字，修竹权当《面朝大海 春暖花开》的布衣版吧。父亲倒是强烈建议修竹以后在某个时间去读一读原版，这是已然凉透的诗人难得的一首温暖的诗。

这一生，我们都需要以明心见性的智识，去获取季候物序之外的暖意，这样的暖意更适合陪伴我们心灵的赶赴和精神的抵达，也更适合庇佑我们肉身的康宁与无恙。

# 锦瑟华年

　　这是一位才华横溢，人性温暖，叫陈历谋的爷爷委托父亲给一本同名画册写的序言。两年前，爷爷因为突发心梗离世，把这篇文章放在这里，是为纪念，亦是感恩知遇。原本以为这是一段与父亲无关的历史，但写完这篇文章，才发现，你的爷爷和奶奶都是这段历史的见证和亲历者。能够用这样的文字多少激荡起这段就快被时光流沙遗忘的历史的回响，父亲内心是快慰和满足的。也以此纪念把慈祥的笑容永远留在冰冷墓碑上的爷爷，并告诉你，无论过去多久，历史就该是它本来的模样。

　　如果可以忽略时间的存在，如果可以站在更高的空间维度，谁敢说希腊雅典卫城那些残破不堪的立柱不是一种蟹肉饱满会呼吸的语言；意大利的克斯卡纳这座天空之城至今还在承载人间低处的仰望和天堂高处的凝视；中国的万里长城绵延盘亘在每个国人精神和内心深处的，除了雄浑无匹的形，更是因了脉息激荡的魂。

　　这些因战火和岁月风化而以残躯残貌再一次获得人文生命力的历史遗存，让整个世界为之动容倾情。

　　所谓时间煮雨，历史沉沙。只是一种角度，一种维度，一种逻辑。而我们探索未知世界的决心和勇气，才是无可阻挡的伟力。一如在那个单纯得只剩下蓝灰色调的年代，有谁会相信，只是因为国家战略部署的一声召唤，就有那么多热血滚沸情怀赤诚的青年一代，奔赴年轻新中国西部十三省、区，投身赴命于史无前例、波澜壮阔

三线建设，在这场伟大的洪流中，锻铸而生的"三线精神"早已经成为我们砥节砺行、深入骨髓的民族精神，支撑起我们不屈的脊梁，中国人的脊梁，华夏子孙的脊梁；也一如眼前这余温犹存、脉息未散锦江厂的废墟，让人目光生出的疼痛，不由自主就溢满胸膛。

时代背景越是朴素单纯，每一个生命个体，以满腔热血和青春书写"位卑未敢忘忧国"和"民族忧患"的大爱与无私，格外让人感佩。即使如今已被光阴和岁月定格成特殊时代的特殊标本，仍让我们真真切切地感知那热血的温热，誓言的震聩，信念的坚贞和自我奉献牺牲的决绝与无畏。

我们无需去人为拔高，也无需去矫情修饰。面对这样曾经充满着生命火热和豪气的废墟以及凝固在废墟之上曾经感天动地的历史烟云，我们唯以庄肃、静穆、虔诚和感铭，任一种震颤和悸动由内而外，从头到脚浸透我们的身心，也由此开启一段时光倒溯的锦瑟华年。

1972 年，风清物明时净的人间四月，牡丹花以国色的名义如期盛放；而占地四百多亩的锦江油泵油嘴厂也以三线建设的名义在彭州丹景山揭开红绸，响亮面世。2600 多人昼夜不歇穿梭如织的身影，两千多台机器设备连轴不断地运转轰鸣，我们能够想见那是怎样一番热火朝天，荡人心魄的人间盛况。辉煌时刻，总资产在两个亿以上，年产值一亿元，贡献利税近千万元。这些数字，既是祖国西南腹地一隅工业文明进程一道靓丽的风景线，更是一代人挥洒青春、坚守信仰、实现理想的见证。这一段锦瑟华年，必将以绝唱和遗响的方式，回荡在 2600 多名锦江厂人记忆和内心深处。如果被再次弹拨，必奉以杯光和泪光交织漾动的敬献。

2003 年，同样因为战略布局调整，曾经显赫辉煌一时的锦江厂宣布破产，成为今天让我们唏嘘感怀的废墟。历史在这里留下了让人瞬间窒息的巨大断面，让我们的情感没有任何留白的余地，我们甚至来不及给内心的潮涌和眼眶里的闪烁找一个恰当的借口。

断壁残垣呈现在摄影者镜头里的美学意义，不仅可以复活一段峥嵘的光辉岁月，赋予影像以情感的温度，同时也带给我们心灵至真至诚的指引。面对所有心念澄净的镜头，如果你也同样身心俱静地聆听或凝视，你会听见荒草和枯叶依依不舍地告别；你会看到老藤与新枝正在进行庄严的交接仪式；你甚至可以透过那一道道锈迹斑驳的门，一扇扇明媚不再的破窗，看见曾经挥汗如雨，不舍昼夜的劳作，以及翔舞在劳作中的青春；看见曾经氤氲缭绕的烟火，以及烟火中的爱情。

落叶密布的厂区小路还在等待有情人一次缠绵的经过；长满青苔的楼梯，起落跌宕间，载沉载浮多少活色生香的人间往事；深嵌在车间红褐色墙壁里，停摆的抽风机，像一只失聪多年的耳朵，还在幻听那些早已躺在锈迹中不再动弹，机器的轰鸣；生活区 1 村 29 栋 101 室的门前，遗留至今的塑料筷笼、破碎的玻璃杯、土陶碗以及人造革的鞋，告诉我们，曾经居住在这里的主人，即使生活可以简陋朴素至此，但每一个单薄的日子都必须有理想的光芒照亮，这是锦江厂人的家国情怀和朴素坚韧的人格坚守。

子弟校的书声已杳，锅炉房的炉灰已冷，邮电所断了和今天的消息，杂货铺提前给未来打了烊。一群奋斗者留给时代的背影，让时代在华丽转身前忍不住疼痛地哆嗦。

我在想，世界上没有什么比一个民族精神被点燃更让人激动不已。在四川，在彭州，在锦江厂，每一位锦江人义无反顾地把自己的人生与国家命运紧密相连，是那样的义无反顾，那样的无私无畏，以致可以蔑视所有前行道路上的困境、危机、苦难和厄运。他们不惜牺牲和放弃自身的安全和幸福，用血肉之躯建构起共和国强大的

安全屏障；也构筑了锦江人彪炳史册的精神丰碑。我们当一捧心香，以敬以礼。

画册可以盛装一段历史烟云中的锦瑟华年，但却无法盛装锦江人深沉厚重的锦江魂。而这些早已成为或可能成为珍贵历史影像资料的照片，不需要太多的摄影技术和技巧，但必须得用泅透感念的眼睛和饱蘸深情的指头，摁动快门，哪怕有些颤抖，有些犹疑，有些情不自禁……

如今盛世长歌，民族复兴的图腾与福祉，近在眉睫，声息可闻，触手可及。锦江厂、锦江人、锦江精神，当不会被历史遗忘，更不该被我们遗忘。如果你从满是荒草枯叶、断壁残垣的废墟中，看见凤凰浴火，看见涅槃重生，看见复兴，看见未来，便是这本摄影画册的全部意义所在。

谨以此摄影画册敬献每一名三线建设者，也献给我的孩子们。

# 回荡在维多利亚港的口哨

一

难得有时间静下来好好和你说说话了。这次，咱来个高大上的话题：跟你聊聊父亲的香港之行。

在父亲的印象中，香港是个华丽而又疼痛的词根。这是一个曾经被逼无奈改名换姓又重新找回的孩子，只是这孩子早已经习惯了篱下的痛和已然结痂在繁华里的伤。

在能量巨大的物语面前，一份族谱严重贫血。

二

妈妈不知道十月的香港，气温还很高，特意让爸爸穿上了里面加绒的卫衣。离境的时候感觉刚刚好，可一下飞机，我就知道，这注定是个身心濡湿的桑拿之夜。

一行几个自然趣投的人凑在一块儿，AA 了一顿色香味意形地道正宗的粤菜晚餐。修竹若问味道如何？桌上风卷残云后几无所剩便是答案，至于价格嘛，自然也很丰满。饭后便是迫不及待的维多利亚夜景观览之行。

晚八时许的香港，夜色高温撩人。微信地图上说，从旺角到维多利亚不足五公里。反正无事可做，也没有别的选择，不喜逛街的父亲虽然有点不情不愿，但也不想拂了雀跃者的热情，只好随行

就伴。

往返十公里，三十多度的高温天气，在周遭清一色汗衫短裤的映衬下，父亲这行走的加绒卫衣，是一道多么温暖而辣眼的景致，在擦肩而过的岛上行人的眼里，原来大陆来的亲人就是这么率性炽烈。

回到酒店已近午夜，早已暖透汗湿的父亲迫不及待冲进卫生间狠狠地拧开了喷头……

### 三

我只能在隔海相望的此岸，远远看着维多利亚彼岸的光影水墨，我不能不说，溢彩流光，美轮美奂，疑为神话，胜却仙境。但以父亲的布衣情怀，是不愿再靠近了。而其实，就这样遥遥相望的距离和视角，更适合让炫目的霓虹在距离中退却了趾高气扬的浮靡与冷漠，重回常温人间。

有些风景，只适合眺望，抑或仰望，譬如此刻，父亲眼中的维多利亚港。她更像是一位身份神秘高贵的美妇，靠得太近，只闻浓香袭人，容易眩晕过敏，反为不美；而拉开距离，一任曼妙临风，既全了窥探之欲，更可豢养无穷臆想。

我还是忍不住不停摁动手机，记录这沉降人间的仙境，想植入你熟睡的梦境。此刻的海风，轻柔得有些魅惑，光影迷离的远处，我似乎能够预约未来的一些光阴片段，这样的光阴片段里隐约有你日渐饱满的青春。

当父亲用口哨伴奏，把维多利亚的夜景以视频的形式传递给你，你一声惊叹：好美呀！只是多年后，当你置身其情其景，你的感喟可会落进父亲曾经的口哨声，惊醒一朵浪花的迷梦。

# 四

香港是华丽的，无论外在还是气质。

在中环最容易迷路的，其实不是你的脚步和方向感，而是你以为本已根深蒂固的价值观。巨大的虚脱感，甚至让你无法在璀璨远胜星河的现代光影里，打捞出自己真实的影子。羞涩又何止囊中，灵魂早已经赤裸无遗。

而有趣的是，尽管以森冷意志远拒人间烟火的奢侈品牌店是那样的高大冷，但相较于人性的自私和伪善，前者更让人感觉安全，一个是让人止念止步即可，而另一个却是让人殚精竭虑亦防不胜防。

在中环，自然免不了遭遇许多腾云驾雾，行走于生存海拔之上的人；但也不乏佝偻匍匐于生存海拔以下，把每一步都走得小心翼翼，生怕一脚没踏实，就再也没有行走下一步的机会。这其实不只是过马路时，一个年近耄耋的老妇人"认真"到极致的行走姿态留给我的印象，而是作为布衣的父亲，更愿意把关注的眼光和视角，投射在那些为了生活已然用尽全力的群体。无关悲悯，无关情怀的高尚，只因我也是这个群体中的一员。

同行的人，有奔着中环各种奢侈品牌去的；有奔着兰桂坊迷醉声色去的；也有奔着维多利亚的"秘密"去的。而我，在朴树的歌声里，在手风琴醇厚饱满的温热里，直奔猎户星座而去，只是我并没有抬头仰望夜空以及那些飘在夜空中的人，而是想着，脚下的这小如弹丸却无比精致的土地，对于迟暮双亲的遥不可及，以及周遭与我每一次擦肩或错身，浑不相识但又脉息相通的人们，已然在我心里蓄满了泪水。

孩子，做一个内心干净得只剩千山万水的人吧，只要走着。

父亲在中环迷路时，心里这么想来着。

五

　　成都也有兰桂坊，经常出没成都兰桂坊的资深夜场人，执意要去香港的兰桂坊，那坚决的意志和荡漾在脸上的神秘意味，仿佛在告诉我们：成都兰桂坊只是一个赝品。

　　作为多年潜伏民间却又误入美妙歧途的文艺人，父亲对赝品有本能的抵触，自然也想一睹真迹的风采。反正作为过客，多走几步，练练腿儿，也是百无聊赖中的添趣之选。

　　到的时候，夜色未经陈酿，俨然少了度数，而没有度数的霓裳艳影，是夜场人不屑一顾的。

　　附近的烧烤店救急一般出现并点燃了我们的视线。天天顿顿的粤菜，早已经让我们的肠胃亮起了红灯，菜品远没有成都的丰富，调的味儿仅从视觉的清寡上就能判断，味道一定不咋地。但好歹长得像烧烤，我们也就饥不择食，一个劲儿让多上辣椒，土豪状地叫了一大堆价格离谱的啤酒。其实不是为了吃烧烤也不是为了喝啤酒，而是为一会儿的酒吧正餐发酵情绪和状态。

　　被一个会说四川话的老外诓进了店，那一瞬间，你才发现，嘎嘣脆的川音是那么的有征服力，尤其从一个老外的嘴里蹦出来。持续发酵的情绪终于到了爆表的度数，也不知坐下来喝了多少酒，只知道一会儿啤酒一会儿红酒一会儿鸡尾酒，反正是醉了。唯一有印象的是，同行的某爱心大使，非要给店门口乞讨的老人表达爱心，醉眼迷离，抖抖索索地分辨手中硬币面值大小。一边是认真的执着，一边是急迫的关切，让兰桂坊的夜真正有了人间的温度。

　　酒醒以后，才回过神儿，那会说四川话的老外，其实就是长期扎根的酒吧托儿，靠着从南腔北调的客人那里套来的各地方言，为老板拉了不少生意。也才明白，香港的兰桂坊和成都的兰桂坊，都一样是可以醉人而没有度数差别的。

六

香港是有秩序的城市，至少相对于内地。说不好是文明程度的差异还是曾经的英国企鹅们留下的基因。

之前不明白每每有十字路口的马路上，总画着尺寸规整，编了号码的小方格是做什么用的，后来才知道是供等红绿灯的人们排队用的。这样的画地为牢就能强化文明习惯的养成？在香港这个答案基本成立，但在密集如蚁而又勇猛无畏的内地人面前，隔离带和坚实的屏障尚且不管用，估计这画在地上的小方格就更不济事了。

知道了香港人有按秩序排队的习惯，所以在排队等出租车的时候也就放松地守起了规矩，与同伴畅快地聊着天，直到后来发现比我们后到的情侣走了，之前还排在我们身后的帅哥走了，时尚美女也走了，才反应过来，我们真把自己画地为牢了，真相信香港人已经文明得不会峛列（四川话，恶意或强行挤占别人位置的意思）了。

猛然觉悟过来的我们，那一瞬间巨大的尴尬，不仅是被文明的香港人愚弄了，而是脸上"内地来的"的标签被瞬间放大。而其实，父亲早知道，作为中国人的日常，没有在汹涌的人流中排队的经历以及没点排队时峛列的技巧和本领，是愧为中国人的。

七

在港岛的几天时间，除了在半生不熟、中文夹杂英语单词的语境里，学习所谓的机场营运之外，便是三五成伙，奔中环、奔海港。人潮人海中的行走。

走着走着，也便爱上了行走。这些年，伏案坐卧多于行走的父亲，欠下了很多该走的路和时光。

走在傍晚时分的香港的街头，有广宇高楼，冷荧流光的压迫疏离感，自然也有生存海拔以下，羸弱单薄得难以为继的民生烟火，让人心生恻隐垂怜。有恨不能凌空于屋檐窗台的高蹈，也有佝偻匍匐于尘埃之中的艰涩，这也便是真实人间的真实况味，你不行走其间，是无法体味的。

以一颗容纳平静的心走着，迎面而来的，擦肩而过的，他们有一个共同的名字——陌生人。可就是在这样的陌生人流里，总有一些面孔和身影让你觉得亲切，让你有想要靠近的冲动，你甚至能感觉到有些心跳和呼吸跟你在同一个频率上，你是孤独的，因为置身这浩瀚的人海；而你又不孤独，同样因为置身这浩瀚的人海。这样的行走，让我们变得更真实，更平和，也更清醒的认识了自己。

身体渐热的时候，空气也柔和起来，整个港岛也妩媚柔和起来。

## 八

再和修竹说说港岛的美食吧。这个绝对是你感兴趣的，我又仿佛听见你吧唧嘴的声音了。

不知道妈妈从哪里搜索到的，父亲入住的旺角维景酒店的自助餐，口碑非常好。我们连续五天都在二楼吃海鲜自助大餐，还真是物超所值，中西结合，品类丰富，食材鲜美，味型容纳，营养搭配合理。父亲最爱吃的霸王蟹和生鱼片，应有尽有。如果有杆秤，那几天父亲的体重肯定是一路向上的，因为吃了太多高蛋白的食物，父亲的胆又闹起了罢工，赶紧花了近三百港币买来德国进口药安抚。如果非要找出一个不满意的理由，就是五天的菜品几乎一成不变。

若论菜品的花哨，吃法的创新，我想，过分强调营养主旨的粤菜是不能和几乎把所有想象力都用在了关于吃的创造上的川人相比的，当然，这只是父亲的个体感受和主观臆断。因为历朝历代诗人辈出的四川，不论地下的地上的，都不可能接受同样作为诗人的父亲的这一说辞的，赶紧打住。有一点父亲是笃信的，到现在都丝毫不沾辣椒的你，这样的口味儿可能会更适合你的小小胃，当然，父亲也希望你这一生有更远更长更宽的人生旅程。

说完美食，终归得回到正题。还是和修竹分享父亲此次的香港机场的学习体会吧。

## 九

朝九晚五，五天的学习，还是紧张充实的。一大早就得起床，在下榻的酒店用完自助早餐，还得坐四十分钟左右的大巴才能到位于候机楼里的教室，开始一天的学习。下午五点下课后，再乘坐大巴返回酒店。

老实说，此去香港学习之前，父亲不知道有缤纷机场这个概念。不知道机场是如何缤纷的，缤纷的机场长什么样。这次培训学习，港岛的摩天大楼和光影水墨不仅缤纷了父亲的视野和眼界；香港机场人本人文、先进创新的管理理念和实践，更是缤纷了我的思维和意识。一如在奢侈品牌面前，我们才发现自己的钱包是如此的空；而在香港机场智慧、务实、创新、高效的管理品质面前，我们才发现自己的脑袋竟也是如此的空。

如果说认真、用心、专注、专业是最美的职业姿态，那么这次香港学习，父亲就深刻感受到了这种美丽职业操守的精神内涵。正如世人所了解，因为香港前世今生的原因，为我们授课的教员们，平时使用普通话的时候并不多，但为了尽可能表达清楚，让我们听得更明白，他们大都会因为吃力的发音吐字，费劲地搜索下一个想要表达的词汇而面部变形或表情夸张，这种变形和夸张，不是他们有多么善于表演，而是折射出他们幽微至诚，专心致志让人肃然起

敬的职业精神。除了感动，我个人还有点小小的心痛，因此我填写的唯一培训意见，是希望下一次可以同声翻译。

十

10月的香港机场，缤纷的不止眼中的景色，也不仅是候机楼里温暖的氛围，而是透过这些表象，我所看到领受到，香港机场的文化理念、文化底蕴和内涵以及他们对文化更深层次的渴求和释放。从一月的春节、四月的复活节、到十月的中秋、年底的圣诞，他们把所能体现的中西文化元素都竭力展示出来，甚至连佛诞时民间的抢包山活动都一并展现。这种展现，既是为了让世界更好地了解、认识香港，也体现出香港对多元文化的汲取和容纳。

香港机场把缤纷大楼的纷字用英文"FUN"表示，除了是粤语的谐音外，FUN的意思是娱乐活动，让人开心愉快，有趣的事。那么是让谁开心愉快，让谁觉得有趣呢？主体自然应该是过往的旅客，但也同样属于制造、传递这种温馨氛围和温暖气质的机场员工们。请修竹跟随父亲的视角，我们一起来看看香港机场围绕缤纷这个主题，所开展的系列活动：非物质文化遗产展览、学生视觉艺术作品展、粤剧展览、音乐演出……他们已经连续四年举办"香港文化艺术音乐巡礼"。在他们与香港天文台联合举办的"天气景象海陆空全接触"的展览中，将香港独特的地理位置、天气景象与历史人文相结合，制作出非常精美的展板，让旅客了解感受这种风云际会，光影变幻，独特海天景象的同时，或许能从另一个角度理解天气原因造成的航班延误是怎么回事。以上每一项活动，既是文化的彰显，却又不流于形式和表面。让旅客和员工们在轻松、自如、快乐的氛围中，看着看着就了解了，听着听着就记住了，而这种春风化雨润物的方式带来的旅客体验，又怎会不愉悦，印象不深刻呢？

从培训中了解到，为了实现这种让人置身其中的人性化感受，香港机场甚至可以说是从一个战略规划的高度去利用文化、挖掘资源，设计载体，凸显优势。而在这样的自上而下，和谐互动的主题氛围中，员工的兴趣、特长、才艺被发掘被激活，自然也很专注且享受这个过程，笑容不再是职业化的、语言也不再是模式化的，来自内心的愉悦感受和融化在参与过程细节中的真诚与投入，让他们散发着魅力，也让香港机场呈现出缤纷的美丽气质。

十一

　　我想，这应该就是我们常说却没能做到的"文化落地"。说起文化底蕴，香港是远不能和哪怕一面照壁、一根桅杆的故事都可以说上几天几夜的成都相比的，但他们做得很实在，很用心，很有诚意。因此，我们说，文化理念只有在深入了解和传承的前提下，才有了"落地"的可能性。这些年，父亲供职的机场也一直在致力打造自己的企业文化。作为国际机场，作为成都的窗口，每位旅客在机场看到的可能就是对这个城市甚至地域的第一印象，而这种印象的好坏，评价的高低，是我们作为国有大型企业在意识形态上应该承担的社会责任。如果说，我们的企业文化建设，只是注重宣扬我们热情、周到、细致的服务，而实际上，哪个国际机场的工作人员不具备这些素质呢？如果我们只是一味强调我们文化氛围有多浓郁、历史有多悠久，那么我们体现这种浓郁与悠久，恰当的载体和形式又在哪里呢？这些年，每逢圣诞和春节，我们也在候机楼设计布置景观，也搞了一些别致的快闪活动，让候机楼多少也有了些缤纷的意味和色彩，但与香港机场主题明朗、质地饱满、形式活泼，内涵生动的缤纷主题活动相比，我们还有很大的差距。

## 十二

记得父亲初到现在栖身的这个公司时，发现有些保洁大姐，经常拿一些废弃的花卉材料，跟着杂志书本和电视机学习插花，学得很认真，很用心，她们这种追求美好，创造美好的生活态度感染了我，为了支持她们，我请来插花专家为她们做培训；请画家朋友为她们讲解如何构图、布局，与她们一道分享好的插花作品的立意取舍和主题把控。通过她们的不懈努力，最后成功登上了平时他们想都不敢想的集团岗位练兵比武的大舞台。而当这些参赛的保洁大姐们，用平时握扫把拿抹布的手，创作出精美的插花作品并呈现在大家面前的时候，她们内心激荡的兴奋喜悦，脸上洋溢的幸福满足，和她们的插花作品一样，让现场所有人动容！通过这几年的不断探索和积累，现在，她们不仅可以创作好的插花作品，还能把本已废弃的树根和枯木经过加工，将其与多肉植物、花卉相结合，制作出有创意的根艺花卉作品，赋予它们新的生命形式。我想，这样的变废为宝，化腐朽为神奇的创作经历和感受，同样可以缤纷我们生活的氛围。

修竹以为呢？

# 穿越时空的风语者

　　孩子，新建的双流博物馆成了双流的新地标，这是一件让人欣慰和自豪的事，更可引以为豪的是，博物馆尚未正式开馆，你和妹妹便有幸捷足先登，畅游在历史光阴的长河里，大饱眼福，沐享洗礼。而亲自为你们引导解说的便是这位神奇时空穿越的风语者——李国先生。请深深一揖，以敬以谢。现在，跟随父亲的笔触，探访叔叔时空穿越，还原历史的足迹。

—

　　　　　以稻粱谋 更以使命的名义
　　　　　在活着的光阴里盗火
　　　　　在死去的光阴里飞针

　　　　　人世以外 有更饱满的真相
　　　　　每一次时空穿越后的复归
　　　　　子木先生都以婴儿面世的虔诚
　　　　　一手攥紧光阴的脐带 一手攥紧
　　　　　人世所有与温暖有关的线索
　　　　　　　　——摘录拙作《废墟上的写意》片段

　　这段文字，为子木而写，既是对子木先生多年工作和生存情态的侧写，也是与之相交多年，彼此相知相惜，班荆道旧的友谊见证。

平日里，常戏谑子木为和平年代杰出的"地下工作者"，语气虽略带调侃，而实则是对其数十载如日，执着一念，毕其一生，风雨无阻地往来穿梭于时空，并在先祖留痕著迹的时空断面寻幽探微，踏查真相，追索异次空间里的因果和逻辑，执业勤业的敬重与仰慕。

我们的生活，也正是因了这样一位执着而勤勉，自赋使命责任的"时光裁缝"和与之志同道合的群体，把人类发展进程中不经意遗失的时光片段一寸一寸、一丝一丝地缝补串接起来，呈现给我们历史本来的面目。让我们洞悉时空幽微，生命瞬息真相的演化和轮回，也因此让我们在俯仰之间，知敬畏、懂珍惜、明秩序、守伦常。

是时候正式给大家请出文章的主人公。

笔名子木，真名李国。与子木先生的结缘，让我亦有幸时而穿梭于"古河池"，与生活在那里的先民对话并沐享那时清冽的民间烟火，化身暮耕劳作后归家的丈夫；时而回溯"宝墩"故地，与蓑衣斗笠的蚕丛老爷一起垂钓一个王朝悬而未决的结局，醉饮后随私奔的月光落草瞿上城外单薄的民间；时而梦游在"三官堂"的聚落遗址，呼朋引伴，低吟浅酌，提前话一段无色无香纯如真水淡如烟火的清明上河；时而置身"红沙村"，聆听战国的滚滚烽烟，胸臆激荡间，已然幻化身披甲胄，策马挥戈，驰骋疆场，快意情仇，尽显男儿美丽风骨的一代王侯。

说起来，与子木相识，颇有些跌宕起伏的戏剧情节。

多年前深秋的一个傍晚，与之相遇于一名为"坤霖轩"的茶舍。朋友是我高中同学，师承其蜚声川内画坛的已故姨父，十数载潜心于丹青，在这个小城略挣得些薄名。茶舍不过是他得以谋生的手段，以商养艺，虽也局促艰辛，但少了我等职场中人所受的囹圄与桎梏，倒也自在快活。朋友引荐时是说这是某某公司的某某总，作为文人固有的清高与自恃，当时的子木对我这个什么"总"抱以的是不屑和轻慢；而当朋友告诉我他是一名学者，专业从事考古研究工作者，专事负责我们这个城市的考古工作。骨子里同样不逊不羁的我，还以的也是冷漠和倨傲。当时想，我已是自诩不受现实生存困扰的边缘另类，居然比我还"猩猩""恐龙"，不理也罢。于是，彼此都扭捏作态，互不"来电"。

待稍后，当他摆弄他手提里那些考古发掘的遗址或是墓葬的图片时，着实吸引了我的眼球，但表面上仍装着貌似不经心的一瞥。暗道，原来这小子还有点意思。数日后，当从朋友口中得知手中书的作者是我，他也对我这个什么狗屁"总"转变了态度，另眼相待了。

由此，我的穿越生涯便精彩起航。

二

我不在墓地遗址，就在去墓地遗址的路上，乍一听，这样的回答对我们的耳朵多少有些轰炸效应，而其实，我们谁又不是在去往的路上呢？

曙光比晨露还脆弱的拂晓，当问起，子木先生何往？回答简洁而肯定：墓地；当月光来不及吐露心事，城市已暗淡而乡村正明媚的时候，再问：子木先生从何而归，回答仍是简洁而肯定：墓地。

这又是多么惊悚、诡异的对白。

而事实也便是如此。正是如子木先生这般，前仆后继，无怨无悔的考古工作者，以朝觐的虔诚和作为后裔子民的敬畏，以时光拜谒的名义，数十年如日，在双流这片古老的大地上，修行般殷殷探索，孜孜求证，在厚重历史的长河中大浪淘沙，在先祖留下扑朔迷离的线索中去伪存真，为我们复活死去的光阴，复刻时空倒溯后真实而伸手可触的历史片段，时光细节以及烟火扑鼻的聚落生态。

"黄龙溪明代蜀藩王墓葬的调查与试掘"；"牧马山瞿上城遗址"的调查与试掘，仅从字面意思解读，我们眼前似乎出现这样的场景：一群装束装备奇特的人，神色庄肃，行踪诡异地出现在某个突然就被赋予了神秘色彩的地理坐标上，围绕一张铺开的图纸，一番密谋热议之后，各自分工，有的持旋风铲，有的执空心铜棍，有的提溜飞虎抓，有的背负蜈蚣挂山梯，潜入地下或突然隐了身形，瞬息从地面消失了踪影……对不起，你的想象力确实够丰富，但你这是盗墓片看多了落下的病根。

而真实的场景是：子木和他的同仁们，以考古人独有的使命感和责任感以及吃苦耐劳的精神，历时数年，硬是屏气凝神，小心翼翼，一铲一铲从淹埋于时光的尘埃中铲出线索，一刷一刷从恒河沙数的线索中刷出真相，这是一种"画地为牢"的自我牺牲和奉献，也是一种"钻木取火"的坚韧和执着。随着这两个考古项目的顺利完成，子木和他的团队首次在双流牧马山西面发现先秦时期的遗址，并确认了该遗址归属于十二桥文化时期，也由此将瞿上古城烟火隐约，风云氤氲的时光追溯至西周。此后，又毕其功于历时四年的"牧马山区域文化资源调查"项目，其足迹涉及面积400平方公里，19处遗址，此项目又将双流的历史追索至新石器时代。这其中，通过这些年抽丝剥茧，条分缕析的考古发掘，将双流的先秦文化，从新石器时代到战国时代分为七个不同的历史时期，其中十二桥文化、上汪家拐遗存文化已然成为古蜀文化的重要组成部分，友宁桥遗址更是成为三星堆文化遗存脉络和生息演进的重要力证。

在双流这片文明赓续，生息繁茂的土地上，子木和他的同仁们，从时光的尘埃中萃取了1690粒各种炭化植物种子（不计稻谷基盘）。经鉴定，这些炭化植物种子分别属于15个不同的植物种类，其中有些可以准确地鉴定到种或属，有些仅能鉴定到科；另外还有极少数的出土植物种子由于形态特征不明显，或由于炭化过甚而失去了特征部位，无法进行种属鉴定。鉴定出的植物种子可分为农作物、杂草类植物和其他植物三大类。通过甄别遴选和细致的分析，他们将三官堂遗址的农业结构还原为以稻谷为主，兼种粟，零星种植黍的稻、粟、黍兼作的形态。由此，这一双双神奇的眼，魔幻的手，把这土地上数千年前活色生香的水墨画卷呈现在我们眼前：

河池的石器 凌石桥的炊具
复活史前茹毛饮血的人类铭文
友宁桥上淌过三星堆文明的血
留下先祖迁徙演进的神秘线索
三官堂的种子 金家院子的青珪
致生命以根 致东方以礼
致历史以信 致未来以期


濯亮刀剑与犁铧抒情的两江水
不露声色谋取民生衍息的福祉
一代又一代 轮回往复
净洁一如婴儿的眼泪
——摘录拙作《以蒙恩名义的时光拜谒》片段


　　每当子木完成他的神奇穿越，我都乐意代表人间欢迎他的归来，并关切地询问：总是吵醒故人沉睡的千年迷梦，有没有因此惹恼某个大王或者伺睡在旁的嫔妃们而受到惩戒。呵呵，这当然是善意的玩笑，而其实，我更愿意分享他在穿越过程中，那些如数家珍、源源道来的点滴收获和感悟。也因此，我们这样时空对话的地点——某宾馆的十二楼茶房，被命名为"宫"。"出宫""回宫"也便成为我们接头的暗号。而在我，当结束琐碎的劳碌，下班回家或是闲暇时，能与之汇合于宫里，或静坐不语地放空彼此；或海阔天空地在时空里肆意穿梭遨游，也便成了我日渐迷恋依赖的享受。

既然玩的是穿越，这样的神秘感则是必须的标配。

三

应该说，握了近二十年的洛阳铲，一铲一铲，子木对于我们共同生活的这个城市的前生今世以及瞿上农耕文化的探微与求真，是功不可没的。

我们赖以繁衍生息和生存，脚下的这片土地，最早可考的历史文献主要有西汉扬雄的《蜀王本纪》、东晋常璩的《华阳国志》等。让这些文献里虽有记载但语焉不详，缺乏实物证据，依据这些神话般的简略传说难以厘清双流的历史，要构建双流古蜀时期的信史和2000多年的建县史及其发展演变历程，在很大程度上只有依靠考古学。

这也是子木夙夜忧思、殚精竭虑的职业忧患和使命背负。近20年，以子木先生为代表的双流考古，配合城乡基本建设进行的考古发掘积累的大量资料，进行了以"牧马山区域文化资源调查"为代表的古蜀考古专题研究以及"黄龙溪明代墓葬调查与试掘"等一系列主动考古调查、勘探发掘和研究，使双流古蜀时期的历史空白得到填补，使距今4500~2200年左右蜀文化发展历程在双流能够看得见、摸得着、声息可闻，眉目清晰。双流地区完整经历和参与了宝墩文化、三星堆文化、十二桥文化、上汪家拐遗存文化全过程。我们来自哪里？我们是谁？这既是一个哲学命题，同时也是人类学和考古学两大学科终极思考的问题。牧马山，古蜀人到底有着怎样的前生今世，出现、隐没、轮回于浩浩汤汤的历史长河？

2021年10月29日，这是个可以铭记的日子。苍天不负，他们终于破天荒在牧马山发现了旧石器，由此我们知道了，王家堰、青栏沟、二道沟……距今约10万年、7.2万年、3万年、2万年，打制石器、风存、石镐、石斧、砍砸器、刮削器、石核等等，这些我们并不熟悉的名字，帮助我们将一个遥远的波诡云谲的过去从漫漫的历史时空里重新发现。由此，充分证明了双流自旧石器以来就有人类生活，距今约10万年左右，是古蜀人类起源地之一，同时也是蜀文化重要发源地之一，是成都先秦时期历史和蜀文化的重要建设者和推动者，本地区先民在与成都平原其他地区以及四川盆地相邻地区的交往中不断发展，共同进步，谱写了蜀文化和中华文化多元一体、连绵不断、兼容并蓄的瑰丽篇章。

我曾经与子木共同酝酿过一个愿望。当有一天，如果他能够把这样一段尘封掩埋于历史的农耕文化完全还原归真，我当尽我所能，执手中笔，把这段在光阴长河中冷却耗损了血脉与生气的历史，重新变得琅润饱满，眉目清晰，声息可嗅，触手可及。让后人能够闻到弥散在时光中人类文明生活片段的光芒以及遥远烟火的香，当然，更有生生不息、历久弥新、馥郁醇浓民间爱情的味道。

很难想象，中国的历史，如果没有农耕文化作为基石和支撑，如何延续到今天的开明盛世；也很难想象，如果没有这深入土地的洛阳铲以及执铲便不离不弃、搭上一生、倾尽心力、前赴后继的考古工作者们，我们该如何沿着生命脉络，续写美好人间。

如果说，我们赖以衍息的日子，只缘于几千年前先人的一次钻木取火，你还那么笃信，作为渺小的生命个体的征服力和创造力吗？还那么迷恋这世间浮华烟云、纵情享乐吗？

历史为镜。为此，我们当感谢如子木一般，为我们还原历史，让我们看清楚自己的人们。

同时也请向人间每一缕真实的烟火表示敬意！而至于我们这个共同的梦想是否能够实现已不重要，因为我们从不曾离开并永生永世恩受这烟火的喂养。

四

回到生活中的子木是单纯的，甚至在某些地方是木讷的：譬如权术，譬如名利，譬如俗世礼仪、人情世故。但只要事关历史、考古，他立马摇身变得严谨苛刻。平时宽让的子木，当与人谈论起历史或者考古的具体问题的，常常显得咄咄逼人，决不轻易苟同。当然，这也成了一个他自己和别人不解的"毛病"：不论和谁在一起品茗或是畅饮，几乎要不了十分钟，他就会旁若无人，滔滔不绝，自顾自地说起历史，说起考古，而不管对方是拉车的，还是摆摊儿的；是贤人雅士，还是走卒贩夫。毕竟不是所有人都可以随心随意随性得谈论历史、品评考古，也不是所有人都能听明白他所要表达的话题。于是，喜剧的场面经常出现：有的人听得焦头烂额，倾尽心神也没弄明白他在说什么；有的人一听说要跟他在一起喝茶吃饭，就会忐忑纠结：不认真听吧，是为不尊重；听吧，实在又苦了委屈了自己。而一旁的我却饶有兴味、不露声色地欣赏这滑稽有趣、让人忍俊不禁的生活片段。其实，这样的痴愚与木讷，是应该让人肃然起敬的。而对于给自己引领与教诲的师长们，子木的恭敬和礼让，状如孩童一般的真诚、纯粹。每次和我言及川内考古泰斗，他的授业恩师，八十多岁的宋爷爷时，他的语气总是湿漉漉的柔软且恭顺，有时甚至会弥散出一股晶莹的雾气，那是一种大敬的感恩情怀。而对于宋爷爷的学生，也是他的授业恩师黄先生，他张口闭口"黄阿玛"，虽也略带调侃，但更多的还是爱戴与敬意。我就曾有幸亲眼见证了一次他与黄先生在一起用餐，不敢大声说话，不敢咀嚼出声。我问他，今日怎么如此这般乖谦恭，平日里滔滔不绝，只需耳朵聆听的气场去哪儿了？他回答：黄阿玛在上，焉敢造次啊。哈哈，时至今时，每每想起当时他站得笔直，恭恭敬敬，敛气收声地给黄先生敬酒的模样，还能窃笑出声。

二十余载"耍铲"生涯，子木一边兢兢业业地完成着受命的考古发掘任务；一边也带领自己的学生，言传身教地传承"时光裁缝"的衣钵。不敢说已经育人无数，功成桃李，但我却沾光成了"布衣老师"。一直以来，我都坚持认为：好为人师者，终是浅薄的。然能从他身边这群莘莘学子的口中听到一声老师，那也是值得欣慰的人生快意之事，就当是对我的激励与鞭策吧。

唯愿时光无恙，瞿上烟火续香。孩子，请与父亲一道长揖以礼，致谢并感恩这些穿越时空为我们解读生命和生存密码的风语者。

# 命里青花

一

　　她随手画下一扇窗棂一道栅栏/在阳光迂回处种花种草/种一些忧伤的瓷器/吹一口气水色洇开/轻弹指间墨凝成土/那些花儿其实都是她的兵马/以柔软的力量和命运狭路相逢/而瓷器是提前遭遇未来的自己/结局就此打开并豁亮起来。

　　城南一隅，略显凌乱错落却生趣勃发的画室里，摆放着大大小小的盆景和精心养护的花草，或娇羞，或慵懒，或恬静，或羁张，情态各异地点缀在画室空间里，饱吸着墨香、花香隐隐的空气。一个特写镜头在我脑海里定格：在这样一个别有情致的大画室里，在这样一张大画案上，晨曦凝露的早晨，抑或万家灯火的黄昏，一个清癯娇弱的身影，在生活的某种高度，在有限的方寸间，把生命存在的形式用一只画笔演绎，挥洒出如此壮阔的靓丽与无限的精彩。

　　由是想，一只纤巧灵动的画笔，一张充满无穷写意、渲染力的画案，一种寄实凌虚、卓然出尘的画笔人生，相对于我们或蛰伏，或沉迷，或挣扎，或突围，或俯首的物质社会以及金属时代，该是怎样智性、温和而又柔韧无限地抗击，又是怎样诗意地缓冲调和的呢?

　　雅玲女士在抒情和写意的绘画实践中，有取舍、有目的地把自己对生活的感受以及对生命的感悟，以内心独白式的绘画语言表达出来。再辅以传统文化信息符号的创新使用，如独特的窗格背景、别致的瓶面山水、精当的诗词书法，很好地丰富和拓展了画面的内涵和外延。画作既凸显了自己舒展包容、平和放达的人生态度，同时也宁静地传递给我们经过岁月洗濯和沉淀后的认知与共鸣。展现在画卷里的是一种生活情趣、情态，更是一种人生风骨与精髓。

二

眼前这些充分熔铸凝练了画家独特性灵气质符号的清供花鸟作品，或奔放淋漓的大写意，或细腻缜密的工描，或遗世出尘、炊烟隐约、动静变幻的水墨山水，或鲜活灵动、呼之欲出、啼鸣可闻的花鸟，已不再只是单薄脆弱的一纸呈现，而是让我们忘却生存之累、蹉跎之苦、金属之冷、物累之重，载渡我们身体和魂灵皈依的诺亚方舟。我们可以从作品里的每一个线条，每一个塑形，每一笔刻画，每一次写意去感悟和领受画家剖析人生际遇、生存现实与生命观照的独特语言表达。

而在我的理解中，中国水墨画与现代诗歌应该是除了表现形式，在内涵上相近相通的两个艺术载体。同作为心灵双向孤独的产物，二者都是根据创作者的主观心理体验和映射，或用诗歌语言或用绘画语言以独特的视角、方式表达出来，而留给赏析者共鸣空间的大小则很大程度上决定了作者本身艺术功底的深浅和艺术灵性的厚薄。有了这样主观的心理铺垫，我便找到了解读画家画作的角度和方式，也因此更加欣赏其关于绘画创作不矫饰、不伪作、不玩玄虚的心态，以及包容、豁达、开放、自由的理念。

三

是怎样战栗的一次动念/让一个女人有了命犯青花的勇气/又是

怎样颠覆的一次碎裂/成就了一个女人命定青花的绝唱/笔锋流淌出百转千回的釉色/旷远 如唐风宋韵溅响月华的水声/清寂 似明清如故弥散光阴的沉香/一张纸的洁白 其实是一个女人/灵魂里的白。

或写意，或工描，既能率意挥洒、酣畅淋漓，又能精心刻画、细腻缜微，画艺能够修炼如此，是非常不容易的。毫无疑问，相较其他绘画载体或表现形式，雅玲女士更擅长花鸟。花鸟世界的多样性和丰富性，实则就是她内心世界真实而生动的写照。在博古的传统基础上，画家将自己的主观认知和情感体验转化为现代绘画语言，充分强调矛盾、制造矛盾，却又以柔和、巧妙的方式解决矛盾。她的花鸟画，既是现实生活的写照，更是高于现实的提炼。儒雅情深，志趣高远，这主要体现在画家丰富的构图元素以及和谐空灵的创作意境中。那华贵的牡丹、高洁的荷花、傲雪的梅花都被她赋予了人格精神的特质，符合中国传统绘画的审美趣旨。作为一个用现代语境传递和表达传统意绪的画家，画家在画这类景物时，不是单纯依靠写生的视觉，而是凭借跳脱灵动的想象，以一种超自然的方式表现山水花鸟的情态，因此带有很浓的写意成分和抒情成分。相较于画家笔法大胆、用色夸张、构图新奇的花鸟画，我更欣赏以窗格为背景的清供博古花鸟写意作品。在现实背景下，一位知性女性生存的方式，以这样极具东方传统气息的文化符号作为映衬背景，在轻与重、黑与白、浓与淡、静与动、点与面之间尽情泼墨挥洒，很符合先生生活的实际与性情的本真，也符合我们当代人面世、立世的心态写照。

四

一些鸟儿从天堂出发/一些花朵从前世赶来/这一次 青花翻阅时光深不可测的预言/与沉香一道落草烟火人间/这一次我洗心革面的

出发/不为拈花一笑也不为佛手送香/只为想着在即将老去的路上/一步一步 碎成 一片一片/青花般/优雅 遗尘。

关于生活态度，她如同《炽》里面那鲜亮的花朵，在暖色调子里挥洒着自己浓烈的激情，快乐而充满希望地活着；关于爱情，她就是《觅》中那只白色的小鸟，即使寻找不到一尘不染的爱情，留下的忧伤也如蚕一般洁白；关于名利，她又像《浴》中那一朵出尘的白荷，以智性的高洁、温婉而又柔韧无限的生命张力来调节和平衡这身外的一切；关于未来，她豁达得像《寒香》里的那一枝梅花，生命不息，则永远散发着历经霜雪而久弥的香。

在雅玲女士画室里挂着一幅名为《雅室清韵图》的作品，这种独特的意绪传递表达方式，尤其充分明显，这也是画家画作中我最喜爱的一幅。从其摆放的位置来判断，想来画家本人也十分满意和钟爱这幅作品。作品里，造型夸张独特的花瓶，彻底颠覆和打破了传统的模样，显得古灵精怪却又活泼可爱，仿佛是自己随意随性、无拘无束生成的模样，画家自由活跃的内心世界也因此折射显现。画在瓶中，瓶面有画。花瓶造型自由、夸张，画中有画的多层次展现，与瓶中花卉盎然生趣和谐融会。在我的理解中，这种多层面、多角度的绘画语言同样巧妙地烘托和揭示了画家丰富质感的情感向度和内心诉求。而这样的向度与诉求基于被软化和童话的窗格背景来说，带给我们的是内涵饱满、游刃有余的观念洗礼，我们的身心仿佛也在这一瞬间变得柔软起来。

修竹，这样的画笔人生，如青花般卓然大净的命定，也如沉香般纤尘不染的浸润，父亲希望你的一生，亦能如此心有沉香，诗意栖居，安然优雅地一路前行。

# 母亲的江山

84 岁的爷爷从尘世出发，去了尘世里的人一直向往叫作天堂的地方，留下了那辆轮椅车给他就快丧失行走能力的老伴儿；给你们无微不至照料却又像个顽强的战士和病魔斗争了很久的姥爷，最终还是舍了这人间的一碗烟火，离开了。孤独的奶奶，拖着沉重的身体和影子，每一步都走在无尽的悬念里，她太疼了，太累了，我知道，我的人生只剩归途的那一天也近了，近了。孩子们，就是这样，上一代人的手掌和肩膀让下一代人的站立起来，上一代人耗尽生命的光芒照亮下一代人前行的道路。这是生命的更迭，也是人世的轮回。谁也无法逃离。所以，早日洞悉这一切，心怀敬畏，透彻明亮地活在这个世上，向阳而生，是使命，也是宿命。

把分别写给爷爷和奶奶的诗，作为此书最后的篇章，愿你们有日能洞见父亲的一番苦心孤诣。

## 一别此生

父亲，我们曾经被那么多爱和温暖包围，但有些至暗时刻，我们终将独自行走。

——题记

一

他们说

从你身体里少掉的 21 克

是可以自由飞翔的
譬如比尘世更深的深渊
以及深渊之后的极乐

此刻 请蔑视命运的意志
以及比命运更沉重的肉体
飞翔 才是生命
最值得仰望的姿态

二

此时此刻 你生命的出发地
老瓮 闪着怎样明媚的光
故家老宅的九级台阶
垫高了你的童年
也硌伤了森冷的时代

从泥泞田坎儿上 冬天
也光着脚板出发的小少年
由此展开人生的羁旅
搭错车 错过站
皆为命运埋设的伏笔

三

山高水远的十万大山里
你躬身接过生活苛厉的命题
像接过至高无上的神谕

孤独的群山 孤独的堰塘
孤独的木排上孤独的小父亲
呛在叶子烟锅里的背影
让青葱的时光结出冰花儿
又凋落成齑粉

四

火苗温暖的高原
从巨大树洞里接过的山头
扛在小书生的肩上 从此
盐的哲学覆盖雪的光芒

你不知道 苦寒岁月里
要接过多少生活的雨水
才能像高原上的一棵树
活得如此不动声色
而你以为只要匍匐着行走
就能护住胸膛里
那一丝比日子还瘦
乡愁的余温

五

鹰的叹息从仰望的高处
落下来 砸疼了煤油灯
闪闪灭灭的光 以及
恍恍惚惚的日子

没有比火塘更真诚的炽烈

可以照见人世最深处的悲凉

以及最古老的忧伤

火塘边　羸弱的小父亲

像赶赴刑场的男人

一样思考

## 六

树叶捂灭的光辉

鸟翅搬弄的风月

荡漾成别处别人的风景

只有划过脊背的流星

眷顾你游走在翻开书页里的神思


像一本书

波澜壮阔而又安静如初

端坐最初的寓言

只是这一坐

远了生活

## 七

在别人眼中　　山是无限的风景

在你心里　一座山便是一尊佛

只是不度书香

不度书生

被钢钎和斧头扒光衣裳的高原
把畏寒的后遗症植进你的骨髓
以求生的名义上山
以罪孽的宿命下山

八

小的时候　你带着我爬坡上坎
走出雪线　走进野兽的领地
你老以后　我带着你远行
看山看水　看红尘妩媚的福祉

我忘记了火狐划过原野的伤
你忘记了乡愁饮恨时光的殇
父亲　这便是温暖人间
我们唯一可以翻阅的真相

九

一生都在被安排或是屈从
这一次　　你终于自己
安排了这样一个冰冷的结局
让我们没有话语的权利

其实　我一直坚信除开人世
还有更令人神往的美好所在
只是玻窗和屏幕前生离的痛

让我从此惧怕 那些透明
却永远遥不可及的事物
一如此刻飞翔中的你


一别青山
一别逝水
一别此生
父亲　旅途愉快

## 母亲的江山

耄耋的老母
用相互磨损的膝盖骨
换取继续行走的权利
这些年忍住不喊的疼痛
都挤在枯树皮般的脸上


成为孤儿的那一年
十四岁就接过讨活的担子
挣脱黄土地的泥泞
头也不回去了高原
一走就是三十年


不问出身 低头
是唯一被准允的姿态
背一个兜一个牵一个
爬坡上坎 穿林涉谷

姐弟仨的童年
都在你一人身上行走


本是飞鸟走兽的领地
匍匐才能躲避的风刀霜剑
挑起一家五口的你 只能
用单薄的身子硬生生接住
卑微 却义无反顾


无精打采的油灯
像有魔法的倦眼
催眠小木屋 即使夜深
永远洞开的柴门也不忘
给屋外蜷缩一地的月光
留一点火塘的余温
烘干山里人的日子
月色一般清凉
针线一般密实


三十年 写进你骨髓里的
不只命运的冷光阴的锈
更有无法倒叙余罪的灰
变形的双腿 弯曲的脊柱
让你离地心引力越来越近
近得只差一次心跳

终于可以没有负累的行走
你却已经负担不起自己
褡裢袋一样鼓鼓囊囊
又空又轻的身体
拐杖忠诚 知道你
每一步都用尽了全力

阳光就在窗外
蓝天就在屋顶上
公园就在马路对面
你知道 这大好春光里
溢满花朵蜜汁的空气
可以给你一些生活的甜头
可一道戒备森严的门
总是让你望而生畏

没力气孤独了
一个人的时候 你习惯
和彩电冰箱洗衣机说话
当然偶尔也说给另一个
远在天国的人

# 友人寄语题赠

(以收到文字时间先后为序)

**著名画家周雅玲：**

太喜欢"向阳而生"作为风尘布衣新书的书名。

"向阳而生"是我所熟知的风尘布衣的生活态度。

"向阳而生"是风尘布衣那骨子里渗透出对家人亲友关爱的温度，

"向阳而生"是风尘布衣不随波逐流那人生顺逆中执着的奋斗修行，

"向阳而生"是风尘布衣对内心耕耘那洁净土地的乐观期待。

**著名摄影家周孟棋：**

每每读逐非的文字，我是愉悦并满怀期待的。与逐非结缘，概因我敬重的兄长陈历谋先生的力荐。历谋兄以其独特慧眼，透过其文字作品，洞其风骨，惜其才华，赏其禀赋，偏爱有加，遂与之成为忘年交。这些年，逐非文字里的表达与呈现，无一不在佐证历谋兄的所钟所重所期。作为一名摄影者，我习惯通过镜头解读生活和这个我们赖以栖身的世界，而逐非的文字，却呈现给我另一维度空间的镜头物语。《向阳而生》是逐非的新作，也是他的心作，书中父女一同书写的美好人生和美妙世界，值得我们用心倾情探访。

**著名领导力导师汪大正：**

> 风尘布衣心怀天地
>
> 瞿上公子诗抒胸臆
>
> 以文会友真情实意
>
> 志逐非凡是好兄弟

——汪大正

**诗人，四川大学教授向以鲜：**

尽管《向阳而生》内容关涉广阔，从马尔康到成都，再到天南海北，气象光彩夺目，但其展开的主线，千头万绪的根源，则是从2015年2月3日17时33分那一刻开始的：一个父亲，以颤栗，以虔敬，以感恩，从产科医生手中接过上苍厚赐的珍贵的礼物，6.8斤的小布丁，风尘布衣易逐非的女儿，小名儿小布丁——书中唯一的主角，阳光中的新生命，光阴中的小女孩，正式的名字叫易刘修竹。一个柔情得近乎泛滥的父亲呢喃着："你会喜欢这个名字吗？请原谅，孩子，现在，我无法征询你的意见。"不管小布丁喜不喜欢，反正我很喜欢，我想小布丁也一定会很喜欢的。多年前，我就在《感遇陈子昂》中写过一阕《修竹》，送给这对深情的父女吧：

> 黎明 收到东方
>
> 寄来的一枝修竹
>
> 我把它插进岩石里
>
> 剪掉一切与竹无关的
>
> 词语 冰雪和装饰
>
> 剩下苍茫 浸出碧血千滴
>
> 轻叩龙渊 剖开

水银泻地的疆场

傍晚 我听到琳琅之声

那是炼金士的密吟

还是拔节生长的汉魏风骨

在石头中轰鸣

**摄影家徐献：**

因一个摄影网站与逐非兄结缘至今已有二十年了，作家莫言说过朋友交往超过十年已是兄弟之情了，二十年就如同亲人般了。我们彼此惺惺相惜，美美与共，我用影像呈现，他则用诗文作为精神与心灵的表达，2015 年我们便有了《远尘的遗响》。逐非兄一直在诗书天地用自己颇具天赋的灵性和真诚耕耘着自己的一亩三分地，从《天堂倒影》到《翟上人间》再到今天的《向阳而生》，作为兄弟有幸见证了他一路的艰辛与坚持。

记录历史有多种方式，摄影师用影像，作家用文字，今天的《向阳而生》呈现在大家面前，我以为这是一部父亲用心用文字记录女儿成长经历的点滴，是与年幼女儿的对话。一个人的成长史正是由生命的点滴构成，厚厚的文字不仅承载了伟大的父爱，也串起了小布丁向阳而生的过往，从人类学的角度它更像是一部关于女儿的成长史，充满了父爱与温情，相信当小布丁长大后，对《向阳而生》会有更多的理解，也会倍加感恩父母。

**诗人、作家黎冠辰：**

易逐非是我神交已久而至今未谋面的诗友。走进《向阳而生》，却感觉我们早已是相识相知的故旧。

这本写给女儿的书，有曾国藩写给子女的正气，有丰子恺为自己孩子画漫画的稚趣，有傅雷家书的浓情与严谨。

《向阳而生》是父亲给蒙智未开的女儿眉心点化的"朱砂"。舐犊之情溢于言表，让人感受到千古不绝的父女情深，感知到老牛舐犊是一朵永不凋谢的莲花，永远那么圣洁，那么纯粹。

《向阳而生》也是一部父亲人生经历的成长史、灵魂史。他对女儿十年来的"叨唠"，是他对自然、社会和自己个体生灵体验与感悟的信仰旨要，也是他对忠直、刚正、高洁人性的呼唤，将诗人自我价值体证和社会公德准则与爱女育女的精神内核高度融合，是一部家长和孩子可以同时享用的纯品精神食粮。


**考古学家李国：**

未来你好，今天是 2124 年，100 年前的今天我的好友易逐非先生叫我为他的这本书写一段文字。

我是一名考古工作者，擅长的是研究过去，对当下和未来没有什么发言权，既然好朋友提出来那就随便聊几句作为见证吧。

首先说说易逐非先生，他是一名诗人，也是一名作家，同时身兼书法家，哦，对啦，他还是一名歌手，这样的一些头衔不知道你们今天怎样理解，反正在我生活的那个时候他就是一个非常了不起的人，他写了很多文章，也出版了很多书，比如《天堂倒影》《穿越沧桑》《且听风吟》等等，有写朋友的，有写社会的，也有对生活与工作的叙述，总之他的笔触很广泛，你们可以去网络上下载来读读。在他众多的著述中，我还十分喜欢他为他的女儿留下的这些文字，这是非常宝贵的，也是一位父亲给自己挚爱的女儿深情的告白，这也是爱，是一位父亲对女儿深沉的爱的表达，这也是一位父亲灵魂的独白。在中国之前有蜀汉丞相诸葛亮写《诫子书》《曾国藩家书》、翻译大家傅雷的《家书》，这些都是充满智慧的文字，无

一不是爱的接续，顺便说一下我们生活的那个年代，社会就已经算是比较发达了，比如有便捷的交通、发达的信息网络、丰富的食物、整洁的街道和友好的人民，真正还能静下心来读书写些类似的文章的人实在不多，易逐非先生属于那个灵魂空旷的年代里有着高贵灵魂和精神极度富有的人，我对本书的主人公修竹小朋友自然甚是知悉的，一个活泼可爱而又多才的女孩子，自小我就认识她……

此时此刻，夜色斑斓，万家灯火。看到这些朴实的文字，你们是否会更加感念，那些点燃自己、发光发热的人；那些身着朴素、心有锦缎的人；那些迎风站立卫国戍边的人，是他们，以凡人之躯，比肩神明，守护了万家灯火，让时光温热，岁月静好。

祝愿你们于高山之巅去见大河的奔流，于群峰之上去感受浩荡的长风……

**作家王振普：**

布衣是成都著名诗人，我和他相识于当年的文学网站《且听风吟》，相会于湛江市委组织的文友聚会。和胡子拉碴的我比起来，他果然是诗如其人，风流倜傥得很。我见过布衣的家人，一如回到老家那般亲切温暖，当然见过被布衣视为掌上明珠的老大修竹和老二卿安。诸君在《向阳而生》里，自然能读到修竹的可爱、娇憨和狡黠，不用我多说。那天，布衣告诉我，拟出版他的《向阳而生》（原定名《修竹尘话》），急忙找出那本书，戴上老花镜，又读了一遍。布衣虽然是个诗人，但是他的散文也非常棒，细腻婉转，曲尽其幽，一个做父亲的对女儿的那份感情，表达得淋漓尽致。我感受到了阅读的愉悦，很满足，也老泪纵横了好几回，忽然，就有了为这本即将出版的《向阳而生》写点什么的冲动。写什么呢？我记得刘震云调侃过莫言，说莫言获得诺贝尔文学奖，对他而言，就像哥哥娶了嫂子一样。这个比喻形象贴切，充满了幸福的嫉妒。当然，这个类比不很恰当，我比布衣年长很多，没有嫉妒，只有幸福。希望自己的好兄弟继续努力，创作出更好的作品来。


**诗人何中俊：**

《向阳而生》，这不仅仅是生命的姿态，这也是人类的天然法则。读易逐非先生的《向阳而生》，我总想起史铁生的《病隙笔记》，史铁生对苦难的揭示所达到的广度与深度，在中国文学史上，是无人能及的。易逐非对生命的形态，所应禀持的立场，态度与思想也与其有异曲同工之妙。而且，在他看来，一个生命的降临，是另一种生命形式的开始，这是上天对自我的肯定，也是对自己的反哺，最重要的是，借助一个新的生命形态，给作者打开了完全不同的世界，也给作者探寻生命的本真和本源提供了一个全新的参照系，在这个世界里，一切现实的法则失法了效应，你必须建立一个新的世界，才同与其同呼吸，同命运。在《向阳而生》里，易逐非先生对生命与人生中的许多命题有着自己独到的认知，其深入挖掘的广度与深度出乎我的想象，其语言的力度，手法与结构的奇巧，也让人耳目一新。